鬼吹灯 ⑥ 南海归墟

CANDLE IN THE TOMB

天下霸唱 著

湖南文艺出版社

引子 / 1

第一章　盗墓祖师爷 / 3

第二章　秦王照骨镜 / 9

第三章　龙火 / 14

第四章　吞舟之鱼 / 19

第五章　搬山填海 / 25

第六章　青头 / 30

第七章　海中古玉 / 35

第八章　三叉戟号 / 41

第九章　航海禁忌 / 47

第十章　桅灯魅影 / 52

第十一章　幽灵血船 / 57

第十二章　灭顶之灾 / 62

第十三章　金毗卢水神炮 / 67

第十四章　龙上水 / 74

第十五章　黑潮浮棺 / 79

第十六章　底舱 / 85

第十七章　潮汐 / 90

第十八章　探海观南龙 / 95

第十九章　螺中含珠 / 101

第二十章　漂瓜取鱼 / 108

第二十一章　食人蚌 / 114

第二十二章　砗磲 / 120	第三十八章　铜殿 / 217
第二十三章　欺山莫欺水 / 127	第三十九章　射日 / 224
第二十四章　没有出口的海 / 134	第四十章　有筋无骨 / 229
第二十五章　乾坤一跳 / 141	第四十一章　尸魃 / 235
第二十六章　归墟 / 146	第四十二章　定海神针 / 242
第二十七章　海之渊　鲸之腹 / 151	第四十三章　奔月 / 248
第二十八章　龙獭 / 157	第四十四章　南海僵人 / 255
第二十九章　沉船墓场 / 163	第四十五章　蚀天 / 261
第三十章　闹鬼 / 170	第四十六章　古鼎 / 268
第三十一章　群鲨 / 176	第四十七章　震惊百里 / 274
第三十二章　藏宝盒 / 181	第四十八章　龙穴 / 279
第三十三章　大王乌贼 / 187	第四十九章　珠母海 / 286
第三十四章　水深火热 / 193	第五十章　刮蚌采珠 / 292
第三十五章　猛鬼出笼 / 200	第五十一章　鬼月亮 / 298
第三十六章　死水不藏龙 / 205	第五十二章　鲛姥 / 303
第三十七章　海和尚 / 212	第五十三章　绝境 / 308
	第五十四章　过龙兵 / 313
	第五十五章　在天空中飞翔的荷兰人 / 320
	第五十六章　救命 / 326

盗墓之事古来已有，追根溯源，自项盗秦皇墓，历二十三朝，世间朝代更替，穴地掘冢之辈多如牛毛，按其动机、手法、宗系区分，不外乎发丘、摸金、搬山、卸岭四类。

发丘、摸金之辈，始于后汉，实皆一脉。摸金秘术，以"易"当头，以"生"为则：生生变化为"易"，天地之大德曰"生"。南宋末年以来便无"发丘"之说，并称"摸金校尉"。以易学五行之理分金定穴，多存立身济世之心，或两三人或三五人结为一党，无师徒传承之名分，唯以发丘印、摸金符、寻龙诀等物为凭，进退有章，攻守有法。盗亦有道，鸡鸣灯灭不摸金，盗不离道，敬鬼神而远之。

搬山道人一支，始于西域孔雀河双黑山流域，其辈皆同宗同族，平日多扮游方道士行走天下，不与外人往来相通，特立独行，能人异士辈出，盗遍世之大藏。有不知其意欲何为者，谓其："搬山道人发古墓者，以求不死仙药也。"搬山者善独门"搬山分甲术"，此术可细分为"搬山填海术"及"分山掘子甲"两门，合称"搬山之术"，历来秘不外传。其辈寻藏盗墓，无不以"搬山异术"为行事之根本，搬山术虽属异类方术，然其中所涵盖诸般方技、法门、诀语，却并非以《易经》为总纲，故与摸金校尉"风水秘术"之渊源截然不同。

卸岭之徒最众，始自汉末农民军盗发帝陵，众力取利，分赃聚义，人数少则成百，多可千数。平日分散，各自为匪为盗或为官军，盗墓者中半官半匪者皆属此辈，彼此间有消息相通，中有盗魁，一呼百应，逢古墓巨冢，则聚众以图之。其行事不计后果，大铲大锄、牛牵马拽、药石土炮，无所不用其极。其辈所盗发之冢，即便斩山作廊、穿石为藏、土坚如铁、墓墙铜灌金箍，亦皆以外力破之。

　　发丘、摸金、搬山、卸岭，便囊括了世上以"风水、方术、外力"来盗墓的这三大体系，简言之可作"理、技、物"，也完全涵盖了盗墓之辈"济世、寻药、求财"这三种动机。余者皆民盗散盗，不乏鸡鸣狗盗之流，泥沙混杂难成气候，不足立说。本书单表摸金校尉与搬山道人之传奇往事。

第一章
盗墓祖师爷

陈瞎子似乎在北京城里突然消失了，我遍寻无果，只得作罢。想来他是躲到什么地方避风头去了，于是我一方面托人给他留口信，另一方面准备动身去美国。出国远行在即，我们想再好好看看冬天的北京，于是我带着Shirley杨一路信步而行，打算到北海去看溜冰，顺便商量出国后的安排。冬日的北京寒风正劲，灰蒙蒙的天空预示着一场冬雪将至，可这些都挡不住人们的兴致，在古典皇家园林中溜冰的乐趣使人们流连忘返。

我告诉Shirley杨我准备金盆洗手了，以后都不想再把脑袋别裤腰带上去倒斗了，并掏出大金牙给的摸金符在她眼前一晃，表明了我的决心——不带摸金符，祖师爷就不保佑了。

实际上我确实也想过要把真的摸金符摘掉，不过这些年的经历告诉我，世事无绝对，什么事情都有可能发生，所以尽量要给自己留下余地，前人不止一次说过："宁可备而不用，也不可用而不备。"

从北海回家的路上，Shirley杨喜上眉梢，只是对我好像还有点不放心，想把摸金符要走，替我保管起来。我心想这可不能给她，于是赶紧郑重其事地对她说："我是国乱思良将，家贫盼贤妻啊，我还以为认识了你之后，

我一团糟的生活将会彻底改观，可你为什么总不信任我呢？这……这不符合恩格斯自然辩证法的客观规律呀。"

Shirley 杨说："别来这套，我就是对你太了解了才不放心的，我发现凡是你一本正经的时候，所说出来的话几乎没一个字是可靠的，倒是那些漫不经心、听似玩世不恭的话语，还稍微有几分真心流露。你再把那枚摸金符给我看看，刚才我都没看清楚是真是假。"

我被她说得一怔，在心里问自己："我真是那样的吗？平时说话就这么不靠谱？凡是严正声明都被视为扯淡，开玩笑的话却能被当真？肯定不是这样，难怪有人说中美文化存在差异，需要求同存异呢，从这点上看还真有差异。"一转念，就又想到了一个借口引开 Shirley 杨的注意力："在有关摸金校尉的传说中，印符术甲都是祖师爷传下来的，干这行的全凭祖师爷赏碗饭，倒斗的时候也要默念几遍祖师爷保佑。可说来说去，天下七十二行之首摸金校尉的祖师爷究竟是谁？这里边的事情现在可都说不清楚了。"

Shirley 杨说："这有什么说不清楚的，七十二行，古董占先，倒斗是属于外八行。在中国传统文化中自成体系，有完整手艺行规传承的行业，总计七十有二，例如戏子伶人的祖师是唐明皇，宰猪屠户拜的是张翼德，缝纫制衣拜的是轩辕，木匠拜鲁班，窃贼拜东方朔。这七十二行又分为九流十三等，外八行中摸金为王，所以说摸金校尉也正是这传统七十二行当中的王中之王。不过说到这倒斗的祖师，却有三位。"

我刚刚只不过是话赶话随口一问，却不料问出这许多名堂，而且都是闻所未闻。于是请教 Shirley 杨，让她详细讲讲其中渊源，万一将来有人问我，我也好说出个子丑寅卯来，免得被人笑话做了那么久摸金校尉却不知祖师爷是谁。

这些倒斗的行规传统，Shirley 杨也都是从她外公鹧鸪哨留下的日记中得知。七十二行中能被尊为祖师爷的，并不一定是做这一行的第一人，但各行各业之祖师均是青史留名的人物，至少在历史上的风云人物中占有一席之地。

早在春秋战国之前，世上便已有了倒斗之事，可最有影响力的，怕是要数伍子胥发楚王墓，鞭尸雪恨之事了。伍子胥挖坟掘墓是为了报不共戴天之仇，并非为了楚王墓中陪葬的明器，他这是"有所为而非为财"，所以后世同样"有所求而非求财"的搬山道人，便尊伍子胥为祖师。

秦末楚汉争霸，项羽发秦陵烧阿房，掠取其中宝货不计其数。项羽、刘邦皆为秦末义军，故后世卸岭之徒取其"义"字，作为聚义分赃的招牌，并尊西楚霸王为祖师爷。而且霸王力拔山兮，也是以外力掘墓的卸岭力士所图之彩头。

汉代的盗墓活动已经非常频繁了，摸金校尉这一字号正式出现于后汉三国，实际上早在西汉便已成形，但尚未成势。后来三国时期，曹操以需要军饷来扫平乱世、还百姓清平世道为借口，吸纳了不少倒斗高手，并设立正规的倒斗部队军事编制，至此才有了摸金校尉之说，千百年来沿用至今。古人云"名不正，言不顺"，各行有了祖师字号才可自成一体传承后世。但摸金校尉的行规和种种手艺及其易理五行之框架，直到唐代才彻底发展完备，后来更是吸取了江西形势宗风水理论的精髓，有了"寻龙诀"和"分金定穴"这些摸金校尉独有的风水秘术。

三国时期群雄割据，倒斗部队也并非曹魏所独创，孙吴就曾为了补充军事开支，在岭南掘了南越王婴齐之墓。不过孙权麾下的这支倒斗部队在发掘越王墓时发生了非常大的意外事故，全军尽没，事后没有一个人活下来。此事在倒斗的手艺人中口耳相传，但史书上无半字记载，野史上却与传说完全相反，只说功成身退，未知是真是假。

这些野史奇谈中还提及曹操墓也是摸金校尉设计的，所以难以被后世发现。夫葬者，藏也，欲为人之不得见也。有些古墓确实占尽形势，得天独厚，如果不明其中的真相，不以极特殊的办法来寻找，几乎没有任何被发现的可能。

我恍然大悟："原来盗墓祖师的传承是这么回事。不过这三位祖师虽然所处时代不同，但有一个共同点：曹操既是诗人也是军人，伍子胥伐楚时做过将军，项羽更是统帅三军的楚霸王，可以说他们全是能征惯战的兵

家出身，有着深厚的军事背景。这恐怕也不能单纯地说是某种巧合，他们敢于带头去倒斗，多半与久经战阵之人身上罡气足、不信邪有关。若非行伍出身，又哪儿有这般胆气见识？"

我对Shirley杨说："搬山卸岭拜伍子胥和西楚霸王，还真是头回听说，有点茅塞顿开的感觉。不过摸金校尉的祖师爷是曹操，这倒不出我所料，老早以前我就知道了。不过听我祖父讲这未必准确，其中是不是还另有隐情？"

Shirley杨说："摸金拜曹公是自后汉开始的，但实际上摸金校尉穿梭往来于阴阳界，所遵循的鸡鸣灯灭不摸金之行规，早在西周时期就有了。当时有个给幽王人殉的奴隶，被埋入墓中竟得不死，取走了幽王墓中的丹砂异书，传于后世，摸金校尉进退八门之法，全都得自其中。按说真正的祖师爷，是这位从墓中活着出来的奇人，不过遗憾的是，此人姓名和日后结局都已不可考证了。"

我借机把话题越扯越远："看来古代山陵中果真有神符灵药和阴阳秘诀，不过这些东西也未必管用，要不然墓主也不会被装进棺材里了。那时候有许多人就是因为服食金石药物，才致命早死的……"

正说着话，不知不觉间就快走到我住的那条胡同口了。可想不到说了这么半天，Shirley杨的思路却丝毫没受干扰，再次问我要那枚摸金符。我正彷徨无计，却见胡同里来了"救兵"。

把着胡同口的，有一部公用电话，又有一刘大妈，她专门负责接电话，一有电话打来，她就先在电话里问明白了是找谁的，然后去胡同里招呼这个人，招呼一次两分钱。这次刚好有电话找胖子，胖子披了件大衣正晃晃悠悠地跟着刘大妈出来，见我和Shirley杨从胡同外往里走，抬手对我们打了个招呼，拿起电话大大咧咧地讲了起来："喂喂……我就是环球倒斗有限公司的波士王……什么？你没听说过？你没听说过打电话找我干什么？嘿我这暴脾气，我说你存心找练是不是？你哪儿的？麻溜的自己滚过来让胖爷捏死你……"

我趁此机会赶紧对Shirley杨说："你瞅这胖子，从昆仑山回来后，刚深沉了没几天,又不知道自己姓什么了,嘴上也不派个站岗的,在大庭广众之下倒斗长倒斗短的,常言道'病从口入,祸从口出',由着他这么折腾,早晚要捅娄子。"

其实我才懒得管胖子说什么,只不过借机把摸金符的事搁在一边不提了,边走边和Shirley杨走回屋里。不一会儿胖子也打完电话回来了,兴冲冲地告诉我:"刚有人打电话说要请客,咱们晚上可又有饭局啦,早知如此我中午就省一顿了,咱们要勤俭办一切事业嘛。"我问胖子谁来的电话,胖子却说没顾得上问,光问在哪儿吃了,地方还挺偏,据说有特色,不过从电话里的口音来听,倒像是明叔那老不死的。

Shirley杨插口说:"这可不行,陈教授康复后从美国回北京了,他今天晚上特意设了家宴,想让咱们当初去新疆的几个人一起聚聚,我已经答应了他,咱们晚上都得去陈教授家。现在天不早了,你们换换衣服咱们就赶紧走吧。"

我一看既然如此就没办法了,陈教授的面子当然不能不给。心说当初在北京穷得快混不下去了,来碗卤煮火烧都算改善生活,那时候怎么没人请客吃饭呢?这里边的诸多原因好像还都挺深,索性不再多想了,也将那通没头没脑的电话丢在脑后,随便收收拾拾就跟着众人来到了陈教授府上。

应邀到来的还有大金牙,他和陈教授是老相识,我和胖子参加沙漠探险队就是由他引见的。这次聚会没有什么外人,用不着怎么客套,众人分宾主落座,席间说起别来之情以及近况行止,不免感慨良多。

陈教授虽然从沙漠捡了条命回来,但那次在精绝古城折了不少同伴,又尽是至亲至厚之人,导致他精神错乱,经过在美国的一番治疗,基本上算是恢复过来了。他思念故土,不肯留在异域,病愈后一个多月,便迫不及待地回到祖国。

陈教授喝了几杯酒,想起他的助手和学生葬身沙海,情绪变得稍稍有些激动,举箸握盏的手都跟着哆嗦了起来。我们担心他旧病复发,都劝他少喝几杯,逝者已去,过去的事情已经过去了,谁也没办法改变什么,活着的人得看开一些,不能总活在过去的阴影里。

陈教授又叹息一声道："虽说往事已去，可人要是不怀念往事，没有了回忆，那活着也如同行尸走肉。正如同每一个民族都有每一个民族的历史，那些文物古迹就是一个国家、一个民族的回忆，我们能从中了解到自己的根在哪儿，血脉在哪儿，这样才有了一个国家的精、气、神。我这把岁数了，想做些什么已经是心有余而力不足了，一想起这些事来，我就觉得肩头这历史的重担不轻啊……"

我被陈教授这番话说得心中一动，越听越不对劲，这肯定是话里有话，不知他到底想要说些什么，听这意思最后定是话锋一转，就要有事托付。我可不打算再跟古物扯上任何关系，只有想方设法婉拒，但必须听听陈教授究竟想说什么。于是我对他说："教授，我说一句您别不爱听，我们虽然没什么文化，可这些大道理我们多少也懂点。一个人如果不尊重历史、不敬畏历史，那肯定是生活无指南，前进无方向，吃饭都不香。咱们大伙对此都非常了解，而且早已将其融入血液中，刻在骨子里，并最终落实到行动上了。不过这些道理实在是太深刻，要真说起来，一时半会儿也说不全面，您病刚好，别累着，我看您就别说这些内容了，留着将来讲课做报告的时候再说也不迟。您现在要是真想说，能不能直接说这些大道理之后的内容？该不会又想带着我们这伙人组织探险队，去考察什么消失的古代文明吧？"

第二章
秦王照骨镜

　　陈教授说："噢，都知道？好好，真看不出来小胡小胖……你们都有这么高的思想觉悟，那我就不兜圈子了。咱们中国有许多国宝都遗失在海外了，当年我和我的老同学杨玄威，每每念及此事，都痛心不已。我病好后在美国住了一段时间，此间，我接触了一些旅美的学者和华侨，其中有一些人是从事古玩收藏鉴赏的名家，从他们口中得知了一件事情。"

　　随后陈教授就说起了这件事情的来龙去脉。以前有个传说，秦始皇在位之时南巡，途中见到有人在海边打捞到一具浮尸。这具浮尸是个老者，身材高大，异于常人，容貌不俗，髯长过胸，肌肤白润，肉坚如铁，穿着上古之王者衣冠，也不知在海里漂浮了多久，更不知其来历死因，但看起来面色如生，没有什么被海水长期浸泡的迹象，海风吹来，古尸须眉悉皆飞动，和活人一般无二。

　　秦始皇以为这古尸是海中仙人的遗蜕，应当供奉起来祭祀，以求仙人赐不死药，但其他人则持相反的看法。秦始皇向来迷信修仙炼丹之说，他手下有许多方士，方士们都认为这是古之僵尸，乃妖物所化，一定是从南海的海眼里浮出来的，见之已属不祥，谈何祭拜求药。然后他们又说了这

件事在什么什么时候曾出现过,有着什么什么样的预兆,应该如何如何处理才是妥善之道。

在秦代做方士混饭吃并不容易,古代人大多比较朴实,稍微能说会道一点即被视为有才辩之能。想做皇上的顾问,首要本领就是能侃,要能把死的都给侃活了才好。秦始皇本不是耳根子软的人,但架不住这帮人说得跟真的似的,加上他对这些玄而又玄的事情深信不疑,担心海眼中浮出僵尸会有亡国之兆。既然不能加之薪火刀斧,唯有穴地藏纳,于是命三万刑徒凿穿一座荒山埋尸,铸了一尊铜兽压在僵尸上镇山,并请出秦王八镜中的秦王照骨镜嵌于兽头,最后封山而归。

秦汉时期,世人普遍认为铜镜可以镇压僵尸,因为当时的人对着镜子是要"正容",看看自己的表情是否庄重严肃,衣服帽子是不是穿戴得整齐,要是穿戴歪斜了,就要赶紧正过来,所以铜镜是"正"的代表,一正能压百邪。另外镜也代表"阳",是白天的象征,对"阴"有震慑之力。

秦王扫六合以定天下,在此过程中得到了不少六国秘器,其中有八面古镜,这里面包括法家祖师铜镜,还有就是秦王照骨镜。传说这面铜镜能照视人身骨骼脉络,是一件世间罕有的无价之宝。秦始皇就将这面照骨镜连同那海中古尸,一起埋进了山里。

秦始皇随后不久便驾崩,至于那秦王照骨镜埋在何方,就成了一个千古之谜,它的下落再也没有人知道了。物换星移,直到北宋末年,有人在山上采药,忽见空中有五龙围着一座山丘相斗,最后五龙皆死,龙尸从天而坠,然而龙坠处并无死龙,只有一条大沟。

采药人惊慌之余,把这件事情告诉了附近的村民。众人争相赶来观看,只见沟中有一巨物蠕动欲出,众皆惊,以为有山鬼为害,于是纵火焚烧。火后从沟中获一铜造巨兽,牛首龟身,头上有牛角,身体是龟壳,并有七尾,尾端系骷髅头无数,形态丑恶,上丰而下杀,兽头上顶着一面造型古朴的铜镜。有人就将此铜镜献给了当时在位的天子宋徽宗。

有见闻广博的大臣进言给徽宗皇帝,称这面古镜乃先秦之物,正是史书所载的秦王照骨镜,是秦代镇妖之器,年久妖氛难除,不宜留在宫中,应按礼制重新掩埋，归复原状。可宋徽宗对此镜视若至宝，不肯割舍，一直留在身边赏玩。不久之后，金兵铁骑南下灭了北宋，俘虏了宋室二帝，秦王照骨镜就再次下落不明。

秦始皇南巡在海边遇古尸这件事本就是野史传说，未必能够当真，但秦王照骨镜在史书上却有明确的记载。后世的学者们认为这面照骨镜很可能不是铜镜，而是由一种非常特殊的物质制成，能够透视人体。如果真是那样的话，某些科技史都将被改写，就如同《汉书》中提到的一些汉代皇家秘器，其中有些东西，甚至有可能是人类最早发现的放射性物质。如果现在能找到实物，足以震惊整个世界，可惜这些东西就和众多的中国古代珍宝一样，没人知道其下落。既然没有实物，后人只能凭着古籍中的几行墨迹神驰想象，感慨回味之余，留下许多遗憾和叹息。

在八国联军入侵之时，秦王照骨镜再一次出现在世上，可惜这次是被英国人从民间搜刮了去，几经辗转流落到印度。直到今年年底，有一位东南亚的富豪出钱将它买下。因为是走私出来的，所以走的是海路，可这艘船航行到公海的时候，遇到了风暴，偏离航向后带着秦王照骨镜葬身海底。

轮船上的几百名乘客和船员，据说无人生还。风暴接连几天不止，造成通信完全瘫痪，海上搜救工作困难很大，根本找不到沉船地点，只有个大概的方向。那片海域接近深不可测的中国南海，是片三不管的区域，当地人称那里是暗礁密布的珊瑚螺旋。

我听到这里已经明白了八九分，这是当时发生的一次重大海难事故，我们前一阵也都有所听闻。既然秦王照骨镜跟船一起沉了，找专业的打捞队去捞就好了，不知陈教授语重心长地兜这么大一个圈子，到底想让我们做什么。

陈教授说到这儿就不往下说了，他可能要看看我们是什么反应，但除了Shirley杨听得很认真之外，其余的人都没什么回应，气氛显得有些尴尬。我假装漫不经心，瞥了一眼胖子和大金牙，他们俩跟没听见似的，只顾闷着头吃喝，他们显然不想插手任何没油水可捞的苦差事。

毕竟我和陈教授之间的关系不比寻常，当初要是没有他的认可，我也

不会有今时今日，更不可能认识Shirley杨，而且Shirley杨就像是陈教授的亲生女儿，所以不管陈教授说这些的目的是什么，我都得捧场，必须给足老头面子。

我赶紧对众人说："陈教授不愧是教授，跟您在一起就是长学问，今天又给我们补上历史中重要的一课。当初我看了几遍《易经》，就觉得自己挺有文化了似的，可跟您接触多了我才知道什么是学无止境，感觉自己在历史这大西瓜面前就是个小芝麻。今天听您这么一讲，感觉真是可惜了这面秦王照骨镜，要是摆博物馆里，让人民群众和港澳同胞、华侨、华人、外国来宾们都能在跟前伸胳膊蹬腿照相，那该有多带劲。不过掉海里也不错，先留在那儿照照美人鱼什么的，古物皆有灵性，指不定哪天它自己又让海水给冲回来了。"

我一边说一边在桌子底下踩了胖子一脚，让他也赶紧说几句。胖子被我踩了脚面，稍微一愣，立刻明白了我的意图，他一抹嘴，对陈教授竖起大拇指："高，实在是高！我午夜梦回之时，经常会审视自己的灵魂，问自己，人的正确的思想是从天上掉下来的吗？当然不是喽，比如陈老爷子要是没熟读过雄文四卷，说出来的话也不可能这么段段引经据典、句句振聋发聩、字字绕梁三日。这说明什么？这就是学习的成果啊！所以我们今后也都要多学习多看书，温故而知新，重走长征路，再学老三篇。"

大金牙也不失时机地跟着应承。陈教授见状，欣慰地点头微笑："我真没看错你们，八一和小胖，还有金家老二，别看你们以前被十年动乱耽误了，没正式上过什么学，可你们这口才也不比我这个当教授的差嘛，更重要的是你们不仅有不输于外交家的雄辩，更具备探险家的胆识和气魄。所以我经常说，真正的能人异士都在民间啊。"

我一听这话，就进一步确认了我的猜测，俗话说"人不求人一般高"，这还没说什么呢，一顶高帽子就先给扣上了，什么"不仅有不输于外交家的雄辩，更具备探险家的胆识和气魄"，这帽子也忒大了点，这得有多大的事让我们做啊？不过我真想不通我们能对打捞沉船之事出什么力，我们这伙人是搜山剔泽寻找古墓的摸金校尉，对海事却真是无能为力。

这么绕来绕去的让人着急，索性我就把话挑明了："教授，咱们不是亲人胜似亲人，我跟您不见外，想说什么就直接说了。秦王照骨镜沉到南海，我的心里跟您一样着急，可奈何我们没什么本事，我只不过略通些风水之术而已，对此事有心无力。虽然我是在福建海边长大的，也跟船出过海，可没去过远海，那茫茫大海不是我们力所能及之处。而且想在这么大一艘船上打捞一样东西绝不是那么简单的，更何况连沉船的地方都找不到，那不等于大海捞针吗？即使国外专业的打捞组织恐怕也不能在朝夕之间解决问题。我听说英国的一家潜水公司和政府合作打捞一艘沉船上的黄金，已经捞了将近十年，也才刚刚完成初步工作，想全捞出来更不知要捞到猴年马月。我看这件事咱们就在家表示表示惋惜和遗憾就完了吧。"

Shirley 杨对我说："你先别着急，先听听教授是什么意思。"然后她请陈教授接着把话讲完，我和胖子等人也只好耐着性子来听。陈教授说："沉船要是真找不到了，我也就不这么着急了。珊瑚螺旋海域虽然辽阔，可有条线索非常关键，如果用古代风水秘术找寻，想来应该有着手之处。海难过后，那艘船的水手中其实有一人幸存，他的救生艇在海上漂了三天两夜，他被渔船救起后没多久就离开了人世。他在临死之前透露过一个重要的信息：沉船的那个地方，海底有升腾的阴火在燃烧。海中阴火潜燃，这种奇特的现象在风水一道中是否应该有某种讲头？"

第三章
龙火

据陈教授说，沉船上唯一的幸存者向救起他的人描述了这一罕见的自然现象：海底的火光把海面都烧亮了，照到了数百米之外，然而那火光好像昙花一现，很快就熄灭了。在中国古代典籍中，有关海事记载的内容也曾提及类似的情形。风水秘术能够穷通天地，不管山川湖海，在风水术中都有其解析，因为海底同样有山川峡谷、河流湖泊、森林盆地。风水一道中涵盖形、势、理、气四项，在大湖大海中主要以"气"为论，谓之"海气"。陈教授虽然不懂风水学，但他博览群书，知道自古便有这么一说。

我没想到陈教授竟然知道阴火与海气有关，只好对答道："根据《十六字阴阳风水秘术》来分析，有三种可能性：其一是在海底两山环合之处，必有海气凝聚，聚而不散化为蜃，看到海下火光变幻，很可能是见到了海市蜃楼奇景，这倒不足为奇；其二，海气郁积，造成海底油气或是火山喷涌；第三种可能性最大，传说南龙中有龙灯之说，又名龙火。世间的火有四种，分别是鬼火、天火、人火和龙火，人火遇水而灭，龙火却遇水而炽，若是阴火势大，则必是龙灯无疑。"

不过我又紧接着告诉陈教授："青乌之术，或有其理，然而癖信之，则必成痴人。风水学毕竟是古老的产物，虽然有着天人相应的道理，可里面的内容也不免有许多过分玄奥之处，例如这龙灯龙火之说，未必可以当真。"

可陈教授却说："六合之内，无所不有，海气海蜃之说确实缥缈虚无，但古人的智慧是不能小看的，有些事看似虚无不实，那是因为功课做得还不够，研究得还不深入，尚未能揣摩出前人的心意。我一生醉心于研究古西域文化，年轻时参加过一次考古发掘，那次经历真是终生难忘。我们在古连奴发掘出了一件周代青铜器，被称为周穆王筵神盉，那是一件盛食器，彝纹为饰，雷纹为地，纹路雄奇壮丽，是青铜史上的巅峰之作。

"在那个时期，青铜和玉一样，都被视作国之重器，是为了在重要场合记录重要事件，周穆王筵神盉的纹饰上也同样记录了重大历史事件。古人说归墟是天地间的深渊，天下之水不论江河湖海，最后都要汇入归墟，却永远也填不满。据说它的位置在东海，我认为这并不准确，实际上很可能是在南海的海眼。周穆王筵神盉上记载了在南海的尽头有一个被称为归墟之国的地方，现在比较通用的称呼是恨天之国。恨天氏掌握着龙火的秘密，周天子派使者前去，希望能借龙火铸造天鼎，周穆王筵神盉就是为此所铸。由此可见南海确有龙火存在，只不过现代学者还没有揭开这层神秘的面纱，无法探明龙火的真相。关于恨天氏的记载在历史上也仅有只言片语，直到现在，始终没能发现这一文明的遗迹，甚至连这个部族是否存在过，至今也仍有争论。有人推测，由于地质变动，恨天之国的遗迹都被淹在海底了，而后来一再被人提及的在珊瑚螺旋所目睹的海底阴火，很可能就是恨天文化曾经存在过的区域。"

陈教授掰开揉碎地说了半天，我总算听明白了。天下龙脉俱从昆仑而来，唯有南龙一支，起自峨眉，并江而东，向东没入海盐诸山而进海，随后又在海底化为九支十三脉。龙火处为南龙两条支脉环合之地，沉船的地方大概就在那里。那片海域虽然有深渊般的海沟交错，但底下大部分是珊瑚礁，如果船真的沉到那里，很可能不会沉得太深，打捞起来不会过于困难。难的是海底复杂的地形以及恶劣的海上环境，使传统的探测方法失去了用武之地。想来想去，也只有利用风水秘术中对南龙一脉的描述，去寻找那昙花一现的海底阴火源头，然后以此为中心，在附近展开地毯式搜索来寻得沉船。

珊瑚螺旋海域，顾名思义，海底地形复杂得就如同漩涡，而且海面上一年四季风暴不断，潮汐变幻莫测。现在已经有许多人盯上了那艘沉船，因为是三不管海域，按照国际公约，捞到的东西完全归申报人所有，再不尽快去沉船里找秦王照骨镜，这件稀世国宝便又要流失海外了。

基于这些原因，陈教授希望我们能配合专业打捞队去找那艘沉船。要想准确地寻找海底龙火，也只有摸金校尉上观天星、下查地脉的办法最为实用，除此之外不做他想。陈教授最后说："我这辈子就这么过去了，辛辛苦苦钻研了几十年，但啃的都是书本上的死东西，临老都没能有什么独到的创见。所以说百无一用是书生，要说真刀真枪地做一番大事业，还得指望你们这些真正有本事的人。我没别的心愿了，临死前看到找回秦王照骨镜就能闭上眼了。"

我听陈教授言辞恳切，他要是有别的办法，也不用来找我们了，按理说既然是他的事情，我当然不会推辞，可难就难在胖子和大金牙身上了，本来众人都安排好马上就要出国，难道现在又让他们冒着风险出海吗？那面秦王照骨镜虽然宝贵，但尊重历史的同时更要尊重生命，再有价值的古董，也没有人的生命有价值，而且阴火龙灯潜伏莫测，又哪儿有那么容易找。

想到这儿我看了看其余的人，Shirley 杨虽然没点头，但看神色似乎已经答应了，以她那种任性的性格，不用等我点头她也会答应这件事。可我发现胖子和大金牙也正偷眼看我的神色，他们显然要等我做最后的决定，而且看他们的表情，好像对这件事一点都不感兴趣。毕竟他们不欠陈教授的，再说即使捞出秦王照骨镜，对我们来说也不会有任何利益。我当了这么多年的兵，深知一个道理：我军作战历来要首抓思想工作，如果没有士气，这仗就打不好。可我一时想不出任何理由让他们跟我去冒险，于是硬撑着没有当场答应陈教授，说回去考虑几天，毕竟此事非同小可，不能说去就去。

回去的时候天上飘起了雪花，我、大金牙和胖子没坐 Shirley 杨的车，三人在路灯映照下的雪地上走着闲聊。说起陈教授让我们办的这件事，大金牙说："我说二位爷呀，这事咱可千万不能应了，这趟浑水蹚不得。捞出秦王照骨镜还罢了，捞不出来或是有个什么闪失，陈老爷子还不得跟咱们玩命啊！再说我小时候也在海边住过，海里的事可不是闹着玩的，何况找什么阴火，那茫茫大海没个边儿没个沿儿的，往哪儿给他找去？还是胡爷头脑清醒，在杨小姐那咄咄逼人的目光注视下，竟然从容不迫、气定神闲地坚持原则没答应陈老爷子……"

胖子也说："胡司令，我还以为冲你以往的脾气，当时就得答应了。刚才白替你着了半天急，急得我脚心都冒汗了，不过你小子还真不简单，竟然厚着脸皮咬定青山没松口，以前我还真当你是一个大公无私、公而忘私的人，闹半天你私心也不轻啊。"

我说："你们俩别他妈废话了，什么是大公无私啊？这么多年了还用我教给你们吗？公字的一半刚好就是私字的一半，所以公私向来都是一回事，私中有公，公中也有私，要说什么公私分明、大公无私，那都是扯淡！不管打着什么大公的幌子，也至少有一半是出于私心，由此可见造字的老祖宗是真有见地，要不然怎么把公字造成这样呢，太了解人性的本质了，这'公私'二字造得简直都触及灵魂了。不过话说回来了，我在陈教授家之所以没立即答应，还是私心重了，我不能光图一时嘴上痛快，就仗义过头了。咱们即将奔赴美国，去胸怀五大洲放眼全世界了，这可是头等大事，哪怕等咱们在美国发了财，圆了美国梦之后，再帮他去捞秦王照骨镜，那也不算晚吧？"

虽然我嘴上这么说，但心里也很清楚，陈教授是个认死理的人，他认定的事九头牛也拉不回头，而且这次我要是不肯帮忙，单是 Shirley 杨那关我都过不了。可即便我有心鼎力相助，奈何我对这海底捞针的差事没有半分把握和信心，即使去了也是枉然，连三成把握都没有的事情无论如何都没法做。这件事真够伤脑筋的。

刚走到家就发现有人在四合院门口等着我们，一看不是别人，正是破了产的港商明叔。有一段时间不知他的下落了，我还以为他不是去美国淘

金,就是回香港扎款去了,没想到他还留在北京。明叔说明来意,原来他昨天已经打过电话要请我们几人去吃饭,可空等了半天也没见人,只好登门造访,说是想探讨探讨去美国之后合伙做生意的事情。

胖子见了明叔立刻嘿嘿一笑,伸胳膊夹住他问道:"老猴崽子现在气色不错啊,是不是回光返照了?最近没闹人格分裂吧?"

明叔赶紧说:"肥仔不要开玩笑好不好啊?我在饭馆里订好了位请你们,你们也不肯赏光,让我干等了半夜。你阿叔我可是有正事要同你们商量……"

胖子本想把明叔打发走,可我突然想起明叔常年在南洋跑船,我何不以海事问之,看他是否知道一些对我们有用的情报。于是我拦住胖子,将明叔让进屋来,见他还没吃晚饭,就让大金牙想办法给弄点吃的来。

进屋落座后,我也不跟明叔兜圈子,直接问起海上的事情。明叔果然对答如流:"你阿叔我跑了大半辈子船,海上的事情再清楚不过,你们不信的话可以去打听打听,南洋那些海匪海商提到雷显明,都是要竖起大拇指赞不绝口的。你阿叔我这个老水手,称得上识风信、知水性、洞悉海底地形……"

我不耐烦地听他自吹自擂,不等他说完,便又问他是否知道珊瑚螺旋海域有阴火。明叔听闻此言,刚才一脸自负的神色荡然无存,脸上的肌肉仿佛突然变僵了,目光失了神。在那一瞬间,他似乎回想起了在珊瑚螺旋海域跑船时那非常恐怖的遭遇。

第四章
吞舟之鱼

我见明叔神色有异,察言观色之下发现他绝非作伪,于是为他点了支香烟,让他不要着急,把南海之事细细道来。此时大金牙给明叔端来了一碗汤面,我和胖子隔着老远就闻见了香味。虽然都知道大金牙不仅是手巧之人,而且也懂美食之道,吃什么都挺讲究,可没想到一碗挂面也做得这么诱人。

我家中就剩下两个生鸡蛋和几根烂韭菜了,现在天色已晚,到街上也买不到什么了,还是大金牙找邻居刘大妈借了点挂面,匆匆为明叔煮了这碗鸡蛋挂面。大金牙说:"几位爷,咱都是有身份的人,虽说吃顿便饭,可家常便饭也不能随随便便啊,像明叔这种场面上的人,咱就更不能怠慢了。"

明叔饿了大半宿,一看饭端上来,也顾不得说话了,我见状也没办法,有什么事等他吃完再说吧。这碗热腾腾的挂面,汤上薄薄地浮了层碎韭菜末,面条上盖着俩鸡蛋黄。大金牙告诉明叔:"这汤面有个雅称,鸡蛋黄是黄的,韭菜末是绿的,故此唤作'两个黄鹂鸣翠柳'。下面这面就更不得了了,吃一口挂面不咬断那是'银须倒挂',咬断了那就'疑是银河落

九天'了！您别看用料就那么回事，蛋黄散了点，韭菜也不太新鲜了，可这意境在那儿摆着呢。自古以来多少文人骚客到大饭店里，不点别的，单点汤面，不为别的，就冲这俩鸡蛋黄来的，图什么呀？不就是图一附庸风雅嘛！"

我和胖子大眼瞪小眼，大金牙不愧是能说会道的奸商，一堆废铜烂铁从他口中说出来，也能变为镶金嵌玉的宝器。胖子对众人说："我看咱去了美国还倒腾什么明器呀，就有老金这两下子，咱合伙开个饭店还不得发横财啊！弄不好美国总统都得屁颠儿屁颠儿跑到唐人街，专为吃你这两个蛋黄来。别说美国总统没吃过，连我这馋虫都让你给勾起来了。锅里还有没有？给胖爷我也来一碗……"

锅里没挂面了，剩下半锅清汤，大金牙又盛了三碗汤，四人喝得稀里呼噜，明叔更是差点连碗底都给舔干净了。

吃完后明叔突然说："金牙仔的汤面煮得好呀，回味无穷，意犹未尽啊……可我看见这两个圆圆的鸡蛋黄，就想起咱们到昆仑山找的那颗珠子来了。那东西叫什么来着？"

我心想那"雹尘珠"都是过去的事了，此时提起来还有什么意义？莫非与珊瑚螺旋的海事有关？便对明叔说："是说雹尘珠吗？古代在内地将其呼为凤凰胆，是皇家不传之秘，就连《易经》这么大篇幅的古代经典之中，都不曾涉及半个'凤'字。我想大概不是因为《易经》出现的那个时期中国还没有发明'凤'字，而是由于所有关于凤凰胆的秘密都只有统治阶级才能接触。其实那颗珠子并非能够让人长生不死，只是古人的一种误解。"

明叔说："对对，就是那个什么珠，像这种珠子，其实在南海有很多。我年轻的时候，最开始是跟着家中一位舅公跑船。那时候南洋正在打仗，生意要多难做有多难做。有一年我们运的是盐米之物，没想到在海上碰到了吞舟之鱼。"

我和胖子少年时代久居福建，也曾听渔民说起远海大洋之中有吞舟的大鱼，却始终未知其详，于是我让明叔说得详细一些。一问之下才知道，原来"吞舟之鱼"并非特指某种鱼类，凡是走船之人在海中遭遇可以覆没

20

舟船的深海巨鱼，因不知其名，皆以"吞舟"二字呼之。也有些有过海难经历的人，同样会用这个词来形容自己在海上的遭遇。正可谓是命书上提及的"路有拦路虎，水有吞舟鱼"。

不过明叔那次真是碰上大鱼了。这鱼有多大根本没法形容，不能以咱们常说的斤两和尺米度之，然而这种巨鱼只在外洋深海才有。新安以南，尽属大海，过了香港佛堂门，就是风浪湍急的深海大洋。明叔和他舅公在海上走私，除了盐之外，船舱里还装着许多黑市物品。那次他们的船刚出佛堂口海域就遇到了麻烦。

是夜，月明如镜，四顾海面，一望无际，又恰好风静潮息，船开得很稳。这时船上的水手们发现海中卷起一股巨浪，有经验的老水手说这是涌而不是浪，海中必先起风而后才生浪，海涌则无风而起，是海水自身动荡所形成的。

随着浪涌越来越多，海中露出一座山来，隐隐横亘于前。船上的人以为是发生了海滋或浪涌，纷纷站在船舷上好奇地观看。众水手以往航行经过这片海域时，都从未见海中有山岩耸立，在大洋深海当中又怎么会有孤零零的岩山出海？

大伙正疑神疑鬼地嘀咕猜疑之时，忽然发现明月映照下的海面再次发生了变化，一会儿的工夫便又从海底浮出数块巨岩。明叔的那位舅公很快就发现大事不好，这不是浪涌，而是海中出现了大鱼群，当夜月明风静，定是海底群鱼出游，露出海面的不是山岩海岛，而是大鱼的脊翅，随即嘱咐众人千万不能高声喧哗，赶紧悄悄把船往远处开，否则惊动了鱼群，一旦鼓浪而出，船就得被巨浪打沉。

可还没等船长的命令传下去，海水就翻腾了起来，浮在海面的鱼群奔着他们这条船就来了。这种情形下只能赶紧转舵掉头逃命，可船速不够快，有好几次险些被巨浪掀翻。为了活命，船长只好下令把船上能扔的东西全都扔掉，以便轻船加速。最后扔光了货物，又把船上的活人扔了十几个下海，这条船才得以死里逃生，驶回了佛堂门。船上的货物损失殆尽，明叔和他舅公全部的家当都赔光了，他们俩也差点让债主逼得跳了海。为了尽快挽

回损失，他们只好铤而走险，到珊瑚螺旋的海眼里去采珠。

珊瑚螺旋是海底的一片巨大的珊瑚森林，据说其中有处深不见底的海眼，周围海域又与深海大洋相接，风高浪急，危险莫测，号称沉船的墓场。

珊瑚森林中有许多巨蚌，盛产明珠。每当满月时分，海中成百上千的老蚌便会打开蚌壳采纳明月的精气，有的珍珠已经生长了千百年，为天地灵气所独钟。一到那个时候，借着海底的阴火，海面就全都被月光明珠映亮了。

由于珊瑚螺旋接近深海，许多水族恶鱼会被明珠吸引而徘徊不去，海中巨蚌为了保护自己，也不会轻易地完全打开蚌壳。所以一年当中，海底明珠映月的奇景只不过有几个瞬间，而且都是在月满欲蚀的夜晚。

渔人到珊瑚螺旋去采珠是一种暴富的手段，但危险系数实在太大，若非到了山穷水尽的绝境，也不会有人愿意冒那个风险。而且即使是到珊瑚螺旋捕蚌采珠，也都是在外围活动，没人敢接近海眼。一是自古传说那里闹鬼，有水鬼拖人入海溺毙；二是暗礁密布，船只进去就会触礁，稍有不慎，就会成为珊瑚螺旋沉船墓场中的海底陈列品。还有许多别的神秘原因，则更是扑朔迷离，说起来纷纷繁繁没有头绪，历千年难有定论。

采珠人和倒斗的其实差不多，也是七十二行中的手艺人，不过在海上可千万不能提"倒"这一类的字眼，他们也绝不直接称明珠为"珠"，而是以"蛋"呼之。这是因为代代相传，皆说那些因采珠或海难死在海里的幽灵也都被月光明珠的精气吸引，一听活人提到"珠"字，就会在海底索人性命。

自古以来在珊瑚螺旋采珠之人都自称"蛋人"，干的活叫作"采蛋"，所以明叔一喝鸡蛋挂面汤，就立刻想起这件事情来了。那时蛋人采珠的办法，就是以长绳拴在腰上，携带装满石块的竹篮和换气用的猪尿脬沉入海里，然后设法引诱老蚌打开蚌壳，再探进身子或是伸出胳膊去采珠。若有小蚌就拾到篮内，摇动长绳，船上的人就提拉绳索，将竹篮取起。有时候采蛋手艺差了或是运气不好，会被巨蚌夹死。不幸遇到恶鱼之辈的也数不胜数。绳子一断，大多数蛋人就永远下落不明了，只有一线血水浮上海面，连尸骨都收不回来。

采蛋之辈,十有八九会落得这种葬身海底的悲惨下场。若侥幸不死,取回明珠,则一夜暴富。但世人皆贪心不足,取了第一枚就想取第二枚,可再去采蛋往往就未必能活着回来了。

说这行不容易,是因为除了危险之外,还需要很大程度的运气。因为根本没人敢进珊瑚螺旋的深处,都是在外围采珠。即便如此也要龙王爷赏给这些苦命人一两个时辰晴好天气,否则还没等下水采珠,船就先翻了。

只有那些经验丰富、熟悉这片海域的老海狼[1],才识得这条航路。明叔的舅公早年间就做过采蛋的蜑[2]民,在佛堂口赔掉本钱之后,只好重操旧业。不料再次下水就让鱼给吞了,一起下去的四个人都没能活着上来。那时候明叔还很年轻,这件事对他的刺激着实不轻,令他至今记忆犹新。

现在珊瑚螺旋外边的海蚌已经被人采得差不多了,但没有人肯冒险进海眼一带采珠,因为人人都是为了谋生而不想送死,所以珊瑚螺旋深处的蚌珠始终没人动过,积累了不知几千几万年了,那绝对是一处发掘不尽的宝藏。可是别看现在科技进步了,装备和器械都比以往好,要想进地形复杂的珊瑚螺旋取宝,还是不太现实。

听明叔讲罢,我和胖子、大金牙三人都觉得口干舌燥,也不知是面汤咸了还是见财起意,心痒手痒之外,更是激起了猎奇之心。

胖子激动地说:"我看这月光明珠可是不拿白不拿啊,拿了是替天行道,不拿纯属大逆不道,虽然风险不小,但这叫'不担三分险,难得一身轻'。这回要是成功了,咱们就能少奋斗二十年,不过办这事费用不会太少。明天就让陈教授给咱们提供资金出海采珠,咱们正好可以学学雷锋,顺便帮他打捞秦王照骨镜,这才真正算是公一半私一半,名正言顺的绝顶勾当。"

大金牙也说:"胖爷说得极是,凡事非财难着手,一朝无粮怎驻兵?到了美国不管做什么生意都离不开钱,可凭咱们自己的经济实力还真是有

---

[1] 海狼,指航海经验丰富的老水手。
[2] 蜑,dàn。

点力不从心。既然有这个机会，咱是不是调研调研，看看有没有可行性？"

我心想明叔如果了解南海海眼的情况，那是再好不过了，不过明叔也不是省油的灯，他要是有办法进去采珠，还能等到现在告诉我们吗？那海眼其实就是个无底洞，多少海水夜以继日地灌进去也从不见满，虽然没见过，但从传闻来判断，它竟然和精绝鬼洞极为相似，想象不出那里究竟隐藏着什么秘密。那片神秘难测的海域绝没有那么好去，万一有些许差错，怕是即便进得去也出不来了。

我也很清楚我们于公于私都要去珊瑚螺旋走一趟，这是迟早的事情。因此我对众人说道："人是英雄钱是胆，低级趣味不是罪。咱们是商人，商人者皆为利往，只要有利可图，就没有不去之理。不过我看没有把握的事情，咱们最好别忙着做，你们先沉住气，等我去和Shirley杨商量商量。她家祖上是搬山道人，久在江浙沿海勾当，擅长独门搬山填海异术。若有这门探海奇术为辅，咱们去南海搬山取珠直如探囊取物、反手关门一般，不费吹灰之力。"

第五章
搬山填海

　　作为一个探险家，促使他不断以身犯险的，至少是好奇心、野心、信仰和使命这四大因素。我不知道摸金校尉算不算职业探险家，不过这些动机我们是一样不少，关键是有了名正言顺的借口，就更可以施展我们的一腔剩勇了。四人喝着热腾腾的面汤，探讨着去南海海眼会有多大收益，最后得出的结论是难以估量。能把整个海底都照亮的月光明珠，是千万年海气凝结之精华，不深入海底根本猜不出珊瑚螺旋中有多少老蚌巨珠。想到那些取之不尽的宝藏，不禁使人神驰天南，恨不得插上翅膀立刻飞过去。

　　大金牙说："当年在潘家园初次见到胡爷和胖爷，就觉得二位仪表非俗，跟着你们混早晚能发大财，这就叫慧眼识英雄啊！现如今咱们即将去美国大展宏图了，可就是缺点资金，不过想吃冰天上就下雹子，那海眼处竟有这么大一个无主宝藏，依兄弟的愚见，就凭咱们胡爷的摸金秘术，再加上杨小姐祖上传下来的搬山填海绝学，这桩富贵非咱们莫属啦。"

　　胖子说："何止是想吃冰天上下雹子啊，这简直是想娶媳妇天上就掉下个林妹妹。胡司令我说你就别撑着了，赶紧去找杨参商量商量去，商量妥了，咱们是不是可以连夜就出发？"

我心想他们怎么都这么激动,看来胖子说得没错啊,金钱是人民精神的寄托,不过我现在还真记不太清楚原话了,以前他也曾经说明器才是他的寄托,但我看这两者没什么区别,反正没有精神寄托并不是什么坏事,肯出力干活对胖子这种浑不吝的人来说,才是实在。

我正要跟众人说咱们这次出海,打捞国宝秦王照骨镜是主,顺便到海眼中采珠是辅,最好能做到公私兼顾。可话到嘴边,突然感到腹中一阵剧痛,刀绞般疼,再也顾不上说什么了,顺手抄起桌上一张报纸,以冲击敌人火力封锁线的速度奔向厕所。不仅我这样,明叔等其余三人,也先后感到腹痛难忍,纷纷跑去厕所放茅。

原来大金牙煮的挂面中,放了些不太新鲜的韭菜,就这几根小小的韭菜差点要了我们的命。四个人拉肚子拉得都脱水了,最后不得不连夜到卫生院去输液。我和胖子常年四处奔波,什么乱七八糟的东西都吃过,也从没闹过肚子,没想到大风大浪都过来了,差点折在一碗挂面上。

深夜的卫生院急诊部门前仍然有不少患者,我们四人被护士安排在走廊尽头的病房里打吊瓶。胖子躺在病床上还在有气无力地抱怨:"据说四大背是警察局、大药房、火葬场、税务局,进这种地方最少倒霉三年。胖爷我这辈子都没进过医院,这回算是开了斋了。都怨老金,煮锅破挂面放俩鸡蛋还不行,还非得放老胡他们家的烂韭菜。那韭菜什么时候买的,他自己可能都想不起来了,所以他也有连带责任。不过归根结底还得怪明叔,明叔你说你大半夜上我们家来还不提前吃饱了,成心蹭饭来的是不是?我发现这就是你的一贯作风,从上回去昆仑山开始,你就一味地煽风点火,我看你是唯恐天下不乱,大有妄图炸平庐山,迫使地球停止转动之势。"

明叔由于吃得汤面最多,所以病情最重,跑肚跑得几乎就剩下一口气了。不过他跟胖子始终有点过节没解开,这时候又自恃众人出海用得着他,半点也不肯在嘴上服软:"我警告你个胖仔,现在我心情很不好,千万不要试图在这时候挑战你阿叔的情绪!哎哟……你阿叔我都快被金牙衰仔的汤面搞得挂掉了,这是汤面还是泻药啊?"说着话明叔又肚痛起来,想找护士带他去厕所。但这卫生院的护士一是特别忙,二是态度不好,遇到这些不是分内的活都不愿意来做。明叔找到哪个护士，哪个护士就朝他翻起卫生球眼，对明叔这香港老同胞视而不见。正好我的吊瓶打完了，只好由我扶着他去医院的厕所放茅。

我把他扶进厕所挂好了吊瓶之后，就顺着医院走廊往外走，去给他找手纸。这时见Shirley杨急匆匆赶来卫生院看我们，正在挂号的地方到处打听，我就将她喊了过来，把经过简单说了一遍，说没什么大事，就是食物中毒了，可能韭菜上有农药没洗干净，用药之后已无大碍，让她不用担心。随后我们就走到医院走廊尽头安静的一角，我同她说起去海眼打捞沉船的事情。

Shirley杨说："你当时没有答应下来是对的，陈教授太心急了。即使有别的打捞队盯上了那艘船，恐怕在短时期内也拿不出方案来。珊瑚螺旋的情况我知道一些，那里向来被称为南海百慕大，是各种海难事故的多发海域。这片海域的空中经常会有晴空湍流出现，飞机很难飞临上空，舰船的电子设备也会受到某种神秘干扰而失灵。而且水下暗礁太多，若是不熟悉海底地形，根本不可能进入珊瑚螺旋深处。等咱们到美国后再慢慢想办法吧，毕竟秦王照骨镜这件国宝事关重大，而且陈教授的忙我也不能不帮。"

我对Shirley杨说："今天遇到明叔，他年轻时曾跟船到珊瑚螺旋附近采夜明珠，大致的地形他是知道的。我估计利用风水秘术来上观天星、下察地脉，找出进入珊瑚螺旋的途径虽然十分渺茫，但也并非不可为之。《十六字阴阳风水秘术》中有对南龙一脉的详细论述，咱们远隔万里，不知那海眼的情形是否与南龙形势吻合，还是要到海上亲眼看看才见分晓。我现在觉得最起码有三四成的把握。"

对于在海眼潜水打捞沉船、明珠一事，我们虽然有足够的资金，但如果不经过长期的准备和部署，根本无法同专业打捞公司相比。单是掌握一些潜水设施的使用方法就需要很长一段时间。不过我觉得如果用搬山道人传下的独门探海方术，一定能事半功倍。

所谓的"搬山填海"之术，并没有类似《十六字阴阳风水秘术》这样成书为典的古卷，只在搬山道人鹧鸪哨留下的日记兼回忆录中，对以往使用过的一些方术有相关记载。其中涉及几次出海寻访灵丹妙药的经历，夹杂了许多搬山道人秘不外宣的奇术。这些搬山填海的方术之奇诡令人匪夷所思，是历代搬山道人在千百年的岁月中所汇集的心血，能够穷通天地万物。若是可以善加使用，真可谓应其变而神其妙也。

Shirley杨曾将这部分内容单独整理了出来，不过我们这半年来万里奔波，从没认真研究过，这时候突然要用，不免有些临时抱佛脚的仓促。

除了过于匆忙之外，我们还有一些劣势，比如我们能在短时间内购买使用的装备，跟那些以政府军队为背景的专业潜水打捞单位相比，无疑是叫花子同龙王爷比宝——根本不是一个级别的，难以相提并论。

不过这次行动有其特殊的性质，在珊瑚螺旋那片高科技设备失去作用的神秘海域，正是老祖宗传下来的这门古老秘术的用武之地。西医治标，中医治本，这叫你扔你的原子弹，我扔我的手榴弹。摸金校尉和搬山道人的长处，在于掌握着中华传统文化中的绝对技术优势。

Shirley杨也是探险世家出身，她的血液里继承了许多探险家的基因。虽然她经常说我是唯恐天下不乱的好事之徒，但事实上她自己也绝不是一个能闲得住的人，在医院里被我一煽动就有了心思。Shirley杨毕业于美国海军学院（USNA[①]），虽然她后来放弃从军，选择成为《国家地理》杂志的一名普通摄影师，但她身上仍然具有典型的美国海军军官气质——卓越但不高傲，从不缺乏冒险的精神与勇气。

美国海军学院所倡导的是"知识铸就三叉戟"。三叉戟是希腊神话传说中海神波塞冬的兵器，象征着海神的力量和制海权。我们这次海底捞月的行动，就是以摸金校尉与搬山道人的古老秘术为主，也正巧应了这句名言，倒斗秘术铸就三叉戟。

但我们还是需要一些出海的基本装备，这就要通过Shirley杨利用海外关系进行准备。我们商定计划，由我带着胖子等人先下南洋，在珊瑚螺旋附近收集情报，并寻找合适的船只，待Shirley杨准备就绪后尽快会合，全

---

① USNA，美国海军学院（United States Naval Academy）的缩写。

队进入南海百慕大。

当时谁也没有想到，这一影响我们今后命运的重大计划，就在这毫不起眼的卫生院中，干净利落地制订完毕了。我们谈了足有一个钟头，谈完了我才突然想起来，明叔还在厕所里蹲着呢，把他给忘得一干二净了。我赶紧去找他，才发现他不在了，原来明叔早已经被一个路过厕所的医生给送回了病房。他在病房中一见了我就抱怨："胡仔比那个胖仔还可恶，胖仔最多嘴上缺点德，这姓胡的衰仔净使阴招，把你阿叔这么一把年纪的老人家扔在厕所里，说得好好的是去拿卫生纸，结果一去就没影了，人面兽心呀这是，幸亏阿香没嫁给你。"

我随口敷衍道："得了吧，明叔，咱们都是做大生意的人，决千金之货者，不争毫末之价。您不也没掉里头爬不出来吗？就别斤斤计较了。我刚才确实是有比给你送手纸更重要的事情，这不一打岔就给耽误了嘛。"

众人被肚子闹得筋疲力尽，吵了一阵，便没心思再多言语了，输完液之后就回家睡觉休养。第二天中午，陈教授赶来探望我们，他已听 Shirley 杨说了我们答应去找秦王照骨镜的事，特意来嘱咐我们："南海的海眼深不见底，怕是和精绝古国的无底鬼洞大有关系。你们既然决定要去珊瑚螺旋，有件事必须事先说与你们听，这件事也许有些耸人听闻，但我只是希望你们能做好充分的心理准备。"

第六章
青头

陈教授告诉我们，早在殷商时期，由于战争和自然灾害的威胁，居住在中华大地上的先民就曾进行过若干次大规模迁徙，其中一支向南渡海而去后，就失踪了。

据史书记载，在珊瑚螺旋的海岛上曾经有过一个青铜文明高度发达的恨天之国，他们善于使用海底的龙火，并与周王朝互有往来。国中有深不见底的洞穴。这个海上之国，很可能就是从中土渡海迁徙而去的恨天氏。但在秦后，对恨天之国的相关记载就彻底没有了，它在大海上神秘地消失了，就如同从未在世间存在过一样，关于它的一切都成了解不开的谜。恨天之国成了一个名副其实的"迷踪之国"。

后来有位去西天取经的法显高僧，他取得真经后从海路归国，将沿途见闻写成了一部地理奇书《佛国记》，其中就叙述了他在海上听闻过恨天国遗迹之事。这段记载里面提到，在珊瑚森林密布的海中有一无底巨洞，如果舟船被卷入其中，绝没有人能再活着回来。

我对陈教授说："传说中的这个海上的无底洞，十有八九就是南海的海眼了，确实很像咱们在沙漠里见到的无底鬼洞。这次我们出海，会想方设法摸摸它的底细。"

陈教授说："千万不要因为一时意气用事，而去冒险进入海眼。装有秦王照骨镜的船只，很可能沉没在了海眼附近阴火潜燃之处。当然咱们应该尽量往好处设想，但也不能不做最坏的打算，万一沉船已经落进海眼里了，那也是天意如此，人力不可强求了。"

随后陈教授又千叮咛万嘱咐，讲了一件最重要的事情：秦王照骨镜两面都可以照人面目，正面无妨，但千万不要去看自己在古镜背面的影子，切记切记。这是出于什么原因，陈教授也无法解释，总之根据以往所发生的事情来看，这面照骨镜好像背负着某种诅咒，谁用背面照自己谁就要倒霉。按理说，这番话不应该从陈教授这种身份的人口中说出，不过他大概也是出于一番好意，这才不得不给我们提个醒。

我知道陈教授的话不可不信，也不可尽信，正如他先前曾经说过的话一样，六合之内，无所不有，愚者惊疑，畏首畏尾，正则为神，非则为鬼，托说虽众，却因人知有限，莫能辨其虚实。在这世界上有许多事情，的确难以用常理来衡量。那面在古墓中镇了一千多年死尸的铜镜，难免会带有地下的阴晦之气，对活人有损无益，这也许就如同摸金校尉"鸡鸣灯灭不摸金"的规则一样。秦王照骨镜有这种禁忌，必然事出有因，我们既然无法追究其中真正的原因，那就尽量别去触犯为好。

几天之后，病情最严重的明叔总算是恢复了。他带着我和胖子、大金牙一行人轻装简行，通过他在香港海路的关系，利用走私船几经周折把我们运到了珊瑚庙岛。珊瑚庙岛本是一处无名小岛，因岛南有观海断崖，崖上是古珊瑚庙旧址，传说是当年郑和下西洋时的古迹，所以海路往来之客都以此庙为地名。

珊瑚庙岛四面环海，椰林婆娑，一派南国风光，空气里弥漫着一股无法形容的海洋气息，崖下的渔村幽碧深邃，没有车马喧嚣之声。岛上还有一处世界罕见的天然奇观——淡水湾，与大海一石之隔，水质却清冽甘甜，可为航海船只补充充足的淡水。此岛不仅是放洋出海进入珊瑚螺旋的必经之路，也是海上的最后一个补给点。

岛内这个数十户人家的小渔村，生活条件原始落后，渔民们靠海吃海，除了打鱼采珠之外，也将在附近海域打捞到的古董旧货之物出售。沿海的一些古玩商和收藏者常年在这里收购交易，多种货币都可流通，美元最硬。这海岛上也不断有投机的冒险者和打捞队来碰运气，时常可以听到有人收到奇珍异宝的传闻。久而久之，珊瑚庙岛便形成了一个孤悬海上的黑市，俨然是一个化外之国。

临近此岛有"古代海上丝绸之路"，元明时期的沉船尤多，渔民们捞上来的事物也五花八门，有瓷器、兵刃、香料、木料、古币、造像，有充满伊斯兰风情的玻璃器，也有从沉船里捞出来尚未开封的陈年美酒，还有连我们这些行家都看不出年代款式的古物，甚至有在海难死人脚上扒下来的名牌烂皮鞋。摸金校尉管古墓里的宝贝叫"明器"，海里捞出来的东西也有名词，在民间行话统称为"青头"，青头交易称为"接青头"，只要有华人圈的地方，此类行话全都通行。做这种青头生意和古玩生意差不多，最重要的是懂行，不懂行就没人愿意做你的生意。怎么才叫懂行呢？通晓行话、明白行规这两条就是最基本的。

我和大金牙、胖子三人从没接触过青头货，皆有大开眼界之感。可明叔告诉我们，这岛上交易的物品，虽然假货不多，但都沉在海底年代久远，受到侵蚀和破损的情况非常严重，要不上大价钱，很难见到品相好的真玩意儿，除非是撞大运赶上了，不过那种机会实在是太少了。有不少专吃这碗饭为生的人天天在这儿盯着，一旦有渔民打捞到好一点的青头，马上就被收走了。你要是运气不够，连见都见不到，只能事后去打听相关的传闻，吸取经验教训，为下次机会做准备。

按照计划我们要在珊瑚庙岛停留一段时间，为出海做充分的准备，等与Shirley杨会合后才会开始行动。于是我们在渔村中找到一个家能留客的渔民，跟他谈妥了价钱就住了下来，随后在岛上转了一圈，这时天色还早，我们就来到一家开放式的小酒馆，喝些啤酒解渴。

这酒馆其实就是一个旧木头箱子搭成的长条柜台，所有的座位也都是木箱，两边挂着绳，晾着鱼干，柜台上除了各种各样的酒水之外，还有琳

第七章
海中古玉

蹄武最后取出的一口木箱里，装着满满一堆奇形怪状的古玉，有的形如瓷片，有的形如枯骨，也有的形似兽角兽牙，不仅形状古怪奇诡，这些古玉的颜色更是斑驳离奇。由于是一水的青头货，在海中被自然环境侵蚀，所以大抵是以暗灰色为主，但有些部分老浸犹存，或是色如生姜，或是色如烂酱，也有鲜艳如红枣的斑痕。

大金牙最精玉道，见了这箱青头，口中的金牙和双眼顿时一齐放光。凡是海中所出千年古玉，往往没有一件是完美的。古人藏玉有"三忌"之说，就是忌油、忌污、忌腥。油腻之物会堵塞玉质的细微孔隙，使玉质不能晶莹润泽，失去了玉髓的青光。海中古玉沉浸已久，海水中的腥液和海腥气中含有的盐卤等成分，污秽之物闭塞了玉身土门，所以使得这些玉质大多有伤。

明叔也是识货之人，但他的懂行是从器物的款型真伪判断，见这些青头玉器尽是造型古朴罕见之物，料定年代不浅，就低声和大金牙商量这箱青头货能有多大价值。

大金牙嘬着牙花子说："这些青头在海底怕是不下数千年了，绝不是海路沉船里的东西，有半露质地的，有不露质地的，也有微露质地的，保存程度大不相同，但看形制又都是商周时期的古物。这海上孤岛能见到这些真东西，确实令人费解。您瞧有些地方还有玻璃般的光芒，真是形形色色。不过古玉就是这样，越古越怪，世俗之人哪里能解其中奥妙？照我看这批东西说值钱就值钱，说不值钱就不值钱，值钱不值钱得看怎么说了。"

大金牙和胖子、明叔嘀咕着怎么跟骓武砍价，我却望着箱中玉器出了半天神。在云南献王墓，我见过无数奇珍异宝，那里面自然有许多秦汉时期的玉器。但这箱从海里出来的青头货，竟让我觉得惊讶，全是殷商时期的古玉，而且造型甚为罕见，尤其是其中有个玉制女子人头像，眉目逼真传神，头戴鱼骨冠，颈部细长，密布鳞纹，由于只有头像，颈部以下不知所终，所以看不出原本是人首蛇身，还是其他的异类造型。这玉人头是我们平生见所未见，甚至都没听说过的东西。

这些稀奇古怪的玉器很容易辨别真假，自宋代起就有人用鸡血沤玉伪造尸血浸，也有下油锅里炸的、放茅坑里泡的，但懂行的会摩热手心握之，则真伪立辨。稍加鉴别，我们就知骓武手上这批青头的确是上古遗存。难道这女子玉人头，就是陈教授提到的恨天之国的古物？看来这珊瑚螺旋海域果然不简单。我立即问那酒馆老板骓武，这些青头都是从哪儿搞来的。

骓武说："兄弟啊，你们都是懂得行市之人，我也不敢蒙你们，实话告诉你吧，几个月前海啸，有一巨兽从海里浮水而出，海水退去后就死在了滩头上。由于天热，腐烂得很快，谁也没看出来这东西究竟是什么海兽，不过看那体形比座头鲸还要大上两号，估计是深海里的什么怪物。这罕见的大海兽肚子里有艘小船的残骸，船舱里装着这些青头，所以，你们闻这味道，是不是有点发臭？想什么办法也去不掉了。我看可能是有捞青头的倒霉鬼遇到海难被卷入了海底，让那东西给吞了。后来我就把这箱货从渔民手里收了。"

骓武认为奇货可居，自然把价抬得甚高，海底的珊瑚森林里确实存在大量古迹，但能找到的不多了。别看玉器有破损，而且在海底泡得久了成色不佳，但年份在那儿摆着，这种青头几十年才见得到一次，想出手买走的大有人在。

我对踣武的话半信半疑，谁知道他这是从海怪肚子中得来的青头，还是海匪们打劫了来销赃的黑货？但这些并不重要，关键是我们看上了这批货，万一寻不到秦王照骨镜，挑几样恨天之国的古玉交给陈教授，也算是个交代。

这时大金牙等人也私下里商量完了，我暗示大金牙去跟踣武砍价。大金牙立刻冲着踣武咧嘴一笑："我说武爷，您别看您是专门接青头的，可您不一定懂得玉道，说实话您这些青头可真烫手啊。"

交易青头也好，交易明器也好，买卖双方如果是懂行的之间打交道，跟平常的一买一卖大有不同，一是来日方长，做这行不能跟同行做一锤子的买卖；二是古玩行业是一个施展眼力、魄力和财力的行业，不具备足够的知识不行。

买卖双方商谈价格，不争毫厘斤末，而是以理服人，你说你这东西值钱或者不值钱，那你必须得说出一番能让人信服的话来。所以古玩也称文玩，不能像买卖牲口那般粗来粗往。古玩买卖做成了，买家卖家自能多长一番见识，同行之间交易重在能提高自己的水平，这种情况下价钱反倒是次要的，因为有些学问花钱也买不来。

踣武见大金牙要盘道，虽然心里不以为意，却也只好洗耳恭听，只听大金牙边喝啤酒边云山雾罩地给了他一通高论。

"在商周战国年间，民间根本不允许买卖玉件，因为那时候玉器都是特权阶级的专用物品，象征着身份和地位。所以那会儿倒斗的手艺人去倒斗摸金，往往都不取明器中的玉件，而专摸真金白银。有些考古学者去到古墓，发现墓主身上的金缕玉衣都被拆散了，价值连城的玉片扔满一地，玉片上的金丝却被倒斗之辈抽剥倒走了。这就是因为那时候社会大环境不允许玉石流通，谁要是敢在街上卖玉，那就等于自己去衙门自首。

"可咱们所处的时代不同了，在潘家园就经常能见到古玉，这些古玉的来源大多是墓中明器。墓中环境不同于人间，造成这些古玉大多有浸。古墓里面什么乱七八糟的东西都有，有在墓里放石灰、积细沙的，也有灌水银的，积石是为了加固，积沙是为了防盗。正因为有了这些杂七杂八的东西，再加上古墓所在的地下环境阴暗潮湿，这些明器大多带'沁'，也有称其为'浸'的，差不多都是一个意思。

"这玉沁的颜色五花八门，一般按颜色区分：黄色的在陕西、内蒙古比较多见，是土沁；灰色的是石灰沁；白色的为水沁；黑色的在明器中最多，是水银斑，也称朱砂沁或辰州沁；紫色的则是死人腐烂沤浸出的尸血沁；绿色的是与铜器相近而产生的铜沁。而有的玉石也有黑、碧、青、黄、黑、白等本色，其中尤以白色为贵。

"古人以玉比德，说明玉和人性相通，可带腐沁之玉，却是不宜近人。这些海里的青头，确实是很值钱的古玉，奈何都为海水腥腻之物沉浸，全是海腥盐卤包裹，而且已浸入玉髓，观之好似顽石，懂行的觉得可惜，不懂行的觉得是假货，唯一的办法是找人来盘玉。咱要想盘活古玉，使其玉性与沁色相映成趣，那得花多大的成本？大盘这种古玉必找处女，最好是十八九的大姑娘，长得不好还不行，不是大家闺秀也不好，必须让她把古玉贴肉而藏，一年到头寸步不离，用个两三年能盘回一块就不错了。可咱上哪儿找那么多大姑娘去？要真有钱雇那么多如花似玉的大姑娘来盘玉，那咱爷们儿还用得着千里奔波淘换这么多烂石头回去吗？而且大姑娘找多了，咱这生活作风问题也说不清楚了，家里的老婆该不愿意了。所以说这批青头烫手，弄回北京也不一定能立即出手，还不知道要在手里砸多久呢。海中古玉难盘，这只是其一。还有更要命的，其实嗜好古物的收藏家，也许不会在乎沁色如何，他们收了去是自己找人来盘。古玉斑色深厚，老沁年愈久色愈暗，一经盘出，各种形色必露其精彩，妙处无穷无尽，展现出古香异彩，堪称奇绝。

"但既然玉能比人，人分三六九等，古玉当然也有高低贵贱之别。殷商春秋之古玉，用料尚在其次，今人多以其形制而分高低：古玉中以圭、璋、璧、琥、璜、琮为上品，祭祀环佩之物次之，零星玉件再次之。可您瞧这些青头货在古玉里跟上、中、下三等都不沾边，形制古怪离奇，缺少审美价值和收藏价值，嗜古者未必肯为它掏银子费工夫。

第七章 海中古玉

"明器青头这种东西,最重要的是有人认可,谁都说不清这些东西的出处来历,它顶多也就剩下点研究价值了。不过能不能研究出什么成果那还不好说,而且残破不全更是致命的缺点……"

大金牙滔滔不绝地还想再接着侃,听他说话的跸武却坐不住了,哪里想得到玉石有这么多讲究,听得心服口服,心惊不已,连称佩服,情愿把这批青头高开低走,就算交学费了。他对大金牙说:"在这儿做生意算是坐井观天了,有机会一定要去潘家园长学问去。"

大金牙是流氓假仗义,立刻拍着胸口答应,只要跸武去了北京,吃住玩全由他大金牙包了。东南西北皆兄弟,五湖四海是一家,爷们儿出来混图什么呀?图钱?钱是王八蛋啊,什么钱多钱少,提钱就觉得没劲、庸俗,咱爷们儿这辈子不就图个仗义嘛。

跸武目瞪口呆之余,这笔生意就算被大金牙给拿下了。我们虽然从北京出来的时候不算太顺利,但这回南下,到珊瑚庙岛头一天就先发了一笔不大不小的意外之财。

成交之后,我想起还有更重要的事情没办,就向跸武打听,想找一条能出海的船,不用太大,但必须坚固可靠,能经得住汪洋大海中的大风大浪,只要能合我们心意,价钱不是问题。

跸武说:"这还不简单嘛,几位尽管跟我来。"他带我们从渔村转向后崖。这珊瑚庙岛四周突出,中部凹陷,宛如一朵在碧海上盛开的莲花。全岛唯有东南和西南两个小缺口可以停泊船只,另外崖下有旧时水洞,也可在洞内等候潮起时出海。从古崖上经过前往深水洞之时,环顾四方,只见海连着天,天连着海,碧海蓝天,风平浪静。我在心中暗自祈祷,但愿我们出海的时候也能有这种天气。

下崖进入大水洞,发现这里停靠着不少船只,各式各样,而且什么年代的都有,渔船、小型货船、风帆轮机一应俱全,除了岛上渔民们私有的,也有在海上遇到事故被丢弃在这里维修的,还有些是来这里寻宝的打捞队所留下的。水洞里还有舰船上的老式火炮,据说以前这个水洞被海匪盘踞,那些老式的木船和火炮都有几十年甚至上百年历史了。

蹚武引我们看了几艘船，我不太懂得舟船之道，找船这件事全凭明叔做主。明叔对船只要求很是苛刻，看了数遭，都没有让他满意的船，这里的舟船无一例外缺少一些我们最为需要的设施。

　　明叔是横挑鼻子竖挑眼，在船只的挑选上半点不肯含糊，毕竟出海后身家性命都要系于此船。最后蹚武终于明白了："几位出海这是要有大动作啊？我看你们也不像普普通通来捞青头的，一般的船根本达不到你们的要求。实不相瞒，在这水洞深处还有艘老船，是当年英国探险队改装过的，但那批英国人没等出海就全部莫名其妙地死了，他们的船至今还留着。那艘船……我还真不知道该怎么形容它，只能说够邪门。"

第八章
三叉戟号

我听踣武说得奇怪，不知他为什么会将"邪门"这个词用来形容船只，但要做非常之事，便需非常之选，说不定那艘被英国打捞队改装过的船正合我用，于是决定随他前去观看。反正我们是不见真佛不烧香，如果没有合适的船只，宁可将出海之事延后，也不能买老马、置破鞍，凑合一天是一天地将就。

珊瑚庙岛观海崖下的水洞深处有一个转弯，头顶山崖从中裂开，露出一线天，在光线照不到的阴影里停泊着一艘奇形怪状的木船。这艘船造型非常古老，在外海作业的船只中它的体积也仅属于小型，能载十来个人。船体主要是木质结构，乌沉沉的，泛着微光，所有铆钉都嵌到木质之内，再用木楔加封。所选用的材质里面混合了一部分海柳，那是一种长在海底的"树"，受潮受热都不会变形，而且耐得住腐蚀，历久如新，非常坚固，承受得住大海上惊涛骇浪的考验和洗礼。

单是海柳这种材料就已十分罕见，它虽然形似柳树，但实际上是一种不会动的海洋生物，数万年才得成形，每一寸都是宝贝，由于濒临灭绝，所以在近代难得一见。沿海有种比较迷信的说法：如果在船体的重要构件处使用海柳,将会受到水神的庇佑。

这船样式古老,似乎有上百年的历史,以样式来看这老船都能进博物馆了,可为什么看起来又像刚造好一样显得很新?许多地方经过了改装,所以这船身各处显得很不协调。船上还有许多我们从未见过的装备,确实有几分邪门。

蹻武为我们做了一番详细介绍。几十年前,这一带海匪活动猖獗,这艘船就是当年海匪用过的快船。后来附近的海匪逐渐被剿灭,这艘快船就被藏匿在这水洞之中,被渔民发现后改装成了渔船,所以船上渔网、渔炮、渔枪一应俱全。

后来英国谭顿打捞公司的人想进珊瑚螺旋捞青头,但是那片海域哪儿有那么容易去,船大了在珊瑚螺旋容易触礁,船上又不能装太多电子设备,于是他们就看上了这艘海柳船。经过半年多的改装,如今吃水线下都是铜板装甲,原本的动力部分被拆掉,稳妥起见,改装成了蒸汽烧煤和马达两种动力切换的四组螺旋桨驱动,航行起来机动灵活。船舷两侧备有救生艇,还有两门中等口径的印度金毗卢水神炮,能击发四种不同用途的炮弹。船上设有绞盘和渔炮,以及各种简易打捞作业所必需的设备。

船后悬挂着两个巨大的椭圆形铜球,这东西叫作潜水钟,是一种气密式封闭潜水工具,可以把人装进去用链条吊着坠入海底,侦察水下情况。虽然这方法笨拙原始,但在危机四伏的海底对潜水人员有比较好的保护作用。

在船舱内还留着一些英国人的特殊装备,其中包括英国产的深海救援器,属于重型潜水装备,能够下潜到海底两百米左右深,重量约有一百五十斤,它可以确保潜水人员在高压、低温、缺氧、黑暗的环境中安全地完成任务。金属头盔设有观察窗,可以同橡胶材料的潜水服相连接,并设有排气阀以保持稳定的压力,可向外排出呼吸的气体。这种设备到目前为止还处于实验阶段,属于更新换代时期的试作型,使用的时候存在一定的危险系数。

即便是经过了如此充分的准备,那伙英国人还是不敢轻易行动,因为

第八章 三叉戟号

珊瑚螺旋是幽灵恶鬼出没的地狱之海,风信杂乱,舟船一旦接近,就会针迷舵失。而且那里常年都有飓风,天空中难得放晴,天晴的时候又有海市蜃楼变幻万端,往往将海船引入歧途。对探险队来说,各种困难都可以克服,唯独在茫茫大海上迷失方向是最为可怕的。只有海水,漫无边际,不识东西南北,唯望日月星辰前进,如果连天空都看不到,船只早晚会迷航难返。

由于这个难以克服的原因,英国打捞队最终放弃了计划。就在他们准备回国的前夕,突然全伙暴毙在了船上,死因非常离奇。有迷信的渔民说因为这艘海柳船阴气太重,死在上面的人太多了,冤魂缠腿,跟这鬼船接触时间长了,便都被船上的厉鬼上身害死。有关这件事的具体情况跸武就说不清楚了,他知道得并不详细。如今这艘船的船主是当年帮忙进行改装工作的一个当地土人,如果有意想要这条船,跸武说他可以帮忙牵线商谈价钱。

原来这船是艘"鬼船",船上死过不少人,看起来不太吉利,而且此中原因跸武所知有限,讲不清楚。对于这些子虚乌有的事情,我向来不太相信,只是在这件事上不得不留个心眼,希望能够找机会尽量查明真相。虽说宁可信其有,不可信其无,不过也不能听蝲蝲蛄叫就不种地了,眼下又到哪里找比这海柳快船更合适的船去?

我和明叔对这条船很是满意,有种难以形容的感觉,凭这船足可以闯一闯珊瑚螺旋。可跸武又说:"这么多年,就没听说有人进过珊瑚螺旋,那里海鬼出没无常,海底阴火潜行燃烧,绝非善地,若听我良言相劝,就趁早绝了此等念头。不过你们要是真想进入那片海域,我看也只有这艘海柳船能够胜任。但前提是得有船长能把它开进珊瑚螺旋,可是这样经验丰富的老海狼又上哪里找去?"

我对如何进入珊瑚螺旋海域心中自有主张,此事机密,自然不必和跸武明说,只是让他带着大金牙去找船主商谈价钱,另外开出一份货单,请跸武代为准备,还要对船体进行检修测试,确保出海后它万无一失。

既然船只已经确定,众人便分头行事,明叔等人负责准备一应事物,我则到处寻访当地渔民,打探出海采蛋之事。接连忙碌了几天,Shirley 杨就赶来会合，但我没想到陈教授也跟着她一道来了。原来陈教授放心不下，打算跟我们一道出海。我如何肯带他去冒险？在百般劝说之下，才说服他留在珊瑚庙岛，另外让大金牙也留在岛上，同他有个照应，等我们得手回来，再一并返回北京。

我带 Shirley 杨仔细看了那艘改装船，这艘海柳船还没有命名，我们最后将其命名为三叉戟号。按当地华人风俗，新船或者翻修过的船只出海前都要举行一些祭祀海神的仪式，折香、砍干股、淋老酒，并到珊瑚庙里给妈祖上香，以求出海平安顺遂。虽然我们不信这套，但入乡随俗，还是不能免了这道程序。随后便是需要找一位掌舵的老海狼，但这个人实在是太难找了，一提去幽灵出没的珊瑚螺旋，几乎所有人都毫不犹豫地一口回绝，那地方在当地人眼中几乎是块提都不能提的禁区。

最后只好由明叔这个自称识风信、知水性、洞悉海中地形的老船长来担纲。但我太了解明叔的为人了，这老港农整个就一老亡命徒、老骗子、老赌棍，满脑子投机主义思想，只要是为了发财，这世上就没他不敢做的勾当，他的座右铭是："有赌未为输，不赌不知时运高。"

我觉得由明叔来操舵掌船不太让人放心，另外只有我们四人出海，人手太过单薄，有些局面怕是应付不过来。正觉为难之际，幸好 Shirley 杨雇到了几位疍民，他们都是越南籍华人，其中有位长者叫作阮黑，年纪有五十来岁，虽然脸上的胡子都白了，但目光锐利、精神十足，是个沉稳干练、经验丰富的老渔民。

另两个是年轻的一男一女，那少年名叫古猜，是阮黑的徒弟，十五六岁，长得又黑又瘦，手脚很是灵活利索，活脱儿一只马猴，后背遍布文身。那个姑娘倒生得一双水灵灵的大眼睛，一头长发垂到腰际，相貌继承了越南女子的主要特征，皮肤偏黑，名叫多铃，二十岁出头，是越法混血儿，她也管阮黑叫师父。

多铃是阮黑从越南逃出来时收养的孤儿，古猜是珊瑚庙岛的原住民，同样是个孤儿。三人在岛上以打鱼为生，相依为命，生活过得很是贫困。名为师徒，阮黑待他们却如自己儿女。阮黑和他的徒弟们有远航的经验，能操舵捕鱼，也下水采过珠。由于Shirley杨可以直接支付美钞，所以他们三人愿意冒险跟我们出海，赚一笔可观的收入，有了路费，便可以去法国投奔多铃失散的亲人。

我见到这三个越南人，立刻表示反对。一听他们说帮我，我就想起在前线作战的往事，血火硝烟仿佛就在昨天。有时候偶尔碰到从前的战友，虽然谈起以前的战斗，大伙面色都很从容，只是说说谁谁可惜了，谁谁残废了，谁谁要是还活着现在也许会怎么怎么样了，但他们其实都和我一样，没人敢去仔细地回忆和描述。大概凡是参加过战争的老兵，都很少敢去回想阵地上血肉横飞的场面，也从不敢去看自己的军功章，一看见勋章就会想起替自己挡了子弹的战友，看完了就会坐在墙角哭得像个孩子。据说参加过越战的美军也多半患有弹震症[①]等后遗症，这恐怕和越南那种闷热压抑的自然环境以及如同绞肉机一样的残酷战斗有关，被战争拷问过的灵魂都是不完整的，很容易受到刺激。

但Shirley杨劝我说，阮黑一家人是美军撤离西贡时逃出来的难民，何况阮黑本来就是华人，祖籍是山东烟台，中国话讲得也不错，所以没必要有什么心理障碍。

我想想也确实是这个道理，没什么可反驳的理由，既然Shirley杨很信任阮黑师徒三人，她的眼光应该没什么问题，于是我只好答应让阮黑等人加入。然后我把此次出海的全部成员聚在一起，反复讨论了几遍行动方案的可行性，确认已经万事俱备，只等转天一早出海搬山。

当天夜里我对船舱里的物品进行了最后一次整理，其中最重要的，要数搬山填海之术所需要用到的诸般物品。这些东西千奇百怪五花八门，大都是日常应用之物，但在搬山术中使用起来却能起到非同凡响的作用。虽然我以前从没实践过，但我相信搬山道人鹧鸪哨所遗留下的众多记载中一定不会有虚言妄语。搬山道人千年来凭借搬山分甲盗遍世间大藏，倘若没有真实本领，又如何能与摸金秘术相提并论？

[①] 弹震症，指士兵因为战争的残酷而感到极度恐惧和困惑，从而导致的精神疾病。

我检点完毕，正要回去睡觉，却在半路遇见陈教授急匆匆地赶来找我。原来他在岛上闲来无事，得知我们收了一批青头古玉，就要过去反复研究起来。他将每件古玉的形状都画了下来，想作为资料收集起来，结果这无心之举，竟然让他得出了一个惊人的结果。

我接过陈教授画的图形，一看之下也觉得十分意外。原来这数十件各有残破、造型离奇的古玉，是由一件巨大的玉雕分离而成。如今在图中像是一幅散碎的拼图又被重新组合完整，虽然其中有些部分再难复原，但轮廓大致完好。这玉雕是一个鱼尾人首的女子精怪，在海兽神庙图腾的背景下，用灯烛在一块巨大的龟甲上进行占卜。我研究了很久的易术，见有烛照龟卜，当然很感兴趣，便仔细去看那龟甲上的卦象，稍加辨认，心头便开始狂跳不止："这妖怪好像是在推演先天八卦啊……"

第九章
航海禁忌

　　自古以来，摸金校尉之术皆以群经之首的《易经》为本，所以我见那海中散碎的几十片青头古玉，在陈教授所绘的图中竟然可以合成一尊完整玉雕，海妖模样的玉人正在"烛照龟卜"，而且从照烛八门的样式来看，像是推演着先天八卦中的卦象。先天八卦很可能是以庞驳精深、奥妙无方的十六字天卦为宗旨，这让我如何不心惊？

　　我赶紧定了定神，跟陈教授回到渔家，翻出那箱青头，想要细辨那玉龟背上究竟是哪一刻的卦象，却发现刻着卦象的最紧要处大部分被腐浸裹了，上面又沉积着许多细小海洋生物的遗骸，仅凭边角上的部分模糊图形，根本无法分辨，不由得大失所望。

　　陈教授见我盯着那玉雕半天回不过神来，就轻轻拍了拍我的肩膀说："从纹饰和工艺来看，这玉人大概是西周时期祭神卜巫用的东西，但在中国内地从来没有出现过类似形制的文物，很有可能是周代传入恨天之国的海底遗存，这是无价之宝啊，是从哪儿得来的？怎么样，能从卦象上看出来些什么？"他虽是个老学究，但主攻古西域文化，不是易学的专家。

　　我摇了摇头，这玉雕本是我们意外收来的青头，打算运回北京，找人盘得活色生香，卖个大价钱，可绝没想到其中会藏着如此大的秘密。倘若真如踔武所言，海啸时有吞舟海兽死在岸边，这件玉雕就是从葬身兽腹的渔船之中所得，如此便很难判明它的来龙去脉了。

但我和陈教授都很清楚，在殷商、西周乃至东周列国、春秋战国那一时期，统治阶级对大部分事物的决断，都是通过巫卜结果来进行的。他们会将历次占卜结果，以及事后验证之事都详细地记录到龟壳龙骨上。从某种程度上来看，龟甲和钟鼎几乎是同等重要之物。玉雕上的所谓识纹、饰纹都能证明它的年代，因为同样是甲骨文和铭文，根据时代的不同，也各有其不同之处。从形体上来分，夏代使用的是鸟迹篆，商代则多是虫鱼迹，到了西周，一律使用虫鱼大篆，虽然到了后来汉字统一，但各朝仍然存在区别，秦代用大小篆，汉代为小篆和隶书，三国用隶书，两晋至宋用楷书，唐代用楷隶加阴识，众多迹象都可以表明这玉雕产生的年代。

铭书钟鼎、天书龙骨都记载着当时的大事秘闻，那时正是周易演卦盛行的时代，如果能解出海妖照烛的卦象，就可以了解许多失传已久的秘密。恨天氏几乎相当于东方的亚特兰蒂斯，那得有多少的秘密和宝藏？甚至还有可能得窥十六字天卦的奥秘。可惜这玉人在海中沉了几千年，凭我们目前在海岛上的条件，还难以剥去表层的海蚀腐物，所以暂时无法知道这龟卜演卦中的真相。

陈教授曾听 Shirley 杨说过我最近几乎每天都读《易经》，对我鼓励有加，说回到北京后若能盘修古玉，等复原了这卦象后还要再请我来进行考证研究。

我心想这本来就是我收来的青头，怎么听这话的意思，回北京就没我什么事了？陈教授可真没跟我见外，直接没收了。这倒也没什么，不过我学易理并非出于对国学的喜爱，说到动机更是不纯。当初张赢川"利涉大川"那一卦神数，着实让我心服口服，要是我也能明辨机数，日后不管是倒斗还是做生意，岂不都是百战百胜？另外最重要的是完善对《十六字阴阳风水秘术》的认知程度。不过当着陈教授的面可不能这么说。听他问起我对易理的心得，便随口跟陈教授说了说我最近学《易经》的体会，当然其中大部分是从张赢川处听来的。

以前我只懂风水不晓阴阳，其实"易"字乃是风水之总诀。风水之道追求天地人合一，实际上是说阴阳既对立又统一，这就是《易经》中所说的由推天道以明人事。天道与人道是一个整体，人生在世应当效法天、效法地。效法天，能够刚健有为，充满活力，天行健，君子以自强不息；效法地，则会变得宽厚大度，包容仁爱，永远谦逊和顺，地势坤，君子以厚德载物。

以我们前一阵的经历来看，在某种意义上，先天十六卦与精绝鬼洞、龙骨天书、凤凰胆之间有着理不清的关系。既然这玉人很可能是恨天之国的古物，里面的卦象有没有可能会与海眼有关？恨天之国当年在海上的遗址会不会都被海眼卷走了？当然这些都是我的主观猜测，如果不亲眼看到，大概没人能说得清楚。

陈教授再次嘱咐："这次出海寻找秦王照骨镜，找得到当然最好，找不到也不要涉险接近珊瑚螺旋中的海眼。古籍中记载着，海眼者，归墟也，被吸进去就别想出来了。谁也不知道当年恨天人遇到了什么毁灭性的灾难，一旦你们有个三长两短……"

我劝他道："此事您尽管放心，我们这次的任务是打捞，为的是在沉船里找回国宝，另外顺便采蛋发些外财，又不是走自我毁灭路线的敢死队，太冒险的事情绝对不会做。"一番长谈，不知不觉天都快亮了，按照原定计划，早上我们就要出海，于是我干脆就不睡了，把胖子等人都招呼起来，整装待发。

这天正是出海的黄道吉日，早上要先祭海神。不仅是我们的三叉戟号，其余的渔船也都放洋出海作业。众人在反复的准备和等待中度过了多日，终于即将起航入海，个个抖擞精神，按捺不住心中的激动。

经验丰富的疍民阮黑，在临出海之时给我们提了许多入乡随俗的要求。渔民和疍民们的忌讳一点都不比倒斗手艺人的讲究少，而且习俗极为独特。最忌讳说"翻""扣""倒"一类的字眼，在海上谁敢提这些字，船老大就有权力把谁扔进海里喂鱼。如果驾驶的是帆船，"帆"就触了"翻"的霉头，所以渔民、疍民都管帆船叫"蓬船"，一向称"帆"为"蓬"，称"升帆"

为"撑篷"或"开篷"。

久而久之，这些已成了根深蒂固的习惯，在海上是这样，就算回到家也一概不提这些字，干脆就当世上从没有过这些字眼。另外，行船之时也忌吹口哨，这是渔民、疍民通用的忌讳，而渔民和打捞队还忌讳在甲板上背着手，因为背手预兆"打背网"，是没有收获的兆头。船上的"大主"①不能坐，船头不能坐……总之各种名堂和规矩多得数不过来。

我和胖子在福建的时候也跟船出过几次海，对这些规矩表示了充分的理解和尊重，但并不太放在心上。不过没有规矩，难成方圆，这些航海禁忌，大概就跟"鸡鸣灯灭不摸金"的行规类似，是为了增加安全系数，而非刻意害人。

Shirley杨又有她在美国海军学院的一套迷信规矩，都说美国科学技术先进，其实论起迷信来一点都不比渔民、疍民含糊，而且他们的规矩更是稀奇古怪，甚至连洗刷甲板的水桶应该怎么摆放都有名堂。

因各海域文化背景不同，类似的海上行船行规也都大不一样。这可真应了那句话，我们这七个人来自五湖四海，为了一个共同的目标走到一起来，为了这个共同的目标，不得不互相做出妥协，否则把这东南西北各地的风俗禁忌都放在一条船上，这次行动就得被这许多条条框框限制死。

不过有些事不信邪不行，有些忌讳在船上存在了这么多年，必然有它的原因和价值，也不能什么都不在乎。最后经过协商，只能各让一步，约定不说翻、倒、扣一类不吉利的词，尊龙王爷，拜妈祖为神，其余的禁忌能免就免了。就这都已经觉得很吃力了，尤其是我们习惯了说倒斗，到海上就只能通用搬山填海的行规了。

在Shirley杨的建议下，我让阮黑做了船老大，由他和明叔轮流掌船。在接近珊瑚螺旋海域之前的这一段航程，将采取传统而又可靠的航行方式，使用海图、罗盘、经纬仪、测速仪等古老工具，尽量避免使用容易受到干扰的现代电子设备。明叔和阮黑都可以根据洋流的走向判断出大致航线。

---

① 大主，指甲板上的桩子。

经验丰富的海狼都知道，海中潮流由于地形不同，自然分成数股，海底水族也各自占据其所适应的环境，以深浅流向为界，极少互相逾越。通过投掷浮标便可以观察出洋流走向，难度并不大，加上海上天气非常理想，风浪不惊，前几天的航程应该没有什么可担心的。在罗盘开始出现失灵的情况，以及迷失了日月星辰之后，便有Shirley杨搬山填海之术的用武之地了。

众人皆有出海经历，大风大浪见过不少，即使海浪汹涌舟船起伏，也不致有人出现晕船呕吐的迹象。只是大海茫茫无际，进入深海后，四周尽是无穷无尽的碧蓝海水，连只海鸟也难得一见。这海柳船三叉戟号虽然不大，也分为三层，在船甲板下中层分有前、中、后共五个舱，后舱最大，装满了整箱整箱的补给和清水，中舱和前舱各分左右两舱，其中最大的一个中舱被当作吃饭的餐厅，平时大伙除了在甲板上透气，大多数时间就在这里消磨时光。两舷的金毗卢水神炮也设在此舱，这种老式的船炮并不是用来对付海匪的，而是可以用它轰击和驱退海中忽然冒出的大鱼，免得被吞舟鱼顶翻了船。三层各舱之间都设有千里传音筒，就是一种连接所有船舱的铜管子，可以利用它快速地进行通话联络。其余各舱中除了燃料就是物资，满满当当的没有什么空间，在船上狭窄的甲板和船舱中待久了，也难免觉得枯燥乏味。

唯一的解决办法就是喝酒。跑船的海狼很少有人不嗜饮，明叔轻易不饮酒，但轮到他掌舵之时手里必定要拿瓶白酒，这是他多年以来养成的习惯。而且他一喝酒就高，高了之后话就多，跟变了个人似的，纵论世间得失成败，言辞颇为慷慨激昂。从天上论到海底，但每每说到最后，便要吹嘘他当年下南洋的时候，有多少次在大风浪中死里逃生的经历，称他自己是打不死、输不起的老海狼。

这天我实在不耐烦再听明叔吹嘘，却又不想回舱里闷头睡觉，见胖子在船头正举着望远镜，望着海天相接处看得投入，我就以为有热闹可看，过去问他是不是发现了什么新鲜玩意儿。可胖子看得呆了，顾不上回答。我也拿起自己的望远镜，顺着他所望的方向看了过去，我倒要瞧瞧海里是不是有美人鱼在洗澡。

第十章
桅灯魅影

我调了调望远镜的焦距,镜头里的视线由模糊逐渐转为清晰,只见极远处的海面上海浪翻滚,巨大的鲸鲵之属正成群浮出海面,相互之间距离很远,且皆是只露脊背,如同一座座海中的黑色礁石。以前曾听渔民说海底鱼龙之大不下百米,大的珊瑚树也高逾数十米,但那都是耳闻,我们这还是第一次看到罕见的鲸鲵出水奇观,不免看得出了神。

一来那小山般的鱼群距离我们甚远,二来三叉戟号不仅航速快,而且船上配备了威震吞舟鱼的水神炮,所以我们自是不用担心巨鲸鼓浪翻船。没过多久,露出海面的鱼脊就没入海中不见了。

我们现在所航行的海域海水碧蓝,据说底下是一条深不可测的海中大裂谷,位置已经快要接近珊瑚螺旋了。大海沟的一端便是《十六字阴阳风水秘术》中所描述的南龙入海余脉,这海沟正是海气滋生的所在。它究竟有多深,凭现在的科学技术根本无法探知,现今可以探测到的深度仅在几千米左右,有人猜测其最深处深度不下万米,但至今未能得到证实,不过世界上还是公认这里为海底深渊之一。这里时常发生令人难以理解的神秘现象,能生活在这深海底下的水族形态之怪、躯体之大,若非亲眼所见,绝对难以想象。海中那些真正狞恶的海怪，都在深海以下几千米的区域潜伏着，有时也偶尔会浮上海面掠食，但维持时间很短便会立即潜入深海，否则必被接近海面的恶鱼围攻。

我眺望远海，见鲸鲵起伏，觉得胸怀大畅，蓦地又生出一阵"人生天地间，忽如远行客"的生死茫茫之感，对未卜的前途隐隐有些担忧，于是我对胖子说："摸金校尉的祖师爷曹老大当年东临碣石，以观沧海，咱俩这当代摸金校尉也算是南临碣石有遗篇了，真是往事越千年，换了人间。不过你瞧这大海浩瀚，无边无际，咱们的船在波浪滔天其深难测的海面上，实在太过微不足道了，想找出海底南龙的余脉和阴火的所在，恐怕不会太过容易，可要做好应付各种突发情况的心理准备。"

胖子满不在乎地说："有什么可担心的，说实话我都已经迫不及待去摸蛋了。以前在沙漠在云南，咱们多少次和价值连城的明器擦身而过，总是以不捡芝麻为借口，整个整个地糟蹋西瓜，贪污浪费是极大的犯罪啊！我这人太耿直，除了割肉疼，就数掏钱疼，从今以后咱们再也不能明知故犯了，这次无论如何都要狠狠捞上一笔，我早已经为此做好排除万难的准备了，管它是上九天揽月，还是下五洋捉鳖，咱都豁出去了。"

我赞同道："没错，摸金宣言中说得好，咱们要么不摸，既然摸了就要摸到底，当一次合格的蛋民是咱们义不容辞的责任。虽然肩头这副担子不轻，但是有志者就应该铁肩担重任，为这伟大的事业流尽最后一滴血，哪怕粉身碎骨，也是一颗红心永不褪色，不达目的誓不罢休……不过你刚说什么上九天揽月，怎么，你又不恐高了？"

胖子说："我为了摸蛋，摔下来拍成肉饼也算光荣，那我就同大地化为一体了啊！而且咱们这回只下海不登天，本司令何惧之有？听杨参说不管从多高的地方掉到海面上，那也跟砸在洋灰地面的后果差不多，到底有没有这么一说？"

我正和胖子从船头走到船尾，闲扯带穷聊地解闷，眼见血红的日头在船尾缓缓坠落，霞光万道，照得海面上好似赤蛇乱舞。忽然那黑瘦猴似的少年古猜跑到船后甲板，指着船头，示意我们赶紧过去，出事了。

古猜这小子剃了个要多难看有多难看的锅盖头，虽然年岁不大，但有种特殊的体质。他天生一对鱼眼，是与生俱来的海鬼，潜水采蛋的时候能很久不用换气，连我也不得不对他刮目相看。他跟阮黑在一起也学了几句中国话，我们之间可以进行一些简单的交流。

这时我见他急匆匆跑来找我，知道船头定有情况，也顾不上细问，就赶忙跟胖子跑到船头，这才发现东面，也就是我们船头驶向的正前方，海面上开始起雾了，船再往前开就将进入雾中，前方的能见度越来越低。

这雾生得很是古怪，有十几米的高度，蒙蒙地压在海面上，从我们所在的地方望过去，海雾与天空泾渭分明，从雾中升腾而涌动异常的海气生出五缕黑烟直插天际，这情景就恰似一只黑色的爪子从雾中钻出，怪手五指朝天，显得十分恐怖。此时海上风浪静得出奇，夕阳即将带着最后一抹余晖落下。

我征求了一下明叔的意见。明叔见过风浪，加上这时候喝得有点大了，所以对这种情况并不放在心上。他说："这有什么大惊小怪的，海上起平流雾，能见度会降到最低，在佛堂门曾经有一起两船相撞的事故，死伤了十几个人，就是因为当时突然出现海雾平流造成的。这里海面那么宽阔，根本不用担心，现在与珊瑚螺旋还有一段距离，到了那片海域，海底的地形才会突然拔高，所以咱们只要慢慢地夜航过去，到天亮雾散之后就能到达螺旋的外围了。"

我听明叔的那张黑嘴竟然说出不用担心之语，便不得不格外地担心了，于是就用千里传音筒招呼船里的其余人都上甲板。在海雾中夜航一点都不能大意，而且起了雾的海面实在太静了，甚至静得有点可怕，像是在酝酿着未知的巨大灾祸。

我们不敢放松警惕，三叉戟号减速至最低，缓慢前进，所有的探照灯全部被打开。这船没有桅杆，但还是特意在船顶挂上了醒目的桅灯。桅灯是旧时海船挂在桅杆上的老式信号灯，也有一定的照明作用，据说夜航的时候可以驱鬼。摸金校尉通常都以灯卜吉凶，想不到灯在海事中也被广泛使用，不过原理却是不同。桅灯防风防水，轻易不会熄灭，悬在高处，加上船头和船舷特制的强光探照灯,虽然会吸引小规模鱼群,却能使深海水族远离。即便没有礁石,冷不丁冒出巨大的鲸鲵掀翻了船也不是闹着玩的。万一在这儿出了海难,船上的人绝难幸免,即便不被溺死在海里,也只有葬身鱼腹的下场。

三叉戟号缓缓驶进雾中,海上静悄悄的,只能听到螺旋桨搅水之声,似乎连海水都静止了。四周雾茫茫一片,分不清东南西北,即使雾中还有几十米的能见度,但在海上仅有这种距离的可视范围,跟睁眼瞎也差不多少了。

众人加了十二分的小心,提心吊胆地在夜雾中前进。我盼着这海雾尽快散去,然而经常在海上捕鱼跑船的海狼都总结出了一套大自然的规律。阮黑告诉我:"胡队,雾急生风,这雾一散,海上恐怕要起大风浪了。"阮黑虽然在珊瑚庙岛以采蛋捕鱼为生,极少驾船深入远海,对海事不如明叔了如指掌,但他的优点是朴实坚忍,祖辈有在南洋造船厂工作过的经历,三代赤贫,属于名副其实的工人阶级出身,比起明叔来要可靠许多。

我示意阮黑我对风浪之事心中有数,看明叔喝得快要醉了,便让阮黑去替他掌舵,然后把明叔拖进船舱,又走到船头,询问正在控制探照灯的Shirley 杨:"雾散后风高浪急,咱们能不能在此之前一举穿过珊瑚螺旋的外旋?"

Shirley 杨说:"这样做虽然冒险,但也可行,不过时机拿捏不好就麻烦了。不知这浓雾几时才散,而且以目前的航速,明天中午也未必能抵达珊瑚螺旋,眼下只能见机行事了。"

因为南海内的海水起伏澎湃,所以古代也称南海为"涨海",在风水一道中说这是因为南海海气太盛、汹涌欲出而产生的现象,风浪一起,非同小可。我正在同Shirley 杨商量着该使用哪套应急方案,却听胖子叫道:"老胡老胡快瞧那边……雾里有东西!"

我们急忙止住话头,尽力睁大眼睛去看那夜雾深邃之处,果然在雾蒙蒙的海面上,出现了一盏孤悬着的明黄色桅灯。由于是在雾中突然出现,所以我们看见那灯的时候,已经离得极近了,以桅灯来看应该是艘海船,但若说是船，船上怎么没有其余的灯火？

可能顶多有个几秒钟的时间，还没等我怀疑自己看花了眼，一艘漆成全白色的古代海船，就已经从雾里无声无息地出现在了眼前。船上除了一盏明晃晃的桅灯，再没别的光亮，而且船头不见人影，船里也没有任何动静，门窗紧紧地闭着。

包括掌舵的船老大阮黑在内，众人全都看得目瞪口呆，这场面简直诡异得像是幻觉般令人难以置信。在我们摸金界的字典里，"难以置信"大概是一个已经快被用滥了的形容词，可我还是不得不用"难以置信"来形容，太令人难以置信了。

这片海域是各条正规航线都不会平白无故经过的盲区，汪洋大海上除了我们之外，哪里还会有别的船只？大海广阔无边，在海雾中迎面撞上另一艘海船，比天上掉下来块拇指大的陨石砸在脑袋上还要巧，除非它是一艘不请自来的"幽灵船"。

还是 Shirley 杨最先反应过来，转头对阮黑叫道："快转右舵避开它！"那从雾中突然出现的古老海船，已顺着洋流斜刺里直向我们的船撞了过来。阮黑被 Shirley 杨一提醒，顿时回过神来，猛地驶满右舵。

这艘三叉戟号不大，船小好掉头，又经英国航海专家精心设计改装过，构造上近乎完美，机动性很强。船头迅速一偏，避过了白色幽灵船的船头，两船几乎贴在一起斜抹了过去。由于离得太近了，我们站在船头看得十分真切，那艘古船的甲板和舱门上，到处是大片大片的血迹。

第十一章
幽灵血船

在连续几天的风平浪静之后，深海中的海气逐渐郁积，在海气涌起风浪之前，先出现了一场海雾，加上天已经黑了，平静的海面上能见度降到了最低点。海雾笼罩的水面上，突然冒出一艘鬼影般的古老海船，同我们的三叉戟号擦身而过。那艘三桅船，船身通体皆白，虽然也有桅杆可升起风帆，但帆都被摘了。它顺着洋流漂荡，夜航的船内没有灯火，仅在三支白秃秃的桅杆上悬了一盏桅灯，在夜雾里突然隐现，如同鬼火。

船老大阮黑给满了右舵才避免了两船相撞的灾难性后果，两船船头一错，几乎是船帮贴着船帮，中间的距离不到一米。船上的所有人都在手心里捏了把汗，万一把船撞漏了，大伙就得跟着三叉戟号去海底当沉船墓场的展品了。

幸亏阮黑转舵够快，两船并没有剐在一起。说时迟，那时快，眨眼的工夫，两艘船已经各自在海面划过。白色幽灵般的老式帆船在洋流的作用下迅速钻进了雾中，隐去了行踪，就像它出现时一样突然，直如一个踪迹飘忽、时隐时现的海上幽灵。

笼罩着浓雾的海面依然是一片沉寂，由于这一切发生得非常意外和突然，众人直到那船消失在海雾里，方才慢慢回过神来，额头上都已沁出了一层白毛汗。谁也不知道那条船究竟是从哪儿冒出来的，一种说不清道不明的茫然惊惧之感传遍了全身。

常年跑船之人，个个都能说些大海之上奇异的掌故，鬼船、水鬼这些传说尤多，但说起来也大多是道听途说，很少有亲眼看见和亲身经历的。掌舵的阮黑就从没遇到过这种直接面对幽灵船的可怕情况。渔民、疍民最怕之事便是在海上遇鬼，那绝不是什么好兆头。遇到狂风巨浪，也许能应付，但阮黑毕竟不是倒斗的摸金校尉，涉及幽冥之中的事情，怎么能不心惊？饶是他胆子够壮，此时腿肚子也变得软了，要不是按在舵盘上撑着身体，恐怕早就瘫倒在地了。

不仅阮黑体如筛糠，连我都觉得心惊肉跳，因为在两船错着驶过的一刻，相隔的距离太近了，即便海上有雾，四下里尽是茫茫一片，但经灯一照毕竟还有那么二十来米的能见度，何况两船最近的时候都快剐到一起了，当时就连那三桅帆船上缆绳磨损的处处痕迹，也能看得一清二楚。我清楚地看到那船上的甲板和舱门处都是斑斑驳驳的血痕，血色已经干涸发黑了，与白色的船体形成了强烈反差，令人望而生畏。不知是不是船上那些海员的血，可船上的人又都到哪儿去了？为什么只留下满船触目惊心的血迹？

我把这情况对其余的人一说，原来不仅是我瞧见了，胖子、Shirley 杨，包括阮黑的两个徒弟古猜和多铃，大伙都发现了这一情况，那就一定不是我看花眼了，刚才甚至都可以闻到那船上飘出的浓重的血腥气。胖子出主意说："见鬼了，肯定是鬼船，我看咱们赶紧下船准备水神炮，要是再碰上就一炮敲掉它，免得阴魂不散破裤子缠腿耽误咱们的采蛋大计。"

我心想要是真有鬼船，炮弹未必有用，转头看了看 Shirley 杨，想听听她怎么说。

Shirley 杨无奈地耸耸肩："我同你们一样，有好多疑问，可我现在甚至不知道该怎么来问。但我有种预感，那艘样式古老的三桅船要是真冲着咱们来的，它早晚还会再出现。现在海上能见度太低，对咱们十分不利。"

我们仅仅商量了几句，还没决定是要以退为进，还是以攻代守，就见雾中桅灯闪烁，刚刚与我们擦身而过的那艘三桅船，竟然悄无声息地再次从我们船头方向迎面驶了过来。众人相顾失色，赶紧让阮黑掉转船头躲开它。

几分钟之前第一次与三桅船遭遇，能够在最紧要的关头迅速避开首先是由于胖子眼尖发现得快，加上有Shirley杨迅速提醒阮黑，船老大甚至没来得及吃惊，就下意识扳舵回避，但谁又会想到，在这么短的时间里，那白色幽灵的鬼船又从前面的海雾中钻了出来，若不是鬼船却是什么？

众人在这常理难以解释的诡异现象面前目瞪口呆。这回再没上次那么走运了，那艘白色的古旧帆船是海雾凝结而成的鬼魅，在雾中飘忽不定，说来便来，说没就没，事先半点征兆也没有。船老大阮黑虽然手忙脚乱地全力扳舵，但只避开了直接的撞击，两船的船侧却剐在了一起。三桅船两侧都挂着渔网，网上都是白色的浮漂，三叉戟号侧面有绳索捆绑着的橡皮救生艇，顿时纠缠在了一起，难分难解。

两船蹭在一处，使得船身一阵剧烈地摇晃，我们失去平衡，在甲板上东倒西歪。古猜重心不稳，摔倒在地，险些滚进海里，吓得他哇哇大叫。Shirley杨扯条缆绳扔给古猜，让他牢牢抓住。

海柳船三叉戟号拥有铜板装甲，避开了直接冲撞，不仅完好无损，而且由于船下的吃水线装有分水刺，反把那三桅船的侧面剐出一个口子，海水顿时从船身的窟窿处狂灌进了三桅船。我们的三叉戟号由于跟它缠在一起难以分开，立刻被那由于注入海水开始下沉的白色幽灵船带得倾斜了起来。

船身侧倾的幅度一时之间还不算很大，但是那三桅船船体庞大，时间一久，可能就要被它拖入海里。胖子见状，便想用斩鱼刀砍断绑在船舷上的救生艇绳索，这是丢卒保车的办法。我赶紧拦住他："搭跳板，砍渔网去！"

万一船出了意外，在茫茫大海上，恐怕只有救生艇才能给在海上搏命的海狼们保留一线生机，不到万般无奈、山穷水尽的地步，救生艇绝对不能舍弃。三桅船的渔网浮漂钩住了救生艇，就算我们的船不被那即将沉没的三桅船带翻，也会造成船体或装备受损。形势所迫，不容再多考虑，只好踩着跳板过去，到对面船上砍断那些渔网。

此刻船老大阮黑也不敢使航速加快，三叉戟号只能随着三桅船在海面上盘旋打转。我和胖子等人以最快的速度搭起了跳板，古猜和多铃刚刚按住跳板，Shirley杨就抢先从跳板上跨过，敏捷地跃上了三桅船，用斩鱼刀奋力地去斩渔网。

胖子也想从跳板上过去，但看那比平衡木还要狭窄的木板会随着两船起伏摇晃，一步踩空就会掉进海里，怕高或胆小之人根本没法过去。他别的倒不在乎，可天生畏高，未上跳板心里先怯了半分。

我一把将胖子扯在一旁，边从跳板上冲过去，边对他叫道："你人别过去了，把缆绳扔过去，在这边接应我们，砍了渔网我们就得立刻退回来。"说话间，便利用跳板摇晃的过程中稍稍平稳的一个小小间隙，飞身踏过蹿上了三桅船。

跳板虽是又窄又晃，但我在部队的时候几乎天天都要演练冲击各种障碍物的战术动作，独木桥怕也过了不下几千回，可那毕竟是军事训练中的设施，从这海水滔天的两船之间过去，不免令人脚底发虚。我根本不敢往脚下看上半眼，仅有巴掌宽的跳板太让人眼晕，稍有惧意，很有可能就会失足掉下去，全凭一股锐气才敢飞渡。我过去后觉得腿肚子有点转筋，不禁很羡慕Shirley杨的胆识，不过也许是海军的训练方式与着重点跟陆军不同，想到这儿心里也不觉得有多惭愧了，抄起斩鱼的锯齿刀，对准渔网连砍带割。

我从来没见过幽灵船，但在我听过的所有涉及幽灵船的传闻中，大致可将海上的幽灵船分为两大类。第一类是船上的人都死光或者失踪了，其原因是千奇百怪的，有人说海里有海鬼或成了精的鲛人，能在水中以声色诱惑水手，船上的人一旦被它们吸引，便会不由自主地跳进海里送掉性命。也有人说那是因为海里有些东西不能吃，有种鱼吃了就会致幻，使得船员们跳海自杀，所以海上才会出现无人驾驶的空船，人们习惯将这种船称为幽灵船。

还有另外一类幽灵船，这类幽灵船大都是失踪多年的船只，甚至有的失踪了几百年之久，却突然出现在海上被人发现。船上也是没有任何船员的尸体，船上的一切设施运转还很正常，如同刚刚出海不久的样子，谁也不知道它在失踪的几百年里漂去了哪里。

正因为人们无法解释那些神秘现象，所以才会诞生幽灵船一类的离奇传说，可这些传说似乎都无法印证我们碰上的怪事。第二次撞见这船的时候，我曾怀疑是不是雾中有许多条这样的三桅白船，可我尚且记得船身几处细小的特征，从那桅灯悬挂的位置上就能得到证实，这确实是同一艘船。

那三桅白船庞然大物，切切实实地就存在于面前，一刀砍上去就能在船帮上留下一条刀印，况且这船里确实是血腥味十足，最奇怪的是这船体样式古老，没有任何现代船舶的特征，可偏偏一点都不显得破旧，有些地方甚至还很新。

我胡乱猜测着，手底下也没闲着，几刀下去就砍掉了半张渔网。那三桅船原本借着渔网缠在海柳船上，但还没等我和 Shirley 杨切断另外半张渔网，海涌起伏之下，两船平行的角度突然分了开来，渔网被扯得紧紧地平绷在两船之间，船身倾斜的力量如果再稍微大一些，救生艇和渔网便会被强行拽断。

在船体的一阵大幅度晃动中，我重心向后一倾，身体撞在了船舱上，不料那船太不结实，不堪一撞，身体竟然陷进了船舱的白色木板，撞出好大一个窟窿出来。

我觉得奇怪，转头望了一眼，在被我撞破的船体凹陷处，正流出一股股的污血。船舱竟然并非木质，而是用白纸板简单裱糊的。Shirley 杨见了那些混浊血腥的血水，也是脸上变色，忙伸手把我拽起。我也已察觉出船舱有异，连忙对她说："快撤，快撤，这船是白纸糊的，是艘烧给海上亡魂的鬼船。"

第十二章
灭顶之灾

　　平静的海水突然汹涌鼓动起来，船身晃得非常厉害。我脚下无根，踉踉跄跄往后倾倒，后背正撞在船舱上，只听得"咔啦"一声，竟把木板撞得陷了进去。这一下撞得虽然不轻，但我并没有感到疼痛，那感觉就好似撞在了一个空纸壳子上。

　　我疑惑地回头看去，白色的三桅船，大约在接近舱门的位置，被我撞得塌陷进去了一大片，并不是船板朽烂不够结实，那船门根本就是硬纸所糊，要不是Shirley杨伸手将我拽住，我很可能止不住势头穿破硬纸摔进船舱里了。舱门的裂缝里漆黑一团，看不清船内状况，只有里面浓重的血腥味让人想要作呕。船身一晃，就顺着门缝往外淌出血水。

　　茫茫大海上怎么可能有一艘纸船？我记得中国沿海地区有种放"大暑船"送五圣归海的习俗，于大暑日送船出海，任其自行漂流。还有一种类似逐疫的奇特风俗，每有痢疾之类的传染性瘟病发作，就会举行类似的活动，使用的都是废弃的旧船。"逐疫"有送瘟神出海的含义，一般是在旧船上糊满白纸，并且船上要扎许多纸人纸钱，另外诸如刀矛枪炮、各种渔船商船用具以及桅橹樯舵一应俱全，唯独白米最多只可放置一升。这些都是沿海行船捕鱼之人捐赠之物，捐在船上的事物越多，瘟神就会被送得越远。这种船上一般还装着染病而死之人的尸体，最多的时候满满一船都是死尸，由船牵引到远海再行点火焚化。

新中国成立前出过一件事。临海的镇上有间米铺，有一天深夜，忽然来了个客人要粜米。因为天黑，米铺掌柜看不太清那客人的相貌，好像穿着一身长袍，这衣服很怪，有点像是死人穿的凶服，而且来客身上有股咸腥腐烂的尸臭味。问他缘故，那客人便说船上带着猪肉，路远怕坏，便把新鲜肉都用大盐和鱼腥拿了，但由于天气太热，还是腐烂发臭了，明天天一亮就会找地方处理掉。那米铺掌柜是个贪小便宜的人，见这些米要价非常便宜，唯一的缺点就是装米的袋子有点发臭。不过米铺掌柜认为，即使米上有臭肉的味道也不要紧，可以掺和着往外卖，谁也发现不了，于是也没多问别的，点着灯笼过秤收米，然后命伙计暂时把米先摆在院中，晚上过过风，明天天亮再入米仓，要不然实在是太臭了。谁知转天早晨一看，拆开来倒在院中的几十袋大米全都不翼而飞，只剩下一地的米粒，收起来大概只有一升。这才知道，昨天晚上可能是撞鬼了，买进的是疫船上的死人米，当时也没敢声张。不出三天，镇里就发生了瘟疫，死了将近一半的人。

这个传说我在福建时听过不止一次，凡是讲述者都说这件事情是真的，不过并不是发生在福建，而是在江浙沿海的某地，是民国年间的旧事。我那时候年纪小，世界观不成熟，对这种怪力乱神很感兴趣，而且至今记忆犹新。有时候我无意中想起船上的僵尸晚上到米铺卖米送瘟，还真觉得后脖子有点凉飕飕的。所以我一看船门是用白色硬纸封堵，首先就想到了是逐疫之船，不知是不是该船与拖带它的船只分散了，才随洋流漂到这里。但逐疫的风俗不是早就废除了吗？一时想不太明白，不过逐疫船这个观念先入为主，所以我认为这船上绝非善地，逗留的时间一久，说不定会传染上船内尸体的疫情。我也顾不上再仔细察看，急忙招呼 Shirley 杨赶紧撤回三叉戟号。

Shirley 杨用斩鱼刀戳了戳脚下甲板，发出"嘭嘭"的木头声响。她对我说："大海上怎么会有纸糊的船？全船只有前后舱口用纸遮了，如果整条船都是纸糊的，那么应该早就被海涌吞没了。"

我心想 Shirley 杨虽然知识面很广，但她受的毕竟是美式教育，美国总共才有多少年历史，当然不知我中华地大物博，自古民间奇风异俗繁多。可眼下事态紧急，哪里顾得上再做详细说明，而且此时正值海雾弥漫，妖氛浓重，唯恐那渗出血水的船舱里会跳出个卖米的，于是不再多说，立刻牵了她的手奔到船舷。

海涌渐增，缠住两船的最后半张渔网即使不用刀砍也快被绷断了。为了预防意外发生，Shirley 杨仍挥刀将渔网彻底割断，两艘船失去了连接，船身在摇晃之中越离越远，那条跳板落进了海里。船老大阮黑控制着三叉戟全力接应，使其尽量贴住三桅船。对面船上的几个人对我们大呼小叫着，把两条捆了救生圈的缆绳先后给我们抛了过来。我随手把斩鱼刀丢掉，用胳膊紧紧抱住救生圈，看来要想回到三叉戟号，只能跟猿猴一样从半空荡过海面了。

甲板距离水面的高度很低，但多铃和古猜很有经验，他们已提前把绳索绕在了船顶较高的地方，要抓住缆绳荡过去才不至于落水。正要行动，胖子大声叫嚷着把探照灯的光束压到海面上，好像水里有什么东西。我低头向船下的海面一看，不由得倒吸了一口凉气。水面上全是鲨鱼的脊翅！它们被血腥味吸引，正从四面八方赶来，数量很多，都围着船打转，因为太过兴奋，游速极快，看得人眼花缭乱，要是掉进水里，片刻之间就会被它们撕碎。

胆子再大的人见了这些鲨鱼也会觉得胆寒，以它们的速度和口中几层胜过刀锯的利齿，猎食落水之人，无异于猛虎扑羊。Shirley 杨更是知道见了血的群鲨的厉害之处，骇然失色："我的上帝啊！老胡你可小心了，千万别掉下去。"

不用她提醒我也知道其中厉害，我也不得不提醒她道："你也千万别犹豫，过去的时候别往海里看……"这时三桅船起伏得更是剧烈了，两船之间的距离再次扩大。由于海水灌入，这一侧的船身本就倾斜了，而且距离越远，就越有可能在荡过去的时候落进水里，再也没有时间给我做充分的心理准备了。想一起走也不可能，必须有一个托高另一个，增加离地的高度，把触到水面的可能尽量减至最小。我托住 Shirley 杨说："你先走，我助你一臂之力……"

Shirley 杨急道："不行！你又要逞能，你自己怎么过去？"分秒必争的生死存亡之际，我根本不想等她再多说，托起她的脚往上用力一推。Shirley 杨身体轻盈，在缆绳的带动下，拽着救生圈，唰的一下掠过水面。她一触到船侧悬挂着的救生艇，便立即手足并用快速攀上船舷，转身对我叫道："快过来，那船要沉了！"

但这时两船随着海波起伏，距离已经拉开了。刚才我为了帮 Shirley 杨荡过海面，便把自己的那条救生圈放在了身旁，没来得及找地方固定住，两船一分，救生圈便被缆绳拖进了水里。胖子和古猜等人见状急得在甲板上直跳脚，他们赶紧拉扯缆绳，把落水的救生圈拽回船上，想再一次扔过来救人，但离得稍远，一抛之下却又掉在了海里。

这三桅船底部被刮了个大裂缝，海水不断灌入，船身虽然已经倾斜了，但不知为什么不仅没有下沉，反而开始摇晃起来，好像海底有什么巨大的东西攫住了船底。再摇几下，这本身就不太结实的船体眼看就要散架了。

我见距离三叉戟号越来越远，海雾中都已看不清同伴们的脸了，他们逐渐消失在了浓雾里，只听到他们拼命地喊叫。我脑子发涨，也听不清他们喊的是什么，只是听到那些声音心里就有点发酸，一种孤零零的感觉油然而生，难道真要同这幽灵船一同葬身海底了？随着船身颠簸，三桅船舱中的污血也不断涌出，顺着船甲板流到了海里。虽然夜雾中没有灯光照明，难以分辨海上的情况，但听水里那片乱糟糟的响动，就跟下饺子开了锅似的，就知道四周聚集的鲨鱼之多，已经无法估算了。

船上黑灯瞎火，唯有桅上的孤灯亮着。我四处一望，几乎什么都看不到，只好抱着主桅稳住重心，打亮了随身带的小型聚光手电筒，终于又有了些许光亮。我照了照那被我撞破的纸船门，白色的船舱都被里面流出的血水染透了，已看不出本来面貌。我心想不如在临死前看看那舱里究竟有什么东西流那么多血，等到下边见了老马他们，我也好如实汇报，免得一问三不知，到死还是个糊涂鬼。这幽灵般的白色血船，好像有生命一样，哪里破损了哪里就会流血。若说是逐疫的船却也不像，我真想看看这鬼船里到底有什么名堂。

我也不知道为什么在最后关头，我的好奇心总会战胜自己的恐惧，心中一发狠，就打算冲进船舱里看个究竟。可是还没等抬腿，船身就猛地沉了下去，我骂了一声，怎么突然间又沉得这么快了？

在部队的大熔炉里锻炼了这么多年，又做过不少次摸金校尉的玩命勾当，遇到这种情况，毕竟不能眼睁睁地等死，于是用牙咬住微型聚光筒，手脚并用爬上了桅杆。船沉得快，我爬得更快，"噌噌噌"几下就攀到了桅杆顶端。只见上下左右全都是海雾，下面则是海水汹涌、群鲨游动的杂乱响声，听得我心里直发毛。

三桅船沉得越来越快，浓重的海雾中已经看不到三叉戟号的去向。我心想如今能做的只有尽量争取时间，等待他们把船驶回来实施救援，现在只能盼着这船沉得再慢一些。刚开始还能听到他们的呼喊声，现在连声音都没有了，希望变得渺茫了许多，估计是再也看不见胜利的那一天了。正在我苦等而援兵不至之时，海中突然出现了巨大的波动，漏水的三桅船突然又从水中冒了出来，像片随风飘动的树叶，被海浪忽高忽低地抛上抛下，在这天旋地转般猛烈的摇晃之下，我所抱的那根桅杆颤悠悠地倾斜欲断，随时都有可能倒向水里。

第十三章
金毗卢水神炮

三桅船因为漏水，终于开始沉入大海，海水中群鲨盘旋，被血腥味刺激得精神亢奋，木船被鲨鱼撞得咚咚作响。我赶紧攀上桅杆顶端，没想到这时船身晃动起来，已经沉入海中的部分却忽地浮出水面。迷雾中只听得船舱里发出一阵巨大的响声，如龙吟海啸。

我全身的衣服都被三桅船激起的海水溅湿了，耳畔呼呼生风，随着船身猛烈地起伏，我紧紧抱了桅杆不敢撒手。听到船下的动静，心说不好，难怪这船漏了水依然不沉，原来海里有东西托着它，这东西得有多大个？难道船舱里的血都是那家伙的？

想到这儿我冷汗直冒，暗暗叫苦，心中没着没落不知高低。这时突然眼前一花，我在桅杆上看见海雾弥漫之中船灯闪烁，Shirley 杨指挥阮黑驾驶着三叉戟号破浪而来。我大喜过望，虽不知他们是循着声响，还是跟着围向三桅船的鲨鱼从海上兜了回来，能及时赶回来我就已经谢天谢地谢妈祖了。

三桅古船歪斜摇晃，桅杆向着海面倾斜。由于在雾中能看见三叉戟号之时距离已是极近了，眼看着两船就要在雾中再次错过，我想从桅杆下去已是不及，拿捏了一下两船间的距离，决定冒险来个乾坤一跳。趁着船身摇晃倒向那艘三叉戟号的时候，我毫不犹豫地跳下桅杆，身体斜着落下，掠过了鲨群翻涌的海面，奔着绑在三叉戟号船侧的橡皮救生艇扑了过去。

但船身随波起伏，并不是静止固定的目标，掐算的时机与距离瞬息间就产生了变化，我并没能直接落到橡皮救生艇上，就差了半步，直直地朝海中坠去。在胖子等人的惊呼声中，我双手拼命前扑，终于抓到了固定在橡皮救生艇底部的绳索，身体悬挂在了半空，而双脚已经碰到了海水。

我手上被绳子勒得火辣辣一阵疼痛，但心里非常清楚，就算手断了也不能撒手，一撒手就要喂鲨鱼了。我腰上用力，想要顺着救生艇爬上船去，突然感到有东西撞到了脚心。原来围着那艘三桅船的大鲨鱼太多，竟然被我踩到了一头，也不知是踩到什么部位了，但鲨鱼身体里那股嗜血的野性和它鲜活生猛的力量却感觉得异常真切。

我惊得头皮都麻了，如同在那一瞬间全身过了回电，顾不上去看脚下的鲨鱼，玩了命往船上爬去，可越是心急脚底下越是发虚。这时胖子等人在上面用钩杆将我搭住，被他们往上一扯，我才顺势攀上了橡皮救生艇。

Shirley杨伸手把我拉上船。"老胡你真是亡命徒！这么高也敢跳，你不要命了！"我惊魂未定，不敢回想，感觉全身上下都湿透了，已经分辨不出是冷汗还是海水。但人倒架子不倒，还想说几句充场面的话交代交代。

这时明叔从船舱里爬上甲板。他可能酒劲刚过，还有点不太清醒，可抬眼见到近处有条白影般的三桅船正晃晃悠悠地向后驶过，顿时脸色大变，好像见了鬼魅一般。他也顾不上说多余的话了，只对众人叫道："这是打标的血船！赶紧……赶紧升起震海炮，准备炮弹！"

我听明叔突然这么说，心想他可能知道那三桅船的底细，既然事情紧急，没必要细说，于是招呼船上众人紧急布置金毗卢水神炮，准备炮击幽灵船。行动展开得非常迅速，船虽然狭窄，但所有的人都有充分准备，在紧急状态下依然能做到有条不紊，因为众人都知道，一盘散沙的乌合之众，想冒险进入珊瑚螺旋是不切实际的。我和胖子，以及古猜和多铃，在海上无事之时，就在Shirley杨的指挥下按照海军的标准进行准军事化训练。这是因为海上行船非比陆地，个人的能力是难以面对惊涛骇浪的，必须要求全体成员合并为一个训练有素的整体。一旦出现事故或遭遇危险，只有全员协同才有可能化险为夷。船上总共只有七人，所以每个人都必须身兼数职，全是不可缺少的重要力量。

于是随着一声令下，大家按照以前多次演练过的部署，迅速各就各位。我和胖子当先下船调整炮位，瞄准目标，古猜和多铃拆开弹药箱搬送炮弹，Shirley 杨则通过船上的千里传音筒指示阮黑调整航向，给炮口让出射击角度。

几秒钟之后，三叉戟上的水神炮便已经做好了攻击准备。海雾正浓，两船已是第三次错过，满是鲜血的三桅船正逐渐消失在我们的视野当中。Shirley 杨不断报出方位角度和航速，船老大阮黑虽然惧怕那艘鬼船，但性命攸关，仍是鼓起勇气掉转船头，并加快航速，向三桅船的侧后方靠过去。

明叔在船舱里指挥着，我和胖子已经做好了开炮的准备，众人喘着粗气，等候三叉戟号进入最佳射击位置。利用这个间隙，我问明叔："那三桅船白纸封门，满船是血，它究竟是艘什么船？"

明叔抹了抹脑门上的汗珠说："丢他老母啊，幸好你阿叔我及时发现，那是艘打标的血船，咱们要是不用震海炮把它打到海底，搞不好会遇到大麻烦。"

原来在南洋沿海，有种类似放逐疫船的罕见习俗，称作打标，所不同的是，打标船里面装的不是死人，而是一种巨大的海兽。南洋海中产一种体形很接近鼋①的巨物，称作大拥沙。海中并没有活鼋，大拥沙是渔民俗称，其形体似鼋而非鼋，有裙无足，背色青黑，腹部有大白纹，平时多居于浅海，埋身沙中，常常暗中兴风作浪，覆没往来的渔船，渔民恨之入骨。大拥沙有时会有搁浅在岸上爬不回去的，渔民一旦发现会立即通知其他人，用铁链锁了将其活捉。凡是捕得此物，又逢祭祀海龙之期，渔民便会修复破旧已久的古渔船，将大拥沙放了血装入底船，再把古船用纸甲渔网包裹，以

---

① 鼋，音 yuán，一种爬行动物，生活在水中，吻短，背甲暗绿色，近圆形，长有许多小疙瘩。

船牵引至深海任其随洋流自去。

南海波涛汹涌，向来风高浪急，这种船多半不结实，到得深海大洋之上，用不了多久便会被风浪打沉，大拥沙便会随之葬身海底。水底鱼龙鲛鲵之属，最喜食大拥沙之肉，它们会纷纷钻进破碎的船体，把那大拥沙撕咬得仅剩一具空壳。渔民们都相信海底有龙，将其视为海神，他们这种习俗是一种祭祀海神的行为，可让龙王爷保佑海上风平浪静。

但也有极特殊的情况，大拥沙力大无穷，而且性蠢皮厚，不知疼痛，往往被渔民们乱矛攒刺放了血后仍不死，破舱遁海而去，船外罩着的渔网就是防备它挣脱出来的。我们遇上的这艘三桅船，特征非常明显，只要是知道其中缘故的海狼，一看便知是用鼋鳌祭龙王爷的打标船。牵引船不可能来这片危机四伏的海域，它显然是已经被放至远海，由于最近几日海上波澜不惊，天气好得出奇，才始终未沉，竟然漂流到了珊瑚螺旋附近。

三桅船虽然已经漏水，却在摇摇摆摆的起伏之中始终未沉，而且三番五次地撞向我们的船。明叔虽然为人不太可靠，但他行遍南洋，航海经验丰富，在海上见过各种千奇百怪的事情，一看这情况就知道不妙，很可能三桅船里的大拥沙没死透，撞破了船底，但由于身躯庞大，被卡在了底舱。这种鼋鳌之属，力大无穷，能够负山过海，它不善入深水，定是想在水面上找个什么东西，撞掉背上甩不脱的船架子，这才阴魂不散地跟三叉戟号缠上了。

海雾中能见度低，我们的船也不敢开快了，备不住就让它撞个正着，虽然三叉戟两侧有铜板装甲保护，也未必能保证没事。最要命的是这血船吸引了众多鲨鱼，一旦引来深海的鱼龙巨物，那将会是翻江倒海的动静。明叔就曾经历过这样的事情，现在想起来兀自心有余悸，此刻被我一问，当下拣紧要的情形跟我们说了。

由于大拥沙仅在一些自然环境特殊的群岛海域出没，所以这种打标祭海龙的习俗并不多见，别说我和胖子没听说过，就连船老大阮黑也不知晓，只有明叔这种常年在远海外洋上做亡命生意、专涉狂波惊澜的海商才了解一些。

第十三章 金毗卢水神炮

不过我和胖子对此都是将信将疑。眼看那艘三桅船即将从水神炮的射击死角中进入射程，胖子还忍不住问明叔这事是真的假的，喂龙王爷的？海里当真会有龙？那龙宫里是不是还得有虾兵蟹将和耍大锤的王八将军？

明叔目不转睛地盯住三桅船，生怕错过了开炮的时机，口中对胖子说："有没有搞错啊，见过龙王爷的人还能站在这里说话？你要想知道，就要自己游下去看个明白。那血船再不沉下去，早晚要把海底的大家伙引上来，到那时候就什么都晚了，咱们这船虽快也一定没的逃……快，快开炮！"

在明叔的叫喊声中，我们的船与三桅血船之间再次进入了平行姿态，间距不过十五六米，正是使用金毗卢水神炮的最好时机。由于射程实在太近，甚至不用考虑炮击的提前量和抛物线弹着点等因素，几乎可以用火炮来直瞄射击。

金毗卢水神炮是以旧式移动舰炮改良设计的，并以印度水神"金毗卢"命名。之所以用老式小型舰炮，是因为所谓的水神炮并非以杀伤力为主的海战武器，它还要在航海中起到多种作用，老式的炮弹更便于改装，可以根据具体需要，制造使用多种不同用途的炮弹。

炮身接近古时臼炮，不过臼炮形体短粗，须向高四十五度角以上开炮，取抛物线射击敌人，旧时在中国将臼炮俗称为虎蹲，也叫田鸡雷，都是以形状得名，在日本等国则称它为曲射臼。海神炮的发射原理接近于臼炮，不过口径小了许多，炮身加长，射击角度可以压低，在三个训练有素、配合默契的炮手的控制下，装填发射速度也会相应地提高许多。

炮弹的种类包括子母弹，弹膛中空，内容许多铅丸炸药。膛中构造特殊，有前后各部，能在空中炸裂。母弹爆炸后，子弹四散，覆盖面极广。子弹内装有碾碎的钵罗藻，可以使钵罗藻碎末盖住一定区域的海面。钵罗藻为印度洋海中的异类植物，物之属性有生克制化，凡海中之鱼鳖鲸鲵水族之属，大多惧怕这种海藻，遇到鳌鱼鼓浪倾覆舟船的情况，可以逼迫其暂时遁入海底。

此外，金毗卢水神炮的各种炮弹里，还包括开花弹。开花弹也是内分两层，又分铜铁两种质地，着弹后炸为碎片，威力甚大，是一种轰击礁石或建筑的攻击型炮弹。另有实心钢甲弹，中心坚实，外裹钢衣，穿透力强，专用来攻击海匪的铁甲舰船。葡萄弹则是在膛内即炸裂，纷飞脱膛，不能及远。诸如此类，举不胜举。正因其在海上效用众多，是舰船的守护神，故以金毗卢相称。英国人则称它为震海炮，最早是英国海军发明的，后来在南洋被广为使用。

只见那三桅船正在金毗卢水神炮火力覆盖范围内起伏晃动，明叔连连催促发炮。我让古猜抱来一枚子母弹填入炮膛，利用千里传音筒让阮黑尽量保持船速平稳，然后一挥手发出信号。胖子早把引线点燃，哧哧一阵白烟，震海炮的炮口火光一闪，硝烟弥漫中，炮弹射入了三桅船的船身，随后又听见母弹中的子丸噼啪乱响，随着爆炸声起，钵罗藻到处飞散，三桅船船里船外尽是钵罗碎藻。

我本想再指挥众人继续炮击，但那钵罗藻也真有奇效，血船下的大拥沙被其所迫，虽然它不耐深水，也不得不遁入海中暂避，就连海面上那些闻腥而至的鲨鱼也纷纷逃散。

眼见三桅船没下海面，脆弱的船身被水压一带就成了碎片，只有船身的层层渔网裹着一个巨大的青黑色之物沉入海底，血水把整个海面都染红了。想必那黑色小山般的大拥沙身上带血，又失了那层木船的阻挡，在海底必定躲不过恶鱼的围追堵截，或被歼，或逃遁，再不会对我们构成威胁了。

船里的众人齐声欢呼。我对明叔等人说："四十年代靠战斗，五十年代靠口号，六十年代靠忆苦，七十年代靠批判，到了现如今八十年代，咱当然要靠办法了。办法就是战术，我看今后只要灵活使用类似的战术，咱们一定可以顺利捞回月光明珠和秦王照骨镜。"

明叔还在抹汗，他刚刚真是被吓坏了，庆幸地说："还好还好，要是再拖下去，海里的龙王爷冒出来，咱们就算是有再多办法也完了。大难不死，必有后福，这次真是有的搏了。"

胖子骂道："狗屁龙王爷，我和老胡听这种段子也不是一回两回了，哪次也没见有真龙。再说了，就算海里真有龙，能他妈吓住咱们吗？人为财死，财是什么？财就是真理啊。咱爷们儿为了追求真理，连死都不怕，怕什么龙？"

　　我们正议论纷纷，忽听千里传音筒里传来Shirley杨的声音，招呼全员火速上甲板。一波未平，一波又起，我们见又出事了，哪里敢再耽搁，一个接一个地爬上船甲板。这时海雾已经小多了，但还未散。Shirley杨正抬头观天，她见我们赶来，便指了指天空："你们听，天上是什么声音？"

　　我抬头望着被海雾遮盖的天空，侧耳一听，果然听到一阵好似金属层层断裂的巨响，忍不住喃喃自语："那是他妈的什么动静？"随着响声逐渐变大，一个巨大的黑影从头顶的海雾中露出了轮廓。明叔惊得坐在了甲板上，口中只吐出一个字："鱼！"

第十四章
龙上水

天色已经亮了，这时海雾的浓度也正在逐渐减弱，能见度扩大到了几百米，但远处的海面依然白雾蒙蒙。我们在甲板上听到空中惊风不善，正自惊疑，不知雾中究竟发生了什么，明叔突然坐倒在地上，惊叫道："鱼！"

几乎就在同时，我感觉有一物落在头上，凉冰冰滑腻腻，用手一摸，竟然是条小鱼。空中接二连三地掉下鱼来，那些鱼大的小的都有，有不少落在船甲板上，兀自活蹦乱跳，翻着白肚试图跃回水中。我暗道一声怪事，天上怎么落鱼了？

大大小小的海鱼不断从天空落下，海上犹如下起了一场大雨。四周巨响如雷，又好似风吹竹筒，呜呜长鸣，无法分辨到底是什么东西发出的这些声音。不过被这阵混杂着海鱼的骤雨一冲，海雾散得更快。

还没等我们明白过来是怎么回事，就见前方不远的海面上出现了一堵巨大的水墙，海水排空而来，三叉戟号在这堵从海中升起的大水墙面前如同一片孤叶。东方的天光都被水墙彻底遮住了，刚散去海雾的天空又立刻暗了下来，海柳船三叉戟号仿佛置身于暗无天日的海底深渊。我们在船上被这骇人的景象震慑得瑟瑟发抖，平静的大海终于露出了它狰狞狂暴的一面。眼看离那水墙渐近，越近越觉得威势迫人，海水壁立，令人不敢逼视。船老大阮黑赶紧转舵，若三叉戟号再向前行驶，就会被那股巨浪击碎。

我抓住明叔的胳膊，把他从地上拽起来问："这是什么？海啸了？"昨天黄昏时分，我凭海观望，见东面海雾中有黑云逼天，如同浓云中有怪物下降，正是《十六字阴阳风水秘术》中所说的海气凝结之状。不知现在出现的大水墙是不是海气郁积所产生的。

明叔抱住救生圈躲进舱门里说："这怎么会是海啸，胡仔你仔细看看，那是龙王爷上水了，是龙取水⋯⋯"然后他就叫阮黑动力全开，把三叉戟号开到最大航速，躲避龙上水风压产生的漩涡。

我听明叔一说，才知道这是令海狼们谈之变色的"龙上水"，也称"上水龙"或"龙取水"，是一种海上最具毁灭性质的力量。以前仅闻其名，未谋其面，想不到有如此威力。我让其他人赶紧进船舱，免得在甲板上被巨浪卷进海里。

所谓龙，在风水中指地面和海底起伏连绵的山脉，这是一种比喻。在中国历史上，龙还有许多特定的含义。古人认为龙为鳞虫之长，能够兴云雨、利万物，是四种灵兽之一。至今为止，还无法真正判断世上到底有没有龙这种生物。

在汪洋大海上跑船的海狼对龙也有自己的态度。他们肯定是相信有龙王爷这种神灵的，但具体说到龙，主要是用来形容恐怖的气象情况，比如"龙上水"这些情形。古代绘画中巨龙怒目吐舌、乘黑云飞腾的形象，很可能正是对海上灾难的一种抽象描绘。

《易经》上记载着"云从龙"，也可以理解为"龙即是云"，云是指气压和气流一类的自然因素。气压不平衡会产生风。凡是空气上升，随着体积增大和气温降低，就会形成云，大湖大海上的水龙，就是由于气压极低而产生的。而"龙上水"这种现象，则是海底海气喷涌出海，与低气压相激而产生的，观之好似巨龙出水产生的大水柱。

《十六字阴阳风水秘术》中认为，起于峨眉山的南龙，是天下最大的龙脉，其势远超于昆仑的北龙与中龙。南龙起自峨眉，并江东去，其中一条余脉自海盐诸山入水，在海底延伸向北，以朝鲜、日本两地为岸护；另两条主要的余脉则蜿蜒南下，在海底环合凝伏，不知其终结于何处。珊瑚螺旋海域附近，正是南龙海气涌动之所，即使不在风季，飓风依然肆虐，也会经常发生"龙上水"一类的可怕现象。水龙从海底涌出，像火山喷发一样冲出海面，许多深海淤泥里的沉船古树，以及海中水族，凡是被其卷住，都会被裹上半空。

我们在船上四顾海面，皆是浊浪滔天，水势排空压顶，海天之间不是仅有那一堵巨大的水墙，而是数十道"龙上水"同时出现，海水倒灌向天空。惊人的是巨浪通天的一刹那，在这些水墙缝隙中的海面竟然平静无比，海中升腾的水墙也似乎凝固在了最高处，海气直上直下，海面甚至没有来得及猛烈波动。

在这大自然展现神奇与威力的静止画面里，只有被海水冲到天空的海鱼和水雾在不停地落回水里。处于这令人窒息的天地巨变中，三叉戟号的前后左右，包括头顶天空，全被蓝色水晶般的海水包围，完全不知道自己身在何处。三叉戟号似乎完全被海水吸住，停留在四周海墙壁立的深渊中苦苦挣扎，却似乎丝毫没动地方。我们在驾驶舱里互相握住手壮胆，都想从对方的脸上找些信心给自己增添勇气，以面对眼前这难以想象的考验。但在这种天地巨变的震慑下，众人面面相觑，谁的脸色也好看不到哪儿去，都如同死灰一样。

正在这时，那阵很像钢筋断裂的金属咆哮声突然逼近，一片巨大的阴影从水墙上方慢慢出现。一艘钢铁巨轮前半部分的残骸，从水墙中缓缓探出，如同一艘在天空中的海船，行驶到了垂直的水墙瀑布处，眼瞅着就要坠到下层海面。

此刻的大海，完全沉浸在一种恐怖无边的凄绝之中。在近乎凝固的一瞬间，船上船下似乎同时出现了两个海，一个海悬挂在天空，而另一个则是三叉戟号竭力挣脱不出的海面。天空上的那个海，里面掉落出许许多多从海底带上来的东西，沉船断锚、鲸骨鲵鳌，反正沉积在海底的东西都被翻了上来。我们眼前是千万吨的海水被升腾的海气带到了天空，分成数百道厚厚的水墙悬在头顶。一艘海底沉船的残骸，也被强烈上升的气流推上了天空，由于是在边缘，那无名巨轮的残骸也像那些被海水甩出来的海鱼一样，要从高空滑落。

明叔抬手指着半空，张开嘴声嘶力竭地喊叫着，但没有人能听到他的声音，耳中都充满了不间断的轰鸣声。我知道他大概是想说："沉船要砸下来了，正在咱们头顶！"但这时候言语失去了作用，我挥着手用力指了指左侧，示意掌舵的阮黑："再不赶快把船开出去，咱们就要玩儿完了……"

船老大阮黑脑门上青筋暴起，拼命地转舵。三叉戟号的船身终于硬生生打了个横，黑色的巨轮残骸如同一颗从高空投下的重型炸弹，落在了三叉戟号船头刚刚停留过的海面，水花溅射，激起一股强大的波浪，三叉戟号船体被怒涛冲击，东摇西晃，如同风中落叶，一时险象环生。

坠落的沉船残骸刚刚落下，所有的"龙上水"忽然被抽上半空，两部分海水从中分离，厚重的水墙遮蔽了天空，乌云四合，海面上漆黑无边，一眨眼的工夫，咫尺间便已不能辨认。在短暂的静止过后，猛然间狂风大作，暴雨如注。我这辈子没见过这么大的雨，风浪卷动，恰似天河倒灌，海面浪涌翻腾。三叉戟号在暴风骤雨中的海面上忽高忽低，被一个接一个的惊天巨浪抛上抛下。我们在船中紧紧抓住身边所能抓住的一切固定之物，就觉得胸腔里的五脏六腑都跟着那一叶漂萍般的船，被惊涛骇浪一时扔上了万丈高空，一时又坠入无底深渊，被折腾得神魂颠倒。人到了这个地步，完全身不由己，只能听天由命了。

海气虽然已经化去，却在海面形成了一股飓风。在海水滔天、浊浪排空的汪洋狂澜之上，我们唯一的希望就是英国人精心改装的海柳船三叉戟号能够经受住这次考验。不过即使是明叔和阮黑这种海狼，也判断不出这阵风暴会持续多久。

在这种情况下，船上打捞队里最受罪的要数胖子，尤其是受不了被浪头卷上天空，又像断了线的风筝似的掉下来。海水和暴雨不断地打在驾驶舱的观察窗上，海天间阴晦无边，根本无法分得清前后高低。见此情形，他脸都快被吓绿了。此时风浪虽大，却没了空气中那股龙吟般的金风呜咽，就听胖子不停地念着:"天后娘娘保佑,天后娘娘快来保佑,回去给您老上香送果子重塑金身啊……弟子先给您磕一个了,快来救命啊……"

我知道胖子什么都不在乎,唯独过不了恐高这一关。现在就算按以往的办法闭上眼睛不看也不济事,海上巨浪滚滚而来,让人连个喘息的空当也没有。他都求神拜佛了,可想而知他心里有多害怕。我担心他吓得手足无措,从船舱里滚进海中,于是赶紧让古猜和多铃姐弟两个紧紧按住他,别让他吓昏了头而发生意外。

明叔在海上全指着酒精壮胆,咬开酒瓶灌了几口,反倒是比别人镇定了许多。他听胖子哀求天后娘娘快来保佑,顿时魂不附体,情急之下把酒瓶口塞进胖子口中:"天后……天你个大头鬼啊!肥仔你有没有搞错,这时候还敢乱讲……快喝酒,喝酒堵住你的嘴。"

天后娘娘是万民敬仰的神明,原来凡航海之人遇到风浪,求告天后娘娘保佑,则会使风浪平息,舟船平安,无不灵验。但这里有个禁忌:"天后娘娘"这一称呼,仅能在陆地上用,比如在天后宫之类供奉妈祖的庙祠里烧香还愿,这时候须称"天后"。而在海上遇到风浪危险,千万别呼"天后娘娘保佑",而必呼"妈祖保佑",至于"求天后保佑"这种话在海上连提都不能提。

其实"天后"和"妈祖"是一回事,但常年跑船的人,几乎没有不迷信的。在海上迷信的说法中,遇到惊涛骇浪倾覆舟船之险,船上的人如果高喊"天后娘娘救命",天后娘娘虽然肯定会前来救你,但必须先排仪仗,天后出宫的排场和仪式规模太大,非常耽误时间,等天后娘娘乘着驾辇赶来,黄花菜都凉了。除非活腻了,否则船员舟客们无论如何不敢如此大喊"天后救命"。

在海上遇到紧急之难,一定要呼喊"妈祖保佑",这样天后可以轻装简从,以妈祖的姿态立刻出现在海上救苦救难,这是海狼们公认的行规。所以明叔一听胖子大喊天后娘娘,赶紧拿酒把他的嘴堵上了,然后带头在风雨中声嘶力竭地大叫:"妈祖显灵!"

第十五章
黑潮浮棺

天空暴雨如注,海面上惊涛起伏,三叉戟号在这狂风恶浪中险象环生,随时都有可能倾舟覆船葬身鱼腹。明叔抱着救生圈大叫:"妈祖快显圣!"那边掌舵的船老大阮黑也跟着明叔一起念"海天通圣咒",请妈祖现身,前来救命护航。阮黑虽相貌粗豪,髯丛如猬,但海上的海狼们,不管面对风浪如何勇敢,在航海方面的迷信程度却都格外严重,对冥冥之中的力量无限敬畏,这大概也是他们得以在海上安身立命的精神寄托。

眼见风高浪急,船都快散架了,不知还能撑多久,我也不得不盼着妈祖显灵,赶快平息风浪。但我对这种"大开庙门不烧香,事到临头许猪羊"的举动格外反感。与其求遍满天的神佛,还不如依靠自己来想个切实可行的办法。

"靠办法"这句名言是指改革开放后实行了联产承包责任制,政策落实到户,农民们在生产上都有了干劲,如果多想办法求新求变,开拓进取,就可以获得更大的回报,不能故步自封,停留在吃老本的阶段。这一口号后来也多被那些下海从商的个体户用来进行自勉。可是以我们现在的状况,船在狂澜怒涛中就快要失去控制了,除了听天由命,又哪里还有什么办法好想？

这时 Shirley 杨挤过来问我现在该怎么办，刚好一个浪头从舱门外打进来，令驾驶舱里的人都淋了一身咸腥的海水。我抹了抹脸上的水珠，对 Shirley 杨说："想不到这'龙上水'带起的风浪有这等声势，以往在山里摸金的老办法不顶用，海狼和疍民们的新办法不会用，求神告天的软办法没有用，部队那套猛打猛冲的硬办法不能用，我是彻底没办法了。对了……搬山填海术中有没有应对的法子？"

Shirley 杨说："搬山填海又不能呼风唤雨，哪儿能使风浪平息？我看这阵'龙上水'带起的风暴来得急，去得必然也快，现在只有尽量控制住三叉戟号，争取时间，撑到海上风暴结束。"

可说时容易，做时难。海柳船在惊涛骇浪中漂浮摇晃，不断被推向浪尖谷底，每一秒钟都充满了危险。天上黑云密布，晦暗阴霾，虽是白昼，却形同黑夜，云层中电闪雷鸣，开了锅似的海水久久不肯平息。幸亏阮黑和明叔驾船经验老到，他们为了活命更是倾尽全力，其余的人也全力协助，才使三叉戟号每每在紧要关头化险为夷。

英国人改装的这艘海柳船也当真坚固，经受住了这场风暴的考验。也不知因为海柳船是涉洋过海的宝物，还是妈祖当真有灵，这艘船在海上如此冲风破浪，船身始终安然无恙。终于熬到有一线阳光从乌云的缝隙间投下，风浪渐平，汹涌的海面逐渐恢复了平静。这时候船虽然没事，但船上的人可真吃不消了，全身骨头架子几乎都被颠荡散了，人人筋疲力尽。

见风浪终于过去了，明叔激动得直接跪在甲板上给妈祖磕响头许大愿，船老大阮黑变戏法似的从底舱拿出香炉黄纸之物，要给妈祖上供烧香。他们的个人信仰我也不好过多干预，再看胖子，由于灌多了白酒，还倒在驾驶舱里睡得颠三倒四，地上全是他的呕吐物。古猜和多铃正吃力地想把喝多了的胖子拖进里舱，免得他堵着舱门碍事。

我走到船头，望着穿破乌云的阳光，长长地出了口气。这阵风暴过去，至少在数日之内，不会再有如此之大的海气凝聚，正可以趁此机会利用潮汐进入珊瑚螺旋，在那个被称为归墟的海眼旁寻找沉船和阴火，当然还要当一把疍民采南珠。虽然任务繁多，但时间应该够用了。不过海柳船在风暴中偏离了航线，我们要比预期的时间晚上一天才能抵达珊瑚螺旋。

想到这儿，我便打算找 Shirley 杨商议商议，如何利用混合潮把船驶过珊瑚螺旋外围密集的暗礁群。我刚要去驾驶舱找 Shirley 杨，就觉得海面上好像有些地方不大正常，仔细一看，不得了，海水都变黑了，海气把海槽深处的东西都冲到了海面，形成了一大片黑潮，我们的船正好航行在墨黑色的海水之上。

其他人也发现了这一状况，一边观看漆黑如墨的海水，一边议论纷纷，各说各的道理。Shirley 杨说海上漂了许多死鱼，南海的大陆架是呈阶梯状下降的，这片海域刚好是海底的深渊，其深处的岩层里可能含有大量煤炭、油气，被海水带到海面，深海里的鱼怕是遭殃了。

阮黑则认同越南渔民的说法。他说这深海里的海水，天然就有若干股是黑的，最深的海水沸腾翻涌，与其他海水有很大区别，纵然是海底生物也不敢接近，水温超过温泉百倍，可能这黑潮就是海底的黑泉被带了上来。

明叔却说，肯定是"龙上水"把藏在海槽里的大墨鱼冲上来了。那墨鱼就是八爪鱼，其足可伸到百丈开外，大得不得了。那东西一肚子黑水，死的时候会吐净墨液，所以海水都变黑了。要是能捞到它的尸体，可以联系外国买家，如果够完整能卖个大价钱，大概跟那具楼兰女尸属于同一价位。

我对明叔说："原来您不光买卖干尸，连死鱼标本的生意都做？"在七嘴八舌的议论声中，大伙各有主张，把黑潮发生的可能性都提遍了，不过直到最后，对这黑色的海水究竟是怎么形成的都难有定论，只知道是从海底涌上来的。看到海中翻滚的死鱼在浓墨般的海水中非常显眼，白花花的不计其数，也都难免有些心惊。要不是这三叉戟号构造巧妙坚固，现在我们也许就是这些死鱼中的一员了。

从海底涌上来的这股黑潮虽大，但过不了多久便会沉淀消失。我们在船上看了多时，想找找明叔所说的大墨鱼尸体，就算凭我们这条船不可能把它带回去，开开眼也是好的。结果还真就发现远处海面上漂着一个白色的物体，远远一看就觉得个头不小。我赶紧让船老大阮黑把船靠近，明叔早就抓过望远镜先望了过去："真奇绝了……不是死鱼……海上好像漂着口棺材……白的……"

我还以为是我听错了，海面上怎么可能漂浮着一口白色的棺材？正想找明叔要望远镜看看，可这时三叉戟号已经靠了过去，离那白乎乎的物体越来越近，凭肉眼就能看得很清楚，海上果然有口白色的石头棺椁随洋流涌动。我们这伙人见过的棺材数都数不清了，凭我们的眼力绝对不会看错。

等船到近前，看得更是真切。那长方形的棺椁平平整整，见棱见角，体积很大，异于寻常的石棺，里面装两三个粽子都不成问题。表面上雕刻精细，有些地方裹了一层灰白斑驳的珊瑚虫，有几条粗大的链条固定着石棺，石棺闭得严丝合缝。生满水锈的锁链将石棺与海面下的一个东西牢牢绑在了一起，石棺下有个比四张八仙桌面还大的黑色物体，随着洋流起起伏伏，正是有这东西托着，石棺才没有沉下海底。

可能这东西也是从海底被"龙上水"冲到海面的，看到古怪之处，实属平生未见之物。我有心要把这东西捞起来瞧瞧，还没等说话，就听身后有人张罗着快准备吊臂，要把龙王爷送来的青头捞出来。原来不知什么时候，胖子酒劲过了，见众人在海中发现了一口浮棺，有棺材的话，里面必定有粽子和明器，他狂喜之下，便立刻露出本来面目，要兴风作浪。

船老大阮黑赶紧劝阻胖子："咱们打捞队是去做疍民，到珊瑚螺旋里采蛋的嘛，还是不要节外生枝。大海里的事情谁能说得清楚？也许这棺材里关着妖怪，咱们就不要自找麻烦了。而且有棺材上船，太不吉利了，怕是要出事啊！我看咱们就当看不见它好了，反正不把它捞上来咱们也不会吃什么亏，何苦要惹事呢？"

还不等胖子说话，明叔就替他对阮黑说："哎呀，我说老阮啊，你太不了解这肥仔了。这肥仔是什么人呢？他不占便宜就觉得是吃亏嘛。我看咱们还是依了他，捞出这海中青头看看。否则万一让他觉得不爽，才是咱们船上天大的麻烦……"

其实明叔比胖子还着急把这口石棺打捞上船，却借阮黑话里的台阶把责任都推给了胖子。胖子一听港农竟敢败坏自己在广大群众心目中的光辉形象，顿时恼了起来，挽袖子抡拳头就要揍人。

我赶紧把他们拦住。"明叔你可真是找抽，你就算要诋毁王胖子，也应该策划于密室，点火于基层，哪儿能当着面讲呢？这不等于暴露目标吗？还有胖子你也是，明叔这么大岁数了，你怎么好跟他动粗？我们要本着在真理面前人人平等的原则，凡事要以理服人，不管怎样都要讲道理。以后他再说你不爱听的，你可以先跟他讲道理，甚至可以骂他，骂人倒没什么，鲁迅先生急了还骂人呢，必要的时候甚至可以给他戴帽，但千万不能打人，如果真要打也要找没人的场合打，这样我们也不会为难嘛。你说咱都是一个团队的成员，你当着大伙的面揍他，我们是拦还是不拦呢？"

明叔可能刚才真是一时说走了嘴，这时看见胖子一瞪眼，顿时怯了，恨不得能跳进海里躲起来，只好表现得追悔莫及，连连跟胖子套近乎，声称自己刚刚那一刻见到青头，情绪就过于激动，人格分裂的病症复发了，甚至自己都不知道自己说了什么。

这时 Shirley 杨对我说："你们要是再纠缠不清，那棺材就要随海水漂走了。"我经她提醒，赶紧叫古猜准备吊钩，胖子、明叔去清理后甲板，船上只有后甲板空间较大。多铃连接水管，准备冲刷石椁上的脏东西。

众人分头行事，七手八脚地一阵忙活，终于把那海里的石椁吊了上来。吊臂将它悬在船尾，原来石椁下面与一只巨大的龟骸锁在一起了。多铃和古猜都是在艰苦劳作的环境中成长起来的，个顶个是干活的好手，对船上的行为很熟悉，不用我再吩咐，就打开水龙头，用黑色的水流冲刷石椁上的海藻和污物。

水流冲到之处，白色石椁侧面的一些细节逐渐展现出来，上面密密麻麻地刻着许多奇怪的符号。Shirley 杨视力过人，那石椁虽然还吊在半空，她便已有所发现："那上面好像雕着《易经》的图案。老胡你懂得卦象，快看看是些什么。"

明叔挥着手给出信号，阮黑把吊钩收回，随着逐渐接近，石椁上出现了许多八卦图形，但灰白色的珊瑚等附着物太多，没有多少能看得清楚。

众人匆匆忙忙把它卸在后甲板上,那龟壳中尚有完整的尸骸,形体还未化去,似乎死去也不太久,不过以这石椁的外观来判断,至少是几千年的古物。常言说"千年的王八,万年的龟",龟的寿命之长远远超乎其余生物,也不知这巨龟负着石椁活了多少年头才死。

负棺的龟甲上也刻着纹路,不过仍然难以辨认,海底环境对这些东西造成的侵蚀太严重了,现在只能寄希望于石椁里的东西还保留下来一些。胖子找来探阴爪撬开了椁盖,椁盖缝隙都用泥封死了,封得很严密,撬开一看,内部尚有另一层套椁,而石椁盖子内侧的雕刻保存尚且完好。用水冲刷掉上面的污物,凹凸显现,是一幅《易经》中的卦象,看几处特征细节,都与被陈教授所复原的那部分玉像相吻合。

古人认为,万事万物都会呈现出"象","象"是"包罗万象"的"象",这就是所谓的"物生有象,象生有数"。椁盖上的古卦象很是繁杂艰深,但大体上与我们今时今日所研读的卦象一致,只不过在细节上推演得更为驳奥。我看后半晌无语,直到Shirley杨等人问我,我才回过神来,告诉众人这椁内所刻的内容是:"震上震下,震惊百里。"

第十六章
底舱

石椁内侧，有用类似虫鱼迹的古老符号刻着"震"卦的图案，或长或短的鱼骨标记分别代表震卦各爻。《易经》云："亨，震来虩虩[1]，笑言哑哑，震惊百里，不丧匕鬯[2]。"这是"震惊百里"的一卦，其下有推演震卦各爻的验判，与我所知的后天八卦差别太大，就看不明白了。

我们在经历了飓风之后，无意间发现这锁在龟骨上的石椁，这也许是个奇迹般的巧合，可我想未必是那样。在珊瑚庙岛收来的青头古玉，里面同样暗藏玄机，恰好也属烛照演卦生象。以此来看，这片海底埋藏了太多这样的古物，多到随处可见，但大多受到腐蚀，无法辨认原形，所以始终都未得到重视。

Shirley 杨等人问我这"震"卦何解。我解释说，此卦在八卦中有顺畅达和惊醒修身之意，难说是凶是吉。震为雷，震上震下，有雷声重叠不断之意，天地间雷鸣地颤，吓得人们全身发抖，过了一会儿便又谈笑自若。

---

[1] 虩，音 xì，形容恐惧的样子。
[2] 鬯，音 chàng，指古代祭祀用的一种酒。

巨雷轰鸣，震撼百里，但重要的祭祀活动还要照常进行。震雷的到来不知是福是祸，人们感到恐惧的同时，要谨慎小心，避免灾祸的发生。

明叔和胖子等人闻言，都说这可巧了，刚刚经历了一场"龙上水"造成的大风暴，天上雷鸣电闪，好不厉害，这不正是应了"震惊百里"吗？

我摇头道："震卦虽有雷鸣之象，却并不是指真正的风雨雷电，也不是指天崩地裂。只有江湖骗子算命先生才会这么解释。而且此卦图形古奥繁复，大概与周文王先天十六卦有关，单以存留至今的后天八卦解读，难窥其中深意，这不是咱们这伙凡夫俗子所能随意揣测的。"说完我让Shirley杨为椁盖拍照留存。此物与海底归墟之间恐怕大有渊源，若是将来有机会再见张赢川，或许能让他阐述其中奥秘。

话虽如此说，我却隐隐有种预感，此次航海，若不解开"震惊百里"之谜，恐怕就要遇到天大的麻烦，不过这可要大费脑筋了。我对此没有多大把握，不过也不太在乎，反正船到桥头自然直，今后不论有什么遭遇，只管推测天道见机行事便了。

我们把椁盖整理好后抬至一边，为开棺清理出一块地方。听陈教授说恨天人的青铜文明非常发达，因为掌握着龙火，可以铸造天鼎，今日一见，果然名不虚传。椁盖椁身都凿有鼻环，套着人臂粗的铜链，隔了这么久的岁月，虽然铜性被海水淘尽，大体被死珊瑚虫包裹，但露出的地方莹澈透骨，仍旧坚韧结实，与寻常青铜迥然有异，是上好的青头。我毫不犹豫地让胖子收了，要带回去研究研究。

众人好奇地围到内棺近前，都想看看棺中有什么东西。Shirley杨大概知道劝我们也没用，而且她的好奇心半点不比我少，只是说海上风大，棺材打开了里面的东西不易保存，如果这些东西确实来自海底的归墟，里面也许会是恨天人的尸骨。

我对Shirley杨说："那就是从海底来的了？岂不是同大西洋海底来客差不多，不知道戴不戴蛤蟆镜。"

胖子说："也不一定是从海眼里冒出来的，没看它绑在王八盖子上吗？定是这大王八精在海底到处乱爬，死在了这附近的海槽里，才让一股黑潮带了上来，结果就让咱们赶上了。这不是别的，这就是缘分哪。"

胖子说完取出一盒清凉油，我们每人都用指尖挑了药膏，在各自鼻子下边抹了一点，只有船老大阮黑三人不明其意，问这是干什么。胖子说："你们在海上当疍民的，自然不懂"升棺发材"的规矩。我们都是专业研究这块的，都知道不戴口罩就必须得抹点这东西防臭，省得让尸气把你们呛个好歹。"

船老大阮黑也不知胖子所说的专业是指什么，但既然有这规矩就学着照做了。古猜和多铃二人更是既好奇又害怕，想看又不敢看，躲在阮黑身后，不断往石棺这边张望。

见准备妥当，我抬头看看天，这时虽是白天，却密云不雨，阳光都被乌云遮了，海面上风浪平静，黑潮渐退。既是白昼，我想也不用准备什么黑驴蹄子了，当下便由开棺手胖子出马。摸金秘术中"升棺发材"，虽是百无禁忌，但也有"开西不开北，开左不开右"之说，这个"东南西北上下左右"，都是指以棺椁为参照物。因为古时棺椁在风水位中，大贵之人多取南北纵向放置，北为上首，南为下首，也有脸朝侧面的；信佛的则必是对着西方，有往生西天极乐之意；奉道的则面朝东方，紫气自东而来。另外摸金校尉"开西不开北"，也是为了避免棺中设有机关害人性命，并有"取生门让死门"之意。

这海中石椁造型古朴浑厚，近似西周石椁的风格。胖子混到现在，也算半个撬棺行家里手了，当下先把石椁顶端推到上风口，里面如有恶气，开棺之后也会被海风吹散。

石椁内的棺材也是石质而非木料，通体乌黑，呈半透明状，是用一种生在海底的古松化石打造的。这古松化石名为"地镜"，色黑而润，纹如波浪，其纹为海水击打千年而生，纹越多年代越久，价值也就越高。看这石棺水纹层层密布，价值必然不菲，而且棺体四周封得好生紧密，胖子唯恐毁了这值钱的石棺，硬是耐住性子，动作小心翼翼，费了九牛二虎之力，才用探阴爪拨开固定用的命栓。

我在下首协助，让其他人退开几步，和胖子二人屏住呼吸掀开棺盖。

忽地一阵白气从棺中冲出，随着这阵尸气出现，从棺中"嘭"的一下坐起一个死人，把石盖顶在一边。那死尸似乎是个女子，头发很长，被海风吹得披头散发，随风而动，犹如活人一般。可能棺椁密封太严，尸体装入后腐烂发胀，尸气郁积在其中难以消散，借着这股恒定的气体，死者的尸体也保存在散尽尸气后的这一状态。棺盖一起，受到外界空气的作用，棺内气压产生了剧烈的变化，尸体全身筋肉收缩，像诈尸似的，"腾"一下就坐了起来。

棺中那股白气极臭，我们虽在上风头，鼻端又抹了些薄荷药膏，却仍觉得臭不可闻，又让这突然坐起的尸体吓了一跳，连忙一边后退，一边捂住自己的鼻子。胖子和明叔还连连称奇："我的天，这大姐怎么这么臭？可能这位靓女……生前便秘，是让屎给活活憋死的？"

就在明叔和胖子不修口德的叫骂声中，这阵臭气很快散去。只见棺中坐起的尸体全身肤色发青，身上脸上都是肉鳞，青面獠牙，形同恶鬼。我心中一紧："这他妈是人吗？"可还没等再仔细看看，一阵海风吹至，尸体的皮肤迅速塌陷萎缩，尸体颜色由青转黑，眼看着在一瞬间化为灰烬，立时从外至内，一层层碎为黑灰，被海风吹散，剩下的零星骨骸都散落在棺内，形骸不复存在了。我们一看就知道完了，这粽子成灰了，连灵魂带肉体，全都化为了历史的尘埃。

明叔跟粽子打了半辈子交道，什么样的古尸没见过？但身上生有肉鳞的女尸，还是闻所未闻，见所未见。难道是南海里的鲛人？那就不是人而是鱼了，那东西死了也就不值什么钱了。他走近想看看棺中剩余的骨头渣子中有没有鱼尾。

可我们凑过去一看，剩下的骨骸又黑又碎，除了几颗牙齿之外，其余再也无法辨认了。胖子对死人不感兴趣，尸体被海风化去才省事，举着探阴爪乱拨棺中剩余的事物，翻找有没有死尸嘴里塞的珠子，那东西肯定不会一过风就化为乌有。

可石棺内并没有太多的东西，棺底仅有一泓清水，里面有几条近乎半透明的小虾扑腾着，眼看也是活不成了。Shirley杨觉得很是奇怪，石棺密不透风，沉在海底怕是几千年了，怎么里面竟然还有活着的小虾？

我说这在科学上暂时还难以解释，但风水青乌之说却早有提及。棺中生气太盛，精气凝结，尸液中便可能产生异化之物，也就是死尸上的某些组织变成了小虾小鱼之类，更有可能是这罕见的石镜古棺内自生的。

明叔也说："胡仔言之有理，我以前跑船，就见有个泰国人买到一块卵石，把那石头放在空碗里，一夜之间，就能生出一碗清水。那泰国商人以为石中有宝，欲穷究其秘，想不到砸开一看，里面只有一汪清水和两条透明小鱼，小鱼很快就死了，而那石头也就一文不值了。他差点受刺激跳了海。这石中生水，水中生鱼，乃是天然造化，可也没什么稀奇。不过这口石镜古棺真属绝世奇珍，你们看这上面的水纹有多密集……"

明叔说到这儿突然有点犯难，这么大一口石棺，船舱里已经填满了各种物资，哪儿还有地方放置？胖子说："这太简单了，我在底舱边上看见有个夹层，把那块木头拆了不就有地方了吗？咱就别耽误时间了，把这青头装好了，就赶紧奔海眼，还有更辉煌的成果在那边恭候着咱呢。"

船老大阮黑闻听此言脸色大变，死活拦着就是不让胖子等人把石棺装进底舱。我见他神色有异，知道其中必有缘故，于是问他缘由，让他把话说明白了，底舱里到底有什么名堂。

阮黑都快跪地上央求众人了，可他并不说清缘由："底舱里是有块多出来的木头隔断，不过万万也不敢拆呀，拆了咱们谁也活不了。"说完他又求 Shirley 杨，"杨小姐是最明事理的好人，你快劝劝他们，这件事可不敢做啊！"

在我们的再三追问下，阮黑仍是不肯吐露半字，不得已之下，才说道："这艘海柳船上死过七个英国人的事你们也都知道，他们就是死在底舱里的。别的我实在不能再说了，总之那夹层里的东西不能看，看了就会死。"

第十七章
潮汐

三叉戟号本是由一艘古老的海柳船改造而成，虽经英国人改头换面，但船体中的主体部件，仍然皆是采用老船上的海柳。这伙野心勃勃的英国打捞队共有七名成员，他们莫名其妙地集体死亡，事发地点就是三叉戟号的底舱。

在出海前我也曾多方打探，但珊瑚庙岛的渔民商人大多不知其中详情。这时忽听船老大阮黑提及此事，告诉我们船舱里确实有个小小的夹层，不过里面的东西无论如何都不可以看，有人看了便会对此船不利，那批英国人就是这么死的。我看了看明叔，见他也是一脸茫然，显然从没听说海船上有这般掌故。我便开始怀疑是阮黑危言耸听，更要去底舱查个明白。

阮黑又求 Shirley 杨帮忙劝说，他认识这艘海柳船的前任船主，前不久英国人改装这条船，他也曾受雇帮忙，所以知道一些不为人知的内幕。他赌咒发誓说，这船的底舱里确实藏着某种东西，如果看见了那个东西，对船上的成员有百害而无一利；要是当底舱夹层里的东西不存在，则会一切如常，对这船没有任何影响。这绝不是危言耸听，这是用许多条人命换来的教训。

第十七章 潮汐

我见船老大阮黑发了毒誓，知道这些迷信的海狼如果发了重誓，就必然不会存心相欺。既然他说底舱里有不能惊动的东西，只要不影响我们的航程，也没必要去刻意破坏这些特殊的风俗和禁忌。

阮黑看我终于答应下来，这才松了口气，说："等采了蛋回去之后，一定把这里面的秘密告诉给你们听。只有不坐这艘船的人才能知道，否则无意中在船上谈起此事，就要惹祸上门了，那时在茫茫大海上想逃都没地方可逃。"

我点头同意，不过转念一想，装神弄鬼这套说辞在我这儿不灵，等回去之后，我再知道这里面的原因还有什么用？早晚找个机会我先看明白了再说，被蒙在鼓里的事我可不做。

于是我不动声色，暂时把这件事搁下不提，跟其余的人一起动手。由于船上空间有限，只好将那巨大的石椁以及棺椁中间填充的木料再次沉入海中，只将最内层的石棺保留下来。众人把底舱里的物资装进石棺里，直到把它填满，这样舱内空间就足够容纳石棺了。而且石棺里阴凉如水，把船舱里的许多西瓜放进去，可以起到很好的保鲜作用。

我们在底舱忙活的时候，趁阮黑上去驾船，我特意留心了一下那面夹层板，除了被彻底封死难以活动之外，实在瞧不出有什么特别之处。刚把耳朵贴上去听了听里面的动静，就被Shirley杨发现了我的举动。她过来一拍我的肩膀说："你在练什么功？"

我正全神贯注地倾听夹层中有无动静，脑子里想着到底有什么既不能说又不能看的东西，完全没有提防身后，被Shirley杨吓了一跳，赶紧对她指了指这夹层舱板："我侦察侦察，你也过来听听，这里边好像有东西在动……"Shirley杨并没有跟我一起进行侦察，她似乎有话要同我说，示意我换个地方说话，我便跟她上到了后甲板。这时阮黑和明叔重新确认了航向，正将船全速驶向珊瑚螺旋。三叉戟号在海上乘风破浪，船后悬挂着的两口潜水钟也随着船身摇摇晃晃。

海底的黑潮过后，大片海域显得毫无生气，以前不时能在海面上看到的成群飞鱼也都不见了踪影，四周只有无边无际的汹涌海水，浩瀚无际。

Shirley杨在甲板上眺望海天尽头，过了半晌才说："陈教授是我父亲生前的好友，他的心愿就是我父亲的心愿，冒再大的风险我都不会在乎。不过南海真辽阔，珊瑚螺旋中的归墟更是诡秘莫测，我有些担心咱们能不能顺利找到秦王照骨镜，毕竟咱们的打捞队人又少船又小。"

我对她说："这有什么可担心的，人少船小不算问题。咱们人虽少，却个个都有独当一面的本事，这叫兵贵精而不贵多。古代中国陈胜、吴广起义，开始的时候才有八九百人，他们向全世界发出了'王侯将相宁有种乎'的伟大呐喊，登高一呼揭竿而起，一度横扫天下。可是后来这支队伍为什么失败了呢？就因为他们的人越来越多，成了一伙乌合之众，失去了革命的纯洁性和团结的战斗力。咱们应该吸取农民起义失败的经验教训，就连咱们去沙漠时候的向导安力满老爷子，都知道胡大的神谕是'世人唯有团结才会获胜'。另外在吸收队员的时候也要格外慎重，宁啃仙桃一口，不吃烂杏一筐，人少心齐，不怕不能成事。"

Shirley杨微笑道："怎么你什么事都要引经据典呢，是不是这样显得特别有说服力？不过你说得确实有道理，同舟共济，就需要团结无间，互相信任是极重要的。你信得过船老大阮黑吗？"

我已料到她有这一问，但还是稍加沉吟，想了想才说："只听说阮黑是越南籍华人，为了避难才流落海岛。他以往的经历我并不了解，他心里怎么想的我也不清楚，但本质是可以透过现象表现出来的，从这些天的接触来看，我觉得他……还算是位可以信赖的疍民。我在山区插过队，还有在部队和做生意的时候，都接触了无数劳动人民，我相信我的眼力。"

Shirley杨说："那就太好了，既然能够信任他，就应该有容人之量，相信船老大也有他的理由，所以你就不应该再去窥探舱板后的东西，破坏这船上的规矩。虽然我也觉得很好奇，不过我想咱们还是更应当尊重船老大的建议，这叫用人不疑，疑人不用。"

在Shirley杨的劝说下，我只好强行忍住好奇心，承诺不到万不得已，不会破坏这条禁忌。随后我们回到船舱，开始吃饭。饭是多铃烧的，船上一日三餐都由她准备。不过船上的清水使用量有严格限制，所以饮食非常单调。我们借着吃饭的机会，把众人召集起来，商议了一下最重要的事情，为即将进入珊瑚螺旋做好准备。我们在海上自西向东，过了当前这道深不见底的海槽，海底的地势会突然耸起，以那条海底山脊的棱线为界，以东的海域就完全属于珊瑚螺旋了。那里好像是一片沉没的群岛，在四周深海的包围下，海底呈现出极大落差，螺旋内非常接近海面。

珊瑚螺旋分内外两层大珊瑚礁，范围很大，直径约有一百海里，其具体形状则完全无法探明，两层螺旋中间的区域下陷，都是密集的珊瑚森林和海沟。由于这一带海底两山环合，数万年海气凝聚，空中风暴雷暴常年不断，电子设备时常失灵，海底又有鬼火幽灵之类的传说，所以数百年来很少有人敢贸然进入。有些投机的探险者和打捞船冒死前往，也都有去无回，不知是因为迷失了航向，还是遇到了其他海难。有些疍民为了生计下海采蛋，最多只敢到大螺旋外围的海底铁树丛里采蛋，从不敢越雷池半步，就连明叔和他舅公也未曾进去过。明叔的舅公就是在外螺旋做疍民的时候，在水底遇到恶鱼送了命，尸首都不得回归故土。

载有秦王照骨镜的沉船，叫作玛丽仙奴号，是一艘私人豪华游轮，属于南洋的一位富豪。此船在风暴中偏离航线，误入珊瑚螺旋触礁沉没。唯一幸存的船员描述玛丽仙奴号的沉没之处时说，海底都被潜燃的火光照亮了，那情景好像是海底的水晶宫浮动隐现。

南海海底蕴藏着大量油气，地底还有活跃的火山时常喷发，但油气喷涌没有如此大的能量，珊瑚螺旋附近的海域也没有海底火山存在，只有风水中所说海气形成的"龙火"燃烧，再加上附近巨蚌壳中的月光明珠相映，才有可能把海底照得通明。不过这种奇观并非等闲能够见到，一个月中只会出现一两次。

在风水中将世间泥土山石分为九类，包括坟、址、祠、墟、盖等。墟域之地，阴气最盛，可纳日月星辰之精气，据说海底老蚌之珠能够应月，正是借得墟中阴精之气。从海底阴火和南珠这两大独一无二的线索来看，玛丽仙奴号必在珊瑚螺旋的海眼附近，进了珊瑚螺旋，只要寻得南龙在海底的余脉，就不难找到沉船和老蚌成群的海底森林。

我们这支打捞队现在面临的最大困难，是如何进入暗礁密集的珊瑚螺旋。进去之后，如果天气不好，怎么才能在没有罗盘的情况下辨认方向，这也是所有妄图染指南海这批巨大宝藏的探险家所共同面临的最大障碍。如果无法克服，就只能望洋兴叹。

好在我们掌握着中国古代盗墓者秘而不传的奇术，摸金校尉的风水秘术对南龙各条余脉有精确的论述。南龙虽起于峨眉山，最后从浙江入海，但在海中最大的一条余脉却延伸至南海的尽头。风水中所说的海气，有一部分关于潮汐运行的概念，若以现在的原理来看，实际上是在指月球和太阳的引力作用下产生的海洋潮汐，是一种海水周期性的涨落现象，由于和天文现象有关，故此也名"天文潮"。涨海的现象虽然相同，但在时间上人为地做出一个区别，昼为潮，夜为汐。

月球和太阳由于距离地球的远近不同，月球的引潮力强于太阳两倍多，所以潮汐的大小和涨落时刻不是固定的，主要随着月球之运行变化。再加上各个海域地形、深度以及经纬度等因素的影响，除了每天升降两次的半日潮外，还有每天升降一次的全日潮，每天两次或一次混杂的混合潮，在垂直方向上表现为潮位升降，在水平位置上表现为潮流涨落。

在南龙尽头的珊瑚螺旋海域，由于海气紊乱，最常出现的是杂乱的混合潮，每月初一、十五前后则有大潮。玛丽仙奴号就是在满月时遭遇了风暴潮与天文大潮并发的大海难，才被巨浪卷进大船难以进入的珊瑚螺旋。

昨夜在海上遭遇了"龙上水"，险些舟覆船沉，不过这次航海运气还算不错，因为准备充分，即便有些波折也是有惊无险，没遇到什么太大的困难，又得了一口罕见的石镜古棺，识货之人无不振奋。此时调整航向，沿着海槽边缘徘徊，直航行到天快要亮了的时候，天空仍是黑云压顶，看不见日月星辰，海面上风高浪急，罗盘开始失灵，这正是抵达珊瑚螺旋的预兆。接到明叔在千里传音筒里发出的讯息后，我和Shirley杨急忙来到驾驶舱，取出一个事先准备好的木匣和一个黑色瓦罐，准备施展搬山填海术中的秘术。只等时机一到，就要借着早上潮水大涨，一举穿过珊瑚螺旋外围的暗礁群。

第十八章
探海观南龙

　　珊瑚螺旋外围密集的暗礁就如同一道天然屏障，潮落到最低处的时候会现出一半，大潮生时则会完全没在水下，挡住探宝者的去路。大船过不去，小船过去不顶事，所以暗礁群后的海域至今在世人眼中仍是神秘未知。明叔与阮黑都能识得风信水性，可以使三叉戟号借助潮头跃过一层接一层的暗礁，但这片礁群间针迷舵失，洋流与风向混杂难辨，要在不明方向的情况下连行数海里，则难于登天。这就好比让一个优秀的短跑运动员蒙住了眼睛参加百米比赛，他就算不摔个狗啃泥，也顶多围着原地兜圈子，永远不可能跑到终点。

　　所以众人的希望全寄托在搬山道人留下的搬山分甲术上了，只要有了方向作为参照，待到潮水一涨就能过海采蛋了。在大伙的注视下，只见Shirley杨不慌不忙地取出若干物什，先把木匣打开，木匣中用红缎裹有一只琉璃瓶，瓶身大腹通透，薄如蝉翼，瓶中用水浸着一枚丹丸，清辉澄澈，显得极为炫目，只有小指甲盖大小。明叔等人都不知那是何物，感觉有些摸不着头脑。

　　然后Shirley杨又取出另一个漆黑的瓦罐，里面以清水养着数条小鱼，小鱼仅有一指来长，头极大，全身赤红，长得怪模怪样，在瓦罐里游得很欢。她小心翼翼地捞出一尾小鱼放在瓶里，然后把瓶子放在盒中以软缎固定，那尾小鱼在瓶里围着丹丸转了几遭，就开始把它拱向一边，无论瓶里的清水如何晃动，小鱼都会尽力把丹丸推向固定的方位。

众人看得眼睛直勾勾的，都问这是什么名堂。我为他们解释道："这就是搬山道人的司天鱼，这鱼把太阴散顶向哪个方向，哪个方向就是正东，屡试不爽。虽然抬头看不见北斗星，但低头能望见司天鱼，有它给咱们指明方位，诸位还有什么可犯愁的？"

搬山道人久居江浙沿海，不断在各地古墓中寻找雳尘珠，也曾有渡海躲避无底鬼洞灾祸之心，又于海上寻访仙山灵药，在漫长的岁月中，独创了一套方术，后世称之为"搬山分甲"。其中搬山填海之术中不仅有寻藏掘冢的方法，也囊括了星土云物生克制化的法门和秘方。

方向感是人类一切行动所必须依赖的，单在风水一道中，最重要的龙、砂、穴、水，都离不开一个"向"，没了方向的指引，便无法进行分金定穴。最早的时候人们是以日月星辰来确认方位，后来知道地下有大磁山，就发明了司南，再后来逐渐进化为更精确的指南车。明代形势宗风水完善成形之后，相地寻龙的堪舆①罗盘也随之进化到了极致，盘上要标有阴阳太极、五行八卦、河洛二图、纳甲、九星、二十八宿、二十四节气、十二宫、二十四山、六十龙等等，最少的也有三层以上，多者可达四十余层。盘上最主要的是"正、缝、中"三针。

古代用罗盘定位的原理离不开地磁，古人认为磁与针是母子之道，而在一些特殊的场合，罗盘失去了效力，就只有使用司天鱼了。司天鱼的使用之法，原藏于虞王司天墓中，世上本已失传，偶为搬山道人所得。所谓"太阴散"，其实就是那墓主口中所含的防腐丹，蕴藏太阴之精。死尸嘴里含了这东西，即使曝晒在日光下长达数月之久也不会腐烂发臭，直到丹丸里的太阴之精散尽为止。秦汉时期炼丹之道大盛，宋代后期开始衰落，这种

---

① 堪舆，指风水。

丹丸的配方也就无处寻觅了。

搬山道人用特制的药水浸泡太阴散，可以使丹内重新聚集阴精。月属太阴，太阴散放于琉璃盏中犹如明月在盘，司天鱼天生有应月之性，见有清辉皎洁，就一定会从西首游出，鱼头朝东吸纳太阴之精华，这是天然物性所钟，不为外界因素干扰，鱼首永远向东。若是形如舟船的大司天鱼，在月明极清之时更会吐珠争光，不过这只是虞王司天墓里的一个传说，如今能找到的司天鱼，最大不过成人食指长短。在罗盘失灵、星月无踪的情况下，将小司天鱼的鱼头作为参照，虽然并不一定精准，却绝不会让船在海上兜圈子迷路。

另外 Shirley 杨还有"魁星盘"为辅。据说魁星乃是"九九星中第一龙"，古星学中"魁"为北斗第一星，堪称九宫之魁首。此星在天为万灵之主宰，在地为百脉之权衡。魁星也就是贪狼星，传说贪狼星君相貌奇丑，突面而獠牙。魁星盘同样是搬山道人自古司天墓中掘出的秘器，相当于一个小型的风水观星盘，能够不受天候以及地磁和电磁的干扰。古人认为天地人是一个整体，可以用山海之间气息的微妙变化来观取天星，权衡百脉。虽然搬山道人不擅风水观星之类的勾当，但我那本《十六字阴阳风水秘术》却详论其中奥秘，有司天鱼和魁星盘，几乎等于开了天目，驾驶三叉戟号出入这片神秘莫测的螺旋迷宫，如履平地。

众人听明白了这司天鱼和魁星盘的作用，激动得都快不知道说什么好了，想不到这道难以逾越的鸿沟，早在千百年前，就有古人想出了破解的办法。虽然现代科技越来越发达，但不得不承认，过度依赖科技和装备，使人们在某些方面有所退化。不过这些事还是留给哲人们去思考吧，现在南海中最大的宝藏，几乎就在众人眼前触手可及了，富贵逼人，哪儿还顾得上去担忧社会进步和人类退化之间的矛盾？

没过多久，就听远海洪波怒涛之声传了过来，海水涌动的动静如同巨钟，顷刻间海潮暴涨。有了搬山填海的司天秘术，三叉戟号乘风破浪穿越了暗礁群。只见前方海面有团异彩云霞，海上跑船的人们管这东西叫"仙山"。仙山并不是特指露出海面的山石岛屿，而是指有云霞坠于海面，舟船之客望见这种奇特的景象，都会认为是极好的兆头。

我远远见到海上有云霞笼罩，船到近处却什么都看不见了，估计正是海底两山环合，使得海气空蒙变幻。这时天上云厚，否则被日光一照，这里就会出现海市蜃楼。再看两件司天秘器所指，这里差不多就是南龙余脉中阴火潜燃的区域了。

天下龙脉分为南、北、中三条。发自昆仑的北龙、中龙，虽然稳健凝止，有万世不拔之象，却独数南龙之势最大。不过南龙行踪飘忽，王气不足，龙脉有首无尾，自峨眉山而起，并江东进，由浙江海盐诸山入海，从朝鲜与日本之间的海峡穿过，蜿蜒而去，不知其结局如何，可谓是神龙能现其首，而不现其尾，若非至贤至圣者，绝不宜在南龙中营建寿穴。南海尽头的珊瑚螺旋属南龙支脉，形势之奇，天下罕有。

不过这只是初步判断，还需要进一步确认，然后再使用潜水钟入水侦察。我让明叔停船，取出事先准备好的白米和油，纷纷倒入海中，只见白米不沉，油浮不起，正是海底墟域之象，如果海水下有阴火龙灯，应该就在此处。又测了一下海水深浅，船行处不足七十米，当即沉下挂了浮标的铅锤定位。

接下来，众人立刻在甲板上开了个碰头会，讨论了一下行动方案。这片海域几乎就是珊瑚螺旋的核心了，到目前为止还算一切顺利，但这里的状况一切不明，能不能找到沉船还是未知数。从现在开始不得不加上十二分的小心，做到步步为营。为了避免在这是非之地停留太久，干脆趁着现在风浪不大，立刻展开行动，先下水进行侦察，寻找沉船和南珠的位置，掌握了海底地形之后，再因地制宜，部署任务。

船上的潜水钟只有两口，各能容纳一人，最后便决定由我和船老大阮黑二人下水侦察。由于阮黑做过疍民，亲自下水采过蛋，对此道颇为熟悉，故让他下水作为我的搭档。安排完毕之后，胖子带领古猜等人忙碌着准备潜水钟，检查装备是否可靠。

下水前，Shirley 杨嘱咐我道："咱们虽是进了珊瑚螺旋，但事情进行得太过顺利，反倒让我不能放心。听陈教授说，位于珊瑚螺旋中的海眼是

第十八章 探海观南龙

天地间的归墟，天下所有江河湖海之水，最终都要归入海眼中的虚无，水流永无休止，归墟却始终不满。这件事在各种古书文献中反复出现，就连跑船之人也大多知道有这么一个海眼。可你看四周一望千里，海面上又哪儿有什么巨大的海眼漩涡？当然归墟毕竟只是传说，但愿是我多虑了。不过你下水之后，仍然要多加小心，不要莽撞行事。"

我点头答应，反正潜水钟坚固无比，若在海底有什么不测，至少也能保证侦察人员全身而退。在强烈的好奇心驱使下，我急于潜水观看海底情形，跟 Shirley 杨交代了几句，便匆匆钻进了胖子等人准备好的潜水钟里。

铜造的潜水钟完全密封，下潜深度为水下五十五米，四周设有观察窗，并装备了水下专用的强光照明设备"波塞冬之炫"，里面配备有被称为潜水电话的通话管，可与甲板上的指挥员进行联络。虽然有换气管连接船上的气泵，但我们还是在铜舱内携带了氧气瓶以防不测。

我在舱内准备好后，对甲板上的人们打了个手势，潜水钟便开始慢慢下沉。在海面上还不觉得怎么样，但身处铜钟之内沉进海底之后，立刻有种难以言说的强烈压抑感，一股与世隔绝的恐惧从心底里生出。我尽量把注意力集中在观察窗外，试图分散这种难以驱除的不安与焦虑。

虽然下潜深度仅为五十余米，但这过程却显得格外漫长。我一边看着视窗外的海水，一边暗中数着铜舱内排气阀中带有间隔的排出气体之声，当数到第十五个数的时候，潜水钟终于被放到了尽头。在多云的白昼环境中，海底能见度属于中下程度，但二十米以下就越来越黑，海水中的杂质颗粒增加，能见度直线下降。好在铜舱内外都有照明设备，我先找到船老大阮黑所在的那口潜水钟，对他竖起大拇指，表示我这里一切正常，阮黑也做出了同样的回应。

随后我们利用"波塞冬之炫"照明，开始对水下地形进行侦察，再通过潜水电话把所见情况反馈回去。这片传说有幽灵出没的神秘水域，慢慢地在灯光下露出了真实的面目。海底数十米深的地方，全是密集的海底森林，周围山脉环绕，起伏的地形之间有一道深涧般的海沟，里面的海水不时冒出一股又一股的怪异漩涡，用探照灯照过去也看不见底，其深处似乎有黑物探首探尾，但看不清究竟是什么东西，海中鱼群皆不敢近前。

在深涧边缘的珊瑚丛中，有许多铁树。其中有一株几十米高的水下铁树极为异常，通体都是半透明状，如同玳瑁。玳瑁也叫毒瑁，背有主甲一十三片，重叠如覆盖的瓦片，淡黄而微黑，有黑斑，它的外甲经过加工可以熟软，用于制造各种名贵的装饰品。那海底的大树，颜色和形状都非常像是叠瓦状的玳瑁，树上附满了老螺巨蚌，最小的也大如磨盘，蚌壳微微开合之际似有月光闪动，引得海中水族争相围绕在侧。

我吞了吞口水，心想海底果然有蛋，看来此行不虚，但在这附近，却没见有那艘玛丽仙奴号沉船的残骸。别说这艘沉船没有，整个海底能见到的地方，连其他沉船的影子也不见。我猜测那传说中的沉船墓场如果真正存在，唯一的可能就在珊瑚森林中的深渊里面。如果玛丽仙奴号沉入其中，一旦超过两百米深度，凭我们的能力就没办法打捞了。

想到这儿，我便转头透过观察窗再去看那道深涧里的动静，不料刚一转头，一条全身疙里疙瘩、粗皮好似花岗岩的大鱼，不知什么时候出现在了潜水钟侧面，摆尾朝着我所在的铜舱狠狠撞来，顿时撞得这潜水钟内嗡嗡作响，我在里面跟着东倒西歪，外边的探照灯立刻就被它撞灭了。那鱼撞过去之后，又再次从水中掉头回来，张开大口汹汹而至，似乎是想把铜舱一口吞了。

第十九章
螺中含珠

　　海中水族大多应月而食，天生便有望月之性，这条突然袭来的大鱼，似乎正是被潜水钟上的灯光所吸引，摇头摆尾再度撞来。潜水钟被它撞了一下，已是晃动不已，挂在外面的两盏探照灯当场就灭了。我听到舱体发出金属波动之音，知道倘若再被这么撞一下，密封的铜舱就有可能破裂进水。

　　英国人改造过的这套特殊潜水钟，专用于在危险的海底进行侦察，为了应付恶劣的作业环境，除了一些精密的设计之外，舱体周围也有完善的防御措施。观察窗外有铁栅，可以防止在海底被洋流带动撞到礁石，但面对活动的海鱼，我只好采取紧急措施，拉开控制水刺的保险栓，使潜水钟外的十几根钢刺竖起，铜舱立刻变成了一只金属"刺猬"。

　　水刺刚从卧槽中弹出，那条七八米长、皮如顽石般的大鱼就兜头游来。它似乎也知道那锋锐钢刺的厉害，但再闪避已然不及，鱼头虽然转过，鱼身却被刺个正着，它那身坚皮韧肉上被划出一道长长的口子，拖着一股混浊的血水遁入海底。

　　在另一口潜水钟里的船老大阮黑拨转探照灯，循着血流追踪。我隔着观察窗往下一看，只见几条被血腥味吸引的大鲨鱼从珊瑚丛中游出，奔着那条受伤的大鱼狠狠追咬，一时间把海底的细沙泥藻都激了起来，再加之混杂着大量的血水，鲨鱼猎食的情形全被遮盖住了。

我暗道一声好险，看来这南海蛋人采蛋的营生，可真不比摸金校尉盗墓来得容易。这时探查水下地形的灯具已损坏，竖起的钢刺也遮住了一部分视野，潜水钟再留在水下已经没有意义。我赶紧用通话管告诉船上众人，卸去配重之物，按照减压计划把铜舱缓缓升上水面。

两口潜水钟先后出水，三叉戟号上没下水的人们，见到潜水钟的铜壳竟在海里被鱼撞凹了一大块，也都咋舌不止。大伙都明白，此番南海采蛋的行动算是正式拉开了序幕。

要想把上好的青头捞出来，还要冒更大的风险。但尽人皆知不顶千尺浪，难得万斤鱼的道理，富贵终须险中求。眼下既然找到了珊瑚螺旋中老螺巨蚌藏匿的所在，采蛋之事便有了眉目。众人士气大振，个个精神抖擞地忙碌着清理甲板，为下海采珠做万全的准备。

我站在甲板上看了看海面的情况，波涛汹涌的南海即便是无风也有三尺浪，可海潮一退，这片珊瑚螺旋中竟是平静异常，天空虽然云层密布，却没有大风和浪涌的迹象。如果不是先前海气宣泄出现了"龙上水"的可怕现象，这片海域的状况未必能有现在这么稳定。真是赶得早不如赶得巧，眼下潮位很低，正是潜水良机。

我环顾四周，忽然发现船尾方向的海面上露出了一座黑漆漆的岛屿，下水前尚未发现，它是什么时候冒出来的？我急忙举起望远镜仔细观察，时常听说海中突然出现的岛屿是大鱼的脊背或巨龟的龟甲，有不知情的人停船登陆，引得巨鱼下潜，把人和船都拖进了海底。

Shirley杨说刚才她已经让明叔等人用震海炮侦察过了，那并非浮水而出的大海兽，而是一座因潮汐作用而产生的幽灵岛。潮水暴涨之时这座黑色的岛屿就会沉入水下，潮位下降后又会有一部分露出海面，时隐时现，所以称之为幽灵岛。

珊瑚螺旋是海中各种神秘现象汇聚的区域，出现幽灵岛不足为奇。我们先前在珊瑚庙岛也曾听说过关于幽灵岛的传言，当地渔民、疍民们称它是"黑鲸"，传闻不少，但真正看过的人却没有几个。如果有此岛作为参照物，打捞作业也会事半功倍。

我打算让明叔把船对准幽灵岛驶过去，到上面查看查看，可是Shirley杨说她对那座岛有种不好的预感，应该不是什么稳妥的去处，还是不要接近为好，劝我打消这个念头，不要冒无谓的风险。而且潮位太低，幽灵岛周围地势较高，三叉戟号难以接近。

随后Shirley杨问我有没有在海底发现沉船的踪迹。"沉"字在海上最忌提及，说到沉船必用隐语"升"字代替，但我不信这份邪。"文革"时，红卫兵破"四旧"破到了江河湖海之上，乘船时就强迫船老大高喊了一千多遍"沉"字，也没见船沉没，从那以后我对此就不太相信了。Shirley杨就更没有这种中国式的忌讳了。

我对她耸耸肩膀，海底连个船影也没有。不过还不能就此放弃希望，因为我发现有几道深浅莫测的海槽，就像是海底的深谷，看附近螺蚌珊瑚铁树之大，都为世所罕见。若非海底生气太盛，难有这等景观，可以确定这里百分之百就是南龙余脉的尽头。

如果海底真有阴火，必定是从这几条深谷中喷涌而出，那么传说中的沉船墓场也应该离此不远。于是我吩咐下海采蛋的时候众人多加留心，说不定会有突破性的发现。

Shirley杨点头同意。这时多铃到甲板上招呼大伙开饭，我们便下到船舱内饱餐，顺便共商采蛋大计。按照我和船老大阮黑在海底侦搜反馈的信息，珊瑚密林的大致地形被绘成了简易地图。

多铃煮的饭大多是越南口味，又酸又甜，加之船上材料有限，日复一日的单调饮食，我吃着真跟药一样苦，匆匆吃了几口，就对着地图给众人描述海底的地形。

珊瑚螺旋实际上应该是一片椭圆形的环状岛群，外围一圈皆是暗礁，这就是海狼口中所说的外螺旋。外螺旋内部地形复杂，到中间地势渐高，中间的最高点，应该就是潮位降低后露出海面的那座幽灵岛。这片区域很

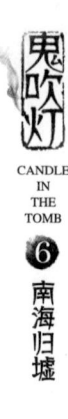

可能是随着大陆架下沉被淹没的岛屿山脉，海底有若干条深不见底的海槽通往外海。

外螺旋与幽灵岛之间有一片区域，地势凹陷，形如盆地，海底生满了珊瑚铁树，形成了一片连绵起伏的海底森林，里面有些大珊瑚树高达数十米，虽是在海底，但看起来仍是蔚为壮观。

这当中数一株质如玳瑁的半透明大树最为显眼。那地方应该离海眼很近，是千百年来感受日月海气之精华凝结所成。这株老树就是我们采蛋的首要目标，水深有七八十米。

另外，在这株树侧有一道山谷，难以判断其深浅。据玛丽仙奴号沉船上幸存的船员回忆，他们的船被飓风卷进了平时难以逾越的外螺旋，沉没处海底亮如白昼，那是海底龙火燃烧的最好证明。

我估计这些海底裂谷很可能就是南龙阴火喷涌之处，如果深度超过两百米，即使明知玛丽仙奴号沉入了海槽，我们也只有望洋兴叹无能为力了。而且海槽中潜流涌动，一旦落进深处，天知道那船会被冲向何处。

我说完之后，由船老大阮黑进行补充。阮黑当过渔民，也做过疍民，在珊瑚庙岛维持生计的重要途径之一，便是协助打捞队下海捞青头，而且疍民本身就算得上半职业化的潜水员。以他采蛋的经验和对捞青头的了解，这片海底森林中恶鱼极多，下水采蛋的危险非常之大。但刚刚在潜水钟里看得分明，深水处那些老蚌无不含珠，月影阴精之华闪现，价值之高乃是平生前所未见，这种天造之物，是海底灵气所钟，恐怕也只有珊瑚螺旋里才有。

自古以来，南海诸岛的百姓，以疍民最苦，倘若把他们的遭遇汇总起来，足可以出一部比《辞海》还要厚的《疍民血泪史》。明珠历来有东珠与南珠之分。清初东北重镇宁古塔临河之地产东珠，每粒平均重两三钱，大部分为天青色或白色，也有少量是粉红色。史上记载迄今为止最大的一枚东珠，是康熙年间，一个当地小孩在河中游泳，无意间拾得的蚌中珠，此珠直径一寸过半。

若论及明珠的华美珍稀，东珠虽也有过人之处，却尚且难与极品南珠

第十九章 螺中含珠

媲美。以前的南珠，都是给皇帝进贡之物。蛋人非奉旨不能采珠，采珠时都有官兵看管，即便海情恶劣难以下水，也被强逼着绑石下海，一旦丢失采到的珠子或者逾期采不到珠，都要被施以斩足之刑。从古到今有数不清的蛋民为此送命。偶尔有私自采得南珠的蛋民，也大多被奸商盘剥，冒着生命危险得来的收获，仅仅能获利千百分之一。

蛋民们都知道目前所发现的最大的南珠，还是明代三宝太监郑和下西洋之时，有一艘宝船上的水手捞出一只大螺，放在锅中煮食，刚刚催动火势，锅里的水就忽然开了，轰然一声巨响，锅里煮得半死的巨螺腾空跃起，船舱内全是白气，如同烟雾，面对面都看不见人。煮螺的人们惊慌失措，纷纷逃出船舱，过了半天不见动静，这才回去查看，只见巨螺已死多时，螺旁有南珠大如龙眼，因为经过水火烧煮，精光已失，不可复得。

珊瑚螺旋海下有淡水泉喷涌，海水咸淡适度，孕育海气月光之精华，这里的南珠几乎都有龙眼般大，在水下视之，奇光幻彩，当世罕有能与之匹者。这一趟下水若是顺利，少说能取到百十粒。阮黑从越南逃出来后度日艰难，今天竟然等到了这种机会，去法国的事终于有了指望，显得有些激动，表示冒再大的风险也值了，采蛋的手艺算是没白学。

阮黑又说起他对海底情形的推测。海底森林旁的深谷中虽然有阵阵潜流和漩涡，看起来并不太强烈，但不知为什么，海中水族皆不敢近前。他在潜水钟里，用探照灯往里面照了照，模模糊糊似有巨舰大船之影，不过不敢断定就是玛丽仙奴号。在珊瑚庙岛附近的一片浅海里也有一处沉船墓场，地点正是在一道海沟里面，附近沉没的船只受到洋流牵引，都会坠入其中，久而久之海沟的一部分被泥沙藤壶所覆盖，形成了一层坚硬的壳子，只有几个入口能潜水进去。许多打捞队都去那里碰过运气，有些人真就捞到了不少好东西，可也有历时数载穷尽心血财力，到最后一无所获的倒霉蛋。有可能珊瑚螺旋的地形也属此类，明显突出的是内外两层环礁，但这里海沙沉积，在海底的地面下，也许有层泥沙形成的浆壳层，沉船落下去就会陷入其中，形成一道道近似海槽般的裂谷。我们在海底看见的沟槽，或许就是沉船留下的痕迹。

船老大阮黑所言虽属猜测，但我们都觉得颇有道理，立刻制订潜水计划。潜水作业至少是两人一组，以便互相照应，不过船上的人自然不能全都下去。我把众人分成 A、B、C 三队，我和 Shirley 杨、明叔组成 A 队，阮黑带着他的徒弟多铃组成 B 队，胖子和古猜组成 C 队。

A 队和 B 队同时下水。A 队使用仅有的三套重型潜水装备，潜入谷口附近，侦察海沟深处是否藏有沉船，一旦确认目标便立刻展开行动。能不能把秦王照骨镜捞上来，就在此一举了。B 队与 C 队则轮换到珊瑚树下采蛋。考虑到我们携带的物资有限，而且搬山填海术也有一定的局限，趁着海象天候允许，早一刻完成就少一分风险。

把人员如此分配，我主要是考虑到寻找沉船需要人手，即便三个人力量还是有些单薄，而且明叔对船体结构和海底的事物比较熟悉，有他作为顾问和助手应该能起点作用。

最重要的是把他带在身边，我才能放心潜入深水行动，否则谁知这老家伙又会搞出什么幺蛾子。Shirley 杨则是美国海军学院的精英、潜水侦察专家，由我们三人组成的 A 队潜入珊瑚森林中的海沟，就算遇到什么意外，也不难全身而退。

船老大阮黑、古猜和多铃三人都是职业采蛋的疍民，他们到珊瑚森林中作业，仍是做他们以前那套活计，有一定的把握。把他们三人拆散，加入对采蛋事业由衷热爱的胖子，还可以防止他们见财起意，丢下 A 队驾船逃跑。

不过阮黑并不会使用司天鱼和魁星盘，我只是想以防万一，因为我深知一个穷怕了的人很容易被金钱冲昏头脑，做出些他自己根本不想做的事情。但这种想法可不能对 Shirley 杨明说，我只是不动声色地进行了部署。

众人都欣然同意，只有明叔面露难色："珊瑚螺旋深处的海沟，没有鱼群胆敢接近，因为最深处尽皆连通着外洋大海，一些深海的大海怪会把那地方当作巢穴，咱们进去岂不是送死？不听老人言，吃亏在眼前啊，胡仔你听阿叔跟你讲，这海底最厉害的可不是大章鱼，深海中虾蟹之大，不让鲸鲵，尤以巨蟹最猛，纵然是恶如鲛龙之属，也不敢去招惹它们，你们要去自己去，我……我看我还是去采蛋比较合适。"

我知道他大概是耸人听闻，便对他说："要是真有那么大的螃蟹，那得卖多少钱一斤啊？再说您这打不死输不起的老海狼是何许人也？那是敢在佛面上刮金、油锅里抓钱的狠人，还能怕螃蟹？另外咱们这趟出海，事先说好了有钱大家分、有难众人当，可现在刚遇到风险你就躲，将来回去分钱分青头我要躲着你，到时候你可别挑我的理。"

明叔一听回去分钱之事，便只好硬上了，下火海也得走一遭了。这次倘若大事能成，就可以把前几年的损失通通捞回来，成与不成五五开，谁让自己这黑眼珠见不得白银子呢，别看以前跑船的时候也是条汉子，现在却专为五斗米折腰。

众人计议已定，就全力以赴着手准备。海面上布了数只定位用的浮标，找准了那株海底最大老树的位置，接下来就要用搬山道人的搬山填海术对付水底恶鱼了。我在船头点起铜鸭形状的旧香炉，准备请出"瓜神"。

第二十章
漂瓜取鱼

搬山道人有"漂瓜取鱼"之术，按照以往的传统，要先祭瓜神和渔主，当然这只是一种可有可无的形式，不过我们按部就班，也不在乎多此一举，以免万一出了岔子追悔莫及。昔日里，渔民、疍民们若是捕得海中大鱼，都有祭渔主的惯例，因为海里的大鱼在渔民眼中都是龙子龙孙。所谓渔主，正是南海龙王，实际大海里有些千斤大鱼体形巨大，望之令人生畏，弄死那么大的家伙，搁谁心里都得掂量掂量，说什么祭拜渔主，可能只是想找个借口给自己点心理安慰。

船老大阮黑带领众人焚香已毕，自舱中取出一坛陈年美酒倾倒入海，这就算是祭罢了渔主龙王。以前疍民入海采蛋，下海所凭只不过是一把石砂分水匕首，以及一个换气的猪尿泡，行动之前用冷水淋遍全身，尽量消除身上的活人热气，以免在海里遭到恶鱼袭击，疍民几乎就是拿自己的命去换南珠。

搬山道人对世上所有的珠子都感兴趣，不管是死人口中含的，还是水中天然生就、尚未被人采去的，无不想方设法以术取之。他们对南海采蛋之法另辟蹊径，最擅长奇门方技，也就是精通各种奇门秘方。这些土方子虽然大多是正统典籍所不载，却有奇效。我们出海前在货船里储存了大量半生的大西瓜，还有几大口袋生石灰，此时全都派上了用场。

我们在船头支起锅来，用桶汲水泡了生石灰化作半沸，将那些西瓜切个一拳大小的口子，除尽里面的瓜瓤，灌入石灰水，再把瓜皮原处封上，瓜皮缝隙处以招潮草混着蟧蛑[①]熬制的黏胶堵死，随后一个接一个地把石灰瓜抛下海里。

瓜中装满了滚开的石灰水，在海面上起起浮浮地漂动。就在将沉未沉之际，海面上水花一翻，一尾十来米长的大鱼从海中分水而出，把那石灰西瓜囫囵吞入口中，鱼身借势腾在半空高高跃起，稍做停留，"啪"的一声重重落回水里，溅得水花横飞。

凡是会被老螺中明珠吸引的水族，皆对月华阴精有感，生性喜阴恶阳，遇到圆滚滚的西瓜在海中浮沉，瓜中又有蟧蛑的阴精之气，无不争相吞食，一时间海面上此起彼伏，各种各样的大鱼纷纷出水吞瓜。

西瓜被海水一浸虽是冷了，可那是外冷内热，瓜内石灰仍是滚开，遇水更增沸腾，被海鱼一口吞入鱼腹，瓜皮立刻破裂，生石灰与水产生的极大热量轻易便能烧烂鱼腹，顷刻间就有数条死鱼翻着白肚浮了上来。

随着石灰瓜越抛越多，海鱼一旦吞下就绝无生还，只见海面上翻腾的死鱼不断出现。这些大鱼本就生性凶猛、相貌丑陋，被石灰在腹内烧死的样子更是痛苦万状，加上鱼眼天生圆睁，更是如同死不瞑目，我们站在甲板上看得无不心惊。大伙先前都有心理准备，可仍是想不到用搬山道人的秘术杀鱼，竟会杀得如此干脆利索。

我对阮黑挥了挥手，示意他们准备下海，船老大阮黑和多铃立刻换了水装，带上水肺、蛙镜和采蛋工具，在船侧放下的皮艇中等候信号。胖子等人则继续往海中抛瓜，这片海域中潜伏的水族似是无穷无尽，死了一片又冒出一片，在海面上翻翻滚滚地争吞死饵。胖子大叫不妙，事前估计不足，这么下去西瓜和生石灰就都不够了。

[①] 蟧，音 yóu；蛑，音 móu。是一种蟹，产于海滨泥沙之中，最惧光，值月阴而肥。

我告诉胖子等人，西瓜不要扔得太快，避免一条鱼吞两只瓜，一定要节约使用，做到每一颗子弹消灭一个敌人。若不除尽环绕在巨蚌周围的恶鱼，下水采蛋必遭不测，就算它不咬人，被其在海底狠狠撞上一头，也会让人吃不了兜着走。事到如今只能搏到底了，反正不是鱼死就是网破。如果所有的西瓜都抛光了仍不能剿灭珊瑚树周围的大鱼，就只能打道回府择日再来了，不过今后未必能赶上如此合适的海象天候，再进珊瑚螺旋还不知得等到什么时候。

这时Shirley杨见杀戮太重，不到一顿饭的时间，竟然就死了将近两百条体形硕大的海鱼，不禁脸上微微变色。不过现在后悔也来不及了，我劝她说反正已经大开杀戒了，千万不能心软，现在收手，这些鱼就白死了，反正遇到海难，那些船员以及采蛋之人掉到水里也都会葬身鱼腹，虽然现在不时兴搞阶级清算那套，可咱就当这是给疍民们报仇了。

其实对这些死鱼我并不在乎，不把它们除尽，下水就等于喂鱼，只是在心中隐隐发愁杀不胜杀，怕要无功而返。幸好就在还剩下三十来只西瓜的当口，海里终于再也没有死鱼浮上，想来这些粗鳞巨口的大鱼都死绝了。海底受洋流环境所限，水族轻易不肯逾界，只有少数恶鱼贪恋蚌珠精华，在珊瑚森林附近徘徊游荡，只要把它们尽数除掉，下水采蛋就没有了后顾之忧，其他水域的水族在短时间内还不会贸然进入这一真空地带。

船老大阮黑以往做疍民，每次都是把脑袋别在裤腰带里，见这漂瓜取鱼之术如此厉害，半个小时不到，就把潜伏在珊瑚树附近的大鱼全部引出来杀了个干干净净，真是好狠辣的手段，不禁有些目瞪口呆。我对他连喊了数声，他才回过神来，将拇指下按，对我们做了个下潜的手势，然后同他那越法混血儿徒弟多铃两人，按住身上的潜水装备，在皮艇边缘把身体向后仰倒，翻身入水。

见B队已经入水，Shirley杨便招呼我和明叔："A队进底舱准备下潜。"虽然清除了不少具有攻击性的恶鱼，但水下情况难料，也许根本太平不了多久，时间有限，我们三人组成的A队也需要尽快下水。

海柳船三叉戟号备有重型深海潜水装备，采用高强度耐压材料制造，重量达到一百五十斤，使用的时候不可能像普通潜水员那样轻易入水。英国设计师利用船体巧妙的构造，在底舱设置了一个特殊的小型注水箱，深海潜水装备都固定在其中，我们只有进去穿着装备，等到注水舱注满水后才能潜入海底。

一旦我们入水，船上担任支援任务的便只剩下 C 队，我跟胖子交代了几句，然后带着古猜下到底舱，在古猜的协助下装备好潜水器，转动阀门注水下潜。随着人体的呼吸，装有混合气体的水肺立刻开始运转，在沉闷的排气声中，我和 Shirley 杨、明叔三人脱离底舱，在水底推进器的作用下顺着潜水绳缓缓下潜。

三叉戟号就停在那株质如玳瑁的半透明珊瑚树旁，我看见老树间灯光闪烁，正是船老大阮黑和多铃在一只大青螺旁采珠，几条鲨鱼在围着他们打转。鲨鱼并无海底水族的望月之性，漂瓜取鱼之术奈何它们不得。在海里，对采蛋的疍民威胁最大者，就当数这些凶暴无敌的鲨鱼。那时候还没有电子驱鲨器可以使用，搬山道人采蛋之时，普遍采用一种配方古老却十分有效的驱鲨剂，潜水时随身携带一个满是筛孔的漏罐，其内储满凝固的驱鲨剂，随着身体在水下移动，被海水溶化的驱鲨剂便从细孔中陆续释放，可以阻止鲨鱼接近潜水者。阮黑和多铃也带了搬山道人的驱鲨瓶，可仍有鲨鱼出于好奇，远远地围着他们转圈。

好在阮黑师徒做疍民有些年头了，疍民做的就是这种捋虎须的危险勾当，水下作业时的心理素质比较稳定，在群鲨窥视下还没有乱了阵脚。疍民采蛋有三种办法：如果环境允许一般直接破蚌取珠；倘若珊瑚铁树形体不大，也有把整株珊瑚铁树连根拔了吊上水面的，因为质地好的铁树同样可以卖大价钱；再有就是摘蚌出水，到船上再砸破蚌壳取蛋，蚌肉也可以食用，不过蚌内是否有蛋就不一定了。

阮黑他们二人潜到树根处。那些巨蚌在海底年深日久，几乎与珊瑚树附近的礁石结成一体，若将这些螺蚌珍珠贝与所附着的树身岩石凿离，然后一一吊上水面，有些太过麻烦，只有就地采蛋，以潜水聚光灯或细沙为引，趁蚌壳微微开合之际，刺入麻药，使巨蚌失去知觉，然后撬开蚌壳，伸手进去掏取南珠。

阮黑师徒不喜欢潜水刀，仍然都带着疍民们自古惯用的石砂分水刀，但为了不割破螺肉引得附近鲨鱼寻血而至，只得小心翼翼地一点点在蚌肉内摸索。取出南珠便立刻裹住，藏进罐中收好，不敢泄其精光。

我和Shirley杨、明叔从阮黑师徒身边经过，见他们进行得有条不紊，也觉得放心不少，对他们打了个手势，便继续潜向深处。几十米高的大铁树根部扎在海底森林丛生的细沙层上，我们落地后蹬起的泥沙使海水变得非常混浊。忽然有一股潜流涌入树底的深谷，仗着装备沉重，我们的身体仅被带得轻轻晃了几晃。我扶着一株珊瑚停住，对Shirley杨和明叔指了指斜下方，示意这就是我先前在潜水钟里看到的海槽。

假如眼前这黑乎乎的大裂缝不是海槽，而是一层海中沉积物形成的硬壳，那沉船很可能就陷在这里面了，不过在进一步确认之前还难以判断。我知道凭我们的装备和仓促的准备时间，想在玛丽仙奴号中打捞到秦王照骨镜，实在是比登天还难，但也想碰碰运气。要是能捞出来自然是好，否则仅是找到沉船也能有个交代了，因为只要取到一些船中遗物，就可以宣称这艘船的所有权归我们所有，别的打捞队就别想打它的主意了。等以后有了充足的时间，就可以让Shirley杨去雇佣专业打捞队进行打捞。

Shirley杨举起潜水探照灯，想在断层边探探深处的情形，无奈强光探照灯在这儿似乎失去了作用，无法穿透杂质太多的海水，根本照不到远处。

明叔想出了一个办法，把水下照明烟扔了进去，一片刺目的亮光顿时照得四周通明，光亮一闪之际，只见谷中方石林立，似有某种古代建筑的遗迹，可深海中的水呈漩涡状，潜流错乱，照明烟很快被潜涌卷住，不知落到了哪处死角里，光亮全无。

但就在那一瞬间，我好像看见谷中有个巨大的黑影，似乎就是沉船，不过离得太远，也不敢就此确定。而且最让我们吃惊的是那些巨石虽然附满了形似藤壶的沉积物，可是工整有序，不像是天然所生。海底的山谷间竟有古城的遗迹，联想到在珊瑚庙岛发现的海妖演卦玉像，以及在珊瑚螺旋附近发现的浮棺，再加上眼前所见，看来这里果真是曾经有过一段繁荣

第二十章 漂瓜取鱼

的文明，由于沉在了海底，就算偶尔有某些遗存被人当青头货捞到，也大多因为海蚀严重难以辨认，终究成为人类历史上失落的一页。这里很可能正是古籍中记载的归墟之地，是倾尽天下之水都无法注满，通往永恒无尽虚无的南海海眼。

我见深处似有船踪，又是在这样一个神秘的所在，不禁见猎心喜，想过去一探究竟。抬眼一看，Shirley 杨和明叔还在观望，便从身后拍拍他们的潜水头盔，让他们转头看我这里。我先指着深度计，又向下指海沟，有潜水推进装备就不会轻易被潜流冲走，而且又带了水下鱼枪防身，凭着可靠的装备，不如往深处再下潜一段察看详情。

Shirley 杨稍微犹豫了一下，反倒是明叔见财起意，他大概是认为如今蛋也采了，若是能在这海底废墟中多捞几件青头回去，岂不是加倍地满载而归？当下表示可以冒险一探。贪心不足蛇吞象，只要有利可图，他没有不敢去的地方。

水肺的容量有限，在水底自是不容过多耽搁，Shirley 杨见我和明叔都同意继续往深处潜水，就做了个多加小心的手势。三人用潜水绳互相联结，把身上能开启的照明设备全部打开，在潜水头盔气阀排出的一串串白色气泡中，同时潜下漆黑的深谷。

我们顺着石壁下潜，Shirley 杨随手拔出潜水刀刮去一片厚厚的灰白色沉积物，只见里面露出粗砺的巨石表面，凹凸起伏，似是古碑。我忍不住伸手摸了摸那些古老的痕迹，正待继续下潜，忽然感到那石壁当中传出一阵剧烈的颤动。

第二十一章
食人蚌

我的手刚接触到那像是海底遗迹的石壁，就感觉到一阵异乎寻常的颤动，心中一惊，暗道不好，这次下水之前又忘看皇历了，怎么竟然赶上海底地震了？如果留在海沟里可能会被埋住压死，都这时候了还有什么可犹豫的，俩鸭子加一鸭子，赶紧撒丫子撤回海面吧。

我正要通知 Shirley 杨和明叔快撤，却见 Shirley 杨忽然举起双手，做了个"小心"的手势。我稍微一怔，便已领悟，石壁的震动不是地震，而是海沟里有某种东西在动。向下的潜流忽然增大，看来撞到石壁的东西是在我们头顶。在情况不明的形势下，肯定是无法贸然上浮，Shirley 杨带着我和明叔借着一股潜涌，躲到海底倒塌的石柱后面。

这道海沟并没有想象中的那么深，由于内部潜流复杂黑暗，在上面用探照灯看不清下面的地形，可一旦潜水下来，在海沟底部使用氪气灯泡的强光设备"波塞冬之炫"，光柱所指之处，数十米内的景物历历在目。我们三人伏在石柱后举着两架探照灯各处扫视，凝神观看周围的动静。

我顺着探照灯光柱匆匆一瞥，发现海沟并非天然形成，粗砺石柱林立，也许这里曾经是一片恢宏庞大的建筑群，毁天灭地的巨大灾难令其沉入了海底。建筑的顶层被海沙淤泥覆盖，年深日久，形成了一层脆硬的浆壳。这道海沟之所以暴露出来，并不是因为有沉船落下。附近没有近代舰船的踪影，我们旁边只有一艘被腐蚀得仅剩船架龙骨的老式木船残骸，那已不知是哪辈子沉到海里的古代沉船了。刚刚潜下来的那处豁口，很可能是我们藏身处的几根石柱倒塌而产生的。

珊瑚螺旋东西宽、南北窄，海底森林多集中在地形凹陷的东侧，向西地势渐高，在潮位低时会有黑色的幽灵岛浮出水面。我们所潜的海沟正是介于珊瑚森林和幽灵岛之间，利用潜水钟初次侦察的时候，我曾发现这一带海床上有许多黑漆漆的窟窿沟壑，现在想来，也许下面都是归墟古城的遗迹，规模相当惊人。

我想到这些，稍稍有些走神，突然感到Shirley杨轻轻按住我的左手，头上那东西也跟着潜下来了，我不由得举起鱼枪准备迎敌。明叔却连连摇手，示意不能来硬的，这海槽里肯定藏着什么巨大的海兽，它未必已经发现了我们，现在赶紧把身上的光源全部熄灭，免得暴露目标，等它游走了，再设法悄悄潜回去。

Shirley杨也同意明叔的办法，我们赶紧灭灯，除了探照灯"波塞冬之炫"以及佩戴在身上的挂灯、头灯之外，其他所有灯一律关掉。金属的潜水盔中也各有两盏微光灯。这种微光灯是水压式开关，入水三十米以下就会自动开启，无法手动关闭，它可以在黑暗高压的环境下照明自己眼前半米左右的范围，也能让在近处的同伴看见自己的脸，减轻心理压力。幸好头盔内的微光灯比起强光探照灯来不太起眼，正是由于光线微弱，即使它亮着，也不用担心暴露踪迹。

光源一灭，海底顿时陷入了一片漆黑，到处是死一般的沉寂。这归墟古城当年遭到灭顶之灾，城中的恨天人，不论男女老少还是鸡犬猫狗大概都喂了鱼。南海疍民们采蛋时不敢提及"珠"字，据说就是因为海底有幽灵恶鬼守着蚌珠。那些恶鬼难道就是古城中的亡魂吗？念及此处，在这漆黑的海底废墟中，我还真有点发毛，忙劝自己不要胡思乱想。

可海底特殊的环境，加上百余米深的水压，都给人一种难以名状的心理负担，莫名的恐慌感挥之不去，不过想到 Shirley 杨就在身边，我总算克服了这种不安的情绪。但又感觉到身边潜流突然波动起来，知道是有什么大家伙正从我们身边经过，不由得又是一阵紧张。我知道这是一种在深海产生的正常心理现象，几乎每个深水潜水员都会有，暗地里骂自己没用，当年刺刀见红连眼都不眨，怎么到海底就变得这么没出息了！可千万别让 Shirley 杨和明叔看出来，要不然我都没脸上船了。

不过我发现有人比我还要紧张，身前的明叔像是被海蜇刺到了，全身如同过了电，一长串水泡从他的潜水盔中冒了出来。我和 Shirley 杨都被他吓了一跳，但我们随即明白过来，明叔这是受了什么惊吓。我见他要用手去拔头盔，暗骂这老港农又不知哪根筋搭错了，赶紧伸手将他按住，扳过他的身子来，借着微光灯一看，原来不知是从哪儿冒出来一只乌贼。这乌贼也不算大，身体有成人的两个拳头加起来那么大，伸开触足紧紧扒住了明叔潜水盔上的蛙镜。它体色苍白，遍布紫褐色斑痕，瞪着两只灰蒙蒙的眼睛在明叔脸上来回蠕动。

明叔视线完全被挡，他哪知是只乌贼，还以为自己被什么海兽给一口吞了，眼前全是蠕动的肠胃，饶是他跑过船下过海，也当场就被惊得慌了手脚。我怕明叔把自己的呼吸管扯脱，急忙牢牢按住他的双手。Shirley 杨从后边用潜水刀轻轻挑开乌贼的腕足，把它从明叔的潜水盔上剥离。她下手甚轻，乌贼并没有感觉到什么威胁，始终未曾吐出墨汁。

这时我感觉到身边的黑暗之中水流激荡，卷起很强的漩涌，有个白色的模糊影子在附近探首摆尾，距离我们已经近在咫尺。我知道藏是藏不住了，急中生智，抢过 Shirley 杨抓住的乌贼，狠狠一捏，随手将其松开，那乌贼吃痛受惊，出于本能，立刻吐出墨汁想要脱身。乌贼吐出的漆黑浓墨如同一股海底黑烟，它的身体也急射蹿出，黑暗中果然有只海兽被逃遁的乌贼吸引，在我们眼前掉头追去。微光灯下也看不清究竟是什么，只感觉到白蒙蒙一片大得吓人，那东西游动带起的水流十分强烈，海底像是刮起了龙卷风，若不是我们抱着石柱，几乎就要被卷走，而且潜流涡涌久久不绝。我暗自吃惊，如此之大会是何物？莫非海底当真有龙？

第二十一章 食人蚌

未及再想，眼前的大团黑墨便已被水流带走，就见那白练般的影子吞了乌贼，又转身朝我们游来。我们穿着重型潜水服，即使在水下借助浮力行动，举手投足也仍是十分缓慢，想逃根本不可能，这时候只能豁出去了。我举起鱼枪，想要用喂了剧毒的鱼箭将其射杀，Shirley 杨却先我半步，打开了水下强光探照灯，炫目的白色光束直射出去，将对面游来的海兽照个正着。

只见灯光中一个白乎乎的巨物，首似牛头，身如蟒蛇，鳞角俱备。我们骇然失色，这是龙还是什么？若说是龙，可身上没有爪子；若说不是龙，那牛首形的脑袋上都快生出角了，而且身体长如白练，见首不见尾。我看得呆了，一时竟忘了射出鱼箭。那怪物被强光一照，把原本冲向我们的头蓦地一个转折，斜刺着绕过探照灯光束，长长的身体在我们眼前掠过，强烈的水流带得三人身体摇摇晃晃。它似乎惧怕强光，一头潜入古城废墟更深处的渊壑之中，再也没了动静。

没等我们庆幸，身后的几根石柱本身在海涌反复冲击下就已不坚固，此时被那阵剧烈的潜流一带，摇摇欲倒。我指着侧面不远处的古代沉船，那后面似乎有间石殿，躲进去也许能避开倒塌的石柱。

石柱已经倾斜，说倒就倒，而且判断不出掉下来的石柱会砸向哪里。我们判断出落石的死角，迅速移动到沉船骨架里面，断裂的石柱紧跟着倒塌下来，海底泥沙被激起了一片烟雾，把我们刚才停留的区域覆盖住了，所幸并未引起连锁反应，但谁也不能断言其余的区域就会比那里安全坚固，这沉在海底几千年的古城里，根本没有安全地带。

我们躲进沉船的龙骨下，借机稍做喘息。明叔接二连三受了惊吓，有些沉不住气了，手足无措。他抓起水下写字板，急匆匆写了个字让我们看。这种水下写字板是给潜水员互相交流使用的，除非是经过长期磨合产生了默契，否则潜水员相互之间有一些复杂的信息难以及时沟通，遇到这种情况，就会借助水下写字板。

我一看明叔写的是个"龙"字，知道他是说刚刚见到的大海兽是龙，这回遇上大麻烦了。我并没见过真龙，也不知明叔是否亲眼见过。不过，见怪不怪，其怪自败，龙和鱼在我的世界观中没什么区别。我对明叔举了举手中的鱼箭，表示等浮上海面的时候，那怪物要是再敢露面，我非让它吃我几箭不可，让它尝尝沾满了疍民血泪仇的利箭是什么味道。

Shirley 杨摆了摆手，示意我们不必担心，她在写字板上写了"大海蛇"三字，又指了指探照灯。我这才记起前两天在船上，她跟我提到过深海的海蛇，西方人称其为"海蛇"，而东方人就管它叫"龙"，实际上是同一种海洋生物，沉浮莫测，常在飓风暴雨中攻击舟船，吞噬船上运载的人和牲畜，所以船员们谈之色变。古时海边庙宇中多有描绘海怪吞舟翻船的场景，里面的五爪之龙的形象便是以海蛇为原型的。不过因为它惧怕光亮，所以平时只在黑暗的海底出没，只要携带强力水下照明设备，就没什么好怕的。如果早发现是大海蛇，也不用听明叔的馊主意关上光源躲藏了，刚才灭灯之举险些让我们受到攻击。

明叔也知道海蛇的来历，如果不是极特殊的情况，海蛇不会冒着光线袭击舟船和潜水员。他握了握手中的强光探照灯，过了好一阵才终于镇定下来，对我们竖了竖大拇指，表示不用替他担心，没问题了。

Shirley 杨和我举着潜水手电筒四处打量，只见古代沉船虽然仅剩残骸，但仍可以看出与中式船舶外形相去甚远，充满了阿拉伯地区的异域风情。船体大半被海沙覆盖，能烂的几乎都烂没了，很可能是一艘元明之际海上贸易往来的商船，不知是遇到了什么海难才被卷入珊瑚螺旋的。

周围的古城废墟也已全部失去原貌，这些东西对考古学家而言也许是惊人的发现，但在我看来并没有什么探索价值。我们绕着沉船游了一圈，再没发现有玛丽仙奴号和其他沉船的踪影。海底遗迹的规模虽大，但潜水员能去的地方十分有限，一是有倒塌的墙壁和石柱阻路，二是这里面随时都有塌方的危险，也许无意中触碰到什么就会引得房倒屋塌。似乎连海中水族都知道这里危险，附近都没有它们出没的身影，这里完全是一片死气沉沉的鬼域。

废墟中有几道漆黑的深渊，那条海蛇就是遁入了其中一处深壑。我想接近查看，但那些地方的水都高速打着转，奇溜无比，纵是游鱼也难接近，只得作罢。我对 Shirley 杨打个手势，表示这里没有我们要找的沉船，看来秦王照骨镜这件大青头并不好捞，海底古城的废墟里危机重重，非是久留之地，还是撤回去再做计较。

　　Shirley 杨表示同意，我们开动水下推进器原路浮上。我见她刚刚用水下照相机在四下里拍了一通，心想中国商代文明仅局限于中原地区，比现在的中国版图要小得多，如果真在南海尽头发现了受商周文明影响深远的归墟遗迹，对于研究人类的航海史和文明史都有非凡的意义，就算找不到秦王照骨镜，单把这些照片带回去也能把陈教授刺激得再次住院。

　　我们三人将照明器具全部打开，缓缓浮至珊瑚森林，但刚上来就发现不对，在那株半透明的大珊瑚树底采蛋的 B 队，正对着我们用水下探照灯画圈，显然是需要我们立刻支援。我将手向前一切，带着 Shirley 杨和明叔迅速接近珊瑚树。

　　珊瑚树下，船老大阮黑和多铃正拼命撬着一只巨蚌，这只大蚌身在珊瑚礁下，比最大号的磨盘还要大上三圈，波浪形的蚌壳紧闭，任凭他们二人怎么用力也撬不动分毫。这只巨蚌少说也生长了几千年，外壳洁白晶莹，几乎跟海底的石头结成了一体，是只善于夹人腿脚的食人蚌。海中生蚌，实为古说，因疍民和渔民最忌打"背"网两手空空，所以对各种珍珠贝仍以蚌称。疍民口中虽然不提食人蚌的学名砗磲①，却常以"白毟"呼之，不知多少疍民在采珠时被这种东西夹住丢了性命。我不知船老大阮黑为什么想把它撬起来，还不等问他，他就迫不及待地打着手势告诉我们，蚌壳里有个人！

　　我还道是我理解错阮黑的意思了，这汹涌无际的珊瑚螺旋海域除了我们哪里还有别人，就算这是只俗称食人蚌的深海砗磲，它壳中又怎么会有人？是活人还是死人？明叔好像突然醒悟，做了个游鱼的手势，这回发达了，食人蚌里八成是夹住了罕见的海中人鱼，它的肉可比等重的白金还要贵上一倍。

---

① 砗，音 chē；磲，音 qú。

第二十二章
砗磲

明叔按着那磨盘大小的食人蚌，激动得冒出好长一串气泡，比画着告诉我们，这老蚌可能夹住了海底的人鱼。实际上这只是他一厢情愿的想法，蚌壳里是什么东西，只有船老大阮黑和他徒弟多铃两个见到了，在水下也难以仔细描述。

我见这罕见的大砗磲外壳晶莹白润，正是件不可多得的青头货，反正后船舱的西瓜都抛净了，空出好大的地方，一不做二不休，何不给它连窝端了？于是打个手势，让阮黑带着多铃在海底守候，我和Shirley杨等人先回船上，让胖子带着凿子、撬棍下来帮忙，将这只千年老蚌吊回甲板。

部署完毕，我们当下沿浮标至减压线附近，随后按部就班地回到注水箱内，摘掉沉重的装备。我把水下的情况对胖子和古猜做了简报，胖子早就在船上憋得想挠墙了，听明白之后立刻带着古猜跟我们进行交接，带着凿子和液压分离器下水捉蚌。

阮黑师徒三人皆是撬蚌采蛋的好手，有了器械更是得心应手，但仍是费了不少工夫才将那只砗磲凿离礁石。他们几人借着洋流浮力将其托至海面，用钢索捆扎了，明叔开动船上的吊臂钩挂，终于把这千年巨蚌拉出水面。

120

胖子有心卖弄，站在悬吊于半空的巨蚌壳上，把蛙镜推到脑门上对我大喊："老胡，你看本司令捉到的这家伙是个什么东西？按照当今的行市，把它整回美国，最起码能换艘游艇，到时候咱带几个美国小妹子……"随着吊臂离海面越来越高，胖子话未说完，就开始觉得眼晕了，"哎哟"叫了一声，脚下发软，翻落水中。

　　我担心他得意忘形，弄得动静太大引来鲨鱼，赶紧让阮黑把他拖回船上。我招呼船老大阮黑也赶紧上来，差不多该撤了，可阮黑认为海象平静，潮位低落，海底还有许多老蚌，这千载难逢的采蛋良机怎可错过？他不顾危险，更换水肺之后，坚持要带他的两个徒弟再次入海采蛋。

　　明叔也有此意，劝我不必阻拦疍民的行为，看这天气，有可能会落雨，但没有风信，浪涌必定不起，只要没有浪涌干扰，海上即使下再大的雨，对潜水作业都不会产生影响。不过明叔他自己可不想再次潜水了，反正阮黑师徒都是花钱雇来的帮手，又不曾少分他们半分红利，他们既然想出力大捞一票，何必阻拦，尽管让他们去做好了。

　　此时天空阴霾密布，浓云似墨，笼盖了海面，海风中似乎有种危险的信号传来。我心中动了一动，心说今夜可千万别有大风大浪，不过想到明叔和船老大阮黑对海象天候甚是熟悉，他们既然说没事，料也无妨。

　　据说珊瑚螺旋海域一年四季都有风暴潮，除了月圆欲蚀之夜天空会放晴，平时都是云层厚重，伴随着次声[①]雷暴的晴空湍流常常出现，飞机难以飞临上空，海底低频电磁波干扰船舰上的电子设备，使得针迷舵失偏离航向，许多灾难性的事故便由此产生。可这一现象至今无法解释。

　　此时Shirley杨正好奇地打量着被捕获的食人蚌。由于众人要忙着继续采蛋，还无暇理会它，只是以钢索缆绳缚了，准备腾下手来再收拾它。Shirley杨对我说："你看食人蚌的白壳凹凸起伏，好像是一道道波浪，又像是古罗马战车的轮条，得天地造化之奇，实在是美轮美奂。看这蚌壳的

[①] 次声，指低于人耳能听到的最低频（20赫兹）的声波。次声波的波长往往很长，能绕开某些大障碍物发生衍射，某些次声波甚至能绕地球几十圈。某些次声波容易和人体器官产生共振，对人体伤害很大。

纹理极是细密，说明它至少在海底生长了几千年。人类文明才不过几千年，而这食人蚌竟也生存了差不多几千年，这真令仅仅能活几十年的人类惊叹。"

我担心Shirley杨要大发慈悲，想将这老蚌放归大海，那么这件众人费了大力气得来的青头货得而复失，岂不是到嘴的肥肉又飞了？它既然活了这么多年，也该够本了，因为伟大导师曾经说过，生命的意义不在于长短，而在于是否能产生价值。

但人的正确思想不是从天上掉下来的，我只好给她做工作说："海中的生物有许多是寿命极长的，千年王八万年龟，我看千年万年也并不稀奇。食人蚌其实并不吃人肉，只不过它锯齿状的两壳一旦夹到人，就会死死闭合，从古到今，常有疍民横遭此难，所以才给它安了食人蚌这么个令人毛骨悚然的名字。听阮黑所言，他好像看到这砗磲中夹着个死人，千百年来没有疍民敢入珊瑚螺旋采蛋，这被夹之人也不知是南海中的人鱼，还是遇难的船员海狼。不过这笔血债必定是要用血来还的，咱们先找家伙把它撬开看看再说。"

说话间天上就开始下起雨来，海天之间阴暗无边，虽是白昼，却如同到了傍晚，远处的海面一片晦暗苍茫，只有几处浮标一闪一闪地泛着亮光。但我们对恶劣的天气束手无策，必须等到再次潮水暴涨才能离开。还好如明叔所言，雨下得虽急，但对海象影响不大，浪涌依旧平缓，想来大概是同前一天海气宣泄有关。珊瑚螺旋海域的地理气候难以常理度测，天上暴雨如注，海面却硬是风平浪静。

我们都回舱取了雨衣穿在身上，冒雨去对付那只食人蚌。由于雨中光线昏暗，只好把船顶上的探照灯掉过头打在蚌壳上，更是映得蚌壳惨白，显得有几分瘆人。巨蚌出水尚且未死，借着雨水冲淋，又蠢蠢欲动，不过蚌壳依旧紧闭，不露半点缝隙。面对这只几千年的活物，我和胖子还真不知道该如何着手，如果损了蚌壳，可就不值钱了。

明叔见要破蚌，也跟着忙前忙后，他认定这蚌里夹着一条价值连城的人鱼。我没听说过南海有人鱼，以为是类似在献王墓中被制成长生烛的黑鳞鲛人，便问明叔这两种东西是不是一回事。

明叔说鲛人跟人鱼是两回事，一恶一善，习性外貌也不相同。人鱼不能出声，肉可食用；而鲛人性恶，能在海面上发出声色诱人，肉毒不能食，唯其油膏可为永久性燃料，无知之人容易将两者混为一谈。不过黑鳞鲛人虽罕见，但终究是有人捕到过。这人鱼，或说是鱼人就太稀有了，百年难遇，其肉鲜美无比，有传说吃鱼人的肉能长生不死，不过也没见过谁真正吃过。有一次他在南洋跑船的时候，他手下的水手在海中活捉了两尾人鱼，肚脐以上皆为人形，跟正常人没有任何区别，下身近似鳞足，可以用尾拨水，立于惊涛骇浪之中。只是接近一看，人鱼全身都有一层滑滑的黏液包裹，奇腥不可近，被捉到后装在储满水的大水桶里，船员们围拢观看，那对人鱼也不受惊，在木桶中游走盘旋。

当时明叔不识货，正赶上有个搭船的商人愿意买去放生，就狠要了一笔钱财，任由那商人把人鱼带走了。等后来得知人鱼在北美和欧洲黑市的价钱超过等重的白金两倍，明叔才知道上了当，捶胸顿足，追悔莫及。隔了几十年回想起来，还要胸闷发梦骂不绝口，当年就是太厚道、太容易相信别人，否则也不会被那挨千刀的奸商坑了。此刻有机会再得一尾人鱼，又怎能不让他心血来潮？

明叔边说边准备，说这食人蚌是海底几千年的生灵，几千年是什么概念？就算是秦皇汉武没死，一直活到现在，都不见得有这老蚌岁数大。宰杀之前自然是要先拜渔主，这是海狼渔民们代代相传的规矩。不按章程来，谁也下不去手，据说会折损阳寿。

胖子不失时机地打击明叔的积极性，他说："船老大阮黑在蚌壳里见到有人，可不一定是人鱼。这海里长得像人的东西多了去了，国内邻近湖海的地方都有讲蚌精的老戏，大多是老蚌成精变成女子，然后勾引汉子，后来有个老渔翁泼水戏蚌，将其降伏擒获，大快人心。所以这食人蚌里八成没有人鱼，而是蚌精那骚货躲藏其中，谁撬开她，她就蹦出来亲谁一口，明叔你那老脸可擦干净点，等着挨亲吧你就。"

明叔跪在铜鸭香炉前祷告，他也不管香都被雨水淋灭了，仍虔诚地念念有词。听到胖子胡言乱语，就扭头责怪道："你个死肥仔又吹水，咱们盗墓掘尸的勾当也没少做，难不成还真信这些神神鬼鬼？你们不是向来说这是什么迷……迷信吗？"说完就不理睬胖子，举起准备宰杀食人蚌的钩刀、弯刀，恭恭敬敬地磕头念咒。

胖子见明叔不信，就让我和Shirley杨为他证明。我说我可从没看过那种老渔翁捉蚌精少妇的淫秽戏曲，这种上不了台面的戏，都是海边渔村歇渔养海之时才演的。演员们大多是草台班子，旦角们脸上抹得花里胡哨，一个胳膊套一面蒙了粉布的锅盖，跟鸡翅膀似的爹爹着，就算是扮演蚌精了，跟演老渔翁的汉子一捉一逃，眉来眼去，搔首弄姿，影响非常不好，而且观众中还有好多少年儿童……

Shirley杨从没听说蚌精这事，好奇地问我："你没看过怎么了解得如此清楚？连观众中有小孩都知道。蚌精又怎么会变女子？"

我说没看过不等于不了解啊，乡下的事我太了解了。我参军之前有个神圣的理想，就是到农村去研究农村阶级斗争的规律，以便将来开展世界革命的时候，为所要实施的农村包围城市计划提供充足的战略依据。世界革命为什么要走农村包围城市的路线呢？因为在我们眼中，北美和西欧就是最大的城市，亚非拉美那些水深火热的地区就是农村……

不过这事有点扯远了，还是说蚌精为什么会变女子。以前在洞庭湖边有个田螺姑娘的传说，说有个傻小子一穷二白，穷得就剩下一身傻力气，依靠打鱼赡养他的瞎眼老娘，由于太穷，常常揭不开锅。后来这傻小子在洞庭湖捉到一只大田螺，就把它养在家中的水缸里。结果这大田螺成了精，变成一个千娇百媚的大美妞，又给这傻小子粮食又给他钱，还帮他打扫卫生做家务，照料他妈。田螺精跟蚌精大抵都是一路货色，田螺精看上了这傻小子渔民，觉得他淳朴善良勤劳勇敢什么的，反正全身上下都是劳动人民的传统美德，最后还以身相许嫁给了他。这好事连傻子都知道愿意，所以俩人还真王八瞪绿豆对上眼了，从那以后就凑到一块过日子了，也不知道这种家庭生出来的孩子是不是怪胎。

Shirley杨笑道："这好像是很美丽的一个民间传说，可我也真奇怪了，听你说出来怎么就不觉得美好，反是感觉有些可笑？你是不是特别喜欢讥讽美好的事物？"

我说："那你可又冤枉我了，田螺姑娘的传说美丽吗？美丽也只是表象，可事物的本质呢？美丽传说背后的本质不值得我们深思吗？类似田螺姑娘的这种美丽传说太多，新中国成立前老百姓们都喜欢听。为什么喜欢听呢？因为劳苦大众没黑没白地流血流汗，到头来创造的财富都是别人的。他们一辈一辈勤勤恳恳，饥寒交迫地忙碌，到头来却始终要过省吃俭用节衣缩食的日子，有个头疼脑热大病小灾，也不敢耽误了干活，稍有懈怠，转天就要饿肚子。命苦的人谁不盼着天上掉下个好媳妇，又美丽又贤惠，最好都跟田螺精似的不仅能变出米、变出钱、变出全国粮票，想吃什么就给你变什么，而且最好是这漂亮媳妇清寒没娘家，铁了心跟苦命人过穷日子，拿扫帚赶都赶不走。所以他们都愿意相信这些美丽的传说是真的，实际上这些传说都是谎言，赤裸裸的谎言。古代那些王孙贵族就是想通过这些谎言，给劳动人民一个看起来无比光明的未来。好好干，吐了血也别喊累，穷日子慢慢忍着，苦日子慢慢熬着，而且你得老实，不能偷，不能抢，更不许造反，也不要随随便便怀疑老天爷给你安排的生活方式和家庭出身。你照这么样累死累活地过下去，将来肯定有个蚌壳里变出来的漂亮媳妇在前边等着你。你问她长得怎么样？皇帝的女人够不错了吧，可三宫六院的红粉佳人们捆一块，还都比不过人家这田螺姑娘的一条大腿。田螺姑娘不仅小模样长得标致，更兼家财万贯，龙宫里的宝贝也想顺出来就顺出来，一门心思地嫌富爱贫，就愿意跟你这傻小子比翼双飞。骗他妈傻子呢！"

胖子听我一番高论，忍不住喝彩道："说得太好了胡司令，一针见血啊！外国童话除了公主就是王子，还大多讲个门当户对，可这种田螺姑娘的故事毒性实在太大了。毛主席说粪土当年万户侯，我说癞蛤蟆照样能吃天鹅肉，咱们就是要把那些以谎言欺骗劳苦大众的'老粽子'都从土里刨出来，让他们知道知道，拿了我胡汉三的，早晚还得给我吐出来！"

Shirley 杨早就被我气得没脾气了，听胖子又有心撺掇我去做摸金校尉的勾当，只好提醒我说摸金符都摘了，怎么好再做摸金校尉？将来到了美国好好做生意就是了。

胖子笑道:"杨参谋,我一直拿你当聪明人,可我发现你跟胡司令相比还真不是一个级别的。我想起以后你跟他过日子,就不得不替你发愁,凭你这种白璧无瑕的名誉和对美国价值观的深切信仰,你根本不可能发觉他跟你玩什么猫腻。以我这么多年对他的了解,他胡八一是个吃素的善男信女吗? NO啊,他可不是省油的灯,这小子是满嘴当代天方夜谭啊。他要是能摘摸金符,我情愿把脑袋揪下来让你们当球踢,他把摸金符挂脖子上也能算金盆洗手? 就算洗手了脚还没洗呢……"

我暗骂这王胖子怎么哪壶不开提哪壶,专门败坏我好不容易才在 Shirley 杨心目中树立起来的遵纪守法形象,这事 Shirley 杨未必不知道,只是给我留点面子心照不宣而已,何必非要你来多嘴多舌? 我赶紧从中打岔,分散众人的注意力,恰好明叔拜过了渔主,就要下刀宰蚌了,招呼我们给他帮忙,总算是暂时蒙混了过去。

只见明叔走上前两步,他手中倒提了一柄弯刀,在蚌壳上来回拖动,发出一串串不祥的声音。此刀刃不盈尺,刀身向内弯曲,在雨中依旧寒光四射,吞口处是个錾金的龙头,柄上皆是鳞纹。这刀是我们在珊瑚庙岛时,从青头商人踤武手中收得的一件利器,是旧时疍民首领专用以宰蚌刮蚌的弧形利刃,也有数十代的历史了,劚[①]在这柄龙弧刀下的老蚌已难计数,但用以碎剐这千年砗磲恐怕也是初次。

---

① 劚,音 mó,意思为削、切。

第二十三章
欺山莫欺水

海上大雨滂沱，众人穿着雨衣矗立在甲板上，看明叔手持刮蚌的龙弧刀，将刀身在食人蚌的外壳上来来回回地拖动。早先的疍民们，以在海里采蛋捉蚌为生，常常将自己比作鱼龙之同属，这大概是由于采蛋太过危险，带个"龙"字能够不为猛恶水族所伤，这柄用来取珠屠蚌、在水下搏击蛟龙的短刃，因而被称为"龙弧"。但是在古时只有皇室才能够以龙自居，疍民用"龙"字犯了忌讳，因此从不对外宣扬，也不会将龙弧示人。

明叔的舅公早年是蛋人出身，所以明叔熟知采蛋的种种名堂。我和胖子看他像个神棍一样用刀拨弄蚌壳，口中还念着咒语，如同在为那只老蚌做刑前法事超度一般，都觉得有些好笑。明叔又怪我们不懂其中利害，摸金和采蛋都是传统手艺，摸金的行规那么多，谁都难免会犯两条，犯了也就犯了，只要八字够硬，未必就会搭上性命。可在海上采蛋所面临的风险，非是在山里盗墓掘冢可比。常言说得好，"欺山莫欺水，瞒天不瞒海"，山里的古墓年代再久，未必有某些海中水族活的年头久，大海上神秘难言之事多不可数，一旦在海里出了事逃都没办法逃，如果不对海洋心存敬畏，在海上任意妄为，便是有十条性命也不够丢的。海上跑船打鱼采蛋之徒多如牛毛，可没听说其中有半个敢对海神渔主不敬的。

我心中不以为然，这几年做摸金校尉的经历，使我知道摸金校尉"鸡鸣灯灭不摸金"的行规绝不是什么迷信鬼神之道，只不过世俗之人难窥其中真意，歪曲误解而已。不过此时也不好多说，只好让明叔赶紧动手，让大伙瞅瞅，蚌壳里面是不是藏着一只可恶的、专门欺骗劳动人民美好感情的蚌精。

Shirley 杨不想看这血腥场面，想去船头接应阮黑师徒等人，临走时招呼我也过去："老胡，咱们到船头去好吗？我有几句话想要对你说。"

我暗道不妙，肯定是胖子刚才说溜了嘴，如今 Shirley 杨要追问我洗手和洗脚有什么区别。我最怕她提这件事，急忙抓住后甲板捆扎食人蚌的一条缆绳，对她说："明叔和胖子俩人如何收拾得了这么一个大家伙？我得给他们帮忙，要谈就在这儿谈，我现在是死也不离寸地。"

Shirley 杨怅然地望了我一眼，就独自冒雨去了船头。我看着她的背影松了口气，看来我那枚摸金符终归是保不住了。不过只要这次能捞个够本，到美国就老老实实做正经生意也罢，毕竟这世上还有好多人要靠我养活，没什么都不能没钱，自己的难处也只有自己才会知道。

想到在前线身边战友牺牲时的眼神，他们故乡的家人生活还那么贫困，当时他们能走得安心吗？我脑中乱了好一阵，等回过神来，明叔那套恶杀咒已唱罢了。说来也是怪了，他用龙弧短刃拨着蚌壳，发出一道道清脆的响声，似是暗合古韵节拍，那食人蚌似乎受到了催眠一般，两道犬牙交错的锯齿状蚌壳轻轻抖动，竟自裂开了一道缝隙。

我和胖子看得张大了嘴，半天都没合拢。"这跟摸金校尉失传多年的开棺咒竟有异曲同工之妙，据说对着铜棺铁椁把开棺咒念诵百遍，不用动手就能'升棺发材'，怎的用刀拨得几下，这千年砗磲就缴枪投降了？"

明叔面有得色，说这老法子还是头一回用，没想到竟有奇验，看来渔主保佑，这只大砗磲算是赏给疍民了。我和胖子齐赞叹明叔采蛋手段高明，简直让我们肃然起敬啊，看来古时疍民留下的手艺果真是有些道理的。

三人正在兴头上，在雨幕中，只见食人蚌惨白的蚌壳洼隙间，一道金光射出，晃得我们眼前一花。胖子眼明手快，把带着强力麻药的针头顺着蚌缝狠狠扎了进去，疼得那老蚌一阵哆嗦，眨眼间便已周身麻痹，动弹不得。

我们急忙找分离器将砗磲两壳撑开，只觉一阵海腥阴臭之气扑鼻而来，昏暗的雨天里，蚌壳里光彩熠熠夺人二目，在晦暗无边的海面上可照百步。没等我们瞧清楚，明叔就手忙脚乱地拽下我们穿的雨衣，把蚌中精光盖住，脸上全是又惊又喜的复杂表情。

胖子迫不及待地问道："怎的？里面是田螺妖精还是人鱼？"明叔抹了一把脸上的雨水，虽是被雨浇得透了，但心火上升，竟是口干舌燥，他干咽了两口唾沫才说出话来："玉翅金鳞的美人鱼，不会错，看样子死在食人蚌中已有许多年头了。不是富贵不逼人，富贵一来如天崩，这下真是发达到家了，比同体积的钻石还要……还要值钱……"说到后来语间哽咽，激动得老泪横流，"渔主龙王天后娘娘开眼，让我雷显明能有今天，得了海中青头之祖，驼背人趴铁轨——这辈子值了，就算现在立刻死了也不枉了……"

我赶紧按住明叔的嘴，别胡言乱语，什么叫死了也值了？既然得了这海中异宝，现在要是死了那便是万万不值。明叔恍然大悟，连忙用力抽了自己两个耳光，向冥冥沧海不住祷告，自己刚才说的都是屁话，一个字也不能算数。

我和胖子懒得去管情绪失控的明叔，都把脑袋钻进盖住大蚌的雨衣，想开开眼，好好瞧瞧什么是青头之祖，但这一看之下，除了吃惊之外，脑子里都没剩下别的念头了。我自认为在古墓中见识过无数奇珍异宝，可那些全部加起来，似乎也不及眼前蚌中之物。

只见微微颤抖的蚌肉中有一尾孩童般大小的怪鱼，那鱼人首鳞身，其实说是"人首"只是酷似而已，和真正的人有很大区别，有些像是个没长开的怪胎，人手般的两鳍和背脊青盈如玉，光润流彩，与全身灿若黄金的鱼鳞辉映生光，炫目离奇。我发现那鱼身已经质化多年了，之所以尚可发光，是因为那近似女子人头的鱼首口中向外张开，嘴里露出半颗明珠，珠气纵横，映得金鳞玉翅月华四溢，使人不可逼视。

我看得眼睛发花，赶紧揉了揉眼，把那雨衣重新遮住，问明叔这个鱼的尸首怎么会变成这样，实在是匪夷所思，令人想象不出个所以然来，它究竟价值几何？

明叔说这东西太珍贵了，端的是件海底天造奇珍。想那老蚌孕珠，盖无质而化为有质，月者水之精，珠者月之精，老蚌全仗千万年吸收水月之精华，成就海底灵珠。如果天上没月光，海里蚌螺就不会含珠。每当月满之际，老蚌玩珠，会引来无数水族，肯定是在千百年前的某一个满月夜，有一尾成形的人鱼在海底被食人蚌中的明珠所吸引，于是它悄然接近，以迅雷不及掩耳的速度游进砗磲敞开的壳中，一口吞了灵珠就想遁去。

海底水族的这种行为在疍民口中，历来唤作"夺丹"。这人鱼虽能踏波逐浪，在海底游得飞快，却没有食人蚌两壳闭合得快，被老蚌裹住丢了性命。人鱼的尸骸为何隔了这么多年不但没有化去，却质化如玉了？因为这稀有珍异的南珠自古以来就被称为"驻颜珠"，死者含之，尸身能够不朽不化，日久郁为枯蜡。

古时富贵之人死后下葬，尸体在棺中都有"口含"。"含凉玉"为中品，"压口钱"次之（压口钱就是在死人嘴里含枚铜钱），口中含"驻颜珠"，始为最上之选，是古墓中诸般明器之首。

人鱼夺丹吞了灵珠，却葬身蚌中，形骸千年难化，而砗磲老蚌又舍不得那枚灵珠，结果就形成了这种"蚌含鱼、鱼衔珠"的局面，此事想当然也，并不难揣测。这金鳞玉翅的南海人鱼只有海眼里才有，现在估计早就绝迹数百年了，这尾鱼保存完好，何况它又口含驻颜珠，这一来，它的价钱能翻到天上去了。

我和胖子大喜，这回十艘游艇也该有了，赶紧用水毯把食人蚌中的人鱼尸体细细裹了，抬入底舱妥善收好。回来的时候阮黑等人也从海底浮上来，看他们的神色，就知道第二轮收获也不小。

明叔想把食人蚌宰了刮去蚌肉，留下这砗磲的外壳带回去。我知道Shirley杨不想让众人轻易宰掉这千年生灵，便拦住明叔，也把Shirley杨叫到船后，告诉众人说，这老蚌活了这么多年，不知经历了多少海中天翻地覆的巨变，活到现在也不容易，劝众人把这千年老蚌放生，抛回大海。咱们的政策是坦白从宽，它既已经交出了壳中珍宝，还是对它网开一面为好。而且这次捞上来的青头极多，也不单缺它这身白甲，休要坏了它的性命，咱们这次出海取了不少南海秘宝，说不定损了天地造化的灵气，所以手底下得留点余地，别把事做绝了，免得回去时出什么意外。

Shirley杨非常赞同，只有胖子和明叔不太情愿，拜过渔主了，这东西岂有再送回去之理？胖子想了一个损招，抄起明叔的龙弧刃，在蚌壳上刻了几行字，注明了所有权，刻道："摸金校尉兼疍民王凯旋带众手下到此一游，我们站得高看得远，胸怀祖国放眼世界，如今要赶时间奔赴美利坚，故暂留下食人蚌在此，等待世界革命成功之后再来捞回去换钱，谁要是敢不经我们允许就擅自捕捞此蚌，必定天打雷劈，在海上死无葬身之地。"然后注明年月日，这才把早已奄奄一息的大蚌吊起来投入水中，任它自去寻找生路。食人蚌失了灵珠，如同掉光了毛的凤凰，在刮蚌刀底捡了条性命，灰溜溜地遁水而去。

然后众人清点采蛋的收获，共在海底采得月光明珠三十有二，及一具人鱼含珠的玉体，一口石镜古棺，在底舱里稍做展示，便映得满堂生辉，金光灿烂，使人宛如置身水晶龙宫。但大伙不敢仔细赏玩，赶紧又藏纳起来，一是怕离开海底环境使这些珍宝失了精气，二是舱内宝气冲天，无一不是海之精魄，我们担心会惹得海底鲸鲵鱼龙舍命来夺，"欺山莫欺水"，海里的东西尽量别去招惹。

此时天近黄昏，明叔去驾驶舱监控海面动静，其他人在舱内吃饭。船老大阮黑和他的两个徒弟都累得脱了力，但阮黑表示他们职业疍民身子骨都是属鱼性的，在水下久了也能吃得住，歇得一歇，等吃过晚饭，趁着浪涌不大，还可以再下去采蛋。这两趟只不过拔尽了最大铁树周围的大蚌，海底森林里这种老树尚有许多，机不可失，时不再来，如今这世上的南珠资源早在清代便已枯竭，这最后的海底宝藏既然让咱们赶上了，就不能不捞个痛快。

我听得暗暗心惊，以前认为同样是凭手艺赌上性命吃饭的疍民和摸金校尉差不多，现在我总算知道了，看阮黑的意思，不采尽了南珠誓不罢休，把命丢了也不在乎，原来蛋人和摸金校尉的区别就在于一个"贪"字。摸金校尉求财取利虽是铤而走险，可也有"鸡鸣灯灭不摸金"以及"三取三不取"的铁律，实际上那不是因为什么尊重墓主亡灵，而是尽力不让自己变得太贪婪。

古今盗墓掘冢败事者极多，有多少盗墓贼就为了这个"贪"字而送了性命！非是智不足，亦非技不能胜，唯"利"昏其心。贪婪之心，是天祸之所伏，乃事败命丧之根由，摸金摸到适可而止，给自己留下余地和清醒的头脑，有命才有财，无命都是空。

可蛋民大多是海上蛮民，在历史上所遭盘剥又最是苛酷，以前在官府的监视下采蛋，为了防止蛋民在水底把南珠吞入腹中藏匿瞒报，监采的官兵会将从水下活着出来的蛋民开膛破肚。在这种恶劣环境下生存的蛋民，无一不过着朝不保夕的日子。以他们的觉悟，当然比不得精通易理、懂得"生生不息"之道的摸金高手，所以蛋民的规矩从来都是为了采蛋，而不在乎身家性命。

看到蛋民阮黑那热切而又疲惫的眼神，他似乎根本就不把水下的危险当一回事，就算患上潜水病死了也在所不惜，人命虽关天，可采蛋之事比天大。而且他根本不清楚以我们现在舱中的青头回去可以分给他多少利润，可以说阮黑这个人没见过什么钱，对钱的数目缺少概念，也不像明叔那样了解行市，知道什么东西有什么价值，阮黑只是认定蛋采得越多钱就越多。

我实在不知应该怎么对船老大阮黑讲明不能过贪的道理，只好对他们师徒三人来硬的，告诉他们海沟里有鱼龙出没，此时天降骤雨，到得晚间潮水大涨，海底藏匿的大海蛇必会借着云阴月暗浮至海面。晚上想去采蛋是找死，谁要是敢私自下水，别他妈怪我姓胡的翻脸不认人，出海的资金都是我提供的，进珊瑚螺旋的办法也是我想出来的，说白了这船上摸金校尉才是老板，蛋民都是伙计，从现在开始我说了算。

不过一想到买船的钱都是Shirley杨出的，进珊瑚螺旋海域的司天鱼、魁星盘，以及漂瓜取鱼之术，也都是她祖上搬山道人传下来的，我说起这番话未免有些底气不足。偷偷瞥了Shirley杨一眼，见她正对我微微点头，我当即又觉得底气十足了，把阮黑等人说得哑口无言，只好听我吩咐，绝了夜间采蛋的念头。

　　海上风浪无情，我准备见好就收，但尚未找到玛丽仙奴号沉船，却是大事难了，如果晚上海象允许，拟再利用潜水钟侦察其余几处海沟。我和众人商议此事，哪怕是只拍到一张照片都能交差了。这时驾驶舱里的明叔突然用千里传音筒发出讯息："你们快上来，大事不好，阴火烧海来啦！"

第二十四章
没有出口的海

阴火终于出现了。在传音筒里听到明叔的声音后,我三两步蹿上船头。只见海上阴云遮天,大雨落得正紧,不远处,晦暗的海水突然沸腾翻涌,海底一片明亮,白光刺眼,穿幕形的火光在海底分为数道,自下而上有一股股恐怖的黑烟冲上天际,阴火潜烧之处的海水都被烧得滚沸,无数被阴火烧毙的水族残骸浮尸海上。

海底龙火的黑烟冲得本来就阴暗的天空更加昏暗,海面下则是火光浮动,一大团一大团灼烧着的阴火,犹如在海底同时升起数轮明月,将大海照得一片阴森通彻。众人在船上见了这如同世界末日般的景象,个个都毛发竖立,心头冒出阵阵寒意。

由于要借助月光潮汐涨水之际进入珊瑚螺旋,所以我们选择的时间在阴历十五前后,正是明月将满的日期,想不到时机凑巧,在海上亲眼看到了炼狱般的龙火。

海底涌出的火球吞噬了周围的一切鱼群,那些离阴火距离略近、侥幸未死的,也多半被烫得焦头烂额,挣扎翻滚着在海中跃出,整个海面都笼罩在死亡的阴影之下。

第二十四章 没有出口的海

龙火只在海中才能燃烧，离水即会熄灭，而且这在青乌风水中被称为"龙灯"的海底阴火虽然势大惊人，但往往只是忽来忽去，瞬间即逝。我心知这种异象仅在南龙余脉处才有，是行踪飘忽的南龙海气凝结而成，非是海底火山和油气喷涌可比，单看这海底火势潜行，便知道玛丽仙奴号上幸存的船员所言不虚，那艘载有秦王照骨镜的沉船肯定就在附近。

我们对阴火的认知程度仅限皮毛，甚至就连看也是第一次看到，根本不知它的厉害，不过此刻的海面上虽然惊险万状，却实在是千载难逢的机会。我赶紧取出司天魁星盘，记录下几处阴火浮动的位置，那边明叔也正拼着老命，把船尽量驶得远离火海。

珊瑚螺旋海域里的阴火，大多集中在幽灵岛的东侧，我们的船所处的西侧相对安全，南珠生长的珊瑚森林都集中在西面。经过初步探测，东面海底情况更为复杂，水深至少是海底森林的一倍以上，存在多个海洞海沟，我们尚未来得及使用潜水钟对那里进行详细的水下侦搜。看来，玛丽仙奴号沉船十有八九是陷在幽灵岛东面的海底。

潜燃的火光果然是昙花一现，片刻间转为暗淡，归于一片虚无之中。海天之间失去了阴森的亮光，顿时变成漆黑一团，只有大雨依旧哗哗下个不停。我问明叔和阮黑，以他们航海的经验来判断，今夜的海象会是如何？那二人都是经验老到的水手，他们一口咬定，别看阴火烧海，但不得风信，近两天内绝不会有风高浪急的海象，船留在这片海域还是比较安全的。Shirley 杨也认为当前海上不会起大风，无大风便无大浪，能把船体击碎的巨浪虽是航海煞星，但也要提防海涌、海滋之类的特殊海象。

我同众人合计了一下，大家都认为这是一个绝佳的机会，最后决定把船绕过幽灵岛，到珊瑚螺旋东面寻找沉船的踪迹。于是三叉戟号探照灯全开，船在一片漆黑的海上行驶，缓缓从黑色的礁石岛屿侧面绕过。这岛如同倒扣的大钵，钝锥形的黑岩山体露出海面的高度不到十米，但坡缓且极宽，犹如黑色巨鲸的脊背出水。船接近后，利用强光光束照在上面，看起来更增威势，笼罩着一种黑暗压抑的感觉。

我正要带古猜等人到船后准备潜水钟，忽地船身左右一阵摇晃。这时海上无风，水不扬波，突然出现剧烈的晃动很不寻常。明叔等人也揭掉雨披的帽子，在船舷上探出身子，提着手电筒查看。按海面状况，最令人担心的就是潮汐太低，触到了海底凸起的暗礁。

没等大伙查看明白究竟是怎么一回事，眼前忽地一亮，视野豁然开朗，天上骤雨忽止。原来是积雨云被刚刚的龙火烧灼后升腾的海气一冲，竟然云开雾散，一轮明月从云中现出，悬在头顶，又圆又亮，照得海面之上一片通明。船后那片水域下的海底森林中，无数螺蚌开蚌吐珠，弄月吸珠，借以取得月光的阴精之气。

天上水下珠月相辉，瘆人的亮光下，海上还浮着不少刚刚被龙火烧死的海鱼海兽，明亮如昼的海面一时之间充满了诡异的气氛。我们船的船身依旧东摇西晃，起伏不稳，众人不免更加紧张，一种可能要有灾难发生的预感从心底升了起来。这时Shirley杨最先发现了情况："快退！这片海面洋流异常！"

Shirley杨话音刚落，我和其他人也都看到了一幕可怕的情形，只见珊瑚螺旋左边的海面上产生了大大小小无数个海洞。圆月虽明，却照不亮这一个个漆黑的水漩，三叉戟号正行驶在两个海洞之间，船体被两股来自不同方向的潜流带得来回晃动。

海洞在渔民、疍民的口中又被称为"海漏"，就像海底忽然产生了几个大洞，海水形成漩涡一般倒灌下去，无意中被卷入的舟船往往会横遭大难。

海洞与南龙中的海眼也不尽相同。据说被称为归墟的海眼，是天地间的一个大窟窿，天下之水最后都会流入归墟深处，它是一个永恒固定的存在，但谁也说不清它是真是假。而海洞则是可大可小，时有时无，是升腾凝聚的海气消失后，海水填补其中真空而形成的，也有些是因为海底地震、开裂、塌陷而产生的，是一种海面上产生巨大水流漩涡的自然现象。

众人见海面上出现了一个接一个的漩涡，一时看得眼前发晕，哪里还敢去细数海上究竟产生了几十几百处海洞？此刻全身如被雪水所淋，先是打了个寒战，随即醒过味来，趁着海洞只是刚有雏形，海水尚未大漏，赶紧掉转船头向后撤离，若晚上半步，一旦被海水卷进海洞之中，别说是海柳船三叉戟号，即便是驾着一艘航空母舰，也会被无情的海洞吸卷进海底深渊，扯为无数碎片。

海洞深处洪波之声如同巨钟，一波接一波地传出，海水鼓荡嗡嗡作响，单凭人工制造的航海工具，在毁天灭地的自然之力面前没有半点抵抗的余地。我们知道不能以卵击石，哪儿还顾得上找什么秦王照骨镜，在明亮的满月下把船只动力开到极限，没命地掉头往西撤离，只盼离那一大片黑压压的海洞越远越好，能够多远一米，便多了一分逃脱海洞吞噬的生机。

明月之下看得无比真切，只见海面洋流打着转，一圈圈地正在产生漩涡，海底的怒鸣震耳欲聋。海洞与"龙上水"是海水一起一落的两大灾难，这时虽未成形，但看这海陷前的先兆，远远超出了那"龙上水"的海涌之威。万幸我们发现及时，海漏尚未真正出现，海柳船虽被水流带动，却仍能掌控航向，在这紧要关头，立刻劈波斩浪，疾速退避。

我们不知海陷的规模会有多大，安全起见，此时只能先撤离珊瑚螺旋海域，等待时机再回来寻找沉船。

我举起望远镜看了看东面，这时由于月球引力作用产生的混合潮也在同时发生，海平面上那一道道在白天隐约可见的黑线都被海水淹没，黑色的幽灵岛也在逐渐消失。海水暴涨，正好可以借着水位的增高逃出珊瑚螺旋。

明叔在驾驶舱掌着舵，船如同离弦的快箭，在海面上向西疾驶。阮黑带着他的两个疍民徒弟，在船头挥动着手臂张口大叫，但声音都被海水陷落之声吞没了。

我根本听不清他们在喊些什么，还以为他们都被刚才出现的海洞惊呆了。但随即察觉到情况不对，他们好像在拼命告诉我们，船头前方的海面上出现了极可怕的东西。

我借着月色向前一看，不觉惊出一身冷汗。水中有个白蒙蒙的巨大物体正在快速接近，海面上水波被那物体带动，出现了一长串随现随灭的浪涌，不等我们做出反应，水花翻滚，已到近前。正在全速前进的船，便如同迎头撞上了一堵铁壁。

船头险些被撞得粉碎。在前甲板的多铃想抓住缆绳固定身体，可身体失去平衡，一把抓了个空，立刻被猛烈震颤的船身抛向高空。

眼看她就要落入汪洋大海，阮黑奋不顾身地拽着一根缆绳跳下船去，由于多铃是先被甩向半空随后落下，所以阮黑正好有个高低落差，跃出船身就将她接个正着，被多铃下坠的力道所冲，两人并作一团摔向海里。

船老大阮黑从越南逃离之前便已收留多铃为徒，多年来出海捕鱼采蛋，情同父女，此刻见多铃要遭坠海之危，想也不想就舍命相救。但他从船上跳下之际，虽是捉了条缆绳在手，可那条缆绳并未固定在甲板上，被他师徒二人一扯，那盘绕着的缆绳如同一条有了生命的活蛇，嗖嗖嗖地被从船上抽去。

这时离那团缆绳最近的人只有我，我心中除了救人要紧这一个念头，便来不及再做他想，在颠簸中抢上一步，将那只剩一小截的缆绳绳尾揪住，匆忙中找不到可以拴绕的位置，只好身体一转，将粗如儿臂的绳索缠到腰间围了两圈。

一股巨力猛地传来，勒得我一阵窒息，胸腹间气血翻滚，脚下无根，眼前发黑，被阮黑和多铃坠船之力扯得要翻身落水。这时胖子从我背后冲上两步，拽住缆绳，用脚蹬着船板，他蛮牛般一身筋骨在这关键时刻凸显出来，才堪堪将那险些落下海的二人拉住。

我如获大赦，急忙就地一滚，从被勒出血印的腰上把缆绳卸去，攥在掌中。我抬眼向海中一望，原来三叉戟号刚刚撞上的正是我们在海沟中遭遇的那条大海蛇。白龙般的海蛇生性惧光，常在百米以下的深海出没，只有云阴月暗的夜晚才会浮上海面。

按说这明月高悬不应是它活动的时辰，不过刚刚水下阴火鼓荡，又有海底老蚌戏珠，海底的光比天上还亮，搅得它不得安宁，被逼浮上海面，暴怒如雷，想要倾覆舟船泄愤。

海柳船三叉戟号若非有铜板护甲，被它一撞早就漏了。不过这一击刚过，海中白练翻滚，它紧接着又掉头摆尾横扫船身。海柳船虽是海上最坚固的船只，但大海蛇的蛇尾与海底那株质如玳瑁的老树也差不多粗细，不是猛龙不过江，它从海中扫来的力量足可以将船身击成碎片。

这时船身起伏甚剧，我和胖子揪着缆绳不敢撒手，阮黑则抱着多铃，两人被绳索悬在半空，随着船身甩动，一条缆绳悠来荡去的好不危险。Shirley 杨和古猜都赶来在我身后将我抱住，从舱内到船下，六个人在有如风中飘落般的船中连成了一串，只要有一个人咬不住牙，便会立刻有人落进海里。

船迟偏遭打头风，就在我们进退两难勉力支撑的同时，海中白浪涌起，大海蛇的尾巴从半空向着船身横扫过来。我正扯着缆绳咬牙运力，半分也不敢松懈，眼睁睁看着巨缸般粗的蛇尾卷至，也没有回天之力可以施展。

恰恰在这个时候，海蛇卷起的海水起伏涌动，三叉戟号也被抛上抛下，随着海涌下落之势，船身忽地被抛落谷底，一股疾劲的腥风扑面，我只觉得胸前被一阵猛撞，就见那蛇尾从船身上方卷了一个空，船间不容发地避过了致命打击。

海蛇的蛇身卷起一大片白花花的海水，蛇身在水幕中潜了下去。我们知道它被这圆月所惊，绝不会就此善罢甘休。果然不消片刻，船后的海水又翻滚起来，白色的巨大海蛇再次浮水现形。

我们顾不上喘息和庆幸船体没有被打破，急忙两臂运力拽动缆绳，把阮黑师徒救回船上。阮黑和多铃全身湿透，过度受惊使他们脸色惨白，没有一点血色。我们连推带搬，将这两个大难不死的蛋民移进舱中。

明叔为了将珠宝、人鱼带出大海，竟出人意料地仍在坚守岗位，咬紧牙关战天斗海，咬牙切齿，格外地悍然坚决，颇有一副海上苍狼的风范气概。

我暗骂一声这港农老贼真是见钱眼开，为了发财真能把生死置之度外，倒也难能可贵，于是立刻用手比画着，告诉明叔那海蛇又浮上来了，赶紧回避，尽量闪出炮击角度，眼下只能依靠震海炮将它轰回深海。

刚刚一番冲撞，使性能卓绝的三叉戟号也受创不轻，虽未大破，但最要命的事情还是发生了：轮舵失灵，只能朝着一个方向不停地前进。海蛇卷动水势紧追不舍，明月照耀的海面上，海蛇和海船展开了舍生忘死的追逐。

　　我正忙着帮明叔跟那舵盘较劲，却发现正在大骂船舵不听使唤的明叔忽然住口，呆若木鸡，我便也抬起头来，顺着他的目光向前一望，顿时感到心胆皆寒。刚刚的一片混乱中，三叉戟号鬼使神差般又转回到了珊瑚螺旋东侧的海面，只见无数的海漏正在逐渐合拢，聚成了一个深不可测的大海洞，那恐怕就是传说中的南海海眼——归墟。

　　大海终于露出了它那疯狂的獠牙，无穷无尽的海水漩涌着陷进归墟深处，海蛇和我们的船都已被乱流卷入其中，海洞中的水势森森壁立，吸卷吞噬着天地，此时纵然插上翅膀，也是万难逃脱。

第二十五章
乾坤一跳

海柳船三叉戟号被陷落的海洞涡流吸住，不断地滑向深渊。海上的巨大漩涡越到中心吸力越强，翻涌的海水转着圈被抽进漆黑的深渊。众人见舵盘失灵，船直直地冲那海洞撞去，心下都凉了一多半，知道几分钟之内便会大难临头。此时就算立刻弃船逃生也已经来不及了，而且一旦放下橡皮救生艇，因橡皮艇自重太轻，也立刻会被周围的海水轻易卷走。在海底震耳欲聋的咆哮声中，海柳船转眼间就驶进了漩涡边缘，被激流一带，船头打斜，随着海洞周围的漩涌歪歪斜斜地晃动着。

Shirley 杨和明叔竭尽全力掌控住失控的三叉戟号，果断地抛去一部分压舱物，让船体降低航速，避免过快冲进海洞，趁着海波起伏把船身带得侧移，便立即开足马力，一停一冲的作用之下，终于使刚才失控的轮舵稍稍稳定，在最后的时刻恢复了对船体的控制。

但三叉戟号在海洞毁天灭地的庞大威力中，如同一片被狂风卷集的败叶，一旦被漩涡状的海水吸住，哪里还能驶得出去？明叔见大势已去，抱着舵盘瘫在地上。Shirley 杨让我将明叔拖开，她接过舵盘，驾着海柳船冲波破浪，几番起落，竟渐渐离那海洞中心越来越远了。

我和胖子等人见三叉戟号似有脱险迹象，精神为之一振。可是我随即在颠簸摇摆的船上发现海洞周围的海水漆黑无比，黑色的大水中一匹白练逐浪隐现，那大海蛇仗着在水中怪力无边，不顾海洞吸卷的威胁，仍是在不住地接近我们的船。海蛇是深海中的庞然巨物，它定是将海柳船当作鲸鳌一类可以捕食的海兽了，一味地穷追不舍。

我暗自叫苦，看来这南海海底中的秘宝果然并不是随随便便就能采去的，诚然应了"欺山莫欺水"这句话。山与水一静一动，青乌风水一道中惯常之理便是"天地有真性情，宇宙有大关合"，山川大地都与人一样，是有生命有灵气的，就连静止凝固的山体都有生命，何况这汹涌澎湃的汪洋大海？珊瑚螺旋里的明珠是南龙精气所钟的天造灵物，如今被我们这伙捞青头的疍民采了去，造成海气失衡，这才引得阴火烧海。看来那狰狞的海兽被阴火所惊，从深海浮上来不顾一切地追逐采珠船，这祸头追根溯源恐怕还是采蛋引起的。

我知道这世上没有后悔药，现在不是考虑海象异常起因的时候，而且贪污浪费是极大的犯罪，到了我老胡手里的东西，就没有再扔回去的道理。眼下若想脱困，就必须确保Shirley杨能把船安全地驶离海洞吸引的范围，这正是生死较量的紧要关头。三叉戟号被吸在海洞边缘苦苦挣扎不得脱身，想要离开这片海面谈何容易？海流卷动之势有如万马奔腾，船身正在海洞外围的漩涡里打转，虽然急切之间难以抽身逃出，但只要维持住现状，不让船身再接近海洞中心，尽量拖延时间，支撑得久一些，等海洞平复消失归于平静，就可以脱险。眼下似乎也只有这个办法行得通了。

不过若想在海洞边缘拖延时间，便不能让那条大海蛇接近我们的船，否则被它碰撞，即便船身承受得住，可一旦失去重心和平衡，必定会立刻落进海洞里的深渊。我急忙对胖子打个手势，让他下舱准备金毗卢水神炮，利用装填钵罗藻的子母弹将大海蛇炸回海底，或是干脆用钢芯弹丸把它射杀。胖子见到手的南珠有可能带不回去，早就憋了一肚子邪火，脸上肌肉抽搐跳动，连眼珠子都红了。他见要用震海炮，就拉着明叔去帮手，不过明叔三魂早已没了两魂，胖子连抽了他几个耳光也没半点反应。此时疍民阮黑和他的女徒弟多铃刚刚死里逃生，也不知是否受了伤，金鱼眼古猜正在船中照料他们，没有多余的人力做炮手，他只好下舱去找古猜帮忙搬运炮弹。

午夜时分的海面上，明月当头，一轮满月将银光洒遍海面，我们这辈子没见过这么大这么圆的月亮，当时都产生了一种恍然的错觉，不免怀疑是海洞中无穷的吸力竟将天上的月光都抽了下来。海象确如明叔先前所言，没有一丝的海风，可海洞四周海涌大作，声势惊人。就在这诡异到难以形容的海面上，我们一面拼命驾驶三叉戟号摆脱海洞产生的巨大漩涡，一面还要连连发炮，轰射追逐船只的大海蛇。

以漆黑轰鸣的海洞为中心，海面上的海水旋转翻滚，海柳船与狰狞的海蛇如同在圆盘上兜圈，船身上下起伏，颠簸晃动得极为剧烈，在舱中想站稳身体都很困难。眼看海蛇破浪而来，离船越来越近，震海炮却无法击中目标，脱膛的炮弹带着一串火星，在空中划出一道道抛物线后落入海中。

随着一阵黑浪冲起，在滚动汹涌的漩涡中，海蛇终于赶上了我们的三叉戟号，在船身左舷露出形如牛首的蛇头，裹挟着冰冷的海水从半空中压向船身。我看得真切，情知不妙，对着船内的传音筒声嘶力竭地大叫，通知胖子和古猜赶紧开炮，但海涌波涛的巨响中，连我自己都听不到自己的声音，好像张了半天嘴嗓子都喊破了，喉咙中也没发出半点声音。

这时蓦地一股硝烟从船侧喷出，穿甲弹像个火球般射向大海蛇从海波中探出的身躯。这一炮距离很近，我和Shirley杨手中捏了一把冷汗，只盼一发命中，可炮弹恰似流星赶月，从海蛇身躯的空隙间射破水幕，直奔着天上的明月打了过去，在夜空中曳出一道光弧远远落下，差了一两米的距离，偏离了目标。

我见这么好的机会竟然一炮落空，急得连连跺脚。震海炮的炮弹虽未命中，但那条大海蛇仍被刚刚擦身而过的炮弹惊得转身没入海中，只见海波中白影闪动，瞬间绕至船头，进入了炮击的死角。

我心想这回可要玩完了，没被海洞吸进去卷碎，最后却是被海兽撞碎船身落水而亡。看来隔行如隔山，硬要让摸金校尉来学这疍民采蛋捞青头的勾当，确是赶鸭子上架，这回要是妈祖保佑还能让我等脱身，将来再不可做这无照经营的买卖了。由于船身不停地随着海洞周围的漩涌在海面转圈，人人都觉得头晕眼花，胸中烦厌欲呕，生死关头脑中仍是一片混乱，止不住要胡思乱想。

海面上海涌扬波，海蛇弓起怪躯拦在船头，我们正没理会间，却见它突然掉头猛蹿，看那架势竟似要争分夺秒地遁入海中逃命。我心中一动，便知大事不好，原来海洞已经彻底形成，在不知不觉间，三叉戟号与那条大海蛇都被吸了进去，大海蛇似乎明白那海洞中心的厉害，一旦被卷进去，即便是钢筋铁骨也会被漩涡里的离心力撕成碎片，顾不上再追逐舟船，立即就要夺路逃生。

我耳中全是耳鸣般的回响，任何声音都听不到了，但毕竟眼睛还能使用，一见到海蛇行动有异，紧接着便发现船体忽然不再随着漩涡转动，海洞中的海水似乎没有任何浮力，虽然水流旋动翻卷，但船体固定在一个位置上开始逐渐下沉，船后的螺旋桨打着空转，四周所见全是墨黑的海水。眼看大祸迫在眉睫，Shirley 杨也花容失色。

但我们这伙摸金校尉久经艰险，都知道如果真有一线生机，往往都会出现在危险的最后关头，事到临头绝对不能放弃求生的努力，只有镇定下来，才能寻找到逃出生天的机会。Shirley 杨大概知道舵盘已经没有用了，放手冲出驾驶舱，对我打了一个一同出去的手势，就抢先直奔船头。

我见船身在悬壁而起的水幕中被慢吞吞地吸进海洞，舱外尽是阴风黑水，如临万丈深渊，实不知她冒死跑向船头想做什么。但我也知道她不是吓昏了头想要投海自杀，甲板上即使是刀山火海我也只好跟她同去。一出船舱便觉空气、海水中有股无形的力场，压得人喘息不得。船并非停住不动，而是被那股逐渐失去浮力的黑色海涌带得缓缓旋转，在神秘的力场作用下，这一刻仿佛就连海水都已经凝固在了虚无的黑暗之中。

我屏住一口气，抓牢缆绳跟在 Shirley 杨身后。船头处白影朦胧，那大海蛇也正拼命挣扎着想要从海洞中游出去。原来 Shirley 杨想要置之死地而后生，如今船体已经失去了一切动力，这艘三叉戟号船头有捕鲸的标枪，

第二十五章 乾坤一跳

虽然这船并不能捕鲸，但英国人在船头设置这种利器也是为了防备不时之需，这时候恰好派上了用场。Shirley 杨把带有倒钩的捕鲸标枪填入渔炮里，如果把它射到海蛇身上，倒钩后面有极粗的渔索相连，连鲸鱼都可贯入，只要钩住海蛇，便能借着它的怪力把海柳船拖出海洞。

船体下沉的速度正在加快，身处海洞的力场当中，谁也无法张口说话。Shirley 杨对我指了指前边不远的海蛇。孤注一掷的机会可能只有这一次，我更不迟疑，射出了船头的捕鲸标枪，枪头带着粗索猛地插进海蛇的脊背，白鳞密布的蛇身飞起一片鲜血，捕鲸标枪后连接的粗索立即绷得笔直。

海蛇毕竟不像船体只能依靠螺旋桨的推动，它全身都是海洋巨兽的怪力，背脊中枪吃疼，猛地朝前一蹿，硬是把被海洞牢牢吸住的三叉戟号从黑色海水中拽出一截。船头绳索中的每一根纤维都被巨力拉扯到了极限，虽然里面混合了胶麻与人发，是最坚固耐磨的捕鲸索，可在海洞深渊与海底巨兽的拉扯下仍显薄弱，随时都有可能断裂。

海蛇自身也被海洞吸住，全凭精熟水性，又兼有一身怪力，才勉强挣扎着没被立即吞没。但它虽是庞然大物，也终是血肉之躯，劲力再强也有其极限，拖着海柳船在漩涡中几圈游下来，已近虚脱。它似乎知道被归墟卷入海底必定有死无生，在一股强烈的求生欲望的支配下，它奋起躯壳中最后残留的全部力量，巨龙抖甲般地将身躯狂扭，弓身射月。海蛇破浪猛蹿之势，直如乾坤一跃，竟然挣脱了海眼的吸噬之力，在一瞬间超出了生存与毁灭纠缠不休的界限，从海面上穿破层层水幕乱流凭空跃起，拖拽着三叉戟号跃离海面十余米，飞腾上了半空。

圆月辉映之下，数十米长的大海蛇犹如御空飞龙。我和 Shirley 杨在船头抱住船上最粗的缆绳，根本不敢稍动，猛然间觉得脸侧呼呼生风，眼前忽明忽暗，似乎是乘着一艘飞艇奔向了天际的广寒月宫。恍惚中只见头顶上明月当空，蟾宫玉兔仿佛已经触手可及，还以为这是在临死前的幻境当中，忽地一下天旋地转，怎么就突然上青天了？一时不知身心飘到了何处。还没等我们明白过来发生了什么，海蛇挣脱乾坤的一腾之势已尽，自半空里重重落下，同三叉戟号一并坠入海洞下虚无的深渊。

第二十六章
归墟

海洞中漆黑的乱流正慢慢消失，也许再撑半分钟，三叉戟号就能脱离魔海的吞噬。这时拖着船身的海蛇腾身跃上海面，可它终究是血肉之躯，在如此巨力之下，不免全身筋骨寸寸折断，如同一匹风暴中的白练，从半空坠了下来。

海柳船三叉戟号与海蛇脊背相连的捕鲸索虽然结实，这会儿也到了极限，从中绷断开来。我和Shirley杨抱着船上绑缚的缆绳，刚刚还恍惚看见了明月清辉闪动，身体直如腾云驾雾，可猛然间船身急剧坠下，船体几乎整个竖了起来，我们登时被甩出船外，眼前一黑掉进了无底深渊。

海洞中产生的乱流虽已近尾声，但余势仍然惊人，感觉身体好像掉进了水龙卷的暴风眼中，水流带动的风压都快把身体扯成了碎片。好在慌乱中我还和Shirley杨互相拉扯着，两人的体重相加，还不至于在海洞中被漩涡卷飞。这时脑子已经彻底蒙了，耳中尽是恶风盈鼓之声，五脏六腑似乎也跟着翻翻滚滚，根本不知道身在何方。

下落的身体猛然间撞上一股非常灼热的气流，坠落之势顿减。但这阵热风温度极高，一瞬间令人窒息欲死，只消再过得片刻，人体中的水分就会被这热风淘尽，烘为干尸。可忽地身上又是一凉，身体却已落入水中。我连灌了几口海水，在水下寻到Shirley杨的身影，她熟悉水性，坠入水中也未失去神志。我们都呛到了水，也无暇细想为什么落进这里，急忙奋力上浮。

头一出水，就立即连咳几声，张大了嘴贪婪地呼吸着水面的空气。睁开眼朝四周看了看，放眼所见，全是清冷皎洁的光芒，却并非天上的月光。我们大概是被吸入了海眼，而这海眼正是海底山脉中的一个无底洞。令人惊奇的是，周围全是无边无际的海水，仿佛置身于一片地底的海洋，头顶穹隆，嵯峨倒悬，万象罗目，直径数里的海眼在上方十几米处，有一股混沌般的热风上升凝聚，已经将珊瑚螺旋的海眼堵塞。大海似乎在一种神秘的力量下保守着它的秘密，在将船只吸入海洞之后，又立刻抹去了海漏陷蚀的痕迹。如果不是落进里面，很难发现这双层之海的秘境。

我双脚踩水，好半天也难以从天旋地转的眩晕中回过神来。回头看到三叉戟号也落在不远处的水面上，船身破了几个大窟窿，正在慢慢下沉。海柳船本身有十六个小型隔水舱，一处船体漏水根本不会影响航行，可见现在船体已经大破，不得不选择弃船了。船上的人也都摔得不轻，胖子正指挥古猜把伤者从漏水的船舱拖上甲板。

胖子见到我和Shirley杨游出水面，先自松了口气，对我们连连招手，可能是让我们游回船上，帮忙搬东西放救生艇。我见状就要过去，Shirley杨忽然在水中拉住我，我顺着她的目光一看，不由得倒吸了一口冷气。只见已筋断身死的大海蛇尸体盘伏在侧，尸身旁平静的水面上露出几道鲨翅，就像贴近水面发射的鱼雷，穿开水波，正悄然迅速地朝我们逼近。

我和Shirley杨都未曾携带驱鲨剂，在水中遇鲨非同小可。这片地下的大海中，海面露出许多突起林立的石柱铜人，大概都是海底残存的古时遗迹，被海眼吸入此地，有些部分露出水面，水下更是层层叠叠如同废墟。这些巨大粗砺的石柱铜人，大多环绕在海眼正下方的周围，幸亏刚才我们落水的时候没有一头撞上，否则早就头破血流脑浆迸裂死在水里了。

见鲨鱼接近，Shirley杨在水中对我指了指前方，那里有根青石巨柱，斜没在水下，只露出两米多高的一个斜角，正可暂时栖身。形势紧急，又怎容多做考虑，我立即同她游过去先后攀上石柱。我们在倾斜的石柱顶端抽出随身携带的潜水刀，以防鲨鱼突然跃出水面伤人，并且大声呼喊着，让船上的胖子等人注意水面动静。

鲨鱼围着石柱在脚下徘徊，那边的三叉戟号也彻底完了。被卷入海洞下的深渊虽得以不死，但船沉没，只凭两艘橡皮救生艇在茫茫大海上求生，却又谈何容易。况且能不能回到真正的海面都不好说，就连海狼和疍民们历代相传的传说中都没提到过半句归墟里的情形，看来从古至今从没人能从这海眼里活着回去。Shirley杨不禁轻叹了一声："老胡，我看这回……咱们算是出局了……"

我见眼下的状况真可谓是坐困愁城，有这么多鲨鱼，就甭想从水中游过去与船上众人会合，也只能等胖子等人划着救生小艇来接应我们。远远地望见船上那五个人都在行动，看来便是受了些损伤也并不严重。此时听得Shirley杨为大伙目前的处境忧心忡忡，便劝她说："从一开始出海我就觉得事情太过顺利了，太容易使人产生麻痹心理，都快被胜利冲昏头脑了。现在这样也好，置之死地而后生，才是咱们摸金校尉习惯应付的局面。你看这地方究竟会是哪里？"

Shirley杨举目向远处看了看，这片汪洋之水，其宽广纵深皆未可知，也不知是湖是海，但这里的水应该都是海水。刚才被海眼吸进来的时候，若不是被一阵热流挡了一挡，把从百米高空落下的力量消去，直接落到这地下的海面上，即使没一头撞上废墟的石柱，也跟直接撞上水泥墙的力量差不多。海眼似乎是一种有时间规律的自然现象，月满有阴火出现的时候，海洞就会漏下，但不久又会被地下升腾的热流重新闭合。船和人若是稍晚片刻落下，会被那逐渐增强的灼热气流烧为灰烬，但如早得片刻，又不免被海洞中的乱流卷成碎片，掉下来的时间之巧竟然能令我们得以不死，也算是奇迹了。

我心想陷入归墟不死可不是什么奇迹，要是采了蛋不落进海眼，而是平安回去，那才是奇迹，掉进来了不死又出不去，实属倒霉。不过我并没有对Shirley杨这么说，我只是跟她讲，这归墟中没有天空，但星月清光与外界无异，我看这些都是南龙形势使然。龙脉中海气凝结产生的阴火附在岩层中，才会产生这种月色如水的异象，海气散发的阴光犹如月光，特殊的光源照得归墟之水一片墨绿，但用手掬起海水，水色仍呈透明，可见是海水太深，辉映成暗绿之色。

Shirley杨听了我说的理由，却摇头道："海眼所通之水，必定是归墟无疑。相传归墟在古时有数座城池，其中的居民们掌握着龙火的秘密，青铜文明非常发达，但留存于后世的文物和遗迹太少，至今没有太多的学者愿意承认海外曾经存在过这样一个善于冶炼青铜的'迷踪之国'。我看所谓南龙余脉中的龙火，实际上应该是海下的一座巨大矿山，咱们现在看到的清光如月，还有封住海眼的热流，都是矿层效应所致，这归墟恐怕就是一个矿洞。"

我奇道："果然还是工人阶级有力量。不对……那时候好像还没产业工人，大概都是奴隶之类的，他们竟然挖得开这么大的矿山？"不过随即一想，也觉得Shirley杨说得极有道理。在那个生产力相对原始的时期，青铜乃是国之重器，是军事、政治、经济、文化中的核心物质，为了追求炼铜的高温，当时砍伐了大量的原始森林，比如近代所发现的一件国宝级文物后母戊鼎，要造那样一口铜鼎，所需要烧掉的木材，至少是能覆盖北京颐和园那么大区域的一片万年原始森林。也许所谓的龙火，正是一种蕴藏在海底岩层中，并可以在水里燃烧的特殊矿石。

我对Shirley杨说："珊瑚螺旋海域中诸岛塌陷，可能就是和在海底大规模的采矿行为有关。咱们既然走背字陷进这叫天天不应、叫地地不灵的绝境之中，在这儿干待着怨天尤人也是于事无补，想发财想活命还得靠自己。我看先把人员装备收拢清点起来，然后再想办法摸清归墟里的地形和洋流走向。"

我们商量了几句，计议已定，便招呼船上的胖子、明叔等人，尽快划艇过来接应。但他们在三叉戟号上的行动进展缓慢，一是由于船身已经漏水倾斜，在甲板上走动比较困难，二是除了必要的各种生存装备，还要把底舱里的青头货都带上。而且阮黑似乎伤得不轻，可能是臂骨撞折了，胖子给他做了些应急处理，接上断骨，用夹板固定，胖子手底下没轻没重，疼得阮黑接连昏过去两次。多铃正抹着眼泪想找止疼麻醉一类的药品，她自己头上也兀自流血不止。而明叔则想把底舱的石棺拖上来带走，但终因力薄作罢，只抱着那尾含珠的人鱼，以及装着月光明珠的背包匆匆爬回甲板，被胖子当面撞上，一把将包裹抢将过来，挎在自己肩上。

　　我见船上乱作一团，虽是有心相助，但苦于水中群鲨阻隔，难以过去帮忙，只好"望水兴叹"，盼着三叉戟号沉得再慢一些。也许因为头顶上的海水停止灌入，归墟中的水正渐渐下落，水面上露出的古城废墟更多了，数不清的沉船和石柱、铜人、铜鼎之物的残骸渐渐浮出，远处海平线上更有一片灰蒙蒙的山影显露出来，宛然有座依山而建的古时宫阙，又如海市蜃楼一般变幻陆离，忽远忽近。

第二十七章
海之渊　鲸之腹

随着归墟之中水位的下降，远处一片被淹没的古城废墟露出水面。城池依山而起，几千年的岁月似乎并未将它彻底摧毁，远远看过去，其大体格局依旧保留了下来。城后是一道道黄中带红的烟雾在海平线上飘动。我和Shirley杨在石柱残骸上观望许久，都觉得这地下之海离奇诡异，前方去路吉凶难卜。

我心想，被海眼吸进归墟的都是海面建筑物的残骸，绝不会有整座古城都陷进来，除非它本身就是建在这里的，便随口对Shirley杨说："恨天古城怎么会在海眼下边？这地方可真够隐蔽，要是没汉奸带路，可能连鬼子都找不着。"

Shirley杨秀眉微蹙，望着海面上的古城似是若有所思："我小时候听一位老船长讲过巨鲸吞没城市的传说，此后古城里的人们就生活在鲸腹里面。你看，归墟中的地形便像极了鲸腹，天地造化之奇，真让人难以思量。古书所载，一入归墟，则见海象随阴风聚散，有如舟行冥海，舵失迷航，水色茫茫，莫知所措。这一描述虽然并不完全准确，但身临其境，真如置身混沌虚无的冥海，也多少与古时地理学者所言有些吻合。"

听Shirley杨这么一说，我才察觉到这里的地形确实如同在巨鲸的肚腹之中，而海中那片废墟里面，说不定会有古人烛照龟卜的秘密。我一时忘了船已经损坏，困处茫茫海中的境地，反倒想过去一探究竟。不过我心中也隐隐知道，这么做非常不合时宜，头顶上的地层中有数个大小不均的海眼，阴火中蕴含的高热，使这些海底的窟窿中产生剧烈旋转的热风，犹如地热喷涌，挡住了海水下落，但凝结的海气一旦形成气候，海洞还会再次将大量的海水卷入下面的归墟。我们无法判断这种现象间隔有多久，也许会隔上一两天，也许会有一两个月，总之海洞就如同悬在天上的定时炸弹，一旦使海水漏下，那我们就"人或为鱼鳖"了。当务之急，便是要先找到一处相对安全的区域稍事休整，再考虑下一步的行动。

忽然，船上的一阵喧哗将我的思绪打断。胖子和明叔等人也在刚才看到了归墟海面上出现的奇观，目瞪口呆了片刻之后，明叔又说那装着南珠的背包是大伙的身家性命，怎能让胖子这号不知轻重高低的粗人拿着？说着伸手要取回来亲自看管。胖子一抬胳膊，作势要抽明叔，吓得明叔不敢再言语了。胖子见自己如此有威信，不禁得意起来，大大咧咧地随手拎着背囊，转身去指挥古猜和多铃，抬上受伤的船老大阮黑，准备弃船上救生艇。

这时由于归墟之水渐退，船体破损严重的三叉戟号漏水后，搁浅在了一片灰色的巨石浮雕上，一时倒无葬身水底之忧。可船体向侧面倾斜，给船上众人的行动带来许多不便。古猜和多铃两人先将阮黑搬到船下的废墟石板上，然后又协同明叔去拖橡皮救生艇下水。胖子则一趟趟地将各种应急装备搬至船上。

在搬运一组水肺的时候，胖子刚在石板上落足，可那石板在海水中浸得久了，上面覆盖了不少造礁生物和喜礁生物，滑溜得紧，他一落脚没能踩稳，便立刻仰面摔倒，挎在肩上的背包盖子被破碎的石橡刮开，里面装的几粒珠子顺势滑落水中，明晃晃的几道精光甚是耀眼。胖子赶紧起身下到水里去捡。

水中的废墟倒塌堆积得毫无规律，巨石铜像以及沉船形成的间隙犹如无数道沟壑纵横交错。胖子看附近水面没有鲨鱼游动的迹象，便下到没腰深的水里，去摸掉落在一处石头上的南珠。南珠光照百步，亮可灭灯，掉在浅水里倒也不难寻找。可我在远处石柱上看得清楚，只见胖子刚捡到明珠，他身前十余米的地方便水花翻滚，露出一条八仙桌大小的暗黑色鱼背，鱼脊倒竖如剑，冲着胖子就去了。

我不知水中出现的是哪种恶鱼，只是急忙大叫胖子小心，水里有东西。在船上的古猜和多铃等人也同时看见了，纷纷大喊："海怪！海怪！"抄起鱼枪就往水面上一阵攒射。鱼箭落处，对水下恶鱼厚密的皮鳞丝毫不起作用，只是稍稍将其来势阻了一阻。胖子见状不妙，握了南珠连滚带爬地从水中蹿回身后废墟。水面上黑漆漆的鱼脊游到近处已是晚了半步，忽地沉入水底，不见了踪影。我们见胖子脱险，都松了口气。胖子摸了摸自己的屁股，还在，对自己刚刚面临的危险也不以为意，顺手把南珠塞回背包。他这回学了个乖，将背包上的扣索打成了死结。

Shirley 杨以手拢音，提醒船上的人不要放松警惕，然后回头问我："老胡，你刚才有没有看清水里的海怪是什么？"

我见她神色凝重，便不敢胡说。刚才距离稍远，那恶鱼又只露出黑漆漆一片背脊，实在是分辨不出它是海中的哪一种恶兽，但瞧它那体形，许是大号的鲨鱼？可鲨鱼的脊翅又怎么会这么宽大？

Shirley 杨说："冰海有种逆戟鲸，非常凶猛残忍，不仅能够在水下猎杀灵动的海豚，更可以从海底冲破冰层，吞咬冰面上的人或海豹。南海有种类似的剑脊鲸鲵，体形比逆戟鲸要小，阔口，黑背剑脊，腹呈扁圆，也善于出水伤人，可以直接从海里腾身出水将船上的水手拖进水中，是与逆戟鲸齐名的海中屠夫，素有杀人鲸鲵之称。我看刚刚那恶鱼的脊背，十分像是深水杀人鲸鲵。如果水里存在这种海怪，咱们乘坐在救生艇上就会太过接近水面，非常危险。"

我急忙告诉胖子和明叔等人，让他们尽量远离水面，以防鲸鲵出水伤人。胖子等人本已经把救生艇放低，受伤的船老大阮黑也被抬到了艇边，准备搬完了东西就弃船登艇，见情况有变，只好再去把伤员抬开，免得离水边距离太近被海怪袭击。

明叔和古猜两人刚踏着倾斜的石坡接近躺倒在地的阮黑，就见水波忽起，一条全身漆黑的大鲸鲵破水而出，多半截鱼身落在岸上，一口咬住了阮黑，摇头摆尾之间忽又缩入水中，一缕缕的血水立刻夹杂着白花花的气泡冒了上来。

这一切发生得实在太快，事先全无半点征兆。众人惊呼一声，谁都来不及出手相救，眼睁睁看着船老大阮黑被鲸鲵张口咬进水里，就算我们现在跳进水中，舍命以白刃搏击，也已来不及。想那被称为刽子手的剑脊鲸鲵何等凶猛，一口吞人入水，阮黑又不是金身罗汉，此时还焉有命在？

就在我们稍一愣神的当口，阮黑的徒弟古猜口衔分水刺，赴水去救他师父，明叔想拉他都没拉住，只把他的衣衫扯了下来。实际上明叔十分疼惜古猜，见他下水送死，顿时急得叫骂：“你个蛋仔疯了，不要命啦！”这归墟中困着许多鱼龙水族，除了剑脊鲸鲵，更有许多鲨鱼，混杂在水下相争，弱肉强食，比起上面的珊瑚螺旋海域，更加凶险万分。

我在石柱上看得焦急，见事情到了这种地步，只好咬了咬牙，对Shirley杨说："咱们下水救人。"Shirley杨点头答应："好！"这时候哪里还顾得上水下的诸多危险。二人抽得潜水刀在手，就要从柱子上跳进水里，对面船上的胖子也抓了鱼枪，都想下水救回古猜。

我们刚要冒险跳进水里，就见海水翻滚起来，一大团一大团的血水从深处涌起，显然水下正在进行一场生死相拼的恶斗。一股海涌卷起，只见古猜叼着分水刺，用手拖着全身湿淋淋的阮黑，借着水流涌动的力量回到石台上，也不知他如何施为，竟将阮黑从鲸鲵口中夺回。

我们不禁看得目瞪口呆。虽说疍民全凭一身水下本领赖以为生，但葬身恶鱼之腹的灾厄却也难免，从没听说有疍民当真能与恶鱼正面相搏。古猜只不过十五六岁年纪，是珊瑚庙岛上的土著居民，我至今也没搞清楚他是泰国还是越南血统。他平日里也无特殊之处，唯独眼睛上面有层薄膜，犹如鱼眼，在海底不需蛙镜防护，这时见他从水底救回阮黑，实是令人难以置信，不由得对他刮目相看。这小子究竟有什么不为人知的本事？

古猜在水底以石砂分水刺割伤了杀人鲸，早就饿红了眼的群鲨受到血腥的吸引，纷纷过去围咬剑脊鲸鲵，水面混乱得如同沸水。我见机不可失，赶紧招呼胖子将救生艇划过来，接我跟 Shirley 杨去与众人会合。

三叉戟号倾斜的船甲板上，古猜和多铃正围着阮黑放声大哭。阮黑被鲸鲵一口咬住了双腿，几乎都快齐根断了去，伤口太大，没办法止血。他气若游丝，眼见着活不成了。等我和胖子等人来到他身边，阮黑忽然把眼睁开，我知道他这是回光返照，可能有什么遗言需要交代，于是赶紧握住他冰凉的手，对他说："阮老大，你想说什么尽管说，我们一定尽量做到。"

阮黑双眼无神，吃力地张了半天嘴也没吐出半个字，只是把视线移向多铃。我猜到了他的心思，便让他放心，我一定帮多铃找到她在法国的亲人。

Shirley 杨也垂下泪来。阮黑等人都是她雇来帮忙的，否则他们师徒三人至今还在岛上打鱼采蛋，日子过得虽然艰难贫困，可至少不会送掉性命。

阮黑用尽力气发出声音，断断续续地告诉众人，他们疍民这一辈子，对采蛋之事就如同中了魔，明知道海底有危险，风高浪急，恶鱼吞舟，十采九死，可还是心甘情愿地冒死前往。以前想不明白，这时候好像突然清醒了，归根到底，都是钱闹的。不顶千尺浪，采不得万金蛋，既然上了这条道，是死是活都自己担着，怪不得旁人。一旦倒霉赶上了"死采"，那就是疍民祖师爷渔主不赏这碗饭，只有认命了。

他在世上一穷二白，除了这两个相依为命的徒弟之外，也没什么过多的牵挂，不过自己采蛋半生，却生不逢时，从未采得真青头，他希望死后能在口中含上一枚驻颜珠——这是自古以来疍民最体面的葬法，走到人生的尽头，含珠入土，算是最后对自己有个交代，也不枉这些年风里来浪里去出生入死下海采蛋的艰险。

我听罢心中默默叹息，都到这时候了还惦记着南珠，难道疍民都是这种价值观？人都死了，口中含珠又顶什么用？难道生前未享，却真能死后受用？不过也许是蛋人自古习俗如此，如今阮黑弥留之际，我只有一一应承，让他安心上路就是。

阮黑见我应允，眼睁睁盯着胖子背上的背囊，那里面就是他一生舍命难求的南海明珠。他忽地抬起胳膊，虚空抓了一把，一口气倒不上来，就

155

此撒手西去。

　　我问胖子要过一枚精光最盛的明珠，用摸金校尉从墓主口中取珠的手法，顶住阮黑尸身脑后的枕骨，按开颌骨，将驻颜珠塞入他嘴里，一扶下巴，又将他的嘴唇牙关合拢。他刚刚去世，尸体尚未发僵，很轻易便纳珠入口。以我们在珊瑚螺旋所采南珠精气之盛，在此时以尸首藏珠，即便百年之后，我们这些人都尽归黄土，他的尸体也会不僵不化，面目如生，始终保持着现在的样子。

　　按照以往的旧历，疍民若得善终，则不得水葬。在海上，将尸身包裹沉入海中水葬的习俗非常普遍，一是因为尸体停在船上不吉利，二是天气炎热，恐尸体腐烂传播疾病。可是疍民一生都要面临着葬身鱼腹的凶险，死后如有全尸，大多希望入土为安。我看附近也只有那归墟古城的遗迹里面可以安葬阮黑，便让古猜先帮阮黑换套衣服，擦去身上的血迹。

　　古猜和多铃两人年岁不大，阅历有限，朝夕相处的师父突然身亡，他们都缺了主心骨，显得失魂落魄，流着眼泪手足无措。在我的劝说下他们才暂收悲声，忙着给阮黑收殓遗体。

　　明叔见我把最好的一枚南珠藏入阮黑尸体的口中，似乎有些心疼，绕着尸体转圈踱步，可这情形又不便明说，只好忍痛割爱了。不过他好像突然发现了什么不同寻常的迹象，过来一把拉住我的胳膊，将我拽到古猜背后："胡老弟，你看他这蛋仔是不是有什么……有什么不同寻常之处？"

　　我看着古猜蹲在地上整理阮黑的遗体，他上身精赤，上衣在刚才入水救人的时候被明叔扯掉了，露出满身的花绣。这一身花绣五颜六色繁杂精细，皆是大海扬波，海中鱼龙追逐明珠，或是潜水遨游海底的复杂纹路，显得大气磅礴，奥妙神奇。南洋地区很流行文身刺青，可似古猜这样精致的全身锦绣却不多见。但我并不知明叔所言是何用意，这个少年能下水搏击鲸鲵，岂是疍民学徒力所能为之事？

　　我想到这里，顿时觉得心中一凛，便问明叔此话何意，难道古猜有什么地方不对？明叔凑在我耳边低声说道："我看古猜这蛋仔的身世非比寻常，这蛋仔可能是海中之龙……"

第二十八章
龙獭

我听得明叔所言，又回头看了看古猜，转念一想，便有些不以为然。古猜即便水下本领过人，敢搏鲸鲵鲛鲨，但他也是血肉之躯的常人，却又如何会是什么海中之龙？龙鳞之族尽是渔民疍民们口中子虚乌有的传说，难道世上还真有鳞族不成？未免危言耸听得过头了。这小子充其量也就是个大西洋海底的来客，这一点我当初早就发现了。不过比起当时中国家喻户晓的偶像麦克·哈克斯[①]来他可差远了，没有潇洒俊朗的明星相，反倒是黑瘦得像条水泥鳅，但我估计他这种善于潜水的天赋也差不多和麦克一样了，是"一根从大西洋里漂过来的木头"。

明叔对我和Shirley杨使了个眼色，示意借一步说话。我让胖子帮古猜、多铃收拾疍民阮黑的尸体，然后随明叔走到倾斜的甲板上，踏住船帮，一边盯着四周水面的变化，一边心不在焉地问他想说什么。

明叔说："刚刚确实没有危言耸听，古猜、多铃这两个蛋仔，他们以

[①] 麦克·哈克斯，是美国科幻连续剧《大西洋底来的人》的男主人公，二十世纪八十年代初，该剧在中国播出时一度引起轰动，盛况空前。

前的身世咱们只了解一个大概，阿猜就是海外珊瑚庙岛上的一个孤儿，但你们看他的文身是不是非常奇怪？我在南洋大风大浪里闯了半世，都没见过有人在水中遇到剑杀鲸鲵还能毫发无伤地走个来回。以阿叔我的经验来判断，咱们现下身陷海眼，也许古猜能帮咱们的大忙。说不定他具备辨水色、识龙穴的本领。"

我和Shirley杨互相望了一眼，即便如此，也不能就说古猜这小子是龙非人。Shirley杨说观水色以识龙居的办法，据说以前搬山道人颇为精通，不过现在早已失传，难道古猜竟然会这种古术？他一向跟着阮黑学徒，采蛋寻蚌的手艺都是得自他师父，可阮黑似乎也不会这些方技。

明叔见我们不信，只好详加解释，揭露了一些鲜为人知的蛋人往事。明叔对海上的诸般行当所知极详，知道采蛋之人的来龙去脉。摸金校尉和疍民，虽然同属七十二行，是自古便有的勾当，不过两者最大的不同，便是摸金校尉能够相形度势，有进有退，而疍民向来是死采，以命夺珠，非死不回，他们拜的祖师爷是渔主。

我们今时今日所说到的疍民和采蛋的手艺行规，都是明代才开始形成的，采蛋这一职业正式起源的时期，则远远早于明代，其传统和历史非常古老。尝闻在秦汉之际，南海水上有蛮人，世世代代居于舟上，赤身裸体，披头散发，在海中来去自如，彪悍绝伦，最善赴水采珠，周身雕有鱼龙花纹，他们以鱼龙鳞属自居，不服王化，不尊王道。

后来由于生存环境日趋恶劣，不得不受了朝廷的招安，称为"疍人"，专门司职在海中采珠。疍人正是后世疍民的前身，他们自幼便在周身刺鱼龙大海之图，赴水时赤身裸体，据说这种文身的图案唤作"透海阵"，令海底恶鱼见之，常误以为同是水族，便往往不肯加害。疍人体质特殊，年复一年、日复一日地在海底采珠捕鱼，使他们后代的眼睛逐渐生出一层细膜，在潜流汹涌的海底采珠，对他们来说就如同走在宽阔平坦的街道上。

可因为古代统治阶级对疍人的盘剥太酷，加上疍人本身比较野蛮嗜血，天生一身反骨，无论是宰蚌屠鲸，抽龙筋剥鲛皮，还是入龙穴搏鼋鳌，向来都是恬不畏死，所以常常在被官府逼压过紧之际，便铤而走险杀官造反。

一代代下来，降了反，反了又降，但毕竟他们人数不多，力量有限，难成什么大事，最后被官府剿杀得几尽绝迹，这个生活在海上的古老民族就逐渐消失了。但皇帝贵族还需要大量明珠，疍人从事的工作，就都由沿海地区的贫苦渔民接替，慢慢形成了现在的疍民。

疍民的手艺和行规，都同古时疍人相近，基本上是照猫画虎。俗话说"把式把式，全凭架势"，疍民采蛋顶多是照葫芦画瓢，学个样子，古代疍人的绝活，他们大都没能学会，两者之高下自是不可同日而语。只是疍民的生存环境依然残酷恶劣，常常在官兵的严密监视下，头上白刃危悬，不顾海底危险异常，被逼绑上石头沉入水中采蛋，基本上十采九死。也有疍民不甘缴上以命换回的南珠，在水底以利刃刮蚌，吞珠入腹，暗中藏纳。但回到水面，一旦被识破，就要立遭开膛破腹之厄，被当场绑住四肢，剖开肚皮，从肠胃割到肛门，搜肠刮肚后，再弃尸入海喂鱼。疍民大多是活在最底层最贫困无以为生的人，或是刑徒流放之辈，他们就算死得再多，也没人皱一皱眉头。

Shirley 杨听到此处，不禁叹息道："王公贵族们之所以对此物求之无厌，正是因为物以稀为贵，越是珍稀，越是贵重，就越是能衬托自己的地位、身份和财富。殊不知，南海疍民皆是以人命换珍宝，把这些用无数生命换来的东西佩戴在身上，难道就不怕冤魂缠身吗？"

明叔说："那又有什么稀奇，皇帝就是有这种特权，普天之下，莫非王土，万人炼丹，一人升天，所以才会有那么多人想当皇帝。就连那些不走运的倒霉鬼，不是也常安慰自己'皇帝轮流做，风水年年换'吗？可见，对权和利这两样东西，是凡夫俗子人人都梦寐以求的。"

我心想明叔只要说话兜圈子，就必然有所图，说了半天疍民采蛋行当的来历，却不知其言下之意究竟何在。龙在古代有许多含义，除了是天子的象征，在风水行家的眼中又是山脉，到了海上又另有名堂，难道先秦时期的疍人会是海中龙族？我对明叔和 Shirley 杨说，社会上为什么会存在人剥削人的现象，其原因可以参考卢梭写的《论人类不平等的起源和基础》，那都是哲学家和社会学家们该考虑的问题。咱们还是说说疍人之事，古猜一身绣面文体确是不凡，难道他竟是海上疍人的遗族？

明叔说他也正是如此猜测，虽然现在海岛上还有许多以采蛋为生的疍民，他们除了捕鱼采蛋，也做捞青头的勾当，由于其水下经验丰富，依靠原始装备便能进行打捞作业，所以经常受到打捞队的雇佣。可真正的古时疍人，却几乎绝迹几百上千年了，就算还有遗族，恐怕也是寥若晨星。不过据阮黑生前所言，古猜身绣鱼龙海兽，都是得自他亲生父母，他天生鱼眼，水性出奇，这绝不是一般渔民疍民所具备的素质。刚才见他入水救人的举动如此迅捷悍勇，岂是常人可为？所以才敢断言他是疍人后裔。

根据以往的传说，最早的疍人出现于秦汉时代，蛮居海上，全靠搏击风浪为生，男女皆善采蛋，其中出乎其类、拔乎其萃的人，体上遍绣"透海阵"图。这种疍人，男子被称为"龙户"，女子被称为"獭家"，都是龙王渔主的子孙后代，古猜很可能正是疍人中的"龙户"。

明叔在海上漂泊半生，可他除了古猜之外，再未见过世上还有其他龙户。鱼眼古猜身上的文绣刺花，就如同疍人古老的迷咒，文身的同时可能还在皮肤里下了某种秘药，故此可保得他潜海穿波如履平地，在水下能够不遭海怪所害。但是古猜父母去世较早，这套流传了几千年的透海阵纹绣图案，以及疍人不肯外传的秘药针法，就从此彻底失传了。古猜恐怕已经是这世界上最后一名龙户了。

疍人中龙户、獭家之辈最拿手的便是观水色、识龙居，或是入龙穴、夺龙丹之类奇险无比的勾当。所谓龙穴、龙居，都是含珠老蚌之代称，其中观水识穴夺丹，赴水刮蚌屠龙，尽是龙户与生俱来的本领。明叔认为这归墟之水乱流奇多，海底可能有更为复杂的水眼与泉涌，盲目周旋，定成死采，若有龙户古猜相助，众人在这里无论是进是退，便都多了几分把握。

我并不同意明叔的话。古猜纵然真是疍人中的龙户出身，天赋异于常人，可他毕竟才十六岁，不能让他冒无谓的风险，也绝不能把希望全部寄托在他一人身上。而且明叔话里话外的意思，将来还要由他收了古铃和古猜两人。他们的师父不在了，明叔希望以后照顾这对孤儿，将来带着他们做些捞青头的勾当。这事我和 Shirley 杨都不能答应，多铃的亲生父亲是一个法国军官,奠边府战役①之后,法军匆匆撤出越南,她与家人就此失散。如果由Shirley杨去找多铃在法国的亲人,也不算什么难事,古猜也可以跟着他师姐一起去法国过安稳日子,何必要跟着老贼明叔在海中到处捞青头冒险呢?我们商量了几句,最终也没答应明叔的请求。见胖子已经用油布裹好了阮黑的尸体,众人就打算趁着水中鲨鱼围攻剑脊鲸鲵的机会,划着救生艇前往归墟古城的遗迹。可这时归墟中的海水近于平稳,水位不再下降,露出海面的废墟沉船多得难以估算,各种年代的船体残骸堆积在水里,不论是长桅巨帆,还是机轮舰艇,只要是遇到海难沉在珊瑚螺旋海域东侧,便无一例外地被海眼吸入归墟,折戟沉沙于此。

放眼四周,如同进入了沉船的墓场,水下深处,更不知堆积着多少船体残骸和恨天之国的遗迹废墟。水位下降后,搁浅在巨石上的海柳船三叉戟号旁边,赫然显露出一艘白色游轮的船首,看来沉入海中时间不久,并不像其余的沉船那样腐锈不堪。白色的船体在墨绿色的海水中十分显眼,我们在登上救生艇的时候,都注意到了这艘沉船露出水面的船头,看上去好生眼熟,很可能正是我们搜寻的目标玛丽仙奴号。出海捞青头之前,Shirley杨准备了关于玛丽仙奴号的各种照片和资料,此时赶紧取出来加以对照,各种特征一一吻合。这艘游轮原属南洋某位富豪,并不太大,此刻船尾朝下,倾斜着没在水里,船底可能被水下凸起的某些东西给托住了。

众人发现了载有秦王照骨镜的沉船,不由得都停下正在进行的动作。要捞秦王照骨镜这件大青头,也许只有现在这一个机会,不过我们眼前的处境是自身难保,说不定海眼还会再次吸入海水或是烧起阴火。水下地形复杂,潜流暗涌遍布,又有鲨鱼出没,想潜水进入沉船需要冒极大的风险。

我在心中暗自估量了一下,觉得可以冒险一试。谋事在人,成事在天,归墟全凭阴火燃烧后凝聚的海气支撑,但看珊瑚螺旋海象反常,恐怕南龙在海中的这条余脉龙气将尽,这里早晚会被汹涌的海水吞没。等到沉船被

---

① 奠边府战役,是一九五三年至一九五四年间越南人民抗法战争中具有重大历史意义的战役。此役使法军在印度支那的精锐兵力几乎丧尽。

岩层压在海底，就永无再见天日的机会了。此时若是犹豫不前，将来肯定要追悔莫及。想到这一层，便咬了咬牙，有天大的困难也要拼命克服了，一个字，"捞"！事不宜迟，面对这突如其来的变化，我迅速给众人布置任务。我觉得明叔一贯对采蛋事业心怀不满，妄图破坏疍民们伟大的战略部署，所以他得跟我下水，我走到哪儿就得把他带到哪儿。

明叔一听又要冒险潜水，差点跪在地上求饶。这老贼也当真奸猾至极，知道求我和胖子都没用，便去求Shirley杨，让他留下看守阮黑的尸体和青头货，保证万无一失。家有一老，如有一宝，打捞队谁都可以没有，唯独离不开他这位老船长，打捞队绝对不能没有资历够老、经验够丰富的海事顾问，既然是顾问是专家，就不应该加入行动组，而是必须留在安全的区域，为行动组提供各种技术情报支援，帮忙制订战术计划。

Shirley杨心软，见明叔一副可怜相，便对我说："算了，老胡，明叔一把年纪了，就让他留下照顾多铃他们。在这里潜水危险无比，你最需要的是一位海军侦察员，还是我跟你去。"

我只好同意。还是我们这伙摸金校尉一同行动，彼此呼应协同皆有默契，水下情况再怎么复杂，也自能应付，大不了退回来再想办法就是。决定之后我就和胖子去搬装备，准备潜水打捞秦王照骨镜。

我们正忙着收拾器械，古猜忽然挺身而出，问明叔借了刮蚌的龙弧短刃。他说疍民除了采蛋就是在海底捞青头，他虽然也是新手，可阮黑已死，他不愿意众人拿他当个不顶用的半大孩子，希望能代替师父，多少给打捞队帮上一点忙，也好让师父在天之灵安心。

我看着他赤裸脊背上那一身古怪的透海阵花绣，知道他水性超群，可搏蛟龙之触，这些海里的勾当，纵然是我和胖子等人也比不得他，他既然有胆略肯出手帮忙，对我们来讲也是个极好的帮手，当即应允，但嘱咐他不要擅自行动，在水下是进是退，由海军侦察员Shirley杨指挥。

我们四人戴上蛙镜正要入水，Shirley杨忽地想起一件事，潜水前还要再次叮嘱一遍。说是如果真能在玛丽仙奴号中找到秦王照骨镜，千万不可以用镜背照人面目，否则的话，镜中阴晦侵人，非死即伤。

第二十九章
沉船墓场

　　Shirley 杨突然提及秦王照骨镜的镜背不可照人，我才想起在北京时，陈教授特意找到我叮嘱过此事。不过出海后发生了不少事情，船老大阮黑又刚刚搭上了性命，所以我一时没能记起来，只顾着尽快下水捞出沉船中的青头。此时一听，才想到那面铜镜压在海中僵尸身上不下千年，镜中尸气积郁，是一件不祥之物。

　　但秦王照骨镜同时又是一件举世无匹的国宝。从春秋战国到秦皇汉武之时，中国有数十面颇具传奇色彩与神秘色彩的古镜，其中以秦王八镜最为著名，都是传自战国时期。这八镜中有一面三世镜，人在此镜前可看到自己的前生后世以及现在的形貌，故名三世镜。对于它是否存在过，现在的考古学家无从查知，也许它和法家古镜相同，只是一件具有象征意义的古镜。在那个诸子百家的时代，用来代表某家某子思想学说的各种器物非常普遍，但这些都是历史学家的猜测，那面三世镜早就毁于汉末诸侯相争的战火中，不复存于世了。

　　秦王八镜中，唯一能与三世镜相提并论的便是照骨镜。传说古时有一镜潭，潭水既深且幽，水中常有虹气变幻，其中产鱼极丰，当地百姓都以捕捉潭中鱼群为生，一年到头，不愁吃喝。忽然一天风雷大作，有一道白虹自天空落入潭中，从此以后潭中鱼群绝迹，连一条鱼也没有了。水性极佳之人赴水寻找鱼群的踪迹，不论下去几个人，一概有去无回。渔人无不大骇，为查出根源，想尽办法穷竭潭水，最后在潭底见到一尾大鲢鱼，遍身玉鳞，好像即将修炼成精，它将潭底的水族不分大小全部给吞吃了一空。

渔人们将鲢鱼杀死，开膛破肚后，在鱼腹中发现无数腐烂的死人死鱼混杂在一处。分拣尸体的时候，有人无意中找到一面古镜，镜背可照视人体四肢百骸，五脏六腑血脉流动，皆历历在目。渔人们视为至宝，遂献于上。后来秦灭六国之后，这面照骨镜便被收入大秦禁中，史书称其为秦王照骨镜。

在古代中国，有一种传统观念根深蒂固，这种观念便是"邪不胜正"。以前常有人用工匠的墨斗、墨线之物克制僵尸，倒并非墨斗和墨线的墨能驱邪，而是这些器物是木匠打造物品时用以取基准的道具，古谚称"墨线陈诚，不可欺之以曲直"，便是此理。正因为墨斗、墨线是取正衡直之物，才能辟邪克妖。而铜镜在古代地位也极特殊，有正容正冠之用，也有邪难侵正之意，所以各地有妖异之象，皇帝往往便要请出古镜镇妖压邪，以免产生天下大乱的不祥之兆。

秦始皇南巡，遇海中浮出一具高大威武的男子尸体，其尸肉坚似铁，长须飘动，被认为是上古僵尸，于是发动刑徒凿山做藏，埋住僵尸，并用秦王照骨镜压尸，直到千年之后山体崩塌，古镜才重见天日。关于照骨镜镇尸的传说不见正史典籍，不过这面古镜是确有其物，几经辗转，最后随着玛丽仙奴号沉入归墟水下。如果能够打捞出来，它将是秦王八镜中唯一还完好保留在世上的无价之宝。

关于照骨镜历时千年，克制海上僵尸之事，我们自是不能妄断真伪。但这面古镜似乎真的背负着某种诅咒，会引发难以想象的灾难，几乎每一个得到它的人，都没有什么好下场，不知这些厄运是否与它吸收阴秽有关。

我的脑海中像过电影一样，迅速把陈教授曾经提到的关于秦王照骨镜的种种传说回放了一遍。不管怎么样，这次既然见到了沉船，就只能竭尽所能捞出里面的青头，否则这面古镜就将永无重见天日的机会了。这也算是我们还了教授的一份人情，至于陈老爷子拿着秦王照骨镜会不会倒霉，还不是现在需要考虑的问题。

我把这些事拣重要的对胖子和古猜说明了一下，让大伙做好应付意外发生的心理准备。众人已穿戴好潜水蛙具，背着水肺整装待发，我看了看Shirley杨，问她是否可以开始行动。Shirley杨点了点头，对我们这个潜水小组的成员说道："大伙记住三件事：第一，水下环境复杂，不要贸然急进；第二，一个跟着一个，纵队行动，间隔半米到一米；第三，注意安全，不要逞能……"

我当时没反应过来Shirley杨是在说我和胖子不要逞能，还以为她不放心古猜，便拍了拍古猜的脑袋，提醒龙户古猜道："听见没有，说的就是你，不要再搞个人英雄主义了，你就好好跟着王胖子，给他当个帮手搬运水下破拆器械，他会为你起到模范带头作用的。总之他干什么你就干什么，他跳楼你也跟着。"

胖子也对他说："本司令经常强调，局部服从全部，个人服从集体，这是我们摸金校尉这一光荣集体一贯的优良传统。你小子这个采蛋的疍民，可不要给我们这支光荣的队伍抹黑。"

古猜抓了抓脑袋，似乎听不太懂大伙在说什么，只是连连点头，表示他跟着潜水组，绝不会擅自行动。说完众人便按下蛙镜，一个接一个地入水，有潜水侦察经验的Shirley杨打头，我提着水下探照灯紧跟在她后边，然后是古猜和胖子，四人紧紧相随，顺着玛丽仙奴号沉船的船舷潜向深水。

按照预先设置并演练过的部署，潜水组成员各司其职：Shirley杨提着渔枪在前探路，我在后边以她的行进方向用探照灯照明，在我后面的胖子则携带着液压分离器等水下破拆工具，临时加入的古猜并不习惯携带水肺，他赤着上身，仅着一条贴身的半腿皮裤，也不需要蛙镜和蛙蹼，口中衔了龙弧短刃，手中拎着工具箱，腰间挂了一罐驱鲨剂以及疍民换气用的气螺，凭这种简单的装备他就可以在水下活动一两个小时，而且即使潜入深水之后返回水面，也不需要减压，他就像是海底的鲸鱼一般，不会受到潜水病的困扰。

一入水中，Shirley杨就在沉船旁稍做停留，探出手来，掌心下压，向前方横向轻轻一摆。我明白了她的意思，扶着她的肩膀，在她身后将"波塞冬之炫"的光束射向漆黑一片的深水。光线到处，只见水底尽是粗大的石板巨砖、林立倒塌的废墟，似乎有很大一部分并非被海眼吸进来的遗迹。从水底情形看来，有相当多的废墟先前就是建在这归墟海洞之中的，不过几千年下来，都被海水和从海洞里卷进来的东西砸得房倒屋塌，面目全非。

我想，这些古老的巨石建筑，也许就是为采挖归墟中阴火矿石而建造的。在这片遗迹中，混杂着大量沉船的残骸，有的大船沉在水中，生满了锈蚀，也有的附着着无数灰白色的死珊瑚虫和船底藤壶的尸壳。如果说每一艘沉船都是一座海底的坟墓，那么断裂的石柱石板便如同这些沉船坟墓无言的墓碑。

混杂其中的还有很多折断的大珊瑚树，就在这由巨石、沉船、珊瑚树堆积而成的海底墓场中，穿梭着无数千奇百怪的游鱼，一些巨蟹和螯虾在礁岩的缝隙中探头探脑地爬动。我们身上带了用搬山道人传下的秘方所配制的驱鲨剂，凶残的鲨鱼倒不必担心。可据明叔所言，在海底最凶恶之物，以深海蜘蛛蟹为首，吞舟之鱼尚逊一筹，蟹之猛恶，鱼龙鲛鲵等水族皆莫能敌。深海之巨蟹及螯虾大如车船，就算是被视为龙王爷的海蛇海蟒，被它们的螯钳夹住，也自性命难保，对于体积稍小的潜艇，深海巨大的螯虾甚至能够一钳而断。

我用探照灯扫视了两遍，未见有明叔提及的断船巨蟹，暗骂那老贼又在耸人听闻。众人看明了地形，便互相打个手势，继续下潜。玛丽仙奴号被叠压在一片废墟之间，船体倒斜，船尾撞入了一艘古代木船的舱体之中。按照船体结构图上的信息，我们计划直接潜到接近船尾的底部货舱，寻找装在里面的秦王照骨镜。

可就在我们接近沉船中部的时候，感觉身边的潜流开始加大，身体不由自主地被往深处卷。那艘古老木船是艘大腹货船，它沉下来后可能正好堵在了一个海底漩涌的洞口。木船船体所使用的材质是木料中的上品，在海底这么多年尚未腐烂，但此时也快被沉重的游轮压垮了。下方潜涌奇强，水流卷着一股股黑色的水漩，使人难以承受。我们赶紧抓住玛丽仙奴号船侧的铁栏，才将身体稳住。

Shirley 杨让我看了看水压计，显示当前深度为七点五米，她回头做了个"十五"的手势，预计水深十五米以下将不再安全，所以潜水组的活动范围必须在水下十五米之内，取消了直接潜到船尾进入货舱的计划，临时调整方案，从船体中部进入船舱。

我们拽着船栏下潜到十余米深度的时候，终于在沉船上发现了一个适合潜水员进入的地方。船侧有一道舱门洞开，里面黑漆漆的注满了水，不过一株海底的灵芝珊瑚卡在了舱门上。灵芝珊瑚是海石花的一种，比较常见的还有牡丹珊瑚、鹿角珊瑚以及蔷薇珊瑚，质地非常坚硬，不过这种东西还挡不住水下破拆利器金刚石链锯。我对胖子招了招手，让他换到潜水组前边，抄家伙切断插入舱门的灵芝珊瑚，其余的人肩并肩排在他身后，戒备水下有恶鱼来袭。

由于事前准备相对充分，不消片刻，潜水组就成功地破门而入。游轮内部的船舱通道并不狭窄，不过此时船身倾覆，内部的墙壁地板颠倒错位，参照物的变动，给人造成一种天旋地转般奇怪的错觉，感觉异常地狭窄压抑。

我们进入沉船内部，虽然避开了船外潜流的干扰，但舱中错乱的空间感也给寻找目标位置带来了很大困难，不得不时时在沉船中停下来，反复对比船体结构图纸，判断出前进方向。沉船中有些区域受到撞击挤压，内部的金属构造已经扭曲变形，船里漂浮的杂物更是在很大程度上降低了能见度。

沉没的游轮玛丽仙奴号中充满了死亡和阴暗的气息，偶尔有些形态奇特的海鱼游进游出，也是一副木然的神态，似乎也不畏惧潜水员。我一边在船内的通道里摸索寻路，一边寻思这船里是不是还有船员没来得及逃生，他们是跳海了，还是随着这船一同葬身海底？半天也没见一个死人，恐怕沉船之时尸体都被水流卷走了。

有Shirley杨引路，我也无须再多费心，就这么胡思乱想地跟着潜水组，在沉船的若干层舱内曲曲弯弯、斗转蛇行地向货舱缓缓移动。忽然胖子在身后拍了我的肩膀一下，我以为身后有情况发生，急忙拽住前边的Shirley杨，潜水组顿时停了下来。

由于沉船中没有任何光线，我们已经无法只依赖一盏强光探照灯，每人都各自打开了潜水手电筒和身上的挂灯，四人靠着铁壁，并排停住。我转头一看胖子，见他对我们指了指通道侧面一道舱门，那舱门半关半合，门缝处夹着一只人的手臂。那只手臂几乎就剩下骨头了，还有三两条小鱼围在附近，啃咬着手骨上仅存的一丁点碎肉。

单是一条死人胳膊，显然不会吸引胖子的眼球，那白森森的腕骨上还套着一块明晃晃的金表，表盘上嵌着许多钻石，在幽暗的水下仍显得格外耀眼。这手表八成是瑞士产的名表，那时候也只知道瑞士手表值钱，单看材料若真是黄金镶钻，就肯定价值不凡，不是一般船员能戴得起的，估计这胳膊不是船长的，就是船上某位富豪大亨的。

我心想这块钻石金表也应该算是青头货，我们既然现在做了蛋民，蛋民除了采蛋就是捞青头，不能不务正业啊，见了沉船中的青头焉有不取之理？贪污浪费是一种极大的犯罪，我们当然不能明知故犯。

胖子性急，不等我们回应，刚把潜水组拦下，便径直游过去捋那金表，一扯之下，连胳膊带手表竟全从舱门中一并拽了出来。原来那手臂和死者躯干早已分离，不知是遇到海难之时意外所致，还是在沉船里被恶鱼咬断的。

趁胖子从断臂上摘下金表的时机，我低头看了看塑封中的图纸，这有断臂的房间似乎正是船长室，如果在里面能找到底舱货柜的钥匙，正好可以省去水下破拆作业的麻烦。沉船在水底废墟中的位置非常微妙，如果受到外力太大，很可能会随着乱石倒塌断裂，甚至陷入深水，那可就棘手得紧了。

想到这儿，我对Shirley杨一招手，带头潜入这间船舱侦察一番。我推开舱门，房内水中的颗粒物杂质极多，在门前用潜水手电筒四下里一照，也瞧不清什么，只好用手在墙上一撑，蜷身进入房间。船体破损使得这里涌进了许多泥沙，到处被乌蒙蒙地覆盖住了一层黏稠稀软、类似盐卤般的泥沙。我随手在斜下方的墙上一抹，就见墙上依稀有个晃动的人影，我心中一凛，墙体中怎么会有人影晃动？待得再要细看，忽觉身后水流异动，赶紧回头望去，只见胖子等人的身上正涌出一股股的鲜血，血雾混在海水中，都快把整个船舱里的海水染红了。

第三十章
闹鬼

玛丽仙奴号船体倾斜角度大约是四十五度,我们在水下向船体后部移动,便要不断潜向斜下方。我摸索着进了船长室,忽然发现身后的同伴身上涌出鲜血,再看自己身上也是如此,好似不知不觉之间被人在腰上割了一刀,血水如一阵红雾升腾向上,狭窄的船舱中顿时就被染红了大半。

水下的环境本来就容易使人心中感到压抑,一见身上出血,众人无不骇异。最奇怪的是我并没有察觉到什么时候受了伤,也不觉得哪里疼痛,若说失血过多导致身体麻木,也绝不会如此之快,何况流了这么多血,头脑仍然保持清醒,没有大量失血产生的眩晕感。

我们这支潜水小组稍一慌乱,便发觉身上流出的鲜血大有蹊跷,随即镇定下来,各自在身上查看。Shirley杨最先发现,她摘掉腰间装有防鲨剂的罐子,一股股红色的水流都是从罐中冒出,不消片刻,里面的驱鲨剂便全部被海水化为鲜血一般的液体,罐子里面彻底空了。

我和胖子、古猜三人也扯掉了身上的驱鲨剂,秘制的丹丸同样化得不剩什么了。看来大事不妙,在水下沉船中竟然失去了防御鲨鱼的屏障,而且大伙都不知道发生了什么。除了古猜之外,其余的人都戴着蛙镜水肺,看不到脸上的表情，但估计都跟我的感受差不多，除了三分心惊，更有七分的诧异。

搬山道人在海中采蛋寻珠，为了应对水下复杂恶劣的环境，逐渐掌握了一套填海的方法，有这些秘术为辅，在风浪湍急的大海上，也如行走在他们最熟悉的山中，所以此门方术被唤作"搬山填海"，是一系列秘术、法门、诀语、器械道具的总称。这其中仅驱鲨术一项便有若干种法门，不过Shirley杨能查到并能实际运用的，只有用雪蛤蟆与丹砂等物混合提炼出的驱鲨剂。雪蛤蟆是一种山里产的垄①蛙。丹砂即朱砂，乃水银的原生矿，色赤红。混以药物配制出凝固的丹丸，在海水中会逐渐融化，产生一种暗红色的液体，在正常情况下每一罐都能够维持两个时辰，用现代的时间单位来说就是四个小时。

可是我们四人携带的驱鲨丹药，在顷刻之间都消解于海水中。我记得在珊瑚庙岛准备出海的时候，我曾翻看过Shirley杨家传的搬山术秘方，在早年间，搬山道人遇到过这种情况，他们认为"丹化血"的异兆是由于海底冤魂作祟，难道这沉船里闹鬼不成？

此时海水涌动，早将舱内红色的药水稀释得干干净净。我赶紧对其余三人打个手势，趁着入水不深，迅速原路退回，回到搁浅的三叉戟号重新装备驱鲨剂，然后再到沉船里打捞秦王照骨镜。

Shirley杨和胖子会意，转身就要从船长室的房门出去，可古猜跟我们缺少默契，他在最后正好把门堵住，我只好推着他往回撤。刚把半截身子探出去，就在探照灯的光束中，见到一头大鲨鱼从通道里游了进来。

我"啊"了一声，险些把呼吸器从嘴里吐出来，冒出了大团的气泡。这可真是怕什么来什么，驱鲨剂刚刚失去作用，鲨鱼就前后脚跟上来了。

古猜大概由于师父刚死，心神有些恍惚，又或许是心情抑郁，激发了他骨子里遗传自蜑人的那种原始蛮性，在海里就想见点血，冒冒失失地抄了龙弧刀，就想扑过去宰那鲨鱼。

---

① 垄，音 dì。

我怎能容他胡来，在狭窄的船舱通道里宰一条鲨鱼对他来说可能不算什么，但是血腥会引来更多的饿鲨，被卷进了归墟绝境的鲨鱼数量不少，它们大多在海底废墟和沉船残骸中搜索食物。而且鲨鱼不喜月光，水面上那些阴火矿层发出的光线使它们烦躁不安，一旦捅了马蜂窝，大伙都得在水下喂鱼。

于是我一把拽住古猜的胳膊，把他扯回了船长室。通道中的那条鲨鱼被我们搅起的水流吸引，鲨尾一摇，就在水中朝我们扎了过来。鲨鱼的速度好快，迅捷程度不让鱼雷，一眨眼工夫就到了眼前。相比起来，潜水员在水下的动作就太迟缓了。我想缩身回舱根本就来不及了，正要去摸潜水刀相拼，胖子在身后拽着我的腿向后拖动，把我拽进了室内，Shirley 杨眼明手快，趁机关上了舱门。

一时间，我们四个人都被困在了狭窄倾斜的船长室里，连转身都觉得局促，如同被关进了一个注满水的钢铁棺椁之中。不过仗着水肺中氧气充足，破拆装备精良，而且摸金校尉对密室幽闭恐惧症有种先天的免疫力，所以并没有感到过度的紧张和绝望，但压抑的心情还是避免不了。我用潜水手电筒照视四周，想看看这破损的船舱里是否另有出口。一舱之隔，外边就是归墟中的海水，船体沉没时被扯开一个豁口，也许古猜可以钻出去，可其他人就算不背着水肺也难通过。我让胖子试试能不能用液压破拆器把这破口再增大一些。外边水流虽急，但只要攀住船体，也能潜回水面。

胖子举手答应，同古猜两人一起进行破拆。这时 Shirley 杨在我肩上轻拍两下，让我看斜下方的舱壁。覆盖其上的泥沙已经都被 Shirley 杨抹去，底下却是一面很大的镜子，镜体一部分已经破碎，潜水员身上有光源，在镜前一照，就见人影和灯影随着水波起伏重叠，这光影扭曲的情形，也真让人觉得心中发毛。

我心想也许是满脑子都是要找秦王照骨镜的事情，导致看见什么镜子都感觉颇为古怪，不过船长室里有如此大的一面镜子，倒确实很不对劲，难道那戴大金表的船长生前很喜欢照镜子？即便出海航行也要不时对着镜子整理自己的仪容？

再看镜框则甚是古朴，都是雕花的红木，虽然形态典雅，但很不符合这艘游轮现代化的特征，与舱内其余奢华的物品很不搭调。我看得莫名其妙，侧头看了看身边的 Shirley 杨，她对我摇了摇头，表示她也不明白。这面镜子虽然古怪，但看不出什么名堂。

我心想只要有隐患，就应该趁早排除，于是想把这面镜子彻底砸碎，可正在这时舱中水流涌动加剧，胖子已经把那豁口拆大，像张大嘴似的咧在那里。他对我们一挥手，就要当先出去。忽然间，一头锯齿鲨从外边水里钻进了船身的窟窿之中。那锯齿鲨在水底劲力奇大，一头撞在了古猜身上，将他从船舱靠外的一侧顶到了内侧。

明叔说古猜是古时疍人中的龙户，身上有透海阵护体，以象征为龙鳞之属，水中鱼龙皆不能伤，谁料到此时竟被鲨鱼袭击，幸亏我刚刚没有让他独自去斗杀通道里的另一条鲨鱼，否则又要折损人手了。

所幸鲨鱼口都生在腹面，它穿过船壁进来伤人，身体并不灵活，古猜才没被这鲨鱼咬到。他自幼跟师父阮黑在海里捕鱼采蛋捞青头，颇见过些水底的场面，虽然事出突然，但仍能镇定自若，后背撞到舱门，双脚在壁上一点，活像一尾灵动的黑海豚，闪入了鲨头袭击不到的舱中死角。

锯齿鲨猝然出击，没能咬到活人，反而被卡在了船壁的窟窿中。可能锯齿鲨也没料到这种事情，有点发蒙，鲨头连摆，也不知它是想钻进来，还想打算抽身回去。

胖子躲在侧面，见这巨大的鲨鱼头在身前晃来晃去，位置十分就手，正好手中的金刚石链锯还没放下，脚底一踏液压泵，抖开链锯，把他在大兴安岭插队时锯木头的手艺施展出来，将那凶残的海底霸王锯齿鲨当作一段横倒着的圆木，从中锯了个痛痛快快。

金刚石链锯拆铁解铜都不费事，锯齿鲨血肉之躯，又怎经得住它在身上拖个三五来回？偌大个鲨鱼头顿时被齐刷刷锯断，滚进舱中。失去头部的后半截鱼身，则像一截大木头，随着水流漂进乱石废墟。刹那间舱中血水弥漫，视线全被混浊的血雾遮挡。

若非在水下不能说话，我早就破口大骂了。这胖厮只顾自己一时痛快，被他锯掉的鲨鱼头里冒出滚滚血水，浓重的血腥定要招来附近群鲨。我想到此节，不敢怠慢，急忙摸到鲨鱼头，合身抱住将它推出舱外。

锯齿鲨的头颅刚漂到外边，就被几条鲨鱼争相撕咬，归墟之内水流紊乱，而且被海眼卷进来的海兽海鱼各种各样，种群和食物链全被打乱了，饿鲨更是红了眼，见什么就咬什么。我透过舱体看到外面群鲨云集，鲨鱼在水下凶忍残暴，岂是人所能敌？赶紧同Shirley杨把船长室中的书桌面板卸下，挡在了船体的窟窿上，以免再有鲨鱼瞅冷子钻进来。

室中鲨血渐消，众人暂时松了一口气，但前后都被恶鲨所阻，潜水组已经完全置身于上天无路、入地无门的窘境之中了。沉船内部的那条大鲨鱼，少说有五六米长，大得惊人，但我并没有来得及细看它是什么种类。鲨鱼在古时也称"鲛"，体形如梭，头大尾细，从头开始后部逐渐变细，以达于尾，它们骨骼柔软，皮厚色黑，鳞为颗粒状，胸腹两鳍既阔且大，如同飞翅，两叶尾鳍则大小悬殊，多产于热带之海洋。南海中鲨鱼极多，它的鱼鳍可以晒干为鱼翅，是宴中上品，鱼皮可做刀剑皮鞘或服装，所以也有疍民捕鱼时专门捉鲨鱼，在市场上可直接换到生活必需品。

我和Shirley杨绞尽脑汁，回忆搬山填海术中驱鲨术的相关记载。鲨鱼种类甚多，背淡色灰，腹部雪白的，是大白鲨；体形细长，皮色呈蓝的，是青鲨；背部如茶色微红，体侧有红斑的，叫作虎鲨；腹部左右有锯齿状突起物的是锯齿鲨，也就是刚刚被胖子活切为两段的那种；还有一种头部有横骨呈"丁"字形，眼睛长在两端，相貌十分古怪的，是双髻鲨。以这几种在海底最为常见，此外还有许多异类。虽然习性会有不同，但在归墟内似乎这几种鲨鱼都有，杂处盘踞在沉船和死珊瑚形成的洞穴缝隙里，如对我们猝起相攻，没有了驱鲨药剂，实是难以防范。

古猜对我们打着手势，舱门外那条巨鲨，应该是虎鲨，在狭窄的船舱通道里，它根本施展不开，此刻可以出去将其杀掉，说着用龙弧短刃在水中虚刺，神色间透出十足的凶悍，和在陆地上判若两人。

我心想古猜若真是龙户，凭着遍体透海阵的花绣，可以纵横海底，往来无碍，自然是可以让他单独潜回水面，取了驱鲨剂再来接应我们。可刚才他明明受到了锯齿鲨的袭击，看来古疍人的那套神秘文身，也只是在传说中厉害，搁到现实里未必好使。他先前赴水救回阮黑，恐怕也仅仅是一时运气。我十分清楚水下鲨鱼有多厉害，怎肯让他冒险出舱？

古猜不知我的想法，见我不答应，又对 Shirley 杨和胖子比手画脚，想要从沉船中游出去。我暗骂这海上的蛮子怎的如此缺少组织纪律性，看来在潜水之前我告诉他的话，都他妈算是对牛弹琴了。

就在此时，我突然发现古猜身上好像粘着一层东西，把他身上的文身都遮挡住了，昏暗的水中也看不真切。我急忙到他近前，在他背上用手一抹，潜水手套上什么也没有，而古猜后背的文身确实是被一层黑色的物体盖住了，那些黑色的海水像是有黏性一样附着在他身上，有形无质。

我心中一惊，在福建沿海多有黑色海水粘住渔船和船员的传说，水鬼缠身似乎就是这样，联想到刚才驱鲨剂迅速挥发，难道这沉船里真有幽灵存在？虽然盗墓摸金之人对幽冥之事看得超脱，但下海捞青头却另当别论。疍民们那句古谚"欺山莫欺水，瞒天不瞒海"说得极有道理，人们对深海的了解，甚至还没有对月球的认知程度来得多。海底是个神秘莫测的环境，摸金校尉那套手艺在海里就玩不转了，天知道我们在这沉船里遇到的是什么。

我想把这一情况告诉古猜，可能鲨鱼过来袭击他，就是因为他的文身都被黑色海水遮住了。于是将他拖到那面大镜子之前，背对镜子，让他回头看镜中自己的背影。可还没等古猜回头看向镜中，我借着潜水手电筒的光亮，在水影晃动之中，见有一个身形魁梧、满脸络腮胡子的男人混在我们当中。他模糊的身形并不清晰，不过手上金光闪闪的手表却格外显眼。是船长的幽灵！

第三十一章
群鲨

如果船只遇到海难，在不得不下令弃船之后，唯一有权利留在船上的只有船长一人，他有权利选择和他的船同生共死。以往听到那些关于幽灵船的传闻，也大多是船长死后不肯离开他视为生命的船，时隔多年他的亡魂依旧留在船上，驾驶着鬼船在大海上兜圈子，海图上的航线都是一个又一个重复的圆圈。据说中国的南海舰队就曾发现过这样一艘怪船，不过这只是部队里的传闻，谁也不好说是真是假。

所以我一眼瞅见镜中水波光影中多出一个戴了块金表、满脸络腮胡子的男子，脑子里先入为主，首先闪现出一个念头：在玛丽仙奴号沉船中果然有个船长亡灵。他就是快被鱼啃没了断臂的主人，他的金表都被胖子捋去了。

船长的幽灵似乎趴在古猜的背上，遮住了他的龙户文身，镜中这一幕让人寒毛倒立的情形非常短暂，也就在一晃之间，可能除了我之外谁都没能注意到。我心中猛然一震，不由自主地向后退去，带动身边水流，那镜中的鬼影也因水波紊乱，被搅得模糊不清了。

驱鲨剂被海水迅速化去，以及我们在沉船中无缘无故地遭到鲨鱼袭击，

第三十一章 群鲨

可能都和玛丽仙奴号船长的幽灵脱不开干系。我想要让其他人注意到这一危险的情形，可没等我再做出别的举动，便有一条体形细长的青鲨从堵住船体窟窿的桌面下溜了进来，兜头撞在了 Shirley 杨身上。青鲨体形虽小，可在水下被它咬上一口谁也吃不消，Shirley 杨正按着那块木板，见青鲨蹿到近前，只好闪身去躲。

我见青鲨如影随形般迫咬 Shirley 杨，狭窄的舱室之中，我们四人几乎是摩肩接踵，躲得开第一下也躲不开第二下，我只好和胖子分别拔出潜水刀，朝着从身前游过的青鲨刺去。但人在水下行动缓慢，如何刺得到灵活异常的青鲨？那青鲨疾如闪电，从两柄插落的潜水刀下快速穿过，眼看着就要一口咬住 Shirley 杨的肩头。

Shirley 杨退到墙角，室内狭窄，无法使用鱼枪，只得拔出潜水刀倒握在手里，准备跟游过来的青鲨硬拼了。在这万分危险之际，古猜霍地挺身向前，那青鲨游动速度虽快，龙户在水中的身手更快，手中刮蚌屠龙的龙弧短刃递出，将游向 Shirley 杨的青鲨戳个正着。铸满鱼龙麟纹的青铜弧刃虽是称为短刃，实际比斩鱼刀小不了多少，连柄带刃，也有成人的半条手臂长，刀头宽阔弯曲，非常锋利。利刃寒光闪现，刀锋到处，顿时刺入青鲨体内，污浊的血水汩汩冒出。

那青鲨甚是凶悍，虽然被利刃几乎戳了个对穿，却并未当场毙命。它吃痛后垂死挣扎时的力量奇大，这时就算我和胖子加上古猜三人一同出手，在水底都按不住这条体形不大的鲨鱼。只见它身躯翻滚，拼命扭动起来，古猜也当真是海上的蛮子，到了这时候还不肯撒手放开短刀，身体也被青鲨在水中甩了起来，人和青鲨都撞在那面大镜子上，将镜面撞得粉碎。古猜趁机揪住鲨鳍，抽出龙弧刀，手起刀落，又接连在青鲨鳃上连戳了数刀，一股股的血水涌动起来，那凶恶的青鲨拼命扭了几扭，终于失去了生命的鲜活力量，软塌塌地死在龙户古猜刀下。

我见古猜屠鲨的手段利索至极，这绝对是与生俱来的天赋，不是现今一般蛋人所能及，心想算你小子够狠。眼瞅着沉船外的鲨鱼越聚越多，区区一道木板根本阻拦不住，我们只好先将那死掉的青鲨尸体扔出去让它们自相残杀。看来这间船长室是没办法再待下去了，而且困在这里的时间越久，对我们越是不利，趁着水肺尚且充足，只好到沉船中再寻出路。

舱内的镜子完全破碎，我也顾不上再去考虑这船中是否真有船长的亡灵，但可以肯定粘在古猜文身上的黑色海水非同寻常，必须尽快想办法帮他摆脱掉。我对众人指了指船长室的舱门，大伙都知道舱门外的通道里有条体形硕大的巨鲨在游荡，不知它是被困在了里面，还是特意钻进来猎食，总之它的存在对我们是一个绕不开的障碍。

一旦决定夺路而出，我便抓过地上的鱼枪来到门前，胖子携带着探照灯和破拆器紧跟在我身后，Shirley 杨拿了另一把鱼枪断后。我们这伙摸金校尉彼此之间互有默契，不需过多交流，便已经展开了可进可退、互相依托的队形。只有古猜找不到自己的位置，愣头愣脑地不知该干什么，Shirley 杨只好把他拽到自己身后。

身后的胖子拍了拍我的肩膀，我知道他们已经准备就绪，就用肩膀顶开舱门，人出去之前，就把斯克巴普罗深水鱼枪探了出去。枪头所指，全是幽暗的海水，舱外通道中的那条大鲨鱼不见踪影。我侧身探出头去，身后的胖子跟着举起探照灯，向通道远端照了一照，死水沉寂，没有任何动静。

看来门外的鲨鱼已经游到别处去了，众人观望清楚才算放心，一个接一个紧挨着进了倾斜的通道，关闭了船长室的门。现在我们面临两个选择：一是向上，从船首离开玛丽仙奴号，回去补充驱鲨剂，但船首的出口离我们出水的位置还有一定距离，也难说在这一过程中不会遭到鲨鱼袭击；另外一个选择是继续向船尾潜水，此处已经非常接近我们的目标，如果这一次成功捞出秦王照骨镜，就可免去第二次再潜入这鬼船的麻烦了。

我稍加权衡，心想反正都要游回水面，何必半途而废，不如捞出青头再撤回去，也免得稍后还要再次涉险。在船舱通道里至少不会受到鲨鱼的围攻，比起在沉船外边倒是安全多了。至于那船长的幽灵，除了我之外其他人似乎都没发现，为了避免引起恐慌，我暂且将此事按下，打算稍后见机行事。若真是冤魂缠腿，怕是轻易也难走脱，而且以我从前的经验判断，在摆脱古猜身后那层幽灵般的黑色海水前，贸然离开沉船，绝不是什么明智的选择。

我看了看各位水压表和水肺气压表上的读数，都允许我们在水下展开进一步的行动，便立即下定了决心，对身后的三个同伴向下一指，潜水小队便沿着倾斜的通道，向沉船的深处继续前进。绕过一道由于船体损坏而扭曲的铁门，我们进入了一间宽阔的大厅。这里至少占据了两三层船舱，大厅里的海水中，到处漂浮着杂乱的物什，有五颜六色的筹码，还有一些奢华的桌椅、装饰用的名贵植物，以及一架翻倒在角落中的钢琴。成百条细小的游鱼，在水中来回穿梭，被潜水手电筒的亮光一照，便纷纷逃向黑暗的水里，嗖嗖地在眼前掠过，仿佛在躲避着什么危险。潜水至此，使人顿生不祥之感。

这间大厅可能是这艘私家游轮的核心区域，可以进行舞会、宴会、赌博等各种有钱人的娱乐社交活动，按照图纸上的标注，只要穿过游轮的中央大厅，就可以直接下到底层货舱中了。胖子对我抬起手来，做了个翻扣的手势，我知道他大概又想找借口，要在这豪华游轮中顺手牵羊反手摸瓜，扫荡些黄白之物。

我在他脑袋上打个栗暴，现在哪儿顾得上去抄那些不相干的财物，我把手向底舱方向一切，还是找那面铜镜最为紧要。随后我带队潜进大厅深处，其余三人紧随在后。这时古猜突然抓住我的胳膊，我心道这小子又作怪，让胖子举着强光探照灯往身后一扫，正好看见一头巨大的白鲨，正试图从外边的通道挤入舱内大厅。

这白鲨躯体大得像艘小型潜水艇，众人一见无不大惊，人人都从口中冒出一大片白花花的气泡，浪费了水肺中一些宝贵的氧气。这就是我们先前在船长室前的过道里遇到的那条大鲨鱼，一开始误以为是条虎鲨，这回在探照灯下看得真切，灰背雪腹，竟是更加凶猛嗜血的白鲨。鲨鱼的血盆大口里露着数排倒刺般的利齿，这要让它咬上一口，纵是金刚罗汉也受不了。

这时候我们才开始庆幸没直接从沉船内部上去，否则定会在通道之中与它狭路相逢。我们携带的鱼枪上涂了见血封喉的剧毒，对凶恶的海兽可

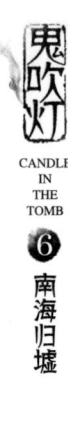

以一击致命，但这白鲨恁般长大粗重，未必能在水下将它轻易射杀。若是迎面撞见，鱼枪上的毒药发作稍慢，潜水组前边的成员必定会首当其冲，被它一口咬去半个身子。

胖子手中举着探照灯打在鲨鱼头上，我看得分明，知道正可趁着大白鲨钻进大厅的这一时机射它一枪，当下拿捏好时机，抬手便射出鱼箭。Shirley 杨也在同时用鱼枪射向目标。两支带着倒刺的锋利鱼箭，在水底曳出两道寒光，恰似流星闪电，直奔白鲨飞去。

可大白鲨正猛地用力挤进大厅，对它来说，这船体的铜铁舱板，大概和硬纸壳子一样不堪一击。那一身千钧的巨力，撞得整条沉船都震颤不止，恰好那架被卡住的钢琴斜刺里滑了出来，两枚鱼箭全钉在了琴架上。那尾巨鲨也恰好闯进大厅，在水中与滑倒的钢琴撞个正着，那架看上去很名贵的钢琴顿时被巨鲨撞得支离破碎。

我见鱼箭未能命中，沉船内的大厅中水流激荡，钢琴的碎片在乱流里到处盘旋，巨鲨已经摇头摆尾游了下来，赶紧和其余三人反身潜向深处。这时仿佛是在和死神赛跑，但以我们的速度，无论如何也不可能在鲨鱼追到前抵达前方的舱门。我注意到附近有个小型乐池，打算迂回过去，利用地形引开鲨鱼，让其余的人先行逃开，然后我再想办法脱身。但这想法还没等落实到行动上，倾斜的沉船又是猛地一震，原来在巨鲨的撞击下，船体似乎失去了支撑，金属和水流都在奇异地颤抖，玛丽仙奴号沉船从中央大厅处缓缓断裂开来。

第三十二章
藏宝盒

我们潜入沉船，都没携带配重的铅块，只有抓住船内固定之物，遇到无着落处，便以潜水刀插入钢铁的缝隙里，借力逐步潜向深处。此时身后巨鲨猛追而来，船体忽然从中裂开一条大缝，众人身子随之一震，心知不妙，回头看时，又有数条鲨鱼从刚刚断裂的船身游进了这奢华的游轮大厅。

一头虎鲨来势汹汹，蹭到了白色巨鲨身上，那白鲨被船体的震动所惊，正有股难以名状的邪火，庞大的躯体一甩，带动的水流将身后几条鲨鱼卷得歪歪斜斜。我见这是个空子，眼下除了玛丽仙奴号的货舱，更没别的地方好去了，对其余三人连连挥手，潜水小组的成员们头也不回地迅速穿过了中央大厅，兜了小半个圈子，鱼贯潜进了后部一处像是厨房的船舱。

到了舱口，古猜仍不死心，还在不断回头看着身后的鲨鱼，大概想要过去拼个鱼死网破，使白刃见血。我按住他的脑袋，硬将他推进船舱。俗话说"土帮土成墙，人帮人成王"，在如此危险的情况下，任谁都要避其锋芒，单凭你一个十五六岁的龙户，又怎么对付得了这么多凶残的鲨鱼，现在岂是逞能的时候？

我记得图纸上这间船舱有两个出口，连接大厅的只是其一，另有一侧通向底舱，是前往货舱的捷径。进入其中，但见厨房里面更是一片凌乱，锅碗瓢盆各种厨具东倒西歪地到处散落。我想要把洞开的舱门反锁了，那巨鲨虽然厉害，却也不会轻易撞破关闭的舱门。但舱体微有扭曲，那道门却是再也不能合拢。

我灵机一动，和胖子两人把厨房里最大的橱柜斜顶在门上。这时门外的鲨鱼已经跟到了门前，撞得碗橱中的拉门全部散开，里面无数破碎的瓷碟子稀里哗啦地滚了出来，但橱柜被舱体和舱门之间形成的夹角支撑，一时还不至于被鲨鱼破门进来。

胖子随手在厨房里乱翻，拉开一层肉柜，从中扯出半扇腐烂的猪肉，就推在门前，他可能还指望鲨鱼进来之后看见猪肉就不咬人了。我心想你这才是当代天方夜谭呢，事到如今还能想出这自欺欺人的办法。我估计这些鲨鱼来者不善，很可能就是附在古猜背上之物引来的，否则它们也不会对潜水员如此围追堵截。

我抬手揪住胖子，让他不要白费心机，看这厨房也不稳固，还得继续往沉船深处退，货舱应该是船体后部结构最坚固的区域，寻路撤到那里面再做处理。

四人在后半截沉船中转了一个来回，终于在一处铁梯下的"丁"字形通道里，找到了最底部的货舱。玛丽仙奴号游轮属于一位南洋大富豪，此人是走私贩毒发的家，后来逐步做起了古董文物生意。这人不像明叔那样什么钱都赚，不是价值连城的东西根本不碰，海底的青头，墓中的明器，凡是经他手里过的，几乎件件都是国宝秘器。

他这艘船不同于一般的游轮货船，除了用来享乐之外，也是用来走私贩卖古物的一件交通工具，所以货舱虽不大，却是全船防护最为严密的部分，舱体密闭，防水、防火、耐压，大到铜鼎，小到夜明珠，都可以在里面找到相应的位置，得到妥善保存。

据船上幸存者回忆，游轮在飓风中迷失了航向，遇到海难后，船体下沉很快，甚至没有来得及疏散逃生，几乎所有的船员和乘客都魂归大海了。这间货舱里的东西，十有八九还留在原处没有被动过，如今沉入归墟，已是无主之物，谁捞出来就是谁的了。

货舱前的通道里，大部分沉积物涌到了这里，海水污浊，颜色更深，潜水手电筒的照明范围几乎可以忽略不计，唯有使用氪气灯泡的"波塞冬之炫"强光水下探照灯，才可以穿透七八米的水波。不过这种探照灯耗电量大，一旦连续使用，隔不了多久便要在水下更换电池，所以潜水小组只携带了一架探照灯。

我们只好完全依靠仅有的强光探照灯，四个人相互间保持着极近的距离，看明了周围地形，摸到密封的货舱边缘。钢板门仍是牢牢关着，侧面有六道完好无损的锁栓，像是一个金属的大棺材。

胖子是撬棺破门的行家里手，摸了摸锁栓的粗细和牢固程度，对我们挑起大拇指，示意拆开舱门不成问题。私人游轮里的货舱就像个保险柜，不过这保险柜只是为了预防万一，防备的都是拧门撬锁的小偷小摸之徒，船主做梦也想不到有人用液压破拆器来硬性拆门，在金刚石链锯的切割下，区区几道锁栓根本起不到什么保护作用。

我打个手势，让胖子抓紧时间拆掉舱门，并带着 Shirley 杨和古猜守住船底的通道设置防线。鱼枪都上了膛，一旦有鲨鱼过来，在这狭窄的水下空间内，两支鱼枪轮流射杀，尽可以守得一时三刻。

古猜用气螺换了口气，握着龙弧短刀警惕地注视着水下动静。他并没有察觉到背后有什么异样，不过我看到那片粘在他文身上的黑色海水依然存在，不知是不是这底舱的水中太暗，还是那片黑水越来越多，他整片后背都如被墨所染，比先前在船长室中要严重多了。

Shirley 杨也发现了这一异状，我对她摆了摆手，表示我也没办法，不知道古猜背上究竟有什么东西，抹也抹不去，擦也擦不掉，也许正是这船上死者的亡灵附在了他身上。在进一步确认真相之前，只好静观其变，或是等回到水面再想办法。可惜这次出海，我们来得匆忙，竟然忘带黑驴蹄子了，否则即便是在海底，按到他背上一试，便知是鬼是邪。

时间一分一秒地过去，胖子终于解决掉了舱门上最后一道锁栓，我暗中感谢捞青头的祖师爷渔主保佑。大伙一齐动手撬开舱门，我随即将探照灯的灯头指向其中,这秘密货舱内部尚有一道闸口,开启之后,海水立刻跟着灌了进去。

货舱内的结构像个大货架,摆了三个古朴的檀木大盒子,秦王照骨镜不知装在哪个盒子里。我把探照灯交给古猜,让他帮我们举着照明,Shirley 杨则握着鱼枪,防备有鲨鱼接近,我和胖子动手去撬那些木箱。檀木能防虫防潮,所以收藏古玩的行家都喜欢将古物纳入檀木制造的藏宝盒里,这种东西我见过不少。

我分别用手一晃,便知三个檀木匣子里有一个是空的,随手撇到一旁,撬开另两个。其中一个里面装了一套翡翠宝衣,用探照灯一照,在漆黑的海水中依然掩盖不住流光溢彩,整件衣服嵌满了珠宝,看那款式奇特,并带有强烈的宗教特征,极为罕见。

我多少懂些佛教的典故,可能这套翡翠宝衣是泰国等佛法昌盛之地给寺庙里金身佛像穿戴供奉的衣龛,只有职位极高的僧侣在佛教传统节日中才有资格给金佛穿戴,供帝王贵胄朝拜焚香。普通老百姓在一生当中,连看它一眼的机会都没有。这是名副其实的天衣。

我心头一阵狂跳,这件青头实在够烫手。其实盗墓摸金就是奔宝贝去的,不过世上之物,能称之为"宝"的,也分好几个档次。普通的明器已是价值不凡,交易出手可获暴利,不过有些世上罕见罕有的神器,即便弄到手里,也不一定能卖出去。那种价值连城的东西,根本就不应该落在凡夫俗子手里。这套天衣,也不知道是东南亚哪处寺庙里的镇寺之宝,竟会落在此处。

我和胖子对望了一眼,心想同样都是玩明器捞青头的,可你看人家这游轮船主倒腾的都是什么货色,还是老资本家们有本钱,而且可谓是贼胆包天,连佛爷的东西都敢私自贩运,就不怕遭雷劈天诛,也难怪这船好端端的就会迷失航向遇到海难。如今让摸金校尉捡了现成便宜,回去真得给祖师爷烧几炷高香了。

胖子更是按捺不住心中的激动,几乎手为之舞、足为之蹈,而且他毫不矜持,也没什么不好意思的,伸出手来就卷了翡翠宝衣,塞进挎在身上

第三十二章 藏宝盒

的潜水携行袋里。我拖过第二个藏宝盒,这时满脑子里还尽是天衣的珠光宝气,随手撬开盒盖,为了防备镜背朝外,众人都闪在了侧面。檀木藏宝盒刚一开启,突然就觉得阴暗的水中寒意逼人,虽然身上的潜水服可以有效防止低体温症,但竟似抵挡不住檀木匣子中涌出的一股阴寒,像是三九天喝了一大碗冰冷的雪水,全身不由自主一阵战栗。

这种感受除我之外,其余的三人似乎也有。所有人的目光都随着探照灯落入木匣之中,只见一面古老的铜镜,端端正正地摆在里面。镜面磨损得比较严重,已是模糊难辨,四周有铜铸的鱼龙纹路,底部的左侧是一条传说中东海才有的四脚鱼,这种四脚鱼形似人体,面目十分可憎。在海水中托举着古镜,铜镜造型并不对称公正,却有一种鬼斧天工所造的神奇之美。

以前在北京潘家园,大金牙曾经跟我说过,世上值钱的古董,几乎件件都是独一无二的。它们经历了千百年的岁月,被无数人收藏把玩,或是在坟墓中与世隔绝,造就了古物自身的风骨和性格。真东西拿在手里会带给人一种"往事越千年,在沧海桑田世事变化中追古抚今"的特殊感觉,如果常年与古董明器打交道,这种难以言喻的感觉就会更为强烈。在鉴别古玩真伪的办法中,直觉是最关键,也是最难掌握的,甚至可以说这本事不是能学来的,如果不在古董堆里摸爬滚打个几年,根本就不可能入门,凭的是自身的悟性和阅历。

我不知道我有没有大金牙那种对古物敏锐的洞察力和特殊的直觉,但藏宝盒在水下一开,那股仿佛来自冥冥中无影无形的压迫感,给了我们一个明确的信息:"无须加以鉴定,这面古镜,肯定就是大秦镇压海中僵尸的秦王照骨镜。"

我暗赞一声,真他妈是件玩意儿,想不到踏破铁鞋无觅处,得来全不费工夫。货真价实的宝物摆在眼前,观之令人心慌,我还不太敢相信这是真的。而且为了这面古镜,已经搭上了一条人命,从我的价值观来看是不值得的。在一件稀世国宝和一条普通疍民的性命之间,我宁可选择后者,但既然已经付出了代价,东西是肯定要带回去的。

想到此处，我抬手抄起铜镜，旁边的 Shirley 杨赶紧将我的手按住。我知道她是怕我忘了秦王照骨镜不可以镜背一面照到活人。这虽是一个很邪门的传说，但六合内外本就有许多人们无法理解的奇异现象，不可不信，当然，也不可尽信。

我对 Shirley 杨点了点头，让她不用担心。我自知这古镜危险，小心翼翼地端在手中，准备先用锦缎裹起来，然后纳入携行袋里带出水面。在回去之前，这袋子我就不离身了，古镜也绝不取出来，等交到陈教授手中，就算了却一桩大事了。

眼看我们这次出海的目的就要达成，可这沉船偏又出了岔子。倾斜的玛丽仙奴号船首一直被海底废墟遗迹所支撑，在船体中部开裂后，后部船身受到海底潜流的带动，渐渐沉入了水底那艘古代帆船的残骸里，那腐朽不堪的木船终于承受不住，龙骨被忽然压断，玛丽仙奴号顿时滑入深水。

船舱突然好似天翻地覆，我们在里面感到一阵眩晕窒息，不知是不是我的水肺被撞漏了，咕咚咚冒出无数白花花的气泡，探照灯碰在舱壁上被撞得接触不良，也随即灭掉了。在漆黑的水里，我手里捧的秦王照骨镜在混乱的晃动中落在了地上。等沉船落在附近的废墟石柱上停住，我赶紧重新摸到铜镜，所幸未曾失落损毁。

这时古猜在探照灯上一通乱拍，将接触不良的水下探照灯重新拍亮了。光线一闪，我下意识地看了一眼手中的古镜，刚才在水里黑灯瞎火，只顾着将它捡回来，却没注意镜身反正，一看之下，头皮当时就麻了一麻——秦王照骨镜的背阴之面就在眼前！

第三十三章
大王乌贼

一阵混乱之下,我竟然鬼使神差般地把秦王照骨镜镜背举在了自己面前。想到了这镜背里曾照着千年古尸,据说僵尸形炼而生的尸气都被吸入了镜中,别的我倒不在乎,但活人被它照到,实在是万分不吉。

水底的环境太暗了,我根本看不清镜背里有什么,只是一片黑幽深邃。我心中觉得好生古怪,秦王照骨镜的镜背,怎会黑得像是被烟熏火燎过一般?我想看个究竟,急忙抬手捉住古猜举着探照灯的手臂,把灯光压到镜身看个仔细。原来,铜镜背面被人用火漆封了,漆上还有辟邪符印的压痕。

我心中一动:游轮的主人大概也知晓这古镜邪门,干脆便将镜背盖住,在收藏鉴赏或是贩运过程中就安全了许多。如此看来,秦王照骨镜是不祥之物的传说,多半不假。随即将古镜揣进了潜水携行袋里,对众人一拍袋子口,得手了,收队撤退。

Shirley 杨帮忙将我背后泄露的水肺卸掉。潜水任务已经接近完成,一组两个的水肺少了一个倒无关紧要,不过她还是轻推了我一把,似乎是怪我胆大冒失,竟敢拿着灯去照镜背,万一古镜背面没被遮住,却又如何?

我心想已经当面照过了,就算不用探照灯看个清楚也已晚了,我可不会像古猜那样两眼直勾勾的，在水里逮谁就想跟谁动刀子，如果事先不掂量掂量轻重缓急，我根本不会贸然去看镜背。但在水底难以分说，我只好做个向上的手势，准备率领潜水小组离开玛丽仙奴号。这时沉船的船尾陷入了水底的一处伏流，在潜涌的冲击下，船体的钢筋龙骨不停地打着颤，在底舱感觉得非常真切。沉船大厅那段路有鲨鱼出没，我们只好另寻出路。

四人转到船侧，一间船舱里有处破掉的舷窗，船外与另一艘桅帆木船的残骸之间暗流急卷。我正想出去看看能否从这里上去，Shirley 杨却抢了个先，她从舷窗处探身出船，对我们一招手，示意可以离开。

我让胖子和古猜把沉重的破拆工具丢掉，握了柄潜水刀，跟着 Shirley 杨从舷窗钻了出去。身边乱流一阵紧似一阵，水的浮力似乎都失去了作用，只有扒住沉船上的裂缝才能勉强向上前进。

我和 Shirley 杨在沉船外，见乱流虽多，却可以强行通过，船外也没那么多污水，不像舱内混浊黑暗，于是将胖子和古猜先后接应出来。我忽然发觉乱流有异，接过潜水探照灯，低头看了看水深处，玛丽仙奴号巨大的螺旋桨，在暗流中不停地旋转着。按说这船的动力早就失去了，在船舱里也没感到发动机有工作的迹象，可这艘沉船就像是闹鬼一样，底部的螺旋桨在这时竟然转动了起来。

我担心这是船长的幽灵对我们纠缠不放，想要匆匆撤离。可水下乱流汹涌，若不抓住沉船就难以接近水面，船尾的螺旋桨呼呼狂转，将乱流中的木船残骸卷了个粉碎，船体的碎片随着乱流来回涌动，玛丽仙奴号也山摇地动般震荡不已。我们附在沉船上想固定住身体都格外吃紧，更别提向上移动了。

水下这阵突如其来的震颤突然中止，螺旋桨处忽然冒出一股旋动的水流，漆黑的水底探出几条满是吸盘的巨大触手，好像一条灰色的大海蛇顺着沉船爬了上来。原来玛丽仙奴号沉入归墟之中，正好压住了大王乌贼的洞穴，将它困在其中。大王乌贼平时仅靠伸出触手捕食经过洞口的水族，可能刚刚就是它在拨动沉船的螺旋桨，感到有活物爬出沉船，便立刻伸长了触手卷来。

第三十三章 大王乌贼

我看见水下的青灰色巨物紧贴着沉船袭来，不由得心胆俱裂。若是在陆地上撞上什么僵尸异兽，咬咬牙至少还能舍命逃跑，但在深水之下，水压使人行动缓慢难有作为。深海中的大王乌贼能拖沉船只，若非沉重的游轮原也压它不住，我们四人都知其中厉害，只好攀住船身，在乱流中拼命向上。

可人的行动再快，在水下又怎快得过深海怪兽？一条粗如水缸的灰白腕足霎时间便已到了身后。乱流中我手中拿捏不稳，"波塞冬之炫"水下探照灯失手落下，当即被大王乌贼的腕足卷住，灯光立灭，十几公斤沉的探照灯在长满吸盘的腕足中，当即就被卷成了一团碎片。

大王乌贼甩掉探照灯，猛然伸展腕足，朝着古猜当头盖下，足下密密麻麻的大小吸盘，像是无数忽然睁开的眼睛。古猜在沉船上回头一望，饶是他在水下悍勇绝伦，毕竟年纪还小，也不禁惊得呆了，愣在水里，竟忘了躲避抵挡。

我正好在他身边，见古猜已经蒙了，他虽是龙户遗族，但还属于井里的蛤蟆没见过多大的天，根本不知做出反应。我救人心切，顺手从潜水袋里拽出一发冷烟火，拍着了拼命向古猜身后递去。水中白色的火光使人眼前一亮，刚好戳在了大王乌贼腕足的内侧，一阵白烟之下，密集的吸盘急速收缩，受惊般退了回去，带动湍急的水流如秋风扫落叶，险些将我们一并吸进水底。

落下去的冷烟火照得沉船底部一片雪亮，可以看到底部是许多古船堆积的残骸，沉船螺旋桨的桨叶间，乌蒙蒙的一团，似乎就是大王乌贼的巢穴。其中两条腕足最长，平时都是以此捕捉鱼虾而食，此时一足缩回，另一腕足仍顺着船身探了过来。我和胖子把身上带的几枚应急用的冷烟火一股脑抛了下去，大王乌贼畏惧烟火，不得不连连挥动腕足拨挡。

我十分清楚大王乌贼的腕足能拖拽猪牛下水，一旦被它裹住，不用等到被拖走吃了，当场就会全身筋骨寸断而死。但它被困在洞穴里，伸展的距离十分有限，只有尽快攀上沉船中部才能脱险，可我们疲于应付这两条巨蟒般的腕足，又哪里抽得出身撤向水面？

眼看布满眼状吸盘的腕足再次袭来，我伸手向袋中一摸，冷烟火已经告罄。鱼枪虽然带有剧毒，可对付体形较小的鲨鱼还算管用，想射杀皮糙肉厚、体大如山的乌贼王却不顶用。我见一条伸展开的巨大腕足举在身后，立刻就会一拍而下，胖子和古猜慌了神，众人要用潜水刀去刺。我心想蚍蜉难以撼树，防身用的潜水刀又怎伤得到它分毫？可这时除了垂死挣扎，又能有什么办法。

忽然灵机一动，我对众人做个下潜的手势，拽住距离最近的Shirley杨，顺着一股向下的乱流直入水底，胖子也揪住古猜的脖子跟了下来。两人连接，防止被暗流冲散，在各种沉船堆积的残骸洞窟中，很快便到了沉船尾部的螺旋桨附近。众人撑住巨大的桨叶定住身体，而与此同时，大王乌贼从螺旋桨缝隙中探出的腕足还在我们先前停留的位置紧贴沉船搜索猎物，桨叶后的狭小区域，反倒是它难以触及的死角。

我把潜水刀收起，在挂在胸前的潜水手电筒的照射下，看了看身前蠕动着的乌贼腕足，对其余三人指了指螺旋桨叶，让大伙协力推动。其余三人立刻领会了我的意图，在水下旋动桨叶，当作绞盘去切断大王乌贼探出的腕足。

沉船的螺旋桨前轴已经折断，失去固定的桨叶被水流抽动都可以空转，在水底转动它并不吃力，而且我们心知大王乌贼力量很大，螺旋桨未必能切断它坚韧的腕足，所以一上来就使出全力，留情不下手，下手不留情，生死相拼之下，连吃奶的劲都用上了。洞穴深处的大王乌贼毫无准备，桨叶一旋，它的腕足立即被绞在了里面，流出了一股股的污血。它吃痛之下也自慌了，没跟沉船尾部的绞肉机较劲，反而是想随着转动抽出受伤的腕足，不料反倒把桨叶旋得紧了，齐根被切落一条腕足，另一条也只连着一半。等它明白过来已经晚了，洞内其余的几条短足赶紧伸出来往反方向去拧桨叶，终于抽出受了重伤的残存腕足。

水底都被它的血搅浑了。大王乌贼受惊吃痛下喷出滚滚浓墨，更是染得伸手不见五指。它主腕一断，剩下的几条短腕便无太大威胁。我摸到其余的同伴，把他们往上一推，众人接到信号，迅速在漆黑的乱流中攀着沉船游向水面。

众人得脱大难,都有些失魂落魄,我心里边也突突狂跳不止。在血腥浓烈的水中游出,看看其余三人都没受伤,赶紧互相打个手势,尽快离开这充满危险的水底。但潜水后返回水面,必须有节奏地按计划缓缓进行,还要在减压线附近稍做停留,否则水压变化带来的潜水病会使血液中出现气泡,重则致命。所以心中虽急,也不敢贸然上升。

我们攀着沉船的船体,游到玛丽仙奴号中央大厅的断裂处时,水底产生乱流潜涌的力量便已逐渐弱了下来。沉船中的那些鲨鱼不知是否还在里面,船体巨大的裂缝可以使它们自由出入,水底的血腥也可能会把它们引开,无论如何,直接游过这道缺口都非常冒险。

我看上方水中鲨影错乱,似乎到处都是危险。几米远的地方是一片陷进水里的粗大石柱群,以沉船方位判断,我们的那艘海柳船三叉戟号,就是搁浅在那片石柱遗迹的上方。石柱间缝隙狭窄局促,如能善加利用,倒是一条安全的退路,当下带队游到了石柱的废墟中。

这时我水肺中的氧气已经用尽,只好同 Shirley 杨轮流使用一个呼吸器。我用潜水手电筒照了照周围的地形,废墟宏伟得难以想象,实在想不出这么多巨大的石柱是什么建筑物的,又是如何在那个原始生产环境下建造的,即使在水中无法看清全貌,也能感到一种来自几千年前的无形威慑,真不知以前居住在这里的恨天人究竟想做什么。

我让众人在石柱废墟的间隙里做好准备,按照计划慢慢浮上水面。但见古猜口衔短刀,全身一阵阵地发抖,知道他大概是由于刚刚紧张过度,不过,这倒并非害怕,而是一种在巨大的危险与压力下神经绷得太紧,导致全身肌肉颤抖难以控制的情况。美军认为这种现象不同于弹震症那种心理疾病,而是一种神经和肌肉在紧张状态下产生的暗示反应,和人体先天的神经协调系统有关,就如同有些人第一次杀人之后,握刀的手会出现痉挛,他们习惯通过药物治疗或提前预防。我带部队在前线作战的时候,连里也有年纪小的战士出现过这种情况,那时候我们一般靠思想工作来缓解压力,比如骂几句脏话、说些笑话之类的,能起到一些明显的减压效果。

不过在水里当然没有任何办法，我担心他会出事，只好让胖子拽住他，以便保证他的安全。

　　潜水小队到了此处已几乎是筋疲力尽，好不容易撑到减压线附近。忽地水流一乱，那头出没犹如幽灵般的灰背白腹大鲨鱼，突然出现在了众人眼前。它想要钻进石柱间咬人，但躯体庞大难以入内，只好掉头绕开，围着石柱群打转。它快速游动卷起一阵阵水流，原本就已经倾斜倒塌、互相叠压的废墟，顿时在水中摇摇欲坠，上面的石块砖砾不断滚落，白鲨也被掉落的石块所惊，显得极为狂躁。鲨体扫到了废墟边缘，粗大的石柱摇动一阵，便缓缓倒向了水中。

第三十四章
水深火热

狂鲨袭来，硕大的躯体正好撞在一根石柱上。我们藏身的海底石柱群，本来就是一处危如累卵的废墟，在水下夜以继日地饱受暗涌冲击，此时受到冲撞，边缘的一根石柱当即便倒塌下去，砸在了玛丽仙奴号沉船的船身上，激起了水底的滚滚泥沙。

漆黑的水底涌起一片灰蒙蒙的烟雾，惊得沉船墓场里的鱼群争相逃窜。它们这种逃窜是属于没头没脑地乱兜圈子，没有任何目的性。有许多水族生物就依靠在沉船和遗迹形成的复杂地形中藏匿，此刻被水底的震动惊了出来，附近的鲨鱼趁机对它们大肆追逐。这水里就像是开了锅，一片接一片的鱼群如同电闪星飞，在我们周围掠过，使人眼花缭乱。

最大的那条灰背白腹巨鲨在水中打个盘旋，又朝着石柱群游了过来。我见巨鲨来势凌厉至极，鲨口中无数利齿已经近在眼前。外围的几根石柱倒塌后，潜水小队已经失去了这道防御屏障，我只好推着古猜，让众人游进石柱林立的遗迹深处，同时抬手向那巨鲨射出一枚鱼箭。大鲨鱼被迎面的快箭射个正着，在水中翻了两翻，拖着一缕血水再次冲来。

此时我们已借机游进了石柱林立的废墟中央，在横竖支撑倒塌的巨石孔隙之间穿梭着向水面迂回。此刻发现鱼箭的毒性尚不能当即放翻巨鲨，只好主动回避，寻得石缝藏身。堆积如山如林的巨石遗迹，越是往深处去越是密集，中间混杂着许多沉船的碎片以及老蚌螺甲，这些无生命之物组成的水底密林，成了纵横交错的天然障碍，巨鲨一时也奈何我们不得。

可是有些体形细小的青鲨则无孔不入，寻找一些空隙钻入水下废墟。我和Shirley杨等人应接不暇，远处的用鱼箭射杀，离近了的古猜便以刮蚌的利刃在水中搏杀，一时间四周的海水尽被鲜血所染。我们被大群鲨鱼团团围困在了石柱林里，难以抽身浮出水面。

我们逐渐被鲨鱼所迫，退到一处数根石柱并立的死角之中。我帮Shirley杨装填鱼箭，她用两支液压鱼枪轮番射击，将从巨石空隙间游进来的鲨鱼射杀，没用多久，十几支鱼箭用了个干净。我扔掉空膛的鱼枪，抓住Shirley杨递过来的呼吸管换了口气。只见古猜正躲在一处巨石的豁口下，待有鲨鱼从头上游过，便瞅准机会用弧刃刀戳入鲨腹。青鲨游动速度极快，迅疾猛恶，在中刀之后惯性仍是不减，一条接一条，不断被龙户古猜开膛破腹。

古猜手中的弧形短刀，是件名副其实的水下利器，从柄至刃连为一体，铸满了龙鳞古纹，形如寒钩弧月，刃头异常宽大锋利，加入了三分精钢和一分熔金淬炼，是蛋人在水下刮蚌屠龙的分水匕首。这柄异形刀的历史，可以追溯至千年前，是历代蛋人首领的专用之物。此刻握在龙户古猜手里，连宰了数条恶鲨，刃口丝毫不损，刀锋上也并不沾留半点血迹。古猜身旁的海水都被鲨鱼内脏和血水搅浑了，可龙弧短刃在幽暗的水中寒光大盛，污血浑水竟遮掩不住它发出的刀光。

胖子则候在距离古猜不远的地方，见到没死透的鲨鱼，就用潜水刀将其彻底了断。不过有些青鲨极是悍恶，即使肚子被刀划开了长长的口子，仍然到处冲突撕咬，水中情形乱成一团，分辨不清是鲨血还是人血。

我用Shirley杨的水肺吸了一大口氧气，和她同时拽出潜水匕首，加入眼前这场人鲨肉搏的混战。潜水员用匕首在水底对付鲨鱼，绝对是一种疯狂的行为，无异于自寻死路，在一般的情况下连片刻都难支撑。我们只不过是仗着地形优势，接连杀了数条凶残的青鲨。

可死战之下，虽能勉强应付一阵，却也由于水中血腥太浓，将更多的鲨鱼引了过来，那些被狂鲨追逐的水族生物如遇大赦，又纷纷钻回水底沉船墓场的藏身处。我们这支潜水小队则成了众矢之的，在被鲜血染红的水里以命相搏，稍有些许松懈，便难逃"鲨吻"。

如果此时直接浮上水面，就会失去石柱群的屏障，在水中面临腹背受敌的险恶情况。可在水下浴血恶战，也只是在别无选择的情况下饮鸩止渴。水肺中的氧气即将全都耗尽，而且人力终究有其极限，几分钟之后不免人人都会命丧鲨口。

归墟中的海水并不平静，倒塌的石柱激得水下暗涌频频出现，海水涌动，把一片片血水冲走，可随后又有新的鲜血将海水染得混浊。被开了膛却未当场毙命的鲨鱼，拖着一团团肚肠挣扎翻滚，一旦游出废墟的死角，就立刻被其他的恶鲨咬死分食，水深处也不断有一线线血水浮上。此处距离水面虽然很近，但血水渐浓，反把水面上的光线都遮蔽了。这一刻我们如同置身血海，眼前全是血污和成群涌来的鲨鱼，加上海底遗迹的阻拦，直围成铁桶一般。

眼看众人渐渐不支，我不禁暗自叫苦，再不突围而出，恐怕就要陷在此处了。正在这时，一阵水涌带去了附近的污血，我无意中见古猜在水中的动作开始迟滞起来。一条鲨鱼如梭行电闪般穿过石柱缝隙，从他面前掠过，古猜胳膊和手上已经满是鲨鱼内脏的黏稠之物，刚被水冲掉一层便又涂上一层，不由得手也脱滑了。他想举刀刺向从身边游过的恶鲨，可筋疲力尽之下，连握着龙弧短刃的手都脱了力，险些把短刀掉落，再也施展不得。他这一慢不要紧，那条在血腥中红了眼的鲨鱼可是丝毫不留情面，在水中转了半个圈子，便咬向赤裸上身的古猜。

我心中大叫不好，险些喝进几口咸腥的污水，这回古猜要玩完了。虽然我和Shirley杨离他不远，但在这电光石火的一瞬间想去相助，却无论如何都难以办到。而离古猜更近的胖子，此时正将潜水刀插在一头半死青鲨的腹中，情急之下竟难以从鲨鱼体内拔出刀来，身体随着挣扎翻滚的青鲨在水里盘旋，他自顾不暇，更是无法相救。

也是古猜这龙户命不该绝。那条恶鲨在"鲨吻"即将触到古猜的身体时，突然掉尾甩头游向远处，像是在逃避什么灾难一般匆匆逃遁。我和其他三人全都有点蒙了，不知道水中发生了什么异常变化。但水族鱼龙之属居于海底，它们对水下危险的感知远远超过人类，只见四下里不知什么时候已浮上许多翻着白肚的死鱼，死鱼都是突然从水深处被潜流带上来的，原本漆黑的水下，猛然间发出暗淡的光芒，刚才石柱遗迹坍塌之处的海水翻涌沸腾，在我们这里都能感受到那一股股强烈的灼热水流。

大概是石柱和沉船压垮了某处水底热泉的泉眼。船老大阮黑在生前曾说他在海底见过热泉，大部分属于间歇喷涌，多在海底山涧深渊之下，其灼热程度超出人间温泉百倍。百倍之说也许言过其实，但看到水底浮上来的成群死鱼，便知海底热泉太过厉害，若是有人离得近了，即使穿着金属橡胶等耐压材料的重型潜水服，也得被当场活活烫死。

龙火烧海般的热泉虽然厉害，却只是局限在水底沉船坟墓的几处深涧里，沸水向上一涌，已自减了数分灼热，并且带动了数股极强烈的潜流涌动升腾。死死纠缠不放的大群鲨鱼，顷刻间不是四散逃开，就是在慌乱中窜入沸热的暗流中，被烫翻死掉。

我们此刻已距水面不远，被升腾的海水一冲，立时感到一阵头晕目眩，身不由己地向上升去。相互坍塌叠压的石柱上方，正是破损漏水后搁浅其上的海柳船三叉戟号，没进水里的船底铜板装甲大部分已被撞得脱落，船底被石柱戳出几个大窟窿。众人一时遭到滚热的潜涌冲击，舍命搏浪，从隔水舱的几个窟窿里穿过，钻入了被水淹没大半的底舱里。

我头部出水，在黑漆漆的船舱里深深吸了几口空气，脑部因热流和窒息产生的缺氧感觉略有好转，摸到舱中的货箱，用尽力气爬了上去。漆黑的底舱里有几道潜水手电的光芒晃动，我顺着光线依次找到了胖子和Shirley杨两人，我们三人都像刚从热锅里捞出来似的，全身都冒着热气，好在离深涧中的热泉距离较远，又有潜水服裹着，才没被烫伤，但受了一场虚惊，爬上货箱之后都已上气不接下气。

我一看潜水小组中唯独还少个古猜，急忙强打精神，把挂在胸前的手电筒扯下来，举着在底舱的水面上乱照。我和胖子、Shirley 杨三人无不担心古猜，唯恐他被水流冲入死角烫成了热鸡蛋。突然发现水面上浮出一个人赤裸的肩膀，肩上文着鱼龙海水，正是古猜。我赶紧喊了一声，和胖子一同伸手把他拽住，像拖死狗一样把古猜从水中拖了出来。只见他全身脱力，双眼紧闭，仅有一息尚存。

　　我见古猜面无人色，生死不知，焦急地推了推他的肩膀，想把他从昏迷中摇醒。胖子抹一把自己脸上的水，坐在地上大口喘着粗气，他在水底半天也没能说话，憋得不轻，也跟着我招呼古猜："古猜你要死了你们龙户獭家可就绝种了，不孝有三，无后为大，你要死也得将来到法国娶了媳妇生了娃再死不迟……"

　　这时 Shirley 杨也几近虚脱，她把呼吸调整了一下，也急忙过来察看古猜的情况，探了探他的鼻息和心脉，才放下心来，告诉我和胖子："别担心，他呼吸平稳，并没有呛到水，只是全身神经和肌肉紧张过度，又脱了力，没大碍，先让他休息一会儿。"

　　我听 Shirley 杨说古猜没事，悬在半空的心总算是又落了地，刚才难免有些急糊涂了，跟着坐倒在地。但这会儿还不到可以喘息休整的时候，南龙缥缈的海气和行脉，在古风水术中是最复杂难辨的一门，"形势理气"皆蕴藏在断断续续的混沌虚无之中，今日身陷海眼，方才逐渐明白处境之危险离奇实为平生前所未有。这深处海底的一片归墟，全凭龙脉中的海气凝结，保不准悬在上面的海水在什么时候就能将鲸腹般的海底洞窟压垮，到时还会再次产生海陷的灾难。既然已经得到了秦王照骨镜，那就一刻都不该在此多耽，就算海水暂时不会倒灌下来，只要船下的这片巨石遗迹塌了，留在三叉戟号的底舱也有危险。

　　想到这里，我咬着牙爬起身来，对 Shirley 杨和胖子说："乡亲们早撤了，粮食也转移了，我看咱们也赶紧撤。"说着话便招呼胖子抬起古猜。我们两人刚伸出胳膊，就见货箱下水花翻动，那尾在沉船里便盯上了我们的巨鲨，也被热涌逼迫得在水中兜了个来回，最后竟跟我们前后脚钻进了底舱，突然间张鳍鼓水，浮水而来。

海柳船的底舱比不得先前那艘游轮，舱窄水浅，这条体形巨大的恶鲨一游进来，整个水位都跟着增高一大截。我弯着腰站在货箱顶，当时就觉得海水没过了脚踝，货箱晃动着就要倒入水中。刚刚疲于奔命，才从险恶的水底废墟中脱身不久，未得片刻喘息，便要再次面临生死存亡的残酷考验。

舱底漆黑的水中灰白色的影子晃了一晃，一排货箱被鲨鱼头撞得轰然倒落水中，胖子最先立足不稳摔了下去，我在货箱顶上脚底一空，也跟着翻身跌倒。在落水的瞬间，我抓起了古猜那柄刮蚌的龙弧利刃，这时正看到 Shirley 杨在水里拽住古猜，竭力拖着他向后躲避。那巨鲨鳍翅鼓动，鲨体半浮出水面，大口中森然的排排利齿，径直向她咬了过去。

我见 Shirley 杨和古猜所处位置正迎着鲨鱼口，半身陷在水里，脚下踩着倒塌的货箱，面对狂鲨避无可避，鲨鱼只需从水中向前一跃，就能轻易将两人咬住。此刻我哪儿还顾得上自己东躲西避，抬手举刀，狠狠刺向灰背白腹的狂鲨。疍民头领刮蚌屠鲸的利刃好生了得，只听"唰"的一声轻响，龙弧短刃锋利宽厚的刀头直戳入鲨脊，如切豆腐一般割出米许长的一条口子，溅得我满头满脸都是鲜血。

鲨鱼被龙弧刃割了一刀，血如泉涌，但伤口虽深，却不致命，仍然试图暴起伤人。我见一刀没能将它宰了，趁着位置顺手，又挥刀在鲨鱼身上连刺数刀，那边的胖子也抽刀在鲨鱼最柔软的鲨腹上乱捅。这头狂鲨也是龙游浅水，活该它倒霉，置身在狭窄的货舱中，就好比是一艘搁浅了的快船，尚未来得及施展，便已在一阵乱刃中吃了百十来刀，眼看是不能活了。

百足之虫，死而不僵，巨鲨躯体奇大，虽然全身都被刺成了筛子，血流如河，但它兀自甩尾摇头好一通扑腾，将底舱内的几个货箱撞成碎片，最后对准了古猜和 Shirley 杨奋力一扑，却撞了个空，轰隆一声，鲨头撞破了底舱中的舱板，全身是血的巨鲨滑入水里，肚皮上翻，再也不能动了。

Shirley 杨刚拖着古猜躲过狂鲨出水扑击，见这巨鲨终于毙在当场，她体力透支，心里稍微一松懈，立刻就有些站立不稳，不由自主地向后退了一步，倚在被鲨头撞破的舱壁上喘息。我有些担心她刚才在混乱中被鲨鱼伤到，便举起手电筒来向她照了照。眼前到处是血，难以分辨是鲨鱼的血，还是有人伤了流出来的血。

此时Shirley杨已经说不出话，只对我摇了摇头表示没伤到。我见她没事，长吁了口气，正要收起手电筒从水中爬出来，却突然想起一事：这底舱中有道夹板层，里面似乎藏着什么不能泄露出来的秘密。我先前在海上想要看时，被船老大阮黑要死要活地拦住才算作罢。底舱里隐秘夹层的位置，岂不正是被鲨头撞破的所在？

我心中一凛，正要告诉Shirley杨别留在那破了个窟窿的舱壁跟前，可还没等话说出来，Shirley杨似乎也已经发觉身后有异，回头看时，一只沾满了黑水、仿佛是在腐烂后已经干枯萎缩的手臂，正好从破洞中探了出来，出其不意地搭在了Shirley杨肩上。只听隐秘的夹舱里忽然传出几个人嘀嘀咕咕的声音。

第三十五章
猛鬼出笼

　　底舱被水泡了将近三分之二，舱中又到处是我们无法带走的装备和补给物资，人入货舱，如果不伏在货箱顶上，便只能在水中露出肩膀以上的部分，行动极为不便。此时见夹舱的破洞中探出一只黑手，那手干枯得几乎就剩下骨头了，一动就往外冒着一股股黑水，搭在了Shirley杨肩头未及卸掉的潜水携行袋上。底舱夹层内像是有几个人嘀咕着在说话，在漆黑的船舱中听到那些声音，不禁令人毛骨悚然。

　　我用潜水手电筒照个正着，水下的照明设备本身不适合无水环境，但还能凑合着有个亮，就在昏暗不清的光束中，我大叫一声："小心！"却发现为时已晚，赶紧和胖子二人深一脚浅一脚地蹚着水赶将上去。

　　这时Shirley杨肩头被一只怪手钩住，她急于脱身闪开，不料这层舱板被鲨鱼撞得破损严重，脚在地上一撑，反倒撞在了一只陷在底舱的货箱上，疼得她倒吸了一口冷气，身体自然而然地向后缩去，正好卡在了夹层的窟窿里。眼看要跌进夹舱，她应变奇快，反手就将潜水刀钉在舱壁上，立刻将身体向后的势头阻了下来。她再想要起身摆脱，但夹舱里又伸出另一只满是黑色腐液的人手，搭住了她另一边的胳膊。事出突然，她不免吃了一惊，身上的各种装备反倒在舱壁破损处挂得更紧了，如此一来，她在舱壁前如履薄冰，再也不敢有大幅度的动作，可身体还是一点点陷入舱壁后的夹层。

我看到Shirley杨身边的古猜不知什么时候醒了过来，正蒙头蒙脑地不知发生了些什么，急忙对他大喊，让他快帮Shirley杨解围，边喊边在水中连滚带爬地向他们靠拢过去。古猜听到我的喊声，回头一看身侧，才明白过来几分，以为舱壁中有僵尸要把Shirley杨拖走，他在陆地上远不比在水下灵活剽悍，又赤着拳头没有家伙，情急之下，竟然张口去咬挂住Shirley杨的怪手。

古猜连咬带扯，Shirley杨趁势起身，用潜水刀割断了身上的潜水绳和携行袋。可古猜却用力过猛，一条腿陷进了夹舱里，似乎里面有种力量在拽他，一时被缠在舱壁脱不开身。此时我和胖子赶到近前，胖子一边抱住古猜往外拽，一边对我叫道："这船舱夹层里怎么会有粽子？是不是以前阮黑当疍民活不下去了，在船上谋财害命，做过板刀面和馄饨的买卖，将死人藏在船里了？现在可好，人家诈尸了要爬出来讨还血债，却让咱们给赶上了。"

我心想，在海上处理个死尸，直接丢到海里喂鱼也就是了，根本犯不上把尸体藏在底舱的夹层里，这艘海柳船里边怕是有什么别的东西，也未必就是僵尸，而且就冲阮黑等疍民对海事迷信虔诚的那一套，我就敢断言他绝不敢在船里藏死人。先甭管是什么，拽出来看看再说。

我和胖子胡乱猜测，手底下也丝毫没闲着，与Shirley杨上前动手相助古猜脱身。将他扯开后，夹舱窟窿中便没了任何动静。船下深水处沸涌而出的暗流消失，底舱水位也随即降低了许多。我让Shirley杨把手电筒和一切能发光的设备集中起来，都对准夹舱，然后用手里握的龙弧短刀在舱板上一阵切割，顷刻就把整块夹舱的挡板都撬了开来。底舱的这段夹层非常窄小，里面仅有不到半米宽的空间，挡板一掉，就见得夹层里黑漆漆的一团物什，表面粗糙不堪，满是大小不一的蚀孔，原来是一大片生在古海柳化石上的海石花。

海石花上倚着一具白花花的人骨，身上没有一缕布，八成早已烂没了。

这副白骨骷髅裹在海石花里一动不动，顺着身体骨骼关节和头骨上的眼窝鼻孔，不停地往下滴着黑水。这些浓黑的液体，就像是古墓棺椁中的积液，不过无臭无味，似乎都是从海石花中流淌出来的，积到舱底后，又慢慢渗入海柳之中。

黑色的海石花上，爬进爬出的有数十条半像鱼、半像虾的生物，上半部分像是鱼，有鳞和鳍，鱼头圆滚滚的十分光滑，下半部分则像虾，有甲壳和螯，它们似乎在海石花里安了家，不时去舔死人骨头上的黑水，呲呲哈哈吸吮着，显得十分贪婪。被手电筒的光束一照，就纷纷掉在地上，以头撞击舱板，发出"咚咚咚"的磕头声，又像是庙里和尚们敲的木鱼，口中咕咕有声，就像念咒念经一样，不知在叨咕什么。

我和Shirley杨等人面面相觑，谁也不知这夹舱里的都是些什么东西。在各种手电筒的光束下，那片海石花中突然有片阴影动了起来，我们四人都下意识地向后退了一步。只见海石花丛中，有一片人形阴影如在水波倒影中微微颤动，仿佛呼之欲出。

我心想：从三叉戟号被英国人收购改装开始，阮黑便一直在船上帮忙，古猜跟了阮黑那么多年，也许知道这像海石花一样的东西究竟是什么。可看了古猜一眼，他显然茫然不知，脸上还有几分惊慌的神色，以为海石花中会有幽灵爬出来，指着那夹舱对我说："鬼……鬼呀……"

我抬手按住他的嘴，别他妈胡说八道，难道不知道有些东西不经念叨？你说得越多，就算本来没鬼，早晚也变有鬼了。航海行船的门道只比盗墓的多，不比盗墓的少，也许夹舱里藏着的海石花，以及这些会磕头的怪鱼，是某种秘密供在船上的神龛。船老大确实会经常在船上摆些乱七八糟的、只有他们自己认为吉利的东西，不过为什么在海上既不能谈起，也不能用眼睛去看呢？改装海柳船的那批英国探险家之死，当真和夹舱里的东西有关吗？Shirley杨说："咱们都不识得这些东西，可刚才这骷髅似乎拽住了古猜的腿，现在却又不动了，海石花里模糊不清的人影不知又有什么古怪。我看凡事皆需小心才好，如今已经弃船，还是别再理会这暗藏的夹舱了，尽快离开为好。"

我对Shirley杨说："咱俩又想到一块去了,我也觉得这海石花不太对劲,咱们一不做二不休,干脆到上面取些炸药来,将它彻底炸毁,以后就眼不见为净了,省得我还要老惦记着它,走哪儿都放不下。"说罢我拽着古猜,就想带众人走上甲板,与在上面的明叔和多铃会合,等拿了炸药再来炸了这古怪无比的海石花。不等我们转身离开,夹舱里如同磕头念经般的怪鱼却突然停了下来,鱼口张合,吐出一粒粒乌沉沉的珠子,虽只有指甲盖大小,但漆黑锃亮,用手电筒照上去,顿时泛出一团罕见的异样光晕。我心中惊呼一声:"黑的!"

南海中晶莹璀璨的月光明珠价值不凡,都是螺蚌受阴精月华所感,由珠囊中不断分泌出珍珠质,才由无质化有质,孕出海中精魄凝聚而成的奇珍。其中应月而生者,有银、白、淡黄、粉红之别,尤以光华皎洁胜月、灯灭后可光照百步者为最上品。但是比这种月光明珠更胜一筹的,是海中最为罕见的黑珍珠。谁也没想到以海石花和人骨为巢的怪鱼会口吐黑珍珠,不由得都停下了脚步。

不过别说是我和胖子这伙极少出海的摸金校尉,就算蛋民龙户,也没几个真正有幸见识过黑珍珠,只听明叔说起过,黑珍珠在蛋民口中称"乌璆①",是可遇不可求的海底异宝。可我觉得十分奇怪,世上生物,很多都有内丹与结石,比如牛黄、狗宝、驴石,我和胖子就亲眼见过老黄鼠狼尸体中有红色肉瘤般的内丹,都是有意或无意中吞吐日月精华而生,但这些东西都不如海中老螺老蚌的月光明珠。

大海大湖中的鱼活得年头久了,也能对月戏珠,不过乌璆乃神物,非是鱼龙之类所能凭空化出,唯有一种非常特殊的老蚌才会孕出此物。但要说眼前这些鱼珠不是乌璆,又会是什么?

胖子紧盯着舱板上的黑珍珠,使劲揉了揉眼睛,喜道:"胡司令,我记得咱俩当初穷的时候,就他妈跟白毛女在深山里盼解放似的天天望眼欲穿,不盼别的,就盼着能摸着狗头金发得一笔横财。这回出海真不知烧对

---

① 璆,音qiú,古指美玉。

了哪炷高香，刚弄到身南洋佛爷的行头，这些小黑宝贝又自己赶着送上门来了，不是富贵不逼人，咱还客气什么……"说着他就伸手去捡乌珯，捡一颗就念叨一样，"胖爷在太平洋开的游艇……这是加利福尼亚州的别墅……这个嘛……是他妈胖爷在美国的小妹子……"

看到胖子那副掉进了钱眼儿里的样子，我心中一动，似乎突然想到了什么。我是想到了死去的阮黑，蛋人那种贪婪忘死的本性——也许说贪婪并不恰当，而应该说是一种习惯或是约定俗成的规则。在他们历来的传统中，凡是遇到龙穴，必定都是采到尽为止的死采，从来没有留下一些的观念，属于见蛋不要命的亡命徒。既然如此，那老疍民阮黑，为何不取了这底舱里暗藏的乌珯？除非……

正念及此处，刚要在脑子里转过这个弯来，Shirley 杨却先我一步想到了，她急道："胖子快别拿了，这些东西恐怕不是海底的乌珯！"但胖子并不在乎，仍然把剩下的几粒黑珍珠都捡了起来。

这时古猜指着被撬开的秘舱夹层："胡大哥，有鬼，你信我，真的有鬼呀……"他的中国话发音并不像阮黑那么清晰准确，会的语句也不太多，有些想说的话常常表达不出来，急得只是跺脚，翻来覆去直说有鬼。

我只顾看着胖子，防止他忙着捡青头时会出什么意外，随口应付古猜说："我信你个蛋，就会胡说八道，有什么鬼？海里只有蛋没有鬼，我真想不起来上次见鬼是什么时候的事了，可蛋炒饭也当真有年头没吃过了……"虽然说话没走脑子，但在反射神经的作用下，我还是和 Shirley 杨顺着他的手望了一眼。海石花丛中那团模糊不清的黑色人影，不知什么时候已变得清晰起来，五官轮廓均已显现，但如同水中倒影，辨不清是男是女。那鬼影似乎是片深黑色的海水，在固体的海石花和海柳之间飘忽不定，突然流进了那堆死人骨头中，骷髅头深陷的眼窝里随即淌出黑水，像是头骨里涌出两行漆黑的泪水，冤魂恸哭。我似乎感觉到整艘海柳船都已被死亡的阴影所笼罩，看来形势不妙，从底舱破了的那一刻起，我们就已经注定了无路可逃，立刻便要重蹈那伙英国人全军覆没的覆辙。

第三十六章
死水不藏龙

　　海柳船是艘文物般的古船，据说后来还一度被海匪使用过，船体虽然经过数次大修和改装，但主体结构仍是最早的那些海柳，前两年由英国人收购并进行改装，此船停泊在珊瑚庙岛的一段时间里，疍民阮黑和当地几名渔民被雇来专门对其进行了维护保养，并参与了改装作业。

　　英国打捞队花了很大的心血改装海柳船，意图进入珊瑚螺旋海域捞青头，谁料到尚未出师，就全部死在了海柳船的底舱里。珊瑚庙岛的岛民们对此事讳莫如深，包括黑市商人踭武在内的大多数岛民都不知道此事的详情，只有阮黑似乎知道一些底细，可现在他已经死了，我们不可能从他嘴里再得到什么讯息。一旦遇到藏在底舱里致人丧命的东西，我们完全不知道该如何应付。

　　可到海里捞青头是何等险恶的营生？怕什么偏就来什么，鲨头撞开了隐秘的舱板夹层，一股毫无生气的黑水从舱中死人头骨的眼窝里流了出来。我忙把蹲在地上的胖子拽起来，急忙向后退了几步。

　　此时水位已下降，舱底的水面仅过脚面，可一走动起来，还是要"哗啦哗啦"地蹚着水，而且归墟中的水位并不稳定，时起时落毫无规律。我

205

见势头不对，若是留在底舱里，多半会和那伙英国人一样死得不明不白。英国打捞队中，有不少探险和航海打捞方面的专家，以他们的经验之丰富，装备之精良，尚且在此丢掉了性命，想来定是事发突然，猝不及防。

我和胖子等人连退了数步，只见海石花中的阴影化作黑水流出，我们身上装备的几把潜水手电筒以及身前的防水灯同时闪了几闪，灯光似乎受到了干扰，忽明忽暗，发出一阵"刺啦刺啦"的短促响声。不同于强光探照灯，潜水手电筒的电池供电最大电压规格只有"3.8V 0.5A"，实难想象石英灯泡里会发出这种动静。

手电筒的光束时亮时暗，晃得人双眼发花。见黑暗的底舱中光影恍惚，我急忙在手电筒的灯头上拍了几下，光束才得以稳定下来，但是灯口里的石英灯泡似乎损耗过度，发出来的光亮比先前暗了许多。

底舱内光线微弱，我感觉脚底下的水中生出一阵阵寒意，似乎躲在船舱里的东西遁在水中，随时都会像水鬼扯人腿脚一般，伸出鬼手拽住我的脚踝。也许是由于昏暗中看不清楚，这种感觉竟然越来越强烈，对于"水"的恐惧一时难以抑制。

我和胖子四人都战战兢兢，接连退了几步，后背已经顶到了堆起来的一排货箱，再也无路可退了。古猜有些怕鬼，自是慌了手脚，想要夺路而逃。我赶紧将他扯住："别妄动。"黑灯瞎火的能往哪儿跑？现在既然撞上了，倘若底舱里当真藏匿着什么猛鬼凶灵，在此处如果没个了断，就算逃离这三叉戟号也会被继续纠缠，像丧家之犬、漏网之鱼般乱逃乱闯，必定糊里糊涂地平白送掉性命。

其实在目前的处境里，我对是逃是留难以判断，只是抱定一个不见兔子不撒鹰的基本原则，在确定能否安全逃出底舱之前，不能轻易拿众人的性命冒险。手电筒的光线太暗了，在不见天日的底舱中已难有作为，不能再指望它们了。我在潜水包里一摸，拿出仅剩的一枚磷光筒。

自打做了摸金校尉，出于职业习惯，我对照明器具非常依赖，唯恐带得不够。磷光筒里全是白磷，在水下可以用来照明，光线强度远超荧光，所以在水上的环境中并不适用。手电筒坏掉后，我急于取些光亮，只好把磷光筒取出，拉动套环，扔进了底舱几厘米深的水里。

白磷在水中立刻发出刺眼炫目的亮光，虽有舱底的水阻隔，我仍是觉得眼前一阵刺痛。在使人头脑发胀的惨白光亮中。只见海石花中流出的黑水正聚成一片近似人形的鬼影，黑水浮动，正好阻住了通往上层船舱的去路。有几条以头撞击舱板的怪鱼被舱底黑水卷住，在无声无息之间，伏地而死。

顷刻间几条磕头如捣蒜的怪鱼就成了凌乱的死鱼，这些怪鱼离开了水也并未毙命，但被那股黑水一触，都死得好生突兀。底舱里顿时静了下来，鬼影般的一片黑水，如同在水中浮着的一块黑布，飘过倒在舱底的白鲨尸体，不声不响地朝我们浮了过来。

我见黑水从露出水面的鲨鱼尸体上蹿过，暗叫一声不妙，它要是仅能存在于水里，我们尚有生机，可它既然能脱水而出，附着舱板上的死鱼移动，我们又能到哪里躲避？四人只得发一声喊，赶紧向外散开躲闪。白色的磷光中，黑漆漆的一片污水忽地从舱壁上立起来，飘上了顶棚，船体内所有有海柳材料的部分，都向外渗着污血般的黑水。

胖子跃到存储给养的木板货箱上，对我叫道："胡司令，快取铜镜照它！"我东躲西闪也爬上了一处木箱，听到胖子的喊声，伸手摸了摸装有秦王照骨镜的潜水携行袋，冰冷坚硬的铜镜就在其中，可从海石花里流出来的这股黑水非比寻常，铜镜仅能压尸，如何能够对付这股幽灵般的死水？

我见黑水涌上了天花板，门前闪出了空隙，便对Shirley杨一指舱门，让她趁这机会赶紧带古猜出去，我和胖子先想办法在这儿拖延片刻。Shirley杨不是那种喜欢较真的人，她明白底舱地形狭窄，都留在下面非但施展不开，反而容易受到地形限制出现意外，于是立刻捉了古猜的手臂，拉住他跑向舱门。

顶上的黑水竟似有知有觉，感知到Shirley杨和古猜想要逃脱，在舱板上飘过，犹如一面被狂风吹起的黑旗，径直从上落下。Shirley杨见势不好，拖着古猜打个转折，蹚起一片片水花闪向底舱内侧。这样一来，刚刚散开的四人，反倒又被逼到了货舱的一侧。

身边都是堆积的货箱，地下是条巨鲨的尸体，想从舱底的窟窿中跳入水里，就等于是自己去喂鲨鱼，无外乎是换种死法。那团黑影似乎无形无质，在舱中动如鬼魅，磷光中只觉得眼前一黑，鬼影就飘到了眼前。我知道任谁一碰上这片阴影，立刻就会心脏停止跳动当场死亡，但已无退路，也没什么东西能够抵挡。

死到临头，我心中也不免有几分惧意，觉得后背都凉了。不过随即发觉不对，不是因为失去了生机，而是被吓得心底生寒。我后背靠着的地方冷冰冰好大一片石壁，这股寒意都是来自身后。在我印象中，海柳船内并没有这么阴森寒冷的东西，顾不上回头，只用手一摸，立时醒悟了过来：进珊瑚螺旋之前，在海中打捞起一口漂浮的石椁，内中套藏的石棺保存完好如新，材质是罕见的石镜。

石镜是海底古木化而为石，表面光滑如镜，又得海底阴气，被海潮冲击千年万载，石中形成层层叠叠、绵延起伏的波纹，纹愈密质愈坚。青乌风水的分支淮南万毕术中，曾明确提及石能镇鬼之说，老院落旧宅子里进门都有影壁墙，一是挡住家财不漏，二是防鬼入宅。最早的影壁中皆是青石砖，后来才逐渐使用窑砖，懂得安宅之道的人家，仍是要在墙下埋石，这便是取以石镇鬼挡煞之理。

人急了造反，狗急了跳墙，办法和活路都是在万不得已的情况下给硬逼出来的。这个念头在我脑中闪现，都说摸金校尉的命是盗墓手艺人里最硬的，若真是天无绝人之路，身后的石镜古棺便是我们唯一的机会。石棺放在船舱里，始终用来保存容易腐烂变质的物品，随着在珊瑚螺旋中大量物资的消耗使用，现在只剩一具空棺，石盖落在一旁。我看水中漂来的黑色鬼影已逼到近前，连忙同胖子两人以手搭梯，让Shirley杨和古猜攀上侧面捆扎在一起的货箱上。

黑影般的黑水飘飘忽忽来得好快，转瞬间就到了脚下，阴森森的寒意涌动。我一扯胖子，二人抬脚跨进了石棺，那片黑水附着棺壁立起，流入了棺内。我和胖子骂了一声："狗娘养的来得好快……"急忙抽身跨过黑水，从石镜古棺里跳了出来。舱底的磷光照不进石棺，本就阴冷的棺材中，更

第三十六章 死水不藏龙

是阴气大盛、黑潮涌动。

我知道这片黑水若真是附在海柳船上的厉鬼，只要盖上棺盖，它就永远别想出来了。当下哪儿敢迟疑，不等黑水再从棺中涌出，就抬起棺盖扣了上去，然后翻身坐了上去压住。石棺合扣，犹如坚甲环抱，无隙可透，只听石棺里水声呼啸，如海水翻滚巨浪怒涛，良久方才平复。

再看四壁海柳中淌出的黑水已竭，那些坚硬的万年海柳，似乎失去了精气，瞬间都化为接近腐烂的朽木，这艘屡建奇功的海柳船算是彻底报废了。但众人死中得活，都觉得十分侥幸，要是先前没在海中捞到这口古棺，又或是未曾将它放在底舱，今日怕是要和英国打捞队一样，不明不白地交待在此地了。不过夹舱里的到底是什么东西，是鬼是物，尚且无从知晓。

见到Shirley杨从货箱上下来，我就让她先带古猜上去，然后我招呼胖子找了几根捆扎货物的粗绳。这些绳子都是黄藤、丝棕、人发混合而成，在水中泡多少年也断不了，用它在石棺上纵横捆了几十遭，打了七八个死结。此时整艘海柳船都快散架了，船体发出咯吱吱的声响，看样子很快就会从搁浅的石柱上散落入水，石棺也会随之沉入归墟。

我摸了摸包里装的秦王照骨镜，对胖子一招手，我们便从摇摇欲坠的船舱里爬上甲板。水面上依旧波澜不惊，平静如初。Shirley杨会合了明叔后，已经放下两艘小艇，明叔和古猜、多铃合乘了一艘，用白布所裹的阮黑尸体也在其中，我同胖子跳进Shirley杨所在的另一艘橡皮艇里。

刚踏上橡皮艇，身后的三叉戟号就内外离心，船体变得支离破碎，船上的东西哗啦哗啦地纷纷掉进水里，片刻间水面上便只剩下一片狼藉的碎片。众人默默无言，注视着海柳船散碎沉没，想到这艘曾经陪伴我们在海上出生入死，穿越了惊涛骇浪的船，就此将消失在归墟之海中不复存在，念及此处心中就像打翻了五味瓶，有种说不出的滋味。

明叔已从Shirley杨口中得知了我们在沉船中捞回秦王照骨镜的简要经过，可看到船的残骸逐渐沉入水底，他的脸色显得很是难看："还指望能找些东西把船修好……可现在连海柳船也没了，就剩两艘小艇，咱们身处茫茫大海之中，方圆几百海里内根本没有陆地的踪影，如何能回珊瑚庙岛？"

Shirley杨说："迷失在这片藏在海眼下的混沌之海里，才是眼前最大的麻烦，只有设法回到珊瑚螺旋的真正海面上，才有可能在海上寻求救援。老胡你看咱们现在该怎么办？"

我看了看四周，只见海气蒙蒙，头顶上阴火在岩层中时隐时现，如同星空倒悬，身处漂浮在海上的小艇上，真如舟行天际，极目眺望，也看不见这片归墟之水的边际，东西南北似乎全都一样，真不知何方才是渡处。

听到Shirley杨问我，我只有咧嘴苦笑："这地方真够大，咱要是有只脚踏船就好了，凭两膀子傻力气想把救生艇划出去可真是痴人说梦。"其实我所说的也是实情，眼下如何凭救生艇从海上逃生，以及如何从这混沌无边的归墟之海返回真正的海面，如何长时间持续地用艇上木桨划水才是首要问题。而且这小艇如何经得住时有时无的海涌？谁又知道海中还有没有吞舟之鱼？

明叔听我这么一说，更增忧虑："什么归墟去虚？佛经上说弱水三千，非死难渡。咱们定是掉入弱水中了。弱水就是死水，不会有出口生门，谁也别想活着回去了。可怜我那乖女儿阿香，被你们拐去了美国，今后谁还能去照顾她？"

我对明叔说："弱水那就是个比喻，世上哪儿会真有弱水？你们都别愁眉苦脸，摸金校尉除了摸金之外，最拿手的就是一个'望'字，青乌堪舆之术专门分析拆解地理地脉。海眼是南龙海气凝结的所在，风水中说死水不藏龙，此地龙火海气之盛天下无双，要是死水，就不会有这般规模的龙气。所以依我之见，归墟底下肯定是活水。不过这是一片令人难以捉摸的伏流，水底除了大量船体残骸和古建筑遗迹，还有涌动热泉沸水的深涧峡谷。珊瑚螺旋海域底下应该有大量的地热淡水资源，否则海水含盐量过高，也就不会有那些藏蛋的老螺巨蚌的生存之所了。如果能设法摸清水脉流向，或许可以从迷宫般的珊瑚礁里潜水返回海面。不过咱们不能乱闯乱撞，现在先去从水中露出的古城安葬阮黑，稍事休整后，再从长计议。相形度势，寻找进退之路，本就是摸金校尉的拿手好戏。我这半套《十六字阴阳风水秘术》，可不是天桥的把式——中看不中用。"

第三十六章 死水不藏龙

我拿摸金校尉的秘术唬人，其实自己心里也没个谱。明叔虽是在南洋跑船发家，祖上也是在南方背尸翻窨子的盗墓贼，他也经常倒卖值钱的干尸，像什么西域的王子、沙漠里的大将军、楼兰的公主、天山的香尸，以及秦尸汉俑木乃伊……就没有他没倒腾过的，当然干尸的"名头"多半是他自己胡乱安上的，自认为也算是半个倒斗的手艺人。但在普通盗墓贼眼中，摸金校尉是这行当里的元良，有通天的本事，所以一提此事，明叔还真就觉得安心了不少。目标既然确定了下来，众人便分别抄起船桨，将两艘小艇在水面上划动，缓缓驶向远处。

胖子一边划船，一边看着自己从沉船里捞上来的金表，那金表被天上月光般的龙火矿脉一映，更是金光灿烂，胖子看了半天没认出是什么牌子，就举着让 Shirley 杨鉴定鉴定，是不是欧米茄。

我一看那块金表，当即想起在玛丽仙奴号中，曾在一面破碎的镜子里看到古猜背后趴着个戴金表的大胡子，那是船长的幽灵。当时水底情况混乱，除我之外，其余的人都没发现，只不过此后古猜并没什么异常，我也就暂且将这件事放在了脑后，想到此处，忍不住偷眼去看古猜。

古猜身上受了些轻伤，他师姐多铃已帮他做了应急处理，此时他虽然疲惫，但凭着一股蛮性和韧劲儿，仍坚持帮着划船。

我看他时，古猜正不住回头望着身后水面，我见他行为反常，立刻问他回头在看什么，古猜听到我的话，瞪着眼睛答道："鬼啊，有鬼啊。"

第三十七章
海和尚

　　我急忙回头望了望平静的水面，只见海涌幅度渐大，两艘小艇随着潮涌忽起忽落，却没别的异常现象，便对古猜说："不是让你小子别再提鬼吗？又不长记性。山高必藏怪，林深易有精，到了这种地方别乱说话。"说完我要过Shirley杨随身带的一面小镜子，偷偷举起来去照古猜，但镜子太小，加上两艇在水面行驶起伏不定，又哪里看得清镜中倒影？

　　多铃也开始担心古猜，问道："师弟，你怎的总是提鬼？"古猜同他师姐说了几句珊瑚庙岛的土语。明叔在南洋日久，能听懂不少，他听后转告我们，原来古猜说的是海柳船底舱之事。

　　海柳船是以海柳为主要材料打造而成的，从古到今，都没有几艘这样的船，以前连明叔都从没见过。海柳非木，但性属极阴，故此占个"柳"字。柳在古代被视为"五鬼之首"，据说用柳树叶碾汁，擦在眼皮上，在夜里就能够见鬼，它与槐树等并列为五种性阴之树。

　　古时墓葬讲究有封有树，封是指封土，树便是五鬼树的任意一种。像槐树、柳树都不适宜种在阳宅的院子里，因为它们是名副其实的阴宅树，民谚有言"住家院中，莫种五鬼"，正是此意。

第三十七章 海和尚

无论是摸金校尉还是疍民,都知道一个共通的道理:"名之为名,必有其因。"即便是张三、李四、王二麻子这种最平常普通不过的人名称呼,也都是根据排行、姓氏、特征而产生的。"海柳"这个称谓,自然不是空穴来风,它除了形状似柳,更是具有柳树的纳阴之性。传说被海水淹死之人就是海鬼,海鬼们往往都会聚在海柳上,随着月光出没于海面。年深日久,海柳中就凝聚着一团鬼气,触到这股鬼气的活人,立刻就会为阴寒所染而亡。

信也罢,不信也罢,反正千年海柳里就是存在这么一种无形无质的阴气。就像有些蚌壳里会天然生出惟妙惟肖的佛像,海柳中的阴气也多成人形。用海柳造船航海,能穿波破浪深入外洋远海,即使遇上了惊涛狂澜,只要船上的某部分使用了千年海柳,也往往能化险为夷,这完全是依靠海柳中的海鬼阴气。不过海上的忌讳就是多,海柳船中必有一个秘舱,供奉海鬼。有这么一种迷信的说法:谁在海柳船上谈起海鬼,谁就会死于非命。

供奉海鬼的秘舱里,大多会放海石花,并锁以海匪尸骨。这是因为海柳船开到海上,船体中的海柳便会阴气涌动,船员多会莫名其妙地不断死亡,只有海石花能吸收这股鬼气。海石花附近常有一种半鱼半虾的"海和尚",这种鱼离水也能生存,是种两栖生物,被人捕到就叩头求饶,口中咕咕有声,似是在念"阿弥陀佛"。它平时专舔海石花吸收阴气后化出的黑水,迷信的船员们认为那些黑水是海柳中幽灵的怨气。"海和尚"是海里的菩萨鱼,鱼头里有"黑舍利",它们在船上念佛能够超度亡灵,所以有渔民捞到"海和尚"就会立刻放生,绝没有任何渔民敢去吃这种鱼。

而海匪的尸骨,也是海柳船上不能少的镇船之物,它可以震慑海柳中的亡灵。在南洋,这种诡异的奇风异俗数不胜数。如今海柳船几乎已在世上绝迹了,诸如此类匪夷所思的禁忌不能尽信,也不可不信。那伙英国打捞队偏不信这份邪,打算捉几只"海和尚"出来做标本,结果犯了忌,被海柳中的阴气所侵,平白断送了大好性命。

对海柳与海鬼之事,明叔听闻过一些,不提真就忘了,而且只知道个大概,却从没亲眼见过,这时古猜把阮黑以前告诉过他的一些事讲出来,众人方才知道一二。古猜对此深信不疑，他始终认为师父阮黑死后，鬼魂附在了底舱的海柳中，当时虽是又惊又怕，但现在离船而去，又不免依依不舍，不住回头张望，想看看水里的海鬼中是否有师父阮黑。

说到此处，多铃和古猜又一齐落下泪来，二人放下木桨抬手抹泪，他们的那艘小艇顿时慢了下来。我趁机又用镜子去照古猜的背影，正要细看，手里的镜子却被 Shirley 杨拿了回去。她低声对我说："你又要搞什么鬼，好端端的用镜子对他们乱照什么？"

我把在沉船里看见船长幽灵的事情说给她听，Shirley 杨说："你刚还在责怪古猜总是提鬼犯忌，现在却好，说一样做一样，里外两边的话都被你给说尽了。"

我对 Shirley 杨说："咱们的前途是光明的，但道路是曲折的，如今迷走在混沌一片的归墟里，在这曲折的道路上，不得不事事小心谨慎，谁能真正证明世上有鬼还是没鬼？万一有什么不干净的东西缠上了古猜，你我自然不能袖手旁观，不过真等出事就晚了，到时候黄花菜都凉了。我就觉得古猜在水底时不太对劲，你有没有这种感觉？"

Shirley 杨摇头说："我看多铃和古猜这姐弟两个都是淳朴之辈，在玛丽仙奴号上也没发觉古猜有什么不正常的地方。我知道你对咱们这伙人在海上前途未卜的命运担心，但你也别给自己增添太大的压力。我在船长室中见到有一幅船长本人的画像，正是络腮胡子，戴着金表的手上拿了个烟斗。那间船舱非常狭窄，咱们带了许多潜水照明设备，水波下光影交错折射，也许你在镜中看到的，只是反射在上面的画像。"

我闻言目瞪口呆，难道确实是我眼花看错了？在水下漆黑、缺氧和高压的复杂环境中，加上潜水照明设备的晃动，这也是说不准的事，也许镜中鬼影是一时错觉。可随即一想，我们潜水去打捞秦王照骨镜的过程中，发生了太多难以理解之事，难道所有的事情都属于正常范畴？身上携带的驱鲨剂为什么会在水底同时失效化去？为什么那些恶鲨疯了似的追咬我们不放？一日纵敌，万世之患，如今打捞队已经失去了一名成员，要想把幸存者都带回去，怎可对这些怪事视而不见？欺山莫欺水，大海从古到今吞没了多少生灵，海底的死鬼可绝不比陆地上来得少，而且海里的事太难说了，比深山老林不知要复杂多少倍。咱们摸金校尉常自吹自擂，说人是非常之人，遇到的事都是非常之事，阅历见闻都不是常人能及，可搁到海上，咱也差不多是两眼一抹黑，甚至还不如明叔，这就叫隔行如隔山。

Shirley 杨原想安慰我几句，可被我这么一说，也不得不秀眉微蹙，对刚才潜水捞青头的那次行动，她也在心中存了许多疑问，暂时却又没有任何头绪，一面划动手中木桨，一面望着海水出神不语。

这时胖子对我们说："你们俩真够没追求的，别自己跟自己过不去了。我看大海啊故乡，真就跟歌里唱的似的，咱们疍民海边出生，海里成长，大海就像咱的老娘一样，对咱们慷慨无私，让咱这回捞得盆满钵满。等养足了力气，趁海眼有水的时候，直接游出去不就结了，还管他妈那么多干什么。再说你们俩光顾着说悄悄话了，港农老贼那边可也没闲着。"

胖子示意我注意明叔的动静。我们把救生艇向明叔三人所在的艇旁靠了过去，只听明叔正在安慰多铃和古猜，声称自己是打心眼里喜欢这两个孩子，劝他们二人别去法国寻亲了，干脆拜自己为师，并吹嘘道："为什么都称我为明叔呢？因为你阿叔我就是光明，在南洋谁都知道，只要是跟着明叔的人，将永远不会坠入黑暗之中……"

我和胖子立刻给明叔吹口哨起哄："您快赶紧地歇了吧，你是什么鸟变的我们还不清楚吗？不就是一破了产的海陆两栖投机分子嘛，什么时候拿自己当圣人了？脸皮简直比城墙拐角还要厚上三寸。"

就算没有阮黑临死前的托付，我也不可能眼睁睁看着古猜和多铃往明叔这大火坑里跳，在找到多铃的生父之后，她应该能获得一份真正属于她自己的生活。而古猜只有十五六岁，他的前途应该更为广阔。他现在可不像我和胖子十六七岁那会儿了，我们那时候对前途没有选择的余地。当年有句话是"不问德智体，只问行老几。要不问行老几，肯定是问五十几"，这是说年轻人的出路是上山下乡，家里兄弟姐妹多的，老大留，老二走，老三留，老四走，所以插队的都问行老几；另外留城的待业青年可以顶替父辈的工作岗位，前提条件是先看父亲五十几岁。所以说我们这拨人在三十岁之前，对自己的命运没有任何选择的权利。

而古猜不仅可以选择去法国跟他师姐在一起，也可以由Shirley杨安排去美国上学，或者干脆留在珊瑚庙岛跟踹武学些生意经也很不错，何苦再跟老贼明叔学那套拿不上台面的手艺，去做把脑袋别在裤腰带上的玩命勾当。

我很清楚明叔只不过是看中了古猜龙户的身份，古猜那身透海阵，恐怕已是后无来者的绝迹。此刻虽然被我和胖子戳穿，但明叔也不敢因小失大得罪我们，只好忍了这口恶气，心有不甘地盯着古猜后背去看。他并不知道古猜在水底遭到鲨鱼攻击，仍认为这透海阵的文身是古时疍人的不传之秘，恨不能自己身上也有这套阵图，然后入海采蛋，搏击龙触，探取龙含，无往而不利。

救生艇已经在水上漂了多时，眼看距离浮出海中的古城越来越近了。我暂时不再去分心理会明叔，和Shirley杨等人把注意力都集中在了前方，还不知在这片保存完好的海底古迹中会遇到什么危险，一边划船前进，一边让胖子准备防身武器和照明器材。

就在这时候，明叔似乎在古猜背上发现了什么，在小艇上指着那片文身对我们叫道："他……他们疍人中龙户獭家的祖宗，大概都是从这海眼里逃出去的，这细佬背上透海文身的图案里……有……有前面这座山！"

第三十八章
铜殿

明叔在小艇上发现古猜的文身有异，龙户的透海图中，竟然有归墟海中的山峰，惊讶之情见于颜色，他急忙把这一信息告诉给众人。

混沌茫茫的水面浪涌鼓动，我听说文身中竟描绘着海眼里的情形，只好举桨停划，让众人将两艘小艇靠近，以绳索连接固定。明叔迫不及待地对我说："疍人是先秦时期的海上蛮子，龙户獭家的文身图案就是从疍人祖宗身上流传至今，珊瑚螺旋下的归墟恐怕就是他们祖宗的老巢。你们快来瞧瞧，蛋仔的文身能不能帮咱们找到路逃出去？"

我们借着头上龙火岩层里的光亮，定睛去看古猜的后背。疍人周身文有鱼龙海浪，其意乃以鳞族自居，在海中刮蚌采珠时，能够不遭物害，俗称"透海"。文身都是些鲸鲵鲛鱼在风浪中追逐火珠的场面，其文身使用的针法和秘药历来不肯外传。而且不同于成年人文身，疍人都是从十岁起就绣面文身，绣上透海阵，就表示这个孩子已经是龙户或是獭家了，可以独自下海探取龙含。随着年龄增加，龙户的一身花绣，不但纹理越来越清晰繁杂，颜色也变得更加鲜艳夺目，待得文身图案随着年华老去而转为模糊暗淡，龙户就不能下海谋生了。

我曾经特别留意过古猜背后的文身，但此时再看，竟比先前多出了许多变化。鱼龙鳞族追浪逐波的花绣中，还有另一层模模糊糊的图案，将目光牢牢盯住，凝视良久，才看出有座浮出海面的山峰。那山中空，围着一根斜倒的巨柱，柱下压着一具面目狰狞的僵尸，四周全是人骨堆积。山底像是一片洞窟纵横交错的珊瑚礁，其中似乎有鲛人墓穴，文着几条死相古怪的鲛鱼，再深处则是一节节盘绕起来的龙骸遗骨。

古猜并不知道自己的文身中还有另一层绵绵密密的隐图，而且更不清楚他和这神秘的归墟有何关系。他父母早亡，大概有些疍人的秘密尚未来得及告诉他。我见透海文身里再也没有什么特别之处，拍了拍古猜的肩膀，让他不用担心："你小子算是回老家了。"

说完我举起望远镜，看了看距离我们尚有数百米的山体，铅灰色的山峰嶙峋嵯峨，在波涛起伏的水面上非常显眼。归墟中有阵阵海气盈动，空间中有许多杂乱的气流和海气化成的烟雾，用望远镜也只能看出个大致的轮廓，似乎有成片成片的建筑古迹散布在山体上，其中好像还有许多模糊不清的人影。

我看了几眼，又把望远镜交给胖子让他也看看，这地方在我们俩看起来，感觉格外眼熟。我们在十几年前，曾在蒙古草原和大漠之间的百眼窟里见过一片龟眠地产生的鬼市幻景，那灰蒙蒙的古建筑似曾相识，竟与此地极为相似。如果这山不是海面上的幻象，多半与我们很久以前的那次经历大有关联。以前我就有种强烈的预感，在百眼窟海市蜃楼中所见的古城，是我这辈子命中注定要去的地方，却想不到应在今日。

这时明叔问 Shirley 杨："咱们这伙人里，其实也只有杨小姐才是个真正的明白人，你看蛋仔背上的文身，是否是归墟里的海图？咱们有了它的指引……是否就能回家了？"

Shirley 杨道："透海图的轮廓酷似巨鲸，同归墟里的地形非常相像，浮水而出的山峰也和图中的刺绘别无二致，但文身过于抽象，最多是一种标志，没办法当作精确的地图来看。而且我觉得……这既不是山峰，也不是古城的遗迹，而是一座埋葬恨天氏的坟墓。"

明叔大惊:"恨天氏的古墓?这规模也太大了些,被巨柱压在底下的尸体,还有山底这些乱七八糟的标志又是什么意思?古墓底下会有龙骸?"

Shirley 杨对明叔说:"恨天一向被视为历史上的迷踪之国,世人对归墟古迹的了解太少了,咱们现在无非是妄加猜测,说什么都还为时尚早。看这海中浪涌大增,再留在水面上,救生艇恐怕就要被浪涌掀翻了。不管前面是凶是吉,也只有冒险进去一探究竟了。"

我和胖子都表示赞同,混沌无际的归墟之水忽涨忽落,不知何时就会海涌鼓荡,万一橡皮艇被掀翻了,有人掉进水里,不免立刻就要喂了恶鱼,四顾茫茫没有落脚之处,也只有到那恨天人的古迹里暂避风浪。当下众人抄起木桨,划水破浪,将救生艇驶向前方。

我满腹疑惑,忍不住在艇上问 Shirley 杨:"古猜的透海文身好生离奇,他还真成大西洋海底的来客了?"

Shirley 杨推测说:"恨天氏孤悬海外,以龙火炼铜,远离华夏文明,所以很多人不相信这里的青铜文明曾经鼎盛一时。他们大概消亡于战国末期,其遗族流落海上,被秦汉统治者定为疍户。古猜就是恨天氏的遗民,他对水性的熟悉,和透海阵文身上描绘的恨天国传说,就是最好的证明。"

古时搬山道人的搬山分甲术里有隐象之术:用秘药刺在人皮上,用盐水浸泡可以显出隐藏的图像。疍人可能也有许多秘方,包括使用海里的特殊之物,作为文刺肌肤的药水,将恨天人古老的秘密都藏在了透海图中,一代代保留至今。龙户的绣面文身,只有在归墟的海水中浸泡才会显露真相,否则外人永远不会知道透海阵图里隐藏着恨天古迹的传说。

归墟水底的深涧中热泉翻滚沸涌,还有干扰电子信号的低频脉冲,不知道是由什么东西发射出来的。这片混沌之水不咸不淡,大概含有某些其他海水没有的物质,这些物质应该是随着海水深度的变化而逐渐增加,所以用秘方配制的驱鲨剂一到那个深度,立刻就被海水化去。还有,古猜文身里渗入肌理的药物,也同时在水底产生了反应,形成了一片模糊的阴影,随后在刺绘中隐藏着的文身才呈现出来。可归墟底下究竟会有什么呢?生门又在何方?

说话间，救生艇便已经接近了水面耸立的石山，面前十几米处的水中有数道石门森森壁立，残破的石梁上颜色有明显区别，一时之间难以判断该从哪里进入。我抬手让众人减速，使救生艇慢了下来。这时鲸腹般的岩层上，阴火的光亮被浓厚的海气遮蔽，阴火转为血色，如同一道道血浆在缓慢流动，把水面也衬得一片暗红。

我们在起伏摇晃的小艇上看着四周，都有一种相同的感觉：这归墟中神秘的地形，越来越像是真正的鲸腹了，苍穹上的阴火仿佛都是巨鲸血脉在不停地流转。鲸腹中的血海翻涌，海水无风起浪，救生艇如同两片飘叶随波逐流，险象环生。

胖子紧抓住艇上固定船桨的铁环，叫道："胡司令，再不进去橡皮艇就完了！到这儿了还犹豫个什么？"

我心中一转，对众人说："我看这几道石门不那么简单，不同的颜色好像暗合五行方位。今日干支皆属火，咱们和那条大海蛇一同落进归墟，它当时就送了性命，我看可能正是因为它遍体白鳞，白为金象，犯了火冲。想活命的，就跟我把船划进侧面黑梁高悬的山洞里去。"

其余的人答应一声，抄桨击水，借着浪涌的间隙，在血色苍穹那暗红色的光线下，把橡皮艇驶进了洞口。一进被海水半淹的山腹，水涌顿减，救生艇也立刻稳了下来。Shirley 杨在船头举起探照灯探路，只见这铅灰色的山洞实际上是被海水冲塌浸泡的一座大殿，那洞口无非就是殿门。

大殿构造简单古朴，没有飞檐斗拱的奢华，但规模宏伟，采用的石料极为巨大，气势雄浑森然，颇有几分"穷尽天下之庄严"的气象。深入其中，黑暗幽深的巨大空间使人感到格外不安和压抑，我们还仅是见到了殿内的半截景象，碧幽幽、阴沉沉的水下尚且淹没着大半古迹。古人以壮大雄奇为美，常有凿山为像的壮举，世界上很多古老的建筑奇迹，都是几千年前的产物，古代人那种虔诚的信仰和搬山填海的坚韧毅力，都远非今人可比。

我们乘着救生艇随着水流漂入大殿正中，被这雄伟的殿堂所震撼，惊叹经历千年沧桑的雄浑。海水在殿外涌动撞击石壁，发出轰轰的回声，如同海兽咆哮雷鸣，使人战栗自危，就连胖子那号没心没肺满不在乎之人，此时也好半天没敢出声。

两艘橡皮艇上的探照灯光束在四周水面来回扫动，只见殿中水面上露出许多高大威武的青铜神像，一个个面目狰狞丑恶，瞪目低视，神情凝重肃穆。这些铜像全身都是青铜，有些下半截没在水里，还有许多已倒塌，横倒斜倚在四周，撞毁了一部分墙壁和石柱，但大殿结构坚固，没有倒塌崩溃的迹象。

在青铜器时代，青铜是国之重器，炼铜的工艺水平，以及铜矿资源的规模，都决定着国力的强弱。Shirley杨曾说像锻造后母戊鼎这么大的铜器，单是燃料，就几乎需要烧掉几百亩原始森林。资源的局限使青铜器极为宝贵，仅用于宗教祭祀或是战争、外交等重要领域。但亲眼看见这大殿中无数青铜神像，可以想象几千年前的恨天氏就已懂得掌握和使用海底阴火，他们不用人火和天火也能制造铜器，而且工艺水平之特殊，使铜人在海水中浸泡了几千年，依然铜性不失，这些都是后人难以想象的。

我察觉到殿顶上似乎有什么东西在动，便让Shirley杨将探照灯角度抬高，众人一看，全都倒吸了一口冷气。殿柱上用铜链高高低低地挂着十余颗青铜人头，每一颗铜人的头颅怕是都不下数百斤，那情形就好像是被斩首后悬挂示众一般。掉了脑袋的无头铜人身躯，则静静地立在角落里。什么利器才能斩断如此沉重巨大的铜人？

Shirley杨也感到十分蹊跷，这里属于恨天氏的墓穴也仅是依理推测，但看到殿内横倒竖卧、身首异处的铜人，却绝不像是一座古墓。这时橡皮艇缓缓向前，有一尊青铜像斜倒在水中，头部歪斜地倚在巨柱上，海水没到它的肩部。Shirley杨便将探照灯的光束打了过去，落在铜像狰狞的脸部。

归墟里水位高的时候，整座山体都会被淹没，铜人遭海水侵蚀千年，到处挂满了各种喜礁生物的细小尸骸，但面目轮廓尚且依稀可辨。明叔告诉古猜："蛋仔啊，你先人就长这样子，快诚心诚意地拜一拜，让他们保佑咱们平安回去。"古猜只是茫然不解，望着那些高大的青铜神像，显得很是不安，问明叔："阿叔……我先人……怎的人头都被砍掉了？"

明叔冷不丁让古猜这么一问，还真不知道该如何回答，但他这想当师父的怎好被徒弟给问住，只好让古猜别再乱说乱问。不管是倒斗摸金，还是背尸翻窨子和采珠捞青头，所有这些玩命的行当，都有两大通用的禁忌，第一就是不准好奇，见到奇怪的事一定要装看不见，绝不要问为什么。

古猜却奇道："为什么？有鬼？"明叔气得在他脑袋上拍了一下道："衰仔，还问点解①！胡八一不是早就告诉你了，第二大禁忌就是不要提鬼！"

我没去理会明叔如何传授给古猜他那套丰富的经验，只是想看得更清楚一些，便同胖子连续划水，将船靠到近处，拿潜水刀刮去表面的侵蚀物，露出青面獠牙的铜人脸部。众人打着手电筒围拢了过来，青铜巨人面目怪异，令人越看越奇，都不禁想问："恨天氏到底是什么人？还有所谓恨天究竟是何意？"

在中国传统观念中，以北为大，以中为正，以天为尊，就算在平常的言谈话语中，也不敢轻易得罪老天爷，但"恨天"这一名称，完全颠覆了这种尊天为神的观念。疍人的祖先究竟是干什么的？众人胡乱猜测了几句，却都不得要领。

胖子说："我就知道以前在南海有个南霸天，好像早就被红色娘子军给消灭了。南霸天是专跟老百姓过不去的地主阶级，可没听说过有敢跟老天爷过不去的。当年的红卫兵们虽是有心去跟老天爷练一趟，但是没那么多飞机上天，也就作罢了。"

我听胖子信口开河，又看了看那獠牙森森的青铜巨人，觉得其形象气魄实是非同一般，威武凝重里似有三分邪气，便对众人说："同志们，你们听没听说过洋人那套上帝和撒旦的传说？西方的魔鬼撒旦，好像是跟老天爷有仇作对的专业户，恨天氏会不会和西方宗教传说有关系？因为在华夏文明的传说里，地狱的阎王爷和海里的龙王爷，都是天上玉皇大帝指派到基层抓具体工作的，是上级和下级的关系，互相之间是挺对脾气的。好像在东方人的传统观念里，不存在憎恨天神的想法，这是一种传统成形的牢固世界观。"

---

① 点解，粤语，为什么之意。

胖子说："哎，胡司令你说的还真有点道理，撒旦和恨天氏真有可能是一码事，听说撒旦在天上跟领导闹掰了，自己到底下挑旗子带了支队伍单干，专跟天上的白胡子老头犯呛。而且你听这名起的——撒旦，肯定跟疍人有点关系，弄不好年轻时也是在海里采过蛋的手艺人。"

明叔与古猜、多铃三人听了我和胖子一番似是而非的分析，都有点蒙了，不知该说什么才好。只有Shirley杨还比较清醒，细心地用探照灯四处观察，她忽然对我说："老胡你们俩别乱说了……"随即抬手指了指大殿上方的那些青铜人头颅，"恨天之谜，就藏在青铜巨人的首级上。你们是否知道在西方除了上帝之敌……还有惧怕天上太阳的吸血僵尸？"

第三十九章
射日

我见了这座海中神殿，就想起十几年前在内蒙古见过的龟眠之穴，不由得心中好生烦乱，便同胖子两人信口开河，说些不着边际的事情。可忽听Shirley杨说起"恨天"一词恐怕与西方传说中憎恨太阳的吸血僵尸相同。

我抬头看了看石柱上吊起的青铜人头，不知Shirley杨此言何意。吸血鬼的事我并不太清楚，但我知道此类传说都是西方宗教中的"聊斋志异"，世上又哪里会真有吸血僵尸存在？古猜后背文着归墟中的标记，显然表明他是恨天氏后裔，在海船上暴晒了多少次太阳，也没见他有什么异常。

Shirley杨说："我只是举个直观一些的例子，吸血僵尸视太阳为死敌，西方有，东方未必就没有。恨天氏恐怕正是与太阳为敌的民族，你们看完整的青铜巨人，头顶都戴鱼骨冠；被斩首的铜人，头上皆为火鸦冠。世界上所有繁荣过的古文明，都起源于水系庞大的河流，例如黄河、恒河、幼发拉底河以及亚马孙河流域，都有过盛极一时的大河文明。恨天氏的祖先曾是华夏黄河文明的一支，在殷商时期以及更早的时代里，人们就将鱼视为月，将火鸦视为太阳，戴有火鸦头饰的铜人，很可能都是被恨天氏视为死敌的天日化身。"

第三十九章 射日

殷商之前的时代，还是鸿蒙①原始的传说时代。我自从和胖子在潘家园做起摸金校尉的营生，便接触了不少古物，对历史上的各种掌故传说，也知道许多。可在这方面，毕竟不如Shirley杨家学渊源，一时无法理解为什么要仇恨太阳，我们惯常的概念中，是雨露滋润禾苗壮，万物生长靠太阳。

Shirley杨拨转探照灯，将光束缓缓移动，我们的目光也随之看了过去，只见大殿中尚有许多箭石残骸半没水中。箭石是一种古代海洋生物的化石，形似乌贼，鞘如箭镞，可以制成武器，在中国内地也偶尔可以见到人为加工打磨过的箭石。殿顶有一块圆形的石盘，其上铸有残破的铜鸦，都遭箭石所穿。

大殿在海底年代太久，许多物品遭侵蚀腐烂，但从有鱼骨头饰的青铜巨人所保持的姿态来看，似乎他们以前都是挽弓搭箭的武士，殿柱上挂着的铜人头颅正是他们的战利品，有火鸦标记的石盘似乎代表着将要被弓箭射穿的太阳。

Shirley杨待我们看清之后才说："归墟山中的大殿，记录着恨天氏战争的传说，刚开始我也不解其意，但一看到火鸦和太阳的标记，就恍然大悟了，恨天氏是古代黄河文明射日传说中的部族。"

我和明叔、胖子等人面面相觑："射日？后羿射日？"据说以前天上有十个太阳，照得大地干裂，寸草不生，神射手后羿用弓箭射下九个，后来他老婆嫦娥盗走了他的长生不死药，飞入月宫。射日、奔月、长生不死的仙药，这些都是神话传说，三岁小孩也该知道都是假的，可既然从Shirley杨口中说出来，我们谁也不想轻易反驳，免得暴露自己不学无术的真面目。大千世界，无奇不有，也许以前天上真有十个太阳亦未可知。

Shirley杨看我们一个个目瞪口呆，知道产生了误会，就说："你们想哪儿去了？天无二日，国无二主。我只是想说恨天氏是一个崇拜射日图腾的民族，所谓的太阳，可能是敌对势力的神或是太阳图腾。"

现在有学者认为南美的玛雅文明与商周文明极为相似，提出玛雅人是

---

① 鸿蒙，指天地开辟前的一团混沌的元气。

中华后裔的假设，因为两者的图腾神像以及服装建筑都有惊人的相似之处。不过玛雅文明是殷人渡海而建这一观点尚未得到认可。玛雅人就是一个崇拜太阳神的民族，射日则是一种起源于黄河流域的战争传说，这与恨天之国的来历非常吻合。

在波涛汹涌的珊瑚螺旋海域里，这个崇拜巨箭、巨石，曾经达到青铜冶炼技术顶峰的古国，由于过度开采龙火矿脉和山石，导致山崩海啸，所有的遗迹都被淹没在了海底，其遗民沦为蛮居海上的疍人。海眼下鲸腹般的洞窟，应该是一座硕大无比的矿山，倒塌的石柱石台，也许是古时采龙火所搭建的设施，如今也被归墟之水淹没。遭到破坏的南龙海眼内，海气混沌迷蒙，海水涨落涌动无常，比起古墓中那些人为布局的机关陷阱，这大自然造化而出的绝境，更是令人难以捉摸，无路可逃。

想到此处，我也无可奈何，只凭两艘救生艇，在归墟涌动的海水中都难自保，而且缺水少食，又如何能够穿越惊涛狂澜返回珊瑚庙岛？耳听山外洪波怒涛之声不绝，暂时也不可能划船出去寻找出路。我想起明叔那艘艇上还有阮黑的尸体，于是决定按其生前遗愿，先找块地方安葬了他。

多铃还想把他师父的遗体带回珊瑚庙岛下葬，我说那可不成，死者口含的那粒驻颜珠确有不腐不化之奇，不过也仅限于在吉壤善地。风水形势有优有劣，龙脉上生气最足的地方才能保证尸体不朽，要说风水龙气，普天下又哪儿有什么地方比得了南龙尽头的归墟？从峨眉山沿江入海的南龙地气都汇聚此处，把阮黑葬在这里是最好的选择，否则虽有口含，却未堵诸窍，天气这么炎热，在海上不出三日，便要腐烂发臭了。

我对多铃和古猜说明情况，然后四处一看，这石殿极广极深，我们失了魁星盘和司天鱼，身处射日铜殿之中，一时也难辨认方向。在水面上兜了两圈，见石壁上有道被水淹没的小门，有斜坡向上，似有斗室相通，便以木桨划水，拨转船头直接驶了过去。

这时水面上突然有数条为了躲避海涌而游进石殿的大鱼翻出水面，搅得水花飞溅，有的就紧贴在橡皮艇旁边跃水而出，溅得船上众人全身湿淋淋的。黑暗中我们也看不清楚都是什么鱼，只恐小艇被大鱼拱翻，不免人人自危，觉得在救生艇上实在是太不安全了。

在珊瑚庙岛的黑市里，军火是应有尽有，大多是太平洋战争时期留下的武器弹药，我们在船上也买了一批防身。此时胖子抄起一支美式 M1 卡宾枪，对准有大鱼翻腾的水面扫了几梭子，只见在探照灯的光束下，有一缕缕血水浮上，不等死鱼翻着白肚浮出水面，就见水面上有数道鲨鳍破水接近，在水中撕咬抢夺死鱼。

众人一看这石殿中也有鲨鱼，尽皆失色，都盼着赶快离开水面。匆匆划水，终于进了那道低矮的石门，穿过一间被水淹没的斗室，眼前地形豁然开朗，抬头可见血红色的苍穹，山中建筑依山而筑。这里是山腹中的一个天井，当中堆起一座山丘，离到近处才看清，石殿水面中隆起的山丘全都是蚌壳螺甲堆积而成，被海水淹了大半截，堆积如山的螺甲蚌壳中，凹凸不平的墙面上有许多人鱼做的皮灯盏。

我们将橡皮艇拖上蚌壳山，看看四周墙壁被海水浸泡过的痕迹，便知归墟之水涨落的幅度如何，被海水彻底淹没的时间并不多，墙上的水线和凿刻出的壁画都清晰可辨。看那壁上斑斓剥蚀之中，尽是古人宰蚌取珠、斗杀龙鲸的情形，原来疍人的手艺确是从此流传出去的，恨天氏应该算是南海采蛋的祖师爷了。

我告诉大伙，四周的山体和遗迹挡住了涌动的海水，也不用担心倒塌了被活埋在此，没有比这儿更安全的地方了，我们先在这里休息几个小时。然后我和古猜从艇里抬出阮黑的尸体，我对古猜和多铃说："你们师父是个命苦的疍民，他操劳一生，唯一的希望就是死后尸体不会喂鱼，可以口含驻颜珠安然入葬。咱们就给他做个蚌壳棺，把他葬在这青螺坟里如何？"

多铃和古猜两人都黯然点头，古猜对我说："胡老大，我信你，师姐和师父掉下海，你救他们，那么危险，眼睛都没眨，我从没见过你这样的人。"

我听他提到在海陷时我救回阮黑和多铃的事情，原来他出死力帮我们在沉船里打捞秦王照骨镜，是感恩图报。我眼下心思杂乱，并不想对此事居功，就立刻让他和多铃准备为阮黑整理整理，然后找个蚌壳下葬。

多铃带着古猜把裹住阮黑的白布拆开，用清水擦去他脸上残留的血迹，然后按照他们的风俗重新缠好尸体。南洋之人大多信佛，二人双手合十，为亡灵祈祷，祝他早日成佛。二人一想到相依为命、对待他们如同亲生父亲的师父阮黑就此死去，今后的岁月中再无相见之日，天底下最痛苦之事莫过于生离死别，不禁再次泪流满面，抚尸大哭了良久，在头顶如血的苍穹下，唱起了阮黑生前总在船上哼唱的一首歌，歌声哀愁凄苦，听得旁人也想落泪。

我和Shirley杨等人正在动手掘着蚌壳，听到这愁苦无边的歌曲，虽然听不懂在唱什么，但心中似有所感，生出一阵茫然若失的愁绪，不由得停下手来侧耳倾听。只有明叔听得懂这歌中词意，他叹了口气，低声告诉我们："蛋仔们唱的是古时采蛋之人的曲子——我的那个神啊，救我苦男儿，不怕流血汗，只怕回不了家……"

第四十章
有筋无骨

　　一支苦曲唱罢，多铃和古猜又哭了良久，方才收整好了师父的遗体。阮黑身无一物，没有什么遗产，只在口中含了一颗价值连城的驻颜珠，他穷了一辈子，死后算是享受了一回帝王将相才有的奢华待遇，采珠半生，最终葬在青螺蚌甲中，蚌甲在疍民心中是龙居，也算是死得其所了。

　　但我们在堆积成小山的蚌壳中寻了半天，也没见有足够完整巨大、可以作为棺椁的蚌甲。这四壁环绕的天井中，随处可见古人屠蚌采珠的雕刻壁画，又有成千上万的螺蚌空壳，肯定曾经是一处专门刮蚌的场所。我们在海上曾经捕得一只砗磲，它的蚌壳如白雪般晶莹，交错闭合如牙齿的两壳，如坚甲环抱，无隙可投，如能找到类似食人蚌的蚌甲，那才是最适合做棺材的灵物。

　　我并不死心，揭掉上面的一层蚌壳，想看看深处有没有埋着食人蚌，不料扒开几层蚌壳，里面竟露出很大一块铜板。抚去上面细碎的蚌壳和泥沙，发现铜体被海水浸淘已久，铜板表面上红色斑痕累累，可以看到镂刻着许多赤身裸体的女子人形，其形态皆为在海中嬉戏游动，姿态妖娆艳绝。

　　我们没想到竟会挖到这种东西，一时不知这精美的钢板是何物，又为什么会埋在蚌壳堆里。钢板上有两个铜环，看来这是个可以揭开的盖子，我想说这恐怕是口装尸体的棺材，但转念一想，又觉得这图案和形制却都不像，哪儿有棺材盖子上铸铜环的？于是话到口边又咽了回去。因为不明究竟，没敢擅自揭开铜板，对胖子打个手势，二人继续清除四周的螺蚌遗骸。

胖子掘开四周的螺甲，将其整体露出，原来这里埋着一副大如水缸的青螺甲壳，螺口被铜板封住。看那螺甲上的纹理，天然形成一个女子，衣纹俱全，手有指，腹有脐，眉目姣好，无不与生人酷像。常闻蚌中有天然生成的罗汉观音像，今天果真亲眼所见，外壳水纹形如女子，也算是一件海中的奇异之物。原来蚌中有人像的传言，并非疍民渔民空穴来风的乱说。

我让明叔也过来看看，他也不知道这被铜板所封的螺壳是做什么用的，猜测是古代恨天氏做的螺甲棺椁。我以前听说过蚌棺，古时确有这种葬俗，但大多是用蚌，而不用像米缸一样粗大的老螺青甲。用蚌棺下葬的大多是渔民，而且皆为没讨到老婆的男子，这种罕见诡异的风俗，大概是出于想和蚌精配阴婚的缘故。

胖子说："那就肯定没错了，要不然这铜盖上怎么会有如此多的女人，螺甲上也有个天然造化的美人身影。这口螺棺里收殓的，肯定是一个色鬼，娶一个媳妇都嫌不够，瞧他这阵势，死后是准备搞多少个？"说着就去数那些女子的数量，数了半天也没数清楚。

明叔听我们说这可能是口罕见的螺甲棺，有棺便有明器，如何能不动心？马上使出激将法，撺掇我和胖子说："乡下那套和蚌精配阴婚的龌龊风俗，怎么会和这螺壳棺材有关？我看这青螺也不是凡物啊，棺里的尸体，未必就是色鬼，反正他已死了几千年了，他生前什么品行，咱们后人又怎么能够分辨？"

胖子听后，一龇牙花子说道："嘿，我说明叔，怎么你还不信胖爷我这双慧眼？棺中的粽子要是嘴里有珠子，尸体肯定还没腐烂，不信咱就打个赌，我说它准就是个色鬼，要不然这么流氓在棺材盖子上弄那么多女的干什么？好色之徒性欲旺盛，脚丫子上的毛又黑又长，这就是一个很好的证据。"

第四十章 有筋无骨

我心想，经常游泳之人腿脚上的寒毛确实比较发达，曾经住在珊瑚螺旋海上的人，脚上的寒毛自然浓密。螺甲密不透隙，对恨天国的贵族来说，死后含颗珠子不是什么大事，说不定眉目俱全，连身上的毛发都能保留至今。胖子也不是省油的灯，以棺中死人脚上有没有毛来打赌，不仅别出心裁，而且已先自占了七成的赢面，如果尸体腐烂了，那就最多和明叔打个平手。

胖子又拿话激了激明叔，明叔忍不住气，咬牙跟他赌了，看看这螺中古尸到底是不是色鬼。买定离手，胖子的赌注是他捞来的金表，明叔破产后身上已没什么值钱的物件，只好赌上分给他的一颗南珠。

Shirley 杨对我说："你别让他们胡闹了，你想想这样做好吗？"我说："这有何妨？咱们这是……是科学考察啊，陈教授不是也说过对待科学，对待真理，一定要大胆假设、谨慎求证吗？古尸生前是不是非常喜欢女色，这也是学术研究领域之内的重要课题，我记得关于海陵王那个超级大色鬼，就有许多学者专门考证研究过。许他们研究，难道就不许咱们摸金校尉研究了？再者说来，这青螺要真是棺椁，正好安葬船老大阮黑，他也是光棍一条，葬在这里，岂不比收殓个古时的流氓色鬼合适？"

我问古猜和多铃同不同意，他们姐弟二人没经历过这些事情，表示愿意听我安排。于是我立刻让胖子去揭那棺盖，尽量不要损坏了，稍后安葬阮黑还要使用。

Shirley 杨没办法，只好又劝明叔别跟胖子赌了。明叔说："都已经下注了，哪儿有反悔之理？不过杨小姐你也别担心，你阿叔我是什么人？贩卖过多少古尸自己都数不过来了，就根本没见过死人脚上的寒毛还能保存下来的，不管尸变还是被寒玉塞住七窍致使尸气不泄的，总之人死之后只要过一定的年头，尸体在特殊环境下，也许依旧像活人，可腿脚上的寒毛却绝对会脱落。"

明叔得意之情溢于言表，又得意地接着说道："杨小姐你看他们那两个衰仔，一向目无尊长，也不知道天有多高地有多厚，可他们毕竟缺少经验，还嫩啊，姜是老的辣嘛，也该让他们得回教训了。"

我和胖子听到明叔自称已经稳操胜券，抬头对望了一眼，心中不禁有气，暗骂明叔老贼真够狡猾。

我仔细回想，还真不记得在哪具粽子脚上见过寒毛，这回赌得匆忙，可真有些托大了。不过我也并不担心，因为我清楚胖子是干什么的，他除了割肉疼，就属花钱疼，不占便宜就觉得吃亏，他怎么可能让明叔这老港农拿下一道？

这时胖子找出家伙，戴上口罩，对我们挥了挥手，示意大伙退开几步，免得被棺中阴晦之气冲到，随后在蚌壳堆上点了支人鱼蜡烛。不过这时候东南西北根本搞不清楚，只是出于习惯胡乱上了亮子，这才动手撬住铜环，气贯丹田，叫了一声"开"，将陷在螺甲壳口的铜盖揭了起来。只见螺甲中确实不是空的，似乎还有螺肉，棺盖一启，一片白光冲向半空，似有宝气，可又腥臭无比。

众人等那阵白色气体散尽，才敢走近去看，只见棺中果然躺着一具尸体。我和胖子、明叔三人顾不得去看古尸长得什么模样，迫不及待地先去看它双脚。古尸蜷倒在水缸般的螺壳里，双脚白腻异常，却并没有半根又黑又粗的寒毛。

明叔见状忙说："怎么样，脚上没毛，古尸生前肯定不是色鬼，肥仔输了就要认……"

胖子满脸诚恳地对明叔说："脚上没毛可不一定不是色鬼啊，没毛说明……说明……说明这哥们儿是性变态，比他妈流氓还可恨。再说，咱们当初赌的可不是它脚上有没有黑毛，而是古尸生前是否是个好色之徒，您老想让我服输，当然没问题啦，但至少也得拿出这死尸不好色的证据来。"他明明强词夺理，但偏叫人无可反驳。

明叔又落入胖子的套中，差点连肠子都悔青了，想去找 Shirley 杨给评评理。

这时 Shirley 杨正在察看螺壳里的古尸，她对众人说："别争了，这螺甲根本不是装殓死者的棺材，如果这片满是洞窟和石殿的山体是恨天氏的古墓，我想这螺甲可能是用来封藏殉葬品的，这天井是处殉葬的偏殿。"

我闻言一怔，虽然风水易理的雏形始于西周，但从殷商那一远古时代开始，不论活人居住的城池，还是安葬死者的墓穴，便已有了一定的准则。比如中、正、方、直的形状，以及"坐北朝南"的取向，实际上这些便是风水之道的原型。例如"北为阴、南为阳，山北水南为阴、山南水北为阳"，早在殷商的墓葬中都已出现，可见阴阳之理要早于五行相生相克推演之道。不过若说这座供奉射日青铜神像的山体是座古墓，确实难以理解。春秋战国以前，还不可能在坟墓中存在如此宏伟的大殿。

我估计Shirley杨也应该清楚这些事，不过，她既然如此说，必是自有道理。只见Shirley杨戴上手套，将螺壳中尸体轻轻捧出。这尸体的四肢在她手中又瘫又软，皮肉如水缎一般，竟似软若无骨的一副空皮囊，可偏偏眉目口鼻俱在，满头青丝也不曾少得一根，身上穿了一身千珠衣，赤着双足双手，顶着鱼骨冠，原来是个女子。

刚才我们只顾看古尸的双足，没想到竟是一具女尸，不禁好生惭愧。不过我见Shirley杨竟敢把那全身无骨的女尸从螺壳里抱出来，忙道："这也使得？快放下，小心尸变！"

Shirley杨说她要找找看这巨螺中有没有归墟中的地图。那具女尸瘫软如泥，尸中毫无形骸，传说古时候的徐偃王[①]是有筋无骨之人，想不到真有这样的尸体。之所以说螺甲中都是陪葬品，或是埋藏起来的贵重秘器，是因为这女尸似乎不太像是盛殓在其中的棺主，它更像是一件神秘的收藏品，而且螺壳中还有许多古怪的东西。说着话，她将女尸放在螺壳被撬掉的铜盖上，又从空螺中取出一对漆黑的古铜剑，一个龟卜玉盘，数支人鱼蜡烛，另有一个形态古朴的黑色玉瓶，瓶口封得极是严紧，瓶中沉甸甸的，似是装满了什么东西。

我和Shirley杨同样觉得好奇，螺壳中这些稀奇古怪的东西都是做什么用的？正要逐样看个仔细，却见明叔和多铃姐弟都面无人色地盯着那具有筋无骨的女尸看，眼也不眨一下，他们脸上的肌肉好像都在抽搐。我忙问：

[①] 徐偃王，名诞，生于周昭王三十六年。史载徐偃王"生而胞不坼，以为不祥，弃诸水滨"。他生下来时，胞衣居然没有破，如一肉球，家人恶之，以为不祥之物，故弃之。出生后的徐偃王，据《尸子》记载"有筋无骨"。可能是其身体柔韧度比较好，像没有骨头一样。

"明叔，怎么回事？"

明叔似乎被一股无形的压力震慑，喘着粗气，喉头像被哽住了一般，连说话都已吃力："那不是……不是女人尸体，那东西是……彪[①]！"

[①] 彪，音 mèi，同"魅"，《说文》中解释为"彪，老物精也"。

第四十一章
尸彪

我尚未听清他在说些什么,就见明叔双膝一软,咕咚一声跪倒在地,多铃和古猜也跟着跪下,他们好像见到了什么令疍民极其畏惧的东西。明叔以膝代脚,爬过去将那有筋无骨的软尸装进一个大密封袋里,见尸体并没有沾水,难看至极的脸色才渐渐缓和下来。他连连叩头,祈求渔主保佑。在风高浪急的大海上,疍民渔民们无不视妈祖为神,天后娘娘在海上救苦救难,是保佑舟船平安的一方神圣,但冒险出海的人不是为了迎风搏浪,而是为了养家糊口挣饭吃,在海里采蛋屠鲸,或是打捞青头,捕到千斤大鱼,则务必要拜祭渔主,请海神赏口饭吃。

我始终以为渔主是传说中海里的龙王爷,却见明叔等人诚惶诚恐,竟对那螺壳中的女尸如此恭敬,实在不知他们这三个疍民想做什么。修炼修道之人,死后飞升化仙,留下的尸体称为遗蜕,难道这软如烂泥的女人皮囊,便是渔主的遗蜕不成?

Shirley 杨想在螺壳中寻找归墟的地图,不料却让明叔和多铃姐弟三人受了一场虚惊,显然青螺壳里藏的诸般事物是蛋人渔民们都识得的,于是问明叔等人,那有筋无骨的女尸,以及螺中的铜剑、玉盘等物,究竟是做什么的？明叔抹了抹额头上的冷汗，道："你阿叔这顾问自然不是白当的。别看你们摸金搬山的高手，历来搜山剔泽履险如夷，可在海上就不懂采蛋的掌故和规矩了。虽然在七十二行里都是凭手艺吃饭的，但隔行如隔山，所以你们不知道这女尸和短剑是做什么用的。在疍民眼中，这可都是祖宗留下的神物。"

我说："明叔你就是个反动学术权威，别说得云山雾罩的大卖关子，我就是以前从没采过蛋也能猜出三分，螺甲中所藏的，大概都是古时候疍人祖先在海底采蛋所用之物。"

明叔说："胡仔不愧是摸金校尉中的元良，眼光确实犀利。这被铜盖封住的螺甲，既不是什么棺椁，也不是陪葬的明器箱子。疍民的手艺都传自秦汉时期海上的蛮子疍人，传说龙户獭家的祖宗能在海底置蚝引蚌，现在某些年代古老的海神庙里，还可以见到记载那些古时神迹的壁画，凡是下过海的疍民没有不知道的。就好比摸金校尉大多知道摸金祖师爷在幽王墓里盗走丹砂异书，这丹砂异书皆是西周的神物，摸金的手段究其根源出处，都是从中演化而成，但后世谁也没见过丹砂异书长什么样。疍人祖师的蚌虺就如同摸金祖师的丹砂异书，是采蛋之人听说过没见过的神器。"

听明叔如此一说，我和 Shirley 杨就明白了一多半。疍人是恨天氏的遗族，他们应该知道祖先是如何下海采蛋屠蚌的，螺甲中所藏的古物，都是恨天氏在海底采珠所使用的道具，相传都是海神渔主所造，件件都是世上绝无仅有的，想不到被我们无意中掘了出来。不过这些稀奇古怪的东西是怎样使用的？那所谓蚌虺的无骨女尸，难道也是捉蚌采珠的道具？对疍民这些事，我们是丈二和尚摸不着头脑，确实是外行了。

明叔说这些东西既然叫咱们撞见，都是托了渔主的洪福，干脆都带回去，将来再想到南海采蛋，全都派得上大用场。如今沿海的天然珍珠都被采尽了，珊瑚螺旋里的也不多了，可能在几百年间都未必再有成形的月光明珠了，不过这些古物都是海底遗存的青头之祖，用不上还可以变卖出去，也是一桩不小的富贵。

但这批青头之中，唯有蚌虺比较危险。刚才 Shirley 杨说古时徐偃王全身无骨,只有筋肉血脉,这女尸可能生前患有徐偃王的无骨怪疾。实际上在古代确实有这种怪病,徐偃王从生下来起,就是一个有筋无骨的废人,只能仰面朝天地躺着,一生不能坐立俯视。不过作为蚌彪的女尸却并非如此,它是被一种残酷的刑罚化去了全身骨骼,尸体皮肉更经过特殊的处理,像是被制成了一个诡异的标本。但这制彪的方法,就根本没从归墟里流传出来,所以后人无法得知。

从秦汉之际起,因为有些千年老蚌藏得严密,更兼躯体庞大,难以托出水面,所以疍人中的龙户入海必带"珠媒",于水底置珠媒引珠。老螺巨蚌见珠媒闪动,就会误以为明月在天,纷纷从藏身处现形展甲,吐珠弄月,采纳天地灵气之精华,龙户趁此机会舍命夺珠。这套方技极其危险,因为此时海底精光四射,引得深海恶鱼鲛龙随之出没,龙户往往要一面力搏龙触鲨吻,一面又要在老蚌藏珠闭甲的间不容发之际夺取蚌珠。以前汉文帝听到这些龙户采珠的事迹后,曾连声惊叹:"险哉!"

珠媒最早的原型,就是用女子躯体所化而成的尸彪。原始鸿蒙的海底极阴处常有蚌祖,实已成精,这种蚌都活了不下千年万年,已经与海底礁石化为一体,非到月圆极明之时不肯吐珠。它的蚌珠光华绝伦,而且老蚌狡狯通灵,普通的珠媒根本无法引出它的蚌珠。只有给女尸穿以珠衣,珠衣上的珍珠都是不值钱的鱼珠,类似鱼脑中的结石,在水底并无光华,但女尸体内一股幽怨之气在海底能使鱼珠产生暗淡的精光,这种光晕阴气沉重,极似月阴,采珠者只有背负尸彪赴水潜海,才能引得蚌精吐纳明珠。

尸彪平时不能见水,遇水就会展其形骸,损耗阴气。这种原始并带有几分邪恶残忍和神秘色彩的采珠之法,只掌握在疍人的祖先手中,连龙獭之辈也不会制作尸彪,只能以平常的死者磷膏混合鱼珠为媒,对成形的蚌精则毫无办法。

至于螺甲中的两柄短剑,剑身漆黑,背刃有透孔,呈北斗七星排列,刃柄吞口都铸为一体。剑柄是鳞族鲛人的形态,鲛尾弯曲盘缠,人头上仰口吐剑刃。双剑一阴一阳,工艺对称精确,刃口已经变得微微泛出暗红,但依然锋锐十足,人离得近了,就会感到森森凉意。将剑刃的透孔附在耳畔,能听到隐隐海潮之声，两柄短剑都和龙弧相似，是疍人祖先入海宰蚌屠龙的利器。看这天井下堆积如坟山的螺甲，想来已不知有多少水族丧在刃下。

明叔自称疍民，虽然从未真正在海中采过蛋，但他精于世故，常年在海上做不法勾当，熟知海事，对疍民的手艺和各种掌故来历，简直比那些真正以此为生的蛋人还要熟悉。我察言观色，知他所言不虚，不过心中有些不以为然："这就好比是古时候说的屠龙之术，根本没有实际的用途。如今老蚌都被捕杀得近乎绝迹了，它们所需的生存环境又十分特殊，海底哪里还有需要用尸鬾才能引出来的老蚌？"

我最关心的还是螺甲中那套玉盘和蜡烛，相传周文王推演先天卦数之时所用的器具正是龟甲和照烛，盖因诸如龟甲龙骨或海底玉石等物中都自身蕴含着神秘的龙气，自古以来便被视为通天的灵物。归墟古城中很可能有先天十六卦的遗迹，于是就让明叔不要再说那些不相干的蚌祖渔主，玉盘、玉瓶，还有那几支人鱼蜡烛，可是古人用以占卜之物？

明叔说疍人是海上蛮子，从不行巫卜之事，玉盘和蜡烛是通过烛影来测算月之阴晴圆缺的月璧，早时有许多龙户继承了这种古法，后来测月观星之物种类多了，就逐渐不再用这老法子了。而那黑色玉瓶中的油膏，是鲛人鳞下的分泌之物，除了能治潜水病之外，还可用来涂抹到采珠人身上，否则活人的气息就在水下遮掩不住，那些有灵性的巨蚌便知有人夺珠，闭合坚甲藏匿，使疍人难以接近。这些东西，实际上正是一整套古时采珠所用的神秘器具，恐怕也并非有意埋在螺甲蚌壳的残骸中，这天井四下通风，可以消减血腥之气，很可能就是一处古时刮蚌的屠场。

众人听罢明叔所言，无不心中忐忑，望着脚下堆积的螺蚌甲骸，似乎都能闻到一股血腥的气息。蚌病而生珠，在水下生活千百年，与人无害，却常常惨遭屠戮，正是"匹夫无罪，怀璧其罪"。不仅是人之贪欲，就连那些鲛鳞之属的海怪，也常舍命追逐海珠，求之不倦。归墟遗迹中的蚌壳虽多，从古至今这么多年来，为南珠丧命的疍民水族数目，恐怕更多上十倍也还不止。难怪明珠皆取月之精华，实是因为阴气附着难消，这股阴气甚至可以使古尸驻颜千载。古时那些对南珠贪婪无度的达官贵人，若知道每一粒拇指盖大小的明珠都是无数疍民用性命换来的，还敢不敢再随身佩戴赏玩？

我和胖子将阮黑的尸体装入已经掏空的螺甲，重新封上铜盖，纳入蚌壳堆积的坟墓掩埋，合手拜了两拜，但愿他在天有灵，能够含珠安息，并保佑我们顺风顺水，早日回家。随后众人吃些东西充饥，就地休息。

胖子对目前的处境毫不担心，他将翡翠宝衣以及人鱼吞珠的遗骸等价值连城之物全填入一个背囊里，搂在怀中呼呼大睡，梦里似乎正在数钱，嘟嘟囔囔说着胡话："钞票贴在脸上的感觉可真他妈好……"

明叔一会儿看看尸彪，一会儿又摸摸那对鲛鳞短剑，虽然按捺不住心头的狂喜，却又不禁为如何从海底脱身感到忧心忡忡，想到害怕绝望处，全身都跟着一阵阵发抖。古猜和多铃一是伤心师父惨死，二是担忧今后命运和眼下的困境，吃了些东西后也都辗转难眠，睁着布满血丝的双眼，躺在螺甲坟上听着城外阵阵海水涌动之声。

我过去让他们抓紧时间合上眼休息一阵，看这海气涌动的势头不祥，稍后可能要有大难临头，到时候搏浪一击，是生是死在此一举，倘若不能养足了精神气力，便抓不住稍纵即逝的生机。咱们吉人自有天相，眼下什么也不要多想，只管睡上一觉再说。自从进了珊瑚螺旋之后，人人精神紧绷，谁也没得喘息片刻，这时都已精疲力竭，经过我一番劝说，精神稍稍放松，明叔和多铃姐弟陆续倒在橡皮艇中睡着了。

只有Shirley杨心潮起伏难以入睡，她侧倚在小艇上，低声和我商议如何解决打捞队面临的种种困难。青头是越捞越多，包袱也就越来越重，接下来的情况却不容乐观，归墟上的几处海眼，都有灼热的阴火流动，挡住了千万吨海水灌入。但是海底地壳被常年大规模的采矿给挖空了，使得地脉中海气动荡不定，凝结积郁的海气一旦变化，就会再次产生海陷，大海洞又会卷着无穷的海水灌入归墟，想从海眼中返回海面比登天还难。海洞噬海的威力我们亲身经历过，当时海洞产生的巨大吸力能把空中的海鸟都卷进来，所以海眼基本是条绝路。

Shirley杨说："归墟下乱流涌动，水面有时平静，有时又翻涌如沸，甚至还有浪涌潮汐，小艇无法在这种恶劣的环境下航行。虽然远处可能会有伏流的出口，但也万难接近，不知几时大海洞又会把海水吸入，到时这浮出水面的古城遗迹立刻就会被大水淹没，咱们连个容身的地方都没有了。"

我为了让头脑清醒一些，摸出烟盒来点了支烟，心想能在几千年前的古代遗迹中抽烟，这种待遇还真不是一般人能享受的。看着香烟燃烧的缥缈烟雾，忽然想起以前有个高人，是渔民出身，叫作刘白头，他平生嗜食烟草，也是一代风水宗师，不过他不看山只看水，最精海气之道，著有奇书《海底眼》，详细阐述论证海气海蜃，相水观海之法独步天下，堪称一绝。

摸金校尉所著的《十六字阴阳风水秘术》，是"穷究天地之变，自成一家之言"的风水秘术总诀，集合了许多宗师大家的堪舆精髓，书中内容的形式可分为图、表、歌、诀、赋五类，只在"寻龙诀"中才涉及南龙。由于《十六字阴阳风水秘术》是本摸金指南，所以对古墓山陵奇少的南龙解析得并不详细，其中对海眼、海气、龙火的论述，都得自海上奇人刘白头所著的《海底眼》。《海底眼》中说海气之变，不外"盘古浑沦，阴阳清浊"之理，其实都是开天辟地时便已留存在海中的混沌之气。阴阳之水相互混合，海气下必有伏流，也就是海底的淡水热泉。古时恨天氏避处海岛，从遗迹规模来看，人口应该不少，他们常年在地下开铜矿采龙火，并非就一直住在这鲸腹般的海底。珊瑚螺旋海沟里的建筑遗迹，当年都是从海面上沉下去的，他们需要庞大的淡水资源供应日常所需，珊瑚森林里有许多乱流，大概都是以前淡水深井的遗迹。如果能辨明方向，也许能借着海底喷上去的淡水浮回珊瑚螺旋。

我自认为此计甚妙，Shirley杨却说绝不可行。这里距离海面太深，上下交错的水压和乱流之强根本无法估计，可以轻易将人撕成碎片。随后她又说古猜后背的文身中似乎还隐藏着许多秘密，如能领悟其中真相，也许会找到逃出生天之路。

透海文身里描绘的海中之山，与我们所见相互吻合，各种建筑大殿都建在起伏的山中，山呈环形，中间有一根黑色巨木，木下压着一具形态奇

第四十一章 尸彪

怪的僵尸，再深处是鲛人和古龙遗骸，其中奥秘若不亲眼所见，实是难以想象。现在我们唯一能做的，只有暂且养精蓄锐，休整之后再到古迹中探明真相，谋求脱身之策。我和Shirley杨说了一阵，就觉得眼皮打架，不知不觉中沉沉睡去。

也许是太累了，这一觉睡得很实。突然一阵天崩地裂的巨响，只觉四周海涌呼啸而至，众人一齐从睡梦中惊醒过来。天井中海水暴涨，四壁门洞皆被淹没，两艘被拖上蚌坟的小艇也都浮了起来。我揉了揉眼睛，担心小艇被水流冲走，赶紧叫众人上船。正在这时，就听天井外铜甲铿锵，不绝于耳，好像殿中射日的青铜武士神像都忽然活了，浑身铜甲摩擦碰撞，朝我们围拢过来。而且声音密集，难以分辨数量，绝不仅是我们在射日铜殿里见到的那几十尊青铜巨人，似乎是一支成千上万的青铜大军开始在海中复活。千军万马踏水而出，青铜碰撞与海水涌动之声混合，也不知是军声如潮，还是潮似军声，但这震耳欲聋的响动格外使人战栗胆寒。

众人闻声无不失色，不知水里究竟发生了什么剧变，连胖子也是吃惊不已，他还以为海底的铜人活转过来，是为了抢回我们舍命捞来的青头，急忙把背囊缚在身上，抄起M1卡宾枪，又捡了几颗手榴弹塞进腰里。明叔见状更慌，惊问："肥仔你要怎的？"

胖子恶狠狠地拉开枪栓："谁他妈敢动老子的这批青头货一根小手指头，本司令就把他从青铜器时代打回石器时代！"说话声中，海水涌动，将两艘小艇从天井中托出，随着海水形成瀑布落入山间。只见一片朦胧的海气中，显露出无数青铜武士，他们围绕着一根漆黑的巨树，密密麻麻地列成阵势。

第四十二章
定海神针

环形山山势起伏，围绕着一个巨大的广场，海气鼓荡之下，使得归墟中的海水暴涨，淹没了周边的石殿遗迹，穿过山体的洞窟和间隙沟壑，像瀑布般倒灌入山里。我们的小艇随着水流冲上天井，只见四周被瀑布般的水墙所围绕，海水从四面八方涌入山中的凹地。

在铜声潮水雷动的混乱中，两艘橡皮艇成了被秋风卷起的败叶，随着一阵激流，旋转着落入四面山体环绕的水中。我们急忙将艇划向水面中央，以免被环形瀑布冲翻，并趁机在水雾中前后打量。

这里的地形就像是古罗马的竞技场，山坳处天然形成一个圆形的广场，底部有十几个漩涡，将海水抽进古城下方的无底深渊。一棵倚天拔地的黑色巨木斜插在其间，有十来层楼房的高度，树身之粗大可容宅，几十上百个人怕是都合抱不拢，犹如一座黑色的通天巨塔，斜立在环形的城迹中央。木皮皆为老鳞状，非松非柏，也不是普通古木之化石，乃是古时森林沉没海底万年所结的阴沉木[①]。下端没入水底，还不知道有多深，上端斜指戳天，

---

① 阴沉木，又叫乌木，专指埋藏地下数千年的各种名贵古树。

周遭嵌以团团层层如同云雾一般的箭石，仿佛是云层缭绕如伞盖的树冠，木身上嵌有深绿色的虫鱼铜迹。我们虽然没正式研究甲骨篆迹，但甲骨文在龙骨天书上也见得多了，多多少少也识得数十字。这种虫鱼迹大多是象形文字，Shirley 杨事先曾做了些功课。此时她扫了一眼，就发现巨木上的两个虫鱼古篆虽然形似鱼骨虫足，却不是容易辨认的象形字，只猜出其中有个"木"字，第二个字就猜不出了。

环形山内犹如一口巨大的归墟深井，不管四周有多少海水灌进来也填之不满。四周散布着上千尊被水半没的铜人，体形都比常人要高出许多。巨像皆是周身青铜，神情古朴凝重，头顶并没有佩戴鱼骨冠，都如奴隶一般。在湍急的水流中，每十尊青铜奴隶围成一圈，推动手中绞盘，无数道铜链牢牢锁在巨木之上。涌入深渊的乱流卷起一股股漩涡，激流带动铜奴铜链，使得青铜相互撞击摩擦，铿锵之声不绝于耳，然而高大的青铜奴隶们徒劳地在水中晃动着，却转不动绞盘一丝一毫。

众人并力拼命将小艇驶离水面的漩涡，分别用绳索套住近处的青铜奴隶，才暂时将救生艇稳住，身上已被飞溅的水雾淋得湿透。山体环合的地形并不拢音，在巨木附近已感觉不到那雷鸣般的怒涛，但鲸腹形洞窟却将回声反复冲撞，只觉耳骨隐隐生疼。

眼看着四周海水如墙，水势极盛，我们的救生艇难以承受疾风大浪，当此情形，不得不令人感到末日临头般的绝望。众人抬头四顾，如同深海之鱼仰望蓝天，这时除了心念如灰的恐慌之外，心中更是一阵阵的茫然无助。不知究竟是到了什么地方，看来归墟中的古迹，并非古墓古城，在这采集龙火的深渊中，处处是难以理解的神秘事物。

胖子见橡皮艇略稳，就站起身来用手摸了摸水中高大的黑木，奇道："这不就是龙王爷水晶宫里那根定海神针吗？咱这回怕是进龙宫了，放眼全是青头祖宗，可惜又没那么大的船往回运，这他妈不是成心让胖爷着急吗？"

我说："胖子你瞧清楚了，神针是铁的，这古木可非金非铁非石，而是正经的上好木头，只有几千万上亿年前的古森林里才有。我那会儿在昆仑山当工兵挖山，就见过这种百米巨木的化石，听说只有在阴气沉重的深海里，才能保留原木的形态。你们看这些青铜奴隶拼命转动它，这也绝不是想定海，八成是在搅海，搅浑了海水才能捕捉吞舟的恶鱼。"

Shirley 杨说，古人认为世上有三种上古的神木，除了断掉后在没有光合作用的环境下还可继续生长的昆仑神木之外，另有扶桑和椲木。扶桑是太阳落山后所停留的一棵大树，恨天氏视太阳为敌，所以这古木不可能是扶桑，应该是传说中可以从海底通向月宫的椲木。

明叔和古猜等人的小艇停在离我们不远处，听到 Shirley 杨说这是海中椲木，忙道："这么多铜俑奴隶，肯定都是用来殉葬的，看来这的确是座恨天氏的陵墓。椲木是上古神木，下面压着的肯定是古时成精的僵尸，咱们这回连潜水寻找生路的机会都没有了。"

Shirley 杨摇头说："先前我猜这里是座古墓，如今看来可能有误，用龙火炼鼎的那个时代，还都是以活人殉葬，尚未有始作俑者，既然有铜俑就多半不是古墓。另外，椲木顶端嵌了许多箭石，周围有上千青铜奴隶环伺推动，这东西可能是一件射日兵器的图腾。"

我看椲木虽是世上少有的海底神木，但妄想要射穿太阳，却无异于痴人说梦。扯动铰链的铜人，都是以龙火所铸，千百年来淹在水底也未彻底锈蚀，而且铜性坚固不散，但不知铸造这么多铜人又有何用，难道还真指望它们能活过来推动椲木射日？似乎没有任何意义，我实是想不出这遗迹有什么作用。

Shirley 杨说，咱们不能以现在的观念去衡量古代的事物，在今人眼中，也许这射日图腾毫无价值，都是驱使古代那些悲壮如同蝼蚁般的奴隶，呕心沥血倾尽国力铸造的废物，可在古代，这就是人们生命的意义和信仰所在，是精神世界的寄托。

听她这么一说，我若有所感，这些"假大空"的事物可以什么都不是，也可以是一切。我正思量着该何去何从，忽然感到地动山摇，海水以前所未有的幅度剧烈鼓荡，椲木四周的青铜巨像，脚底都似生了根，任凭海水如何冲动，也仅仅微微摇晃。耳中只听铜甲摩擦碰撞的尖锐之声密集异常，头上海气带动阴火燃烧，空中霎时间下起了铺天盖地的一阵火雨。

第四十二章 定海神针

我们躲在漆黑的榫木和铜人躯体下,躲避落入水面的一团团阴火,加上此时海波汹涌暴涨,救生艇边缘被阴火燎着,顷刻异味扑鼻,冒出缕缕白烟。我们无计可施,只能听天由命,活得一刻便算一刻了。

阴火凄冷的光芒中,只见海水中有一条巨大的阴影浮现,随着乱流蹿入榫木附近的水里。明叔忙叫喊着让大家小心有恶鱼吞舟,话音刚落,水中就冒出一条粗大的黑色蟒鳗,数米长的漆黑鳗身泛着幽蓝微光。它在海底全凭感知,这时慌不择路,没头没脑地撞在了明叔所在的橡皮艇上,顿时推着小艇在水面上滑出十余米。明叔等人险些落入水中,古猜想用木桨去打,却由于身体失去了重心,根本爬不起来。

我们齐声惊呼,眼看那小艇就要撞在水中铜像之上。我赶紧一拍胖子的肩膀,让他开枪解围。胖子见鳗头出水,举起M1卡宾枪连射三弹,这么近的距离他说打左眼绝不打右眼,枪响处血雾带着碎肉飞溅,鳗血喷了明叔满头满脸。受伤的黑鳗一头扎入了附近水下的漩涡失去踪迹,水面上只留下一股混浊的血水,顷刻便被涌动的水流冲去痕迹。

明叔三人的救生艇险些也被漩涡吸住,赶紧抄起木桨划水,重新向我们靠拢过来。这时又见水花翻滚,水里有条十六七米长的怪鱼,头尾乌青,顶着一个发光器,身体发灰,双眼格外突出,全身都是菱形刀鳞。它突然浮出水面,鼓鳍摇尾,正追逐一条从深海逃出来的黑鳗,乱流中失了猎物,便直奔我们的救生艇扑来。

Shirley杨识得这是被称为深海金眼鲷的猎性鱼,它和巨型黑鳗都是被水底热涌逼上水面的。由于几千米以下的深海中食物较少,它的习惯是见什么吃什么,离开了深海在浅水下它难以存活太久,所以在没有任何理由的情况下,也会由于身体的不适疯狂袭击水面的一切生物。但此时救生艇在榫木下躲避火雨和海涌,根本无法移动半米,胖子身处射击死角,无法及时开枪防御,只好抓起艇内的另一支M1卡宾枪抵在肩上,向水面射击。一梭子弹入水,激起了串串水柱,可0.3英寸口径的枪弹,防身有余,想要射杀皮厚如犀的金眼巨鲷,却是力有不及。

不过枪弹如雨仍起到了一定效果,深海恶鲷掀起一片水花,擦着我们所在的救生艇迅速游过，头也不回地撞向明叔和多铃姐弟所在的小艇。明叔面如土色，呆在当场，眼看就要被怪鲷掀翻小艇拖入水中，多铃和古猜只好抡起船桨砸向獠牙大张的鲷头。

我见状况不妙，只要小艇一翻，明叔这三人还不够给这海怪般的恶鲷塞牙缝，但我们的两支 M1 卡宾枪无法射杀水中的恶鱼，只好使出当年在河里炸鱼的办法，同胖子取出集束手榴弹，咬掉导火环，拼命投向金眼鲷和橡皮艇之间。

手榴弹从脱手到爆炸有一个间隔，未能炸中金眼鲷的鱼头，不过还是炸中了乌青的鲷尾。爆炸激起一大片水柱，将金眼鲷鱼从水中掀翻至半空，可手榴弹爆炸的区域离救生艇过近，爆炸的冲击波同时又将橡皮艇冲得一震，明叔和多铃都被甩入了水中，古猜想也没想，叼了短刀就下水救人。好在这些人都是海上搏风击浪以海为生之辈，掉到水里并未慌乱，迅速游了回去。

我见四周有鲨影闪现，不禁替他们捏了把汗，急忙将小艇靠拢过去。明叔等人的小艇已经漏水不能使用了，但我们这一艘救生艇根本容不下六人和大量装备，如果众人合乘一艇，那逃离时使用的水肺等潜水装备，以及淡水和食物这些看似累赘、实则维持着打捞队生命线的重要物资都要舍弃。

火烧眉毛，只好先顾眼下，为今之计，唯有冒死潜水，进入海下水底寻找出口。于是众人暂时踏着青铜巨像，攀上海底神木落脚。另外，要游出归墟，唯有潜水离开鲸腹，然后摸清伏流的走向，潜回珊瑚森林附近的海沟，所以潜水装备绝不能舍弃。于是大伙都要把各自需要的水肺、蛙具背了，又带了少量潜水炸药，枪支、手榴弹、食品、淡水全都抛下。捞来的青头自然是舍不得扔回去，分别缠在身上的潜水携行袋里。秦王照骨镜我始终绑在胸前，只要能活着回去，这古镜是必须带回去的。其余的青头和一日用量的清水、食品，还有部分急救药品，则都装入一个加有铅块和充气囊的密封背包里，以便统一携带。

明叔把恨天氏刮蚌屠龙的两柄短剑分给我和胖子，他说想在归墟里潜水寻找生路，基本上就要做好有去无回的心理准备，天知道水深处有什么危险，有疍人祖宗的分水剑防身，至少比潜水刀和鱼枪可靠。我和胖子暗骂明叔又想将我们顶出去做挡箭牌，不过此刻容不得再去跟他计较，我抓紧时间告诉众人："看来海上就要发生大潮，归墟里随时都可能被海水灌满，留在这儿被龙火烧灼只有死路一条。咱们潜入水底求生，机会只有一次，绝没有回头的道理，如果水肺消耗尽了还游不出去……那结果就不用我说了。总之记住三点：第一，团队行动，同进同退；第二，不要耽搁时间；第三，最后时刻一定要顶住心理压力，必须豁得出去，孤注一掷，千万不能走回头路。"

此时众人无不清楚，凭我们携带的水肺氧气，想在根本还没确定是否有出口的情况下逃出归墟，活着出去的概率恐怕不到千分之一。但留在这里不是被浪涌掀翻了小艇掉进水里喂鲨鱼，就是被龙火和热泉烧死，事态是急转直下一落千丈，连喘息考虑的时间都不剩几分钟了，眼瞅着再不采取行动就没有活路了，正如明叔所言，"不赌不知时运高"，机会再少也是机会，与其等死，何不趁着现在精力充足冒险一搏？当即就都下定了决心。

这时火雨突然不再落下，附近水面的鲨鱼都在抢夺鲷鱼的尸体，水已涨至青铜奴隶的头部，水面上密密麻麻的一片铜人头颅，四周大水涌动之声如同在海底撞击巨钟。这时气氛压抑得难以形容，但我见正是入水的机会，对众人打个手势，扣上蛙镜含了呼吸管，正要带头顺着槯木下到水里，却被古猜拉住了胳膊。

我推开蛙镜问道："怎么，临阵退缩了？"只见龙户古猜满脸都是惊讶骇异，他对众人说："不能走……我看到……一个白色……白色的太阳！"

第四十三章
奔月

　　我听古猜说见到了白色的太阳，根本不明白这小子在说什么胡话，还以为是他过于紧张吓昏了头，毕竟绝望带来的强烈心理压力，不是他这十六七岁少年可以承受的。明叔却吓了一跳，在海上见了白日头可不是什么好兆头，懂得海象天候之人都清楚"日头惨白，风暴连天"，那是将要发生翻海灾难的征兆，他险些瘫坐在地上，幸好被扶了一把。Shirley杨问古猜："别急，把话说清楚了。"

　　古猜急忙指着头顶："你们看啦，太阳是白的……"众人均没想到他所说的太阳就在头顶，身在地形酷似鲸腹的归墟之中，怎么可能看到天空的太阳？当即将目光齐刷刷地投向上方，不料真有个白茫茫的圆形物体悬在头顶，它正对着榿木嵌满箭石的顶端。

　　刚才海气相激，岩层中的龙火飞溅，落下了一场火雨，半空都是阴火烧海形成的薄雾，谁都没注意上方的情况。我心中先是一凛，有些摸不着头脑，奇道："那是什么？"事情发生得很突然，一时没能回过神来，只有一片茫然，却还知道，那东西肯定不是太阳。

　　Shirley杨凝视岩层中明显隆起的一块黑色穹顶，像是忽然想到了什么，喜道："幽灵岛！"原来那白茫茫的光晕，不是古猜形容的太阳，而是归墟中没被海气遮掩的一处"天窗"，此地上有天门，下有伏流，才保得千百年来生气不减。我们刚入珊瑚螺旋之时，正值大潮退去，海面上露出了一片黑色的岛屿，那是一座由于潮汐作用时隐时现的幽灵岛。

潮水升涨之时，岛屿就会没在水下，等到潮位低落，它又会在海面上出现踪迹。开始时我们误以为幽灵岛是巨鲸出水的脊背，唯恐被它鼓浪而出掀翻了船只，曾以海神炮轰击，之后才确认那是一座孤零零的海上小岛。幽灵岛将珊瑚螺旋分割成东西两个区域，我们受到大海蛇的袭击，从东侧沉入海眼，想不到归墟中恨天氏的古迹建在幽灵岛的正下方。

更没想到幽灵岛上有个天窗般的洞窟直通海面，想必天色已明，露出圆盘大的一片天光，才被古猜误以为见到了大风暴前的白日头。估计这井口般的洞窟，并非被三叉戟号上的震海炮轰塌的。这射日神器椑木如同一株大树，以箭石嵌为伞盖，作势破天欲出。原来这射日图腾布局严谨，皆有深意，现在才感觉到恨天人煞费苦心建造了一幕神话般的场景，绝不仅是摆摆样子那么简单，其中还似乎藏着什么更大的秘密。自商周时，便有人使用日月星辰和鱼龙百兽来代表防卫，从海底神木上那残破的铜饰来看，那天窗正应月位，我实在猜想不出为何如此安排。

胖子问众人道："诸位，我说咱别光顾着惊叹了，没看水涨上来了吗？咱们是顺着这定海神针爬上去，还是潜入水底另寻出路？事不宜迟，何去何从，必须赶紧拿定主意。"

我见幽灵岛正是直通海面的生门，听四周隆隆巨响，正是大潮将涨的信号。潮位增加后，这幽灵岛也得被淹没在水下，只有抓紧时机攀上神木离开归墟，其余的事等回到海面上再做计较不迟。

我想到这些，正要做出决定，Shirley 杨突然拦住我说："我刚开始曾觉得用椑木来造巨箭，有些和华夏文明中那些古老的传说不符。恨天氏虽以射日图腾的后裔自居，但椑木是阴沉木，据说它本身是上古神木，能够从海底一直生长到月宫，那天窗般的洞窟设在月位，一定是明月的象征。古籍中对恨天氏的记载极少，不过周穆王时期的铜鼎上，却有恨天氏死后奔月的传说，这恐怕不是射日的图腾，而是奔月的冥途，是给死去亡灵使用的，咱们从这儿攀上去，是否会有危险？"

众人心中一沉，原来楎木并非射日的战争图腾，而是奔月的冥途象征，归根结底，这环形山果然是一座存在于常理之外的古墓。珊瑚螺旋海域由于海气凝结，平时见不到星光月色。楎木顶端白茫茫的天光，确实如同一轮满月，这棵给亡魂升华的海底神木，似乎离明月仅有一步之遥，只要攀上楎木顶端，纵身一跃便可离开这片没有出口的混沌之海。

明叔见周围水面上鲨影纷乱，下海潜水难免要与群鲨生死相搏，他往来海上多年，自然知道其中厉害，现在的情形是宁上不下，忙对众人说："杨小姐说得在理，在海上确有神木通月赴死的古旧传说，不过纵然是水底冤魂奔月的神木，眼下也是咱们置之死地而后生的通天之路了……"说罢带头攀着布满龙鳞般粗皮的古木斜面，一步步缓缓爬向上方的天窗，口中还哼着疍民那套凄苦的曲子给自己壮胆，悲壮如同鬼哭狼嚎："我的海神啊，救救我苦男儿，不怕海波深无底，只怕死采回不了家……"

我见明叔已抢先上了好似能通往明月的神木，六十多岁的人了，说上就上毫不迟疑，手脚也当真利索，心中大骂他是只顾个人不顾集体的本位主义倾向分子。但他的举动也打消了我们的顾虑，破釜沉舟，全都在此一举，此时只好全队攀上出口以求逃生。不过水肺蛙具都不能扔，咬牙负重往上爬，万一上面出不去，还能退回水里。

第二个爬上楎木的是胖子，他背着水肺和一大包青头，虽然分量沉重，但一件也舍不得扔下，负重对他来说还能应付，可登梯爬高的举动，向来是他的弱项，事情逼到这地步了，也只好豁出去了，他闭上眼，"噌噌噌"几步就从斜倒的巨木上连爬数米。

众人连成一串攀上了这挂满铜链的高大楎木，也不知这千万年的老木头还能否经受得起。俯身向下一看，四周海水滔天翻滚，脚底的水面还能看到无数青铜奴隶的身影，更有许多鲨鱼在水中盘旋游动，整个环形古城的遗迹大半已沉入了水中。我担心胖子紧张过度会失手坠下，便对爬在前面的胖子叫道："王司令你快睁眼看看，咱们就要攀到月亮上了，月宫中的小寡妇和她的长生不死药还都等着你接收呢。"

胖子感到巨木下水势森然,从高处灌下来的冷风在耳畔飕飕直刮,哪里还敢睁眼,但嘴上还能支应,叫道:"胡八一,这都什么时候了,你怎么又开始冒坏水缺德了!你还不知道本司令这辈子就这么点雅兴,上到高处就专喜欢闭目沉思玩点深沉的,咱心里明镜儿似的,一睁眼不但看不见小寡妇,还非得掉下去喂鱼不可,到时候我非拉上你这缺德带冒烟的垫背……"

洪波怒涛声中,六人攀到了海底神木的顶端,到了此时已是被重物压迫得腰酸背疼,虽然手脚发软,可谁也不敢松手。海面上的空气已经吹到了脸上,一片白蒙蒙的天空清晰可见。在底下看椇木离出口似乎很近,可到了跟前才发现,不插上翅膀根本甭想出去。明叔在最高处颤颤悠悠地站起身来,踮起脚,不死心地伸手去够洞窟边缘,可离得实在太远,尚且有十余米的距离,顿觉心灰意冷,险些翻下神木栽进水里。

我暗骂这回大意了,出海没带绳钩枪和飞虎爪一类的攀高器械,此刻虽然就差那么几步的高度,却空自焦急,无计可施。到这时众人才明白,凡人不是吃了不死药而身轻飞升的嫦娥,人生在世,都是血肉之躯,其质重浊,就算是至圣至贤的孔孟二子,有经天纬地的才学,又或是神勇如西楚霸王,有裂帛拔地倒拽九牛的神力,也都不免受制于地心引力,绝不能凭空离地一步而行,飞天奔月的情形只会存在于神话传说当中。

我攀到嵌入木端的箭石上,这箭石已成化石,久遭海水冲刷依旧坚韧牢固。只见岩层中的龙火逼得海气朦胧,身临半空,犹如足底生云,几十米下是一片翻腾汹涌的混沌之水,水势还在逐渐增高。这时众人脸上全是汗水和水汽,眼见"奔月"之路是条绝路,都喘着气无可奈何。

明叔却还异想天开地出着主意,也许等到水涨上来,就能借着水涌从洞口游出去了,古猜和多铃左顾右盼,也都不知所措。我听得头顶天空声如裂帛,一阵阵呼啸来回,心想外边天色刚明,正是早潮初生的时候,恐怕不出片刻幽灵岛就会被上升的潮水淹没,海水会从这天窗里狂灌进来,留在这里必定会被激流冲成碎片,看来还得从水路下去。低头看时,只见水中群鲨恶鱼翻翻滚滚不计其数，实是令人心惊胆寒，无遮无拦地下水，别说想潜入深处，只怕刚一入水面，就会被群鲨分食了。

这时Shirley杨忽然"咦"了一声，这倾斜的木身上，遍布许多直径数米长的箭石，犹如老树的树冠伞盖。箭石是古代海洋生物化石，阴沉木也是沉积海底万年的古木，我们已然无法判断嵌在阴沉木上的箭石是天然生成还是人为嵌入装饰的，不过在木身箭石稀疏之处，有一道铜门，厚重铜板上的纹理都如鳞状，与木杆上的黑色鳞裂极为接近，若不是Shirley杨在这木身斜面上停留，倒也不易察觉。

我们都没想到靠近榗木顶端的木身上会有这么大一道铜门，用手擦去上面的海藻等物，铜纹中赫然有海底神木连接着海水和明月的模糊镂痕，那些在西周殷商古墓中也能见到的飞翔的送死鸟图腾，更证明了这是一座古墓的墓道，顿时使人联想到，榗木中空，里面隐蔽着一条通道，一条让死者亡灵踏着神木奔月的通道，那通道下必定是恨天氏的古墓。这与中国古墓葬俗中，在地宫口留下让墓主飞升化仙的"天门"有异曲同工之理，只不过亡魂奔月以求不死药的"天门"，是开在了妄想通往月宫的神木上方。

这时珊瑚螺旋海面的大潮蔽天而来，雾气腾腾的天光顿时暗了下来。众人心知这潮水一过幽灵岛，立刻就会狂灌下来，而榗木下的水也在跟着涨。鲨鱼们已吃光了那条被集束手榴弹炸死的深海金眼鲷，现在下水等于是找死。在大海的獠牙面前，身处进退两难的绝境，任谁也充不得好汉了，个个都面如死灰，牢牢抱在海底神木顶端的箭石上心慌意乱。

我看这道铜门微微陷入木中，密封得甚是严紧，也不知古墓里是否早被海水灌满了，但别无选择，只有从墓道里滑入古墓，才能避过上有激流、下有群鲨的险境。我对Shirley杨指了指铜门，说："既然上不了广寒宫，咱们只能向下进坟地了。"

Shirley杨点了点头，便用潜水刀去撬闭合的铜门。我反手拽出恨天氏采取龙含的分水古剑，这时也顾不得这铜剑有多珍贵了，只得当作撬棍来使，不料剑刃锋锐坚韧，勒得几次，便割断了绑在铜门上的链条。

这时头顶海水已经开始一阵阵地灌下来，大潮尚未淹没幽灵岛，但海潮涌动之下，潮头已到上方。时间越来越紧迫，明叔和古猜等人看得心急如焚，也都挤过来相助，在湿淋淋的古树上协力撬铜门。厚重的铜门千年未曾开启，此刻打开，却未有阴晦之气，只是霉腥扑鼻，令人作呕，露出黑漆漆一个宽阔的通道，极广极深，幽不见底，仿佛直通幽冥。

Shirley杨划了根"寸磷"扔下去，测得空气流通，于人无害，便立即对大伙说："里面没有海水，空气也安全，能下去！"

说话间潮水就到头顶了，再也不容多想，我将身边之人一个个推进椟木中的通道，紧随他们之后也钻了进去，顺手将铜门重新扣上。黑暗中就觉得整个空间一阵滚雷似的声音，海水的激流冲击在海底神木之上轰然作响，在大木头内部听起来，更是震耳欲聋，全身筋骨仿佛都快被震碎了。铜门被我们撬坏的地方，也在不断往下渗着水。

我大张着嘴不敢合拢，以防止耳膜受损。漆黑的木洞通道里已经有人打开了潜水手电筒，这种照明工具在没水的环境中效果不佳，但可以挂在身上，腾出手来做些别的事情。我也扭开了自己胸前的潜水手电筒，只见这大得难以形容的木质墓道里，周围木质坚密异常，内壁粗糙，虽是潮气颇大，却不觉湿滑。众人身上负重极沉，现在在倾斜的墓道里只感到上时容易下时难，只好用潜水刀扎住木壁，咬紧牙关，一寸寸地向下缓慢移动。

也不知向下攀爬了多久，海潮冲击神木的响声已经小了，不知是归墟里面的水满了，还是大潮退了。这时还是见不到这墓道的尽头，越向深处腥恶的潮气越是刺鼻，最后终于听到了哗哗的水流声，巨木到底了。

Shirley杨腾出一只手来抛了个磷光弹下去，光亮映水，距离水面已不过十米，下方是一潭幽水，远近并无着落。我让众人先将两个充气背囊的充气环扯开，扔在水面上，然后一个接一个地落水，都挣扎着游到气囊边喘歇，回想刚才千钧一发的险状，都不免有些后怕。

我在惨亮的磷光中抬头打量四周，黑塔般的巨木底部，陷入一片上古珊瑚礁残骸形成的洞窟，下面积满了不知道有多深的水，铜门通向洞中水面，洞中堆满了大如磨盘的龟甲龙骨，骨甲上密密麻麻，全是推演卜卦的古老符号和标记，但遭海水浸泡太久，大部分已模糊难辨。不远处的礁石上，摆放着一个类似巨鲸的古生物头骨，头骨中隐约有数十个隆起的人形，可能是古墓中停放尸体的地方，想来是口中含有驻颜珠，在海底千年不化的古尸。

我下意识地摸了摸潜水携行袋，这才记起没带黑驴蹄子，不过有面冰冷坚硬的秦王照骨镜，顿觉安下心来。想看看水深，却发现表盘上指数已经顶到了头，也不知是坏掉了，还是珊瑚洞里的水根本深不可测。

胖子刚才下来的时候，吓得腿肚子都抽筋了，可到底下一看这奇怪的古墓中还有死人，顿时又来了精神，拉着众人要赴水过去看个究竟。我见那堆鲸骨化石正好可让众人稍事休息，于是招了招手，让众人游过去卸掉装备喘口气。

众人疲惫不堪地攀上礁石，见有一具以鲛人干尸灌入油脂而制作成的鱼膏灯烛。鲛人的油膏万年不枯，燃点极低，只要有些许空气即能燃烧，正好可以替代手电筒。明叔当即将鱼烛举起来点燃，照着鲸骨中的数具死尸，喃喃自语："南海还真有恨天氏的古墓，这些货真价实的海底僵尸是值大价钱的呀……"

我们在鱼烛之下，尚未看清面目模糊的古尸，却先发现鲸骨前的龟甲上有"震上震下"的标记，由于已在海上见过两三次了，连明叔和胖子都认得，这是"震惊百里"的卦象。在归墟中反复出现的这一古卦，究竟有什么深意？

我现在神困体乏，一想这些繁奥的易经卦数就觉得头疼，但"震"卦中似乎藏有与归墟密切相关的重大隐情。正当我冥思苦想不得其解之际，Shirley杨忽然问我："我不太懂易道，但曾看过一位旅美华人学者的著作。他是易学研究方面的著名专家，观点非常独到，曾提及易中卦象凡是含有数字之语，都不是凭空而来，里面藏有古代的加密信息，今人已多不可解。这震卦中有震惊百里之言，老胡你可知道，为什么卦中不是九十九里和一百零一里，又或是用千里万里，而偏偏要说是震惊百里？"

第四十四章
南海僵人

　　Shirley 杨偶然提到的事，是我以前从没想到过的，易含万象，天地间一切事物生生不息的变化都在此中，只不过极少有人能够参悟透彻。一个人永远不可能看到一切，只要接触过周易之学的人，都会对《易经》产生自己的认识，在哲学家眼中它所包含的是哲理，在神秘主义者眼中，它又是一部预测事态变化的天书,仁者见之谓之仁,智者见之谓之智。时至今日，世人对《易经》的解析，还仅属管中窥豹。

　　所以，Shirley 杨说到易中凡是具有数字的语句都非凭空得来。"震卦"中"震来虩虩，笑言哑哑。震惊百里，不丧匕鬯"之言，乃是特有所指，只不过不知道为何会有"震惊百里"之语，如果这只是一个现象的描述，为什么不用"震惊千里"或"震惊万里"？

　　Shirley 杨说，咱们这支打捞队自从珊瑚庙岛出海以来，接连见过几次与这"震卦"有关的古物，这几次所见都是在棺椁、墓穴之中，或是鳞人龟卜的骨甲上面，好像那反复出现的"震卦"卦象，是与归墟中的幽冥之事大有关系。也就是说，它可能并非占卜所得之象，而是恨天人送葬埋骨的一个标记，或是恨天氏墓穴中隐藏的一种暗示。而且这些标记符号中，

255

代表卦象中"百"的标记格外突出，多次见到，不得不使人产生疑问。

我挠了挠头，实在想不出怎样回答Shirley杨提出的问题，她虽然思维灵活，常能直接看到事物的本质，可"震惊百里"之言是否特有所指，那也只有古人才知。我听张赢川说过，当年他祖上有位奇才，是摸金校尉中的高手张三链子。张三爷在西周古墓中挖出如同天书般的阴阳十六字全卦，看后闭门不出，有人问他里面有什么天机，张三爷便连连摇头，只说了一句话："谁解其中秘，洪荒或有仙。"这意思是说，也许只有洪荒初开的仙人，才能知道阴阳十六卦中真正的天机。

那十六卦大概只有通天的仙人能看懂，就算留传后世的八卦，虽然减了一半，即使是博古通今的高人，也不敢说自己能诠解明白。我是半路出家，所以更不知《易经》中含有的数字之语都有什么玄机。

不过我嘴上却不肯承认，对Shirley杨说："'震惊百里'的'百'字，是代表整数，古代中国人都习惯用整数来做形容词，比如百战百胜、百步穿杨等等，可没人说九十九战九十九胜，或是一百零一步穿杨，说百显得简洁大气，这就叫作微言大义，并非有什么特定的含义。天上打个雷，谁知道它究竟会震多少里？其实这仅是一种抽象的比喻，可能美国人更喜欢精确的描述，所以你才觉得奇怪。"

Shirley杨大概觉得我刚才所说极有道理，所以也就不再纠缠这墓中龟甲上的震卦了，走过去，同众人倚在雪白的鲸骨化石旁喘息。

我也跟着坐在地上休息，看了看周遭的环境，在心中推测这古墓里的格局，看来这一切都与龙户古猜背上的图腾吻合，海底神木下是死而不僵的恨天氏古尸。疍人们将恨天氏古墓的秘密藏在龙户身上，一定不是为了让后代来这儿倒斗，但其中真正的原因，恐怕在现在还活着的疍民里，已经没人清楚了。

我又将视线投向我们下来的古木通道，看来这庞大无比的椴木亿万年前已经生长在此处，后来沧海桑田，森林变为汪洋大海，椴木就留在了海底，几乎穿破了三层地壳。难怪在古代传说中，它被视为连接着月亮上广寒宫的"桥梁"。恨天氏掏空了这棵海底神木，把底部这片珊瑚洞当成了墓穴。

墓穴中也无正式墓道墓室之类的格局，四周都是海底渗下的积水，而且下面的水洞中，水流的漩涡一个接着一个，更不知还有多深。远处水声隆隆，能感到时不时有滚滚灼热的白气传来，想来定是归墟水下的热泉，此水百倍灼热于人间温泉，任何生物一旦被沸水裹住，立刻就会被高温煮得连骨头都不剩下。

另一边则有阵阵阴冷的寒意涌动，将上面的海水吸入虚无一片的地心。古墓墓穴的位置，正建在这一冷一热的阴阳界中，被一道道珊瑚礁残骸封堵严密，冷热之水皆不能浸，是一处风水学家眼中"通天地、化古今的神仙穴"。墓中生气不泄，大化流行，浩浩不已，占尽了自然造化的神奇之秘。

趁我观看地形的时候，胖子歇足了力气，探半个身子进了鲸骨，打量那数具古尸。明叔也拽着古猜走到跟前，让古猜给祖宗磕头，明叔说："这是你们疍人的祖先啊，要是先人有灵，说不定能保佑咱们平安回去。"古猜并不了解几千年前的祖先是干什么的，不过看见古尸，还是心存敬畏，当下趴在地上磕了几个头，双手合十，跟着明叔的举动，二人在鲸骨前胡乱拜了几拜。

胖子问明叔："我说明叔您这辈子，挖了卖，卖了挖，贩过多少古尸？怎么到这儿又磕头又作揖了？我还以为您老得把这些海底僵尸运回去坐地起价，来个奇货可居，可你看你现在的表现，简直太让我失望了，你给我靠边站，你这个老没出息的……"

明叔愁眉苦脸地说："休将昨日比今日，今朝已是艰难时。眼下大家陷在海底，能活着出去的机会太渺茫了，这时候哪里还有心情去考虑古尸的价钱？现在当然是有什么神仙拜什么神仙了，说不准哪炷香烧对了，咱们就能捡条命回去，否则肥仔你说还能怎么办？"

胖子把那鱼烛插在地上，说道："依我看……说实话，在这种情况下，我也不知道该怎么办，我只能被迫按照我自身理智的指引去行动了……"说完就用摸金校尉的手段，抬起一具僵尸身体，用膝盖顶住僵尸后脑，一手推住天灵盖，一手去掐僵尸的脸颊，想让尸体吐出嘴里边塞的驻颜珠。

我赶紧把胖子拉住，这趟捞的青头已经足够多了，归墟古墓中都是古猜祖宗的尸体，含珠千年，死而不腐。如果出于尊重，一般不称僵尸或粽子，而是形容其已成僵人。此时还是不惊动他们为好，否则这墓中生气虽盛，一旦取出阴精凝聚的驻颜珠，这些保存了几千年的僵人，立刻就要化为齑粉。咱们这回出海是来捞青头采蛋的，不是来归墟里盗墓的，所以事别做绝了，别忘了祖师爷的规矩，贪心不足是天下祸机之所伏，咱还得想办法回去到美国享受几年呢，这些年多少大风大浪都过来了，在这儿折了可就太不划算了。

胖子被我好说歹说一通劝，才恋恋不舍地从鲸骨中钻出来。我虽不想动这些南海僵人，却想看看这鲸骨中有什么东西，要想撤离此地，还得指望着发现点什么线索才好。

巨鲸头骨的化石颌骨半合，这个鲸鱼头骨也并非极大，但裹住死尸却绰绰有余。说是鲸骨棺椁好像大了些，里面似乎还有些陪葬品，更像是设置在鲸骸里的墓室，一探身便可钻入鲸口，五具保存完好的尸体平静地躺在其中。

Shirley杨也想看个明白，打开手电筒，跟在我身后弯腰钻进了鲸骨墓室，明叔等人也想进来看个究竟，但墓室中太过狭窄，容不下这么多活人来回走动，我只好让他们在鲸口前举着鲛鱼烛台照明，并戒备有意外发生。这阴森漆黑的地下，谁知道会藏着什么怪物，可别管前不顾后地被抄了后路。

我和Shirley杨一前一后，小心翼翼地从五具南海僵人身上迈过，进了墓室深处。我们蹲下身来回顾那些尸体，用手电筒一照，五具尸体分别是三女两男，男尸是一老一少，服饰大概都已化为尘土了，身上盖着厚厚一层干枯的"龙皮"遮掩。"龙皮"取自一种鳞甲璀璨的海中鱼，鱼头有角，近代已绝迹，不可复见。

五具尸体除了头部之外，都被"龙皮"盖得严严实实，边上的老者只露出半边手臂，尸体皮肤微黑，面容已经微有塌陷，但尸身里的水分都被驻颜珠镇住了，不腐不烂，也只有珊瑚螺旋受海气浸润的月光明珠才有此神效。我拔出潜水刀，在那老者尸体的胳膊上轻轻刺了几刀。不料僵人皮肉硬如坚铁，这样的古尸我从没见过，可能是古时候在海上特有的防腐处理，与传说中秦始皇南巡时在海边遇到的僵尸似乎一样。Shirley杨低声问我："你又乱来，用刀戳古尸做什么？"

我说："我试探试探，看看会否诈尸，现在看来担心是多余的。归墟是南龙的穴眼，生气之盛，是我平生前所未见，这些僵人都快石化了，不会再起尸变。"

Shirley杨点了点头，用手电筒在鲸骨内一扫，发现墓室中的各种陪葬品着实不少。陪葬明器之事，自石器时代就已有了，也不仅是在中国，世界上各个古文明圈中，大多有以物陪葬的习俗。鲸骨化石中有各种水族的残骸，与无数殉葬品相互叠压，在墓室中呈矩形分布，除了些坛坛罐罐和玉板龟甲外，还摆有一只造型奇特的青铜鼎。按周礼制度，鼎为三足，天子下葬，可享受在墓中列九鼎的规格。青铜是国之重器，九只铜鼎只有天子才配使用，天子以下，分为公、侯、伯、子、男五级，即使贵为公，也不能在自己的墓中放九只鼎，否则就是有谋反的野心了。

归墟墓穴中的这件青铜器，形状似鼎，但实为异类，巨腹分八面，下有九足，有半米高，虽然低矮，但应该不是铜簋[①]，而是罕见的九足异鼎。辨别古铜器，可以从古器颜色上，区分为腊茶、朱砂斑、真青、绿井口，只有这四种是真正的古铜。看那九足青铜鼎，虽浸水千年，铜性中那股介于真青和绿井口两者之间的古幽之色犹存，恰似覆了一层井台缝隙中生长的绿苔，却尚没有真青铜器那种纯青铺翠般的明润，幽彻之意至今不减分毫。

鼎口边缘俨如枕角，偃耳、海兽之纹俱全，四旁饰以星象。潘家园古物市场不怎么流通真正的古青铜器，但假冒的遍地皆有，更有商贩以"夏尚忠、商尚质、周尚文"的古铜鉴定口诀来唬人，所以我也多少知道一些。这九足异鼎兼具夏周之特点，我心想，比起秦王照骨镜来，也许这龙火铸造的铜鼎价值更高。

[①] 簋，音 guǐ，古代盛食物的器具，圆口，两耳。

我和Shirley杨均知道鼎器历来有记事的作用，而且见了墓室中陪葬的铜鼎实属世间瑰宝，都不免大有惊叹之意。怔了一怔，这才凑过去细看，她看鼎腹外表，我看鼎腹之渊，只见鼎渊中储满了水，水上有厚厚一层墨绿色的漂浮物，看起来好似黑乎乎一鼎污水，死水无波，看不清水里还有没有东西。

　　正当我犹豫着要不要把手伸进水里摸索一番时，察看鼎身铸纹的Shirley杨已经有所发现，她让我蹲下来看鼎上所铸的图案。我依她所言看去，只见鼎身分为八面，都有阴痕，看来铜上曾嵌以金丝，年久金脱，形成了一片片凹陷的图形，详细地展现了恨天氏死后入葬升月的情形。

　　我们只看了一小半，便已恍然大悟。回头看了看那一排古尸，原来他们死后还没来得及正式入葬，而是停留在此准备等候满月降临，看来还没到"奔月求长生"的一刻，海岛上的古城就陷入了海里，幸存的遗民如星烟流散，沦为了蛮居海上以采珠捕鲸为生的疍人。

　　我正要转去看铜鼎背面，却听明叔在鲸骨化石的口前招呼我，我只好转身退回几步，问他这老没出息的又有什么事情。明叔抹了抹头上的虚汗对我说："你有没有发现，墓室中这几位女僵人的肚子里，怎的藏着些缺胳膊少腿的死孩子？"

第四十五章
蚀天

原来明叔等人在鲸骨外提心吊胆地守着,见墓中排着的一列尸体盖在鳞片纵横的皮下,如同合盖了一床大被,龙裹中鼓鼓囊囊的很不寻常。他以为五具千年不化的尸体身上都有陪葬品,就算不取,也要揭开来看几眼那些在归墟中保留了几千年的古物,开开眼也是好的。

谁知挑开龙盖,发现居中并列的三具女尸,都是生前怀孕之时惨遭破腹之厄。肚子里成了形的胎儿,少说也有八九个月大小,却都被生生剜了出来,摆在女尸豁开的肚子上,尸身腹内都被塞满了一种叫作"寒玉"的圆石。女尸面颊微鼓,口中含着明珠,尸身腹腔里塞满了寒玉,所以仍然显得鼓鼓胀胀,好像即将临盆。

死婴似乎没有做过什么处理,但借着身下女尸体内的寒玉与驻颜珠,形骸尚在,碳化发黑盘作一团,看上去让人觉得头皮发麻。再用手电筒仔细一照,这三具死婴不是少条胳膊,就是缺了条腿,看样子都是先天畸形。

明叔吃了一惊,这其中怕有古怪,以前背尸的盗墓贼中盛传孩儿鬼、胎儿鬼之说,有墓主特意在墓中藏着含冤而死的胎儿,凡有盗墓之徒窃取墓中明器,或是损毁墓主尸体,便会为小鬼所缠,昼夜不得安生,迟早都要被害了性命。所以明叔见状不妙，赶紧招呼我看看这恨天氏是不是在墓中养了小鬼，说着话，冷汗涔涔而下，显然惊惧已极。

我闻言立即查看被"龙皮"遮住的几具僵人，一看之下果如其言，三个被掏出来的死婴，似乎还保留着生命终结时痛苦挣扎的姿势。可它们四肢当中，或胳膊或腿都缺了其一，也不像是被人残忍地截了去，而是先天畸形，若仔细观看，可以分辨出细小如同鼠掌的人手，不知是出于什么原因，没能和身体其余部位一同发育成长。

墓中有小鬼的事并不多见，只在南方某些偏远地区才有，大多数倒斗的手艺人一辈子没见过，粤东粤西两地却有着很多这种传说。清末民初，有一批活动于两广地区，做背尸翻窨子勾当的盗墓贼，他们中才真正有人从墓中背出小鬼回家，被害掉了性命，都是近代之事，并非什么子虚乌有的鬼话。可见这是一种区域性的风俗，而且据说在明清时期才开始出现，广东广西地处偏远，直到明清之际，文化经济才得以发展起来，所以没人能考证在墓中藏小鬼防盗墓的传统是从何而来的。

但是这种事情在其余诸省都极为罕见，想来未必出自古法，在归墟这座几千年前的遗迹里，又怎么会有那种邪术？可这些已经即将出生的婴儿，又是因为什么遭此毒手？另外，三个全是先天畸形，未免有些太巧了。我们身处奇险之地，不能说不信邪祟鬼魅之说，但有些事也确实不得不防。

想到这儿我已有心毁尸灭迹，我问明叔等人该怎么办，明叔对他祖上传下来的一些旧事向来深信不疑，这时听我问起对策，忙不迭地说道："这时候咱们就别心慈手软了，不然即使回到海上，至少也要有三人背上那甩不脱的小鬼。古墓里为何要养小鬼呢？因为胎儿已经成形了，投胎进来的孤魂野鬼已经附在其上，这时候从孕妇肚子里活生生挖出来，那些小鬼贪恋自己的形骸，故此不肯离去。胎死的小鬼最是气量狭小，心肠歹毒，它们见到活人，不把人缠死就绝不算完。所以要依阿叔我之所见，一不做二不休，把小贼们的形骸用火化去，方为上策。"

明叔说着就拍了拍手中握的人鱼灯烛，烛光下他脸色难看至极，想来是从骨子里忌讳背着小鬼回家。胖子也撺掇着要点火，不过烧尸之前，最好先把死人嘴里的东西都抠出来，否则又要浪费了。

我又看了看古猜，那小子愣头愣脑，还没搞清楚自己这个龙户和海眼下的古墓有什么关系，根本不在乎放火烧化了这些死婴尸骸，而多铃的胆子又是这伙人中最小的，根本不敢过来看鲸骨中的僵尸。

以我的经验来看，背小鬼的事情是宁可信其有，不可信其无。墓中死婴必有蹊跷，与其让麻烦找上门来，还不如提前烧了干净，何必再去追根溯源探查其中究竟？于是我狠下心来，对明叔点了点头。明叔带着胖子、古猜等人一拥而上，便要先取驻颜珠，再放"往生火"。

众人刚要动手，便被Shirley杨拦了下来，她始终在看那尊九足鼎，听到我们这边商量着要点火烧毁墓中僵尸，急忙先让明叔等人停下。她说从墓中背出小鬼之事，搬山道人中也有类似传闻，这些都是近两三百年才出现于山区的民间邪术，归墟之中又如何会有？而且从未听说墓中藏小鬼特意要选畸形残疾的胎儿，世上可有此理？贸然点火焚烧，才会真正引来麻烦。我们哑口无言，胎儿四肢各有短缺之事极为诡异，确实难以理解，毕竟谁也没真正见过藏了孩儿鬼的古墓是如何布置的。

Shirley杨说："恨天氏将这件事铸在了九足鼎上，咱们要想从海底的这片珊瑚洞残骸里逃出去，怕是还得指望这些南海僵人。"

众人一听有了计策，无不动容，明叔激动得泪眼模糊："杨小姐，你阿叔年纪大了，脑筋也有些迟钝，你是说这些古尸能带咱们回去？不知计将安出？还望明示，以解愚怀啊……"

Shirley杨让众人去看九足鼎的背面，原来这深陷在归墟下面与外界隔绝的珊瑚洞并非一座古墓，那胎儿缺足少臂之事，竟是与古时发生的月食有关。鲸骨中用龙皮遮盖的五具古尸，一老一少皆是即将殓入棺椁下葬的死者，而三个被剖开肚子的孕妇，却是由于不幸见到了月食，而被用来殉葬的祭品。

日食和月食是两大天文现象，古人虽不明其理，但对这些天文异象的认识由来已久。自古有种传说，孕妇不可见月食，一旦见到，腹中胎儿降生后，四肢必有残缺。这种充满神秘色彩的传说，并非捕风捉影，即使到了科学昌明医学发达的现代，也无法彻底解释其中奥秘。见过月食的孕妇所生婴儿，十有八九皆为畸形残疾，其比例之高令人难以理解。在古代充满迷信观念的认识中，这是由于月全食为"大破"，其余则为"小破"，月破的那一刻是月阴精气遭受天地侵损，带胎气者见之必有所感。

古老的文明都是发源于大河，恨天氏正是起源于黄河流域，渡海南迁之后，仍然保留了古老的神话图腾崇拜，除了象征战争屠杀的射日，还有追求长生不死的奔月。恨天之国的名称是后世学者根据周穆王时期铜鼎上的记载杜撰出来的，也许并不准确。

恨天之国采取龙火，造就了空前绝后的青铜文明，但大概因为对月宫中有不死药的传说过度迷信，将举国之力全部倾注于挖掘海底神木和铸造青铜，万人伐木，却无一人升天，结果导致古城沉入大海。根据九足巨鼎的记载，这片珊瑚洞的水底还有个更大的铜鼎。要凑够三具被月破损伤的畸形儿投入海底的巨鼎，才可以让亡灵通过槥木通往藏有不死药的月宫。

Shirley 杨说："月食造成的残疾胎儿，在商周时期叫作'蚀天'，是炼取不死药的药引，这种观念在古代非常普遍，从殷商至秦汉，有大量文物都有与之相关的痕迹。"

我点头道："秦汉之时，是最热衷于寻仙求不死的时代。想想也可以理解，一个人生前在哪儿，死后又在哪儿，这都是凡人难以理解的，毕竟生命匆匆，一转眼就是青丝变白发了，比起有限的光阴，人们当然更关注在永恒的虚无中能否得到永生。这股风气到唐宋之后就慢慢淡了，连皇帝老儿也不肯自己欺骗自己了，到世上走一遭就逃不过生老病死，又哪里会有不死的神仙？古人迷信可以原谅，咱们迷信就太不应该了，难道将这三个少胳膊少腿的婴儿扔进水底的大鼎里，咱们就能跟着这一老一小两位僵人，一起飞往月宫吃不死药？"

胖子也说："就是，要依这么说，那还造登月火箭干什么？美苏两国这么多年岂不是白忙活了，人家古猜的祖宗在几千年前通过爬树就已经爬上月球了……"

明叔急道："你们这两个衰仔向来是对什么都不相信，就不能让杨小姐把话说完了你们再吹水？"他又对Shirley杨说，"杨小姐你可别跟这俩衰仔一般见识，阿叔我最相信的就是你，你快接着说，咱们在月球上吃了长生不死药之后，还能不能下来？这长生不死虽是件很爽的事情，不过还是要能回到下面享受荣华富贵才好……"

Shirley杨说："我可没说真能从海底神木爬进月宫，我只是以九足鼎上铸绘的图案来解释，这种从不死传说中演化而来的葬法，可能正是海葬的一种。水底的巨鼎是个机关，其中隐有震卦的标记，似乎可以引出潜流……或者是别的什么，总之可以将尸体从归墟里托出海面。只是不知隔了这么多年，这机关是否还有作用。"

我急忙看了看鼎上铸造的纹绘，确如Shirley杨所说，水中有个标有"震卦"机关的巨鼎。如今来看，震上震下的符号，似乎正是某种机关，一旦开启，这珊瑚洞里的海水，就会将巨大的榫木托出海面，可是否如此，还需要我们潜水下去探明真相。

我忽然想到古猜背后的文身，这有僵尸的珊瑚洞下，应该是鲛人的墓穴，再深处则是一片龙骸，不知那口铸有"震卦"标记的巨鼎究竟是在哪里。他背上一代代传下来的透海阵，隐藏着归墟古墓的真相，也许正是祖上希望有后代能返回海眼之中，将祖先的遗骸正式安葬，可直到古猜这最后一位龙户，才有机会跟我们误入此地。看这珊瑚洞内的水流形势，似乎是与外界封闭隔绝，还不知这墓穴下的水有多深，如果大鼎所在的深度超出极限，我们也没有能力到达。

我决定和胖子、古猜三人立刻潜水下去，先侦察水底巨鼎的位置，看看能否开启这个巨大的机关，但我心知这只是碰运气，几千年前的模糊记录，又怎做得准？再说，也许这些疍人的祖宗想起一出是一出，胡乱编个什么段子来唬人，所以我嘱托Shirley杨和明叔留在这片礁石上，不要光顾着替我们担心，还要继续想别的办法。

我和Shirley杨简单商量了一下潜水方案，带上恨天氏的分水剑防身，水下纵有变故，也应该足能应付了。Shirley杨说："你可千万别忘了，只是潜水侦察，一见到水底的大鼎就立刻回来……"

我知道她再说下去，就也要跟着去了，我们携带的水肺有限，行动时必须有所保留，所以在情况还不明朗的时候，不可能一股脑都下水，于是赶紧将她的话头引开，让她照顾好明叔和多铃。水面寂静无波，看来水下情况不算危险，我们只不过下去侦察一番，料也无妨。然后和古猜、胖子三人吃了些压缩饼干，各自收拾整齐，每人抱了一个蚀天胎儿质化了的形骸，装入随身的潜水携行袋中，这才来到水边。

短期内连续行动，使得古猜已经和我们产生了一些默契，我不需要再嘱咐他什么，而且他在漆黑一片的水底目力过人，搜寻大鼎和确认路线都要依靠他的帮助。他仍然不带水肺，赤了膀子，口衔蜑人刮蚌使的龙弧短刃。

我看胖子和古猜准备就绪，便用手一指自己的蛙镜，告诉他们注意观察，随后三人同时入水。珊瑚洞里的水深不可测，漆黑一片，我们的水底探照灯损失已尽，只能依靠潜水手电筒来照明，身前数米开外，就已不可辨认。珊瑚洞水下空间深幽宽广，令人一时不知所措，偶尔有些带着生物发光器的水族接近过来，谁也没看清是些什么，就已如流星般从身边掠过，消逝在漆黑的水中。忽地，只见黑暗中一片光芒闪动，虽然身在水下，却如置身星海，我眼花之下定睛一看，原来是成千上万只幽灵蛸，在水底来回游动出没。这些幽灵蛸遍体都能发出一股鬼火般的蓝色光芒，可以通过幽蓝色的生物光来吸引细小水族接近，然后寻找机会将其吞噬。发光器还能够用来吓退海中死敌，但它们并不主动攻击潜水员，反倒是为我们起到了很好的照明作用。越深处水质越清，不过幽灵蛸忽聚忽散，在水底卷起一波波的光雾，迷离变幻的情形，又会使人眼花缭乱。

我们抱住一株古珊瑚树的化石，趁机看了看四处的情形。太远的地方看不到，眼前全是各种珊瑚的化石，缝隙和窟窿中有大群的甲壳类生物在快速爬动。我正要倾下身子，继续往深处潜去，忽然发现身旁的珊瑚树化石上，都如筛孔一般，密布着难以计数的窟窿，每个洞窟的大小都可容纳一人，里面似乎藏着什么东西。

我对胖子和古猜一招手，三人凑到近处，将潜水手电筒的光束照将进去。只见珊瑚树身的洞窟里躺着一具鲛人的尸骸，皮肉已被鱼吃尽了，只

第四十五章 蚀天

剩下凌乱的骨骼，上面挂着些与筋相连的鳞片，锯齿般的獠牙暴露在外，显得好生狰狞恐怖。又接连看了几个洞窟，珊瑚树化石中的无数洞窟几乎都藏满了鲛人的尸体，这株珊瑚树正是海底鳞族的墓穴。

我见到有成千上万的鲛人尸骸，心中也不禁有几分发怵，幸好都是死的，否则在水底遇到这么一群恶鬼，哪里还有命在？不过这些鲛人面目身体都被小鱼啃噬光了，骸骨却未化去，据传这是由于它们脑中有鱼珠。蚌珠分海珠和湖珠，跟鱼珠一样，都是水里的珍异之物，之所以鱼珠未曾流传于世，是因为其离开水的时间稍久，其精华即失，所以向来不如蚌珠珍贵。

我不知这传说是真是假，又琢磨着龙户文身上既然有鲛人墓穴这个标记，必定是个极为重要的所在，理所当然应该看个明白，于是对胖子打个手势，探手入洞，拽出一个鲛人的头颅，胖子跟着用分水剑伸进鲛人眼窝中一挑，这剑身乌沉沉的分水剑，在水底竟有层暗淡的光芒，而且造为鲛人吐刃的形象，可能正是古时对付水底恶鬼鲛人的利器。剑刃翻起处，早将那狰狞的头颅挑为两半，当中果然有个核桃大小的黑色骨球，毫无光泽。鲛人刚死之时，鱼珠自身应该也有精光，保存了尸骨多年，精华消散暗淡，用手一捻，鱼珠立刻变为了齑粉。

古猜在水中看得好奇，也大着胆子把胳膊伸进另一个洞窟里，想摸个酷似人头的鲛人脑袋出来看看有无鱼珠。不料他刚一伸手，那珊瑚树上的墓穴里就无声无息地探出一只满是黑鳞的枯爪，牢牢攥在了他的腕上，将他向里面拖去。古猜一只手被死死捉住，可另一手抓着气螺，臂弯里还抱着装有死胎尸骸的密封袋，密封袋始终拷在他身上，可这家伙莽莽撞撞的竟不知放掉死婴，取下口中的利刃帮助自己，只是用脚撑在珊瑚树上，死命向后用力摆脱，一时僵持不下。

我和胖子见状也都吓了一跳，海里的鲛人诈尸了？哪里还顾得上多想，抬手一剑挥出，那分水剑好生了得，在水中挥动起来丝毫感觉不到阻力，古剑斩落，顿时将洞中伸出的爪子斫为两段，一股污血紧跟着冒了出来。水中血腥一现，在幽灵蛸卷动的光波中，只见珊瑚树密密麻麻的洞穴中，有无数遍体黑鳞的鲛人，像是一股股黑色的浊流涌将出来。

267

第四十六章
古鼎

从珊瑚化石中突然出现的大量鲛人，犹如在水中卷起一股黑色的飓风，附近有些幽灵蛸逃得稍稍慢了，即被黑潮般的鲛人吞没，鬼火般幽蓝色的光波化为了无数逃窜的流星。顷刻间，大片色彩斑斓的珊瑚化石就被这股浊流遮为了黑色。

我和胖子、古猜三人，都没想到洞穴内部纵横交错，形同蚁巢，除了那些尸骸，其中更是藏匿着无数活生生的鲛人。事出突然，但我们还算清楚难以触其锋芒，急忙抱着死婴，游进了身后一处鲛人藏骨的墓穴躲避。

我关上潜水手电筒，握了分水剑守在洞口，又用墓穴中鲛人的尸骸堵住洞穴。胖子和古猜二人则以利刃把住深处的珊瑚洞，感觉到外边水流涌动，似乎有无数鲛人在珊瑚树上游动，不由得暗自心惊，若是晚得半步进洞，此时怕已被这些海底的恶鬼咬碎了。

在秦汉之后，海上的鲛人几近绝迹，往往隔了数十上百年，才有船员在海中偶尔见到。据说是由于鲛人皆为雌性，又非以卵生繁殖，而是半卵半胎，科学家也无法解释它们是怎么繁衍至今的。只有渔民疍民们流传下的种种传说，把鲛人形容得生性奇淫，能上岸与人交合，但这些不足为信。

第四十六章 古鼎

古时鲛也是鲨的一种别称，不过这大概是一种误解。鲛相貌丑陋狰狞，有近似于人手的前肢。春秋年间，就已经有人捕得活鲛熬制灯油。西方人认为它属于人鱼的一种，实际上人鱼多在东海，南海少之又少，但不能说绝对没有。人鱼是一种形状似人的四脚鱼，寿命极长，生性灵动，能在海上踏波而行，食其肉能治百病，并能延年益寿，比只有制灯燃油用途的鲛人珍贵许多。人鱼虽然稀少珍异，可是在近代又比鲛要多见，虽没见人捉过活的，却屡屡有人目击。近千百年来鲛鳞之属几乎已经绝迹，却不料在这与世隔绝的珊瑚洞里，还有如此之多的鲛人。

我把潜水手电筒的灯头遮住，悄悄照了照珊瑚洞深处纵横交错的鲛人巢穴，窄小处只有瘦骨嶙峋的鲛人可以穿梭往来，根本不容潜水员通过，往里面走无路可行，贸然进去，免不了被卡在其中进退两难。

胖子自认为经验很丰富，打了个手势，告诉我们不如用潜水炸药引爆，炸死一群鲛人，然后趁乱杀出一条血路返回水面。古猜被鲛人在手臂上抓了一把，留下五道血印，他心中正自顶着股无名邪火，见状就要抄刀闯出去捉条活鲛，捅它个白刀子进红刀子出。

我在古猜头上拍了一巴掌，让他不要凭着一股蛮劲就出去送命，就算你这龙户浑身是铁，又能碾得几颗钉？随后我接过胖子手中的炸药，一个大胆的计划逐渐在脑中浮现，正要行动，突然堵住洞口的鲛人尸骸被一股巨力猛然拽了出去，紧跟着一个黑黢黢的鲛头探了进来。

我暗骂一声来得恁般快，手中分水剑递出，剑尖从鲛人口中透脑而出，珊瑚洞内顿时污血滚滚，潜水手电筒的光束都被遮住。我目不见物，只好抽出短剑，对准洞口胡乱攒刺，也不知都戳在了一条鲛人身上，还是刺在了别的什么东西上。

混浊的水流中，却见寒光点点。原来鲛人常年生活在漆黑阴冷的水中，就像那些深海鱼类一样，为了适应恶劣的生存环境，或是变得触感极度发达，或是眼睛突出进化。鲛人便是属于后者，它们的眼睛全都生得凸出眼眶，在水中如同两个天然发光器。洞口前凶残的光芒阵阵闪动，又有数条鲛人堵住了珊瑚洞。

我们三人各执古时疍人在水下屠龙宰蚌的利器，凭借狭窄的地形，将钻进来的鲛人一一戳死。但氧气和人力都有限，时间一久便难以支持，而且珊瑚树化石周围的鲛人数量实在太多，它们并非像鲨鱼那样一般会争食分抢自己同类的尸体，而是只嗜人肉人血，已经层层叠叠地聚在洞口，围得水泄不通。

胖子捡起我落下的炸药就想引爆，我看到他的举动，心中也不免绝望，现在是叫天天不应，叫地地不灵，真想不到在这阴沟里翻了船，但此时宁可用炸药同归于尽，捎上几条鲛人垫背，也好过被它们拖出去活活分尸。

胖子刚把炸药锭握住，突然有一条鲛人从我身边蹿过，扑住了古猜。一人一鲛缠在一处，撞到胖子身上，反把胖子手里的炸药撞落了。龙户古猜在水中极为凶悍，就如同大多数嗜血的凶恶水族一样，越是见血，他骨子里那股悍恶之意越重。他用手中的龙弧抵住了鲛口，那恶鲛没命地乱咬，都咬在刀刃上，下颌骨都被切成了数片，却仍毫不退缩，扑得更加猛了。

我正用分水剑挡住从洞口钻进来的鲛人，见古猜被那口中受伤的恶鲛扑住挣扎不脱，急忙伸出手抠住那鲛人全是血丝的眼球，跟着向外一扯，将整个突出眼眶的鲛人眼珠子连筋带肉抓了出来。

那鲛人再也忍受不住，急向外蹿，但它剧痛之下，抓破了古猜挎着的潜水携行袋。它指尖爪利，一扯一划，竟将密封袋扯得豁了开来，装在里面的死胎形骸落将出来，四周虽然血水混浊，但死胎在水中面目抽动，仿佛突然活了过来。

围在洞口的大群鲛人，好像遇到了什么瘟神，急忙趋避逃窜，顷刻散得干干净净。我急忙一把抓住那畸形婴儿，在水底和胖子、古猜三人相视，虽然戴着蛙镜，仍掩不住诧异的神色。鲛人如此凶恶，就算是深海中体形最大最凶猛的"龙王鲸"撞上这群恶鬼，也得被啃成森森白骨，怎的见了这胎儿便掉头就逃？

我心中止不住好一阵狂跳，低头看了看手中抓住的胎儿形骸，水波光影之下，鲜活如生。也许受月食而成畸形的胎儿本身带有一种月破之气，鲛鳞人鱼之属，无不贪恋明月精华，一见这些受到月破蚀天而感应孕变的死胎，便如遇蛇蝎，避之唯恐不及。

水下情况复杂，我顾不上多想，反正如今看来，这三具死胎质化了的形骸是防范水底凶灵最为灵验的护身符，正可趁此机会潜入水底，寻找那尊所谓的震天鼎。于是我和胖子也将包里的胎儿取了出来，三人各自将其抱住，摸索着出了珊瑚洞。

随着鲛人的逃散，水中那种无穷无尽的幽灵蛸又开始成群结队地游了出来。这群幽暗水下的精灵，随着水流散发出一波波光晕，将珊瑚洞照得通彻如水晶龙宫。幽灵蛸从不浮上水面，并无普通水族应月之性，也不惧怕我们抱着的畸形死胎，只在周围翻翻滚滚地来回舞动。

我们再也不敢托大，径直潜入水底，在三十多米的深处，果然见到一口陷在珊瑚化石中的巨鼎。这口鼎直径之大，比起那棵海底神木也不逊分毫，有整株珊瑚铁树的化石生在其中。

我们接近鼎腹，发现这尊巨鼎乃是天然生成的一块石盆状巨岩，里面套有数口人造的铜鼎，四周有数十条老树粗细的巨链，都没入漩涡深处，不知是否曾经锁着什么庞然大物。我对胖子做了个转动的手势，告诉他这天然的巨鼎又哪里像什么鼎器，分明像是一个巨石转盘，而且里面有铜造的沟槽和鼎器，这些东西我们这辈子从没见过听过，根本不像机关，更像是个放在海底的巨大盆景。

绕着巨鼎转了半圈，并没见到有什么"震卦"的标记，也不知该把这三个月破的畸胎形骸放在哪里。这时跟在我后边的古猜伸手扯了扯我的腿，指着水深处让我和胖子观看，借着幽灵蛸舞动的光波，只见水底的珊瑚化石裂开一条巨大的缝隙。

这缝隙又宽又深，如同一道深涧，里面的水黑茫茫的，没有半只幽灵蛸进入其中，偶尔有些奇形怪状的鱼鳌摇头摆尾地游将进去，却个个都是有进无出。看了半天，都不见任何活物从深涧里出来，那里的水全是漩涡，在远处都能感受到一股股极强的吸力。深涧边上有块大石板，从外形辨认也许是块古碑残迹，上面刻了什么早已看不出来了。

我看了看珊瑚化石岩层下的深渊，问古猜可知道那是什么地方，古猜比画了半天，我和胖子也没看明白。但那里水太深，人一过去就会被乱流卷走。我心想那地方八成就是龙骨遗骸的所在，里面凶险难测，何况没有重型潜水装备，也难以深入其中探其究竟。现在首要的任务是查明身边这座古鼎的真相，看看它是否是古尸海葬的机关，倘若真能让僵尸浮出海面，我们也能趁机跟着上去。如今给养装备消耗一空，生死成败尽系于此，便没太留意那深涧中的情形，继续在水底围着巨鼎仔细观察。

海底石鼎另一侧的珊瑚森林化石中，又有个巨大的洞穴，我和胖子等人伏在鼎旁窥探了一阵，都没发现什么异状。但古猜在水底目力过人，他似乎能看见那洞中有什么漆黑蠕动的巨物，他示意里面十分危险，绝对不能接近。

我和胖子见古猜对那洞中之物都觉得惊惧，料定必不寻常，三人不敢擅动，急忙翻身游入鼎中。这里都是幽灵蛸光波不及之处，我们只好以潜水手电筒来照明，周围的几尊铜鼎之间，全是铜槽锁链的绞盘，看来似是某种机关，可并不知道应该如何使用启动。

胖子摇了摇手中拎的死胎，问我这劳什子该放哪里。我看看四周，心想这些月之大破侵损的胎儿，大概只是为了在水下驱散成群的恶鲛，并不是用来放在这巨鼎中的。这东西轻飘飘的，一撒手就浮上去了。恨天氏熟知水族习性，想必是疍人的祖宗们知道鲛人的弱点，否则以这片水底的凶险万状，谁又能下来动这大鼎。看来这三具死胎形骸，我们是怎么抱下来的，还得怎么把它们抱回去。

正没理会时，古猜凭着他的一双金鱼眼，发现鼎中那株珊瑚铁树下有些东西，冲我们打个手势，当先游了过去。我和胖子担心他有闪失，想喊他回来一同行动，又苦于张不开嘴，想要伸手拽住他，那家伙又滑溜得像条泥鳅，早就游到了前面，我们只好抓着鼎内的铜链，紧跟着游向珊瑚树下。

铁树下锁着一具黑色的朽木棺椁，木质虽好，但在水下腐蚀得已经酥了，用手一碰就一片片地往下脱落。我越来越摸不着头脑，秦汉之前多用石椁铜椁，木椁非常少见，不过木质如鸋①，是不是一具木椁尚且难说。

但黑如朽炭的木匣，形体大小正可容纳成年人的尸体，长长方方的倒是极像棺椁。不等我再仔细去看，胖子已经把烂泥般的木头扒开，里面赫然有具遍体发绿的尸体，三人见尸气被水波一逼，竟然盈绿如生，尽皆吃了一惊，水底怎会有这种东西？

---

① 鸋，音 ní，意为带骨的肉酱。

第四十七章
震惊百里

　　黑色的木椁内有层暗淡微弱的绿色荧光，我急忙将潜水手电筒的光束照将过去，只见那朽木夹裹之中，有具满是绿蚀的铜人。铜人的形态似乎是古时多见的衣冠尸俑，也就是墓主由于某种原因没有尸骨下葬入殓，往往以金玉或者青铜造成人形，穿戴墓主生前冠服，置放在棺中作为衣冠尸俑替代死者。我定了定神，拨去铜人脸上的朽木，将那古木板彻底拆散开来，再定睛细看，心下更是疑惑。看来这铜人也非衣冠俑，因为衣冠俑根本不能算是陪葬的明器，它的地位就等同于墓主，向来十分尊贵，须造得眉目端严，形态仪度不凡，而且十分稀少，现在能见到的几乎没有了。

　　可是反观黑木包裹中的铜人，根本没有面目形貌，只是酷似人形的一个大铜疙瘩。用阴火淬炼的青铜，在水下千年也能铜性不失，而且其青绿之色映入肌骨。我们在那海底神木下所见到的无数青铜奴隶都铸得形态逼真，这铜人却极为简单，连纹理轮廓都不甚清晰。不过最令人奇怪的是，铜人全身都是蜂巢般的窟窿，里面灌有聚铜的黑色海沙，我实在想象不出这会是个什么鬼东西。

　　古猜伸手把那尊青铜人像扶了起来，只见铜像有四条手臂，以不可思

第四十七章 震惊百里

议的角度托举着一块玉盘，盘下有数条玉柱，柱身内部是可以转动的凹槽。这玉盘玉柱显得极为精巧，上面满是镂刻的虫龟古篆，尽是易卦之数，似乎奥妙无穷，不过惊讶之余，我一时间也看不出其中有什么名堂，看样子像是件问卜乩数的上古秘器。再翻看木椁之中，没有任何东西了，不过珊瑚铁树的化石下，藏有一截凸起的铜桩，似乎可以使这尊铜人固定在上面。我和胖子、古猜三人在水下将铜人戳在上面，见这铜人在昏暗的水波中托着那满是卦数机变的玉盘，形态说不出地诡异离奇，谁也看不出它是在做什么，说是问卜起卦，却也不像。

我心想以前没少深入古迹古墓，也见过不少稀奇古怪的东西，可如今是老革命遇上新问题，这珊瑚树下的秘密太多，留在这儿胡乱猜测不是办法，只有回去让Shirley杨帮着想想，她向来思路清晰，也许能够解开其中奥秘。

但我估计无法准确地对Shirley杨描述那复杂的卦盘，只好将它一并带上去再拆开看个究竟，于是打个手势，和胖子、古猜三人托着铜人浮水而出。Shirley杨和明叔、多铃等人早在上面的珊瑚礁上等得心急不已，见我们拖了个奇形怪状的铜人出水，都赶紧过来相帮。

众人将铜像和卦盘拖了上岸。喘息片刻，我说了一遍在水下的所见所遇，说到紧要处，听得明叔等人脸上变色，怎的水下会有这许多鲛人？幸好祖师爷保佑，若是没带那些死胎下水，怕是此刻已经人鬼殊途了。最后我说起水底有株珊瑚铁树化石，比珊瑚螺旋中最大的那株也小不了许多，戳在一处形似古鼎的巨石中，周围有几尊铜鼎环绕，再深处还有吸水的弥洞，水漩奇溜，只有鱼龙能入，人不是鱼，所以没办法去查看里面有什么。

明叔听闻我们没在水底寻得生路，不禁丧气，叹道，看来这辈子穿多少吃多少都是命中注定，人不信命还真是不行，非要冒死来海眼采蛋，结果真成有来无回了。虽得了这许多青头，到头来毕竟是水中月镜中花，都是一场梦幻罢了。早知如此还不如回香港，虽然破产没钱了，但在街头摆个卖云吞面的摊子，至少能有口安稳饭吃。

胖子突然发现从玛丽仙奴号里捞出来的金表不见了，胖子最看重真金白银，一直戴在自己的腕子上，不知道是不是刚才在黑暗中掉在神木隧道中了。他见丢了金表，不由得心情十分恶劣，听了明叔沮丧的言论，更增恼怒，立刻骂道："放你娘的狗臭屁！咱们回去之后，你的青头就一件也甭要了，反正明叔你也看开了，将来你就卖你的云吞面去算了……"

我劝他们道："算了，现在还不到追悔莫及感叹命运弄人的时候，咱们干的勾当，与其说是什么以手艺谋生，其实都是屁话，我看就是玩命，有多大风险咱们来之前就清楚了。既然敢来，就早做好把脑袋别裤腰带上的觉悟了，不过未到关键时刻，也绝不能轻言牺牲。"

这时Shirley杨仔细将那铜人卦盘看了个遍，问道："老胡，你可知这是做什么用的？"

我摇头道："难说，像是一件占卜推演卦象的秘器。不过我看水下的情况，确有几分像是一个古老的机关。九足鼎上的记载如果正确，古人必定视身后之事为大，穷尽心血气力布置死后奔月求长生的秘径。可一来年代太久，在水中饱受侵蚀，有些重要的线索咱们都找不到了。再者我也想象不出这卦盘是起什么作用的，上面并没有震卦的标记，都是些空虚的卦眼，密密麻麻不下数百，根本没有最重要的卦象……"

Shirley杨听到这里，突然抬眼望着我说："你刚说什么？"我心中一怔，答道："卦盘上没有最重要的卦象……怎么了？"

Shirley杨转动玉盘下的转轴，盘上代表卦数的符号跟着产生了变化："你说到重点了，是没有卦象，但我发现这卦盘像是个密码锁，你需要把密码调整准确，卦象才会显示出来，也许只有使卦象完全呈现，铜人才可以在水底启动暗藏的机括。"

我一拍脑袋，真是越来越糊涂了，看似明摆着的事情怎么就没能想到？不过我将卦盘在手中转了几转，却又犯难了，要是密码锁的话，那密码又会是什么？我虽然可以看出卦盘底部可以旋转的柱轴，都是按"三式"标注的暗号，但这"三式"乃是"太乙""奇门""六壬"的总称，是《易经》中最高层次的预测机数，其构成原理，是取自天干、地支、河图、洛书、八卦、象数，说到底全是出自《易经》。这套机数，在周秦时期称为"阴符"，汉魏之际叫作"六甲"，其中变化无穷无尽，要是张赢川在这儿，也许他能破解其中奥秘，我却根本摸不着门。Shirley 杨并不知道这些机数有多艰深，还以为我能将这所谓的密码锁解开。

Shirley 杨见我干瞪眼没办法，便劝道："你别着急，好好想想，恨天氏的冥葬之器中，多有震卦的标记，水下大鼎也对应震卦，也许这玉盘的卦象需应着此象，所以你先想想，怎么才能使卦盘中出现震卦的卦象。"

我本来脑中乱作一团，被她心平气和地开导了几句，竟然清醒了许多。Shirley 杨继承了她家族中先知先圣的血统，对所面临的事情，有着某种难以言喻的敏锐直觉，虽然不能说她能如同先知一样预言，但往往能在一团乱麻的各种线索中找出重点。

我听她这么一说，似乎想到了什么，赶紧让众人谁也不要出声，嘴里默念着《十六字阴阳风水秘术》中的总诀："机数分甲子,神机鬼中藏……"低头去摆弄古玉卦盘。转轴上密密麻麻的符号纵横交错，分别是以时间和空间中的各种象征事物所推演出来的全息符号，是所谓的机数。代表这时间与空间杂乱无序的各种符号，经过有机的排列和组构，可以推演合成出一个个不同的时空，也就是由机数产生的卦象。一个成立的卦象，至少要包括"天""地""人""鬼""神"这些机数，其中最难以捉摸的，就是机数中的"神"，它代表了冥冥中一种可以左右成败的神秘力量。这些卦象机数，现在大多已经失传，我祖父留给我的半部《十六字阴阳风水秘术》的十六字，正是先天十六卦中各个机数的符号，如今留传于世的易道，都不及古法详细精妙。单以此来看，这满是卦数的玉盘就是一件无价之宝。

像张赢川那种神机莫测的易学高人，也因精力神智所限，机数常有穷尽之时，但我捧着手中玉盘，却发现这盘中所生机数，似是无穷无尽。周文王照烛龟卜推演出的卦数，可生天地万象，即使是现代的电子计算机，恐怕也无法演算。好在我已知道所需卦象为"震上震下"，所以只要想办法反向推演即可，否则在那如同"太极生化的宇宙代数学"一样复杂的"三式"中，就算我们几人想破了头，也推演不出任何卦象。

明叔在旁看得大气也不敢出，但隔了半天，见我还是没什么成果，忍不住问道："我说胡仔，你摆弄不出来也就罢了，可千万别用劲用过了头，把这玉盘毁了。我看这东西要是在香港拍卖，也许能开到上亿的天价……"

我刚有一点头绪，就被明叔打断了，不由得无名火起，让胖子将明叔的嘴按上，关键时刻净给我捣乱。我挠耳抓腮，怎么也想不起来刚才的思路了，只好再跟Shirley杨商量几句，如果说易中含有数字之语，都非凭空而来，而是从机数中生化而出，那"震上震下，震惊百里"，说明"震卦"中暗含"百"数，但这究竟是怎样才能推演而生的？如果真能从"百"字反推机数，那对我们来说正是求之不得，否则若是如同"利涉大川"或"同人于野"之类没有数字的卦辞中，我们虽知这些全部是由机数推演而生，但根本不知机数何在了。而且每一个卦象，如同一个个不同的时空，都是相对封闭独立的体系，只知道如何推演一个卦象，却无法举一反三地来衍生另外的卦象。

我对Shirley杨说，这思路确实可行，比如"叁天两地而倚数"，"叁"就是三，天数是五，地数是五，三与两正好合成五，倚者始得天地之数。而且三是奇数，代表阳，两是偶数，代表阴，三这个数字是一与二合，奇中有偶，两这个数字是一与一合，偶中有奇，正应阴阳倚天之理，所以类似于"叁天两地而倚数"之言，其中的含义太深了，几乎每个字都藏有玄机，可能全是从龟卜中推演生化而成。

Shirley杨喜道："你这不是说得很好吗？既明此理，还不快把卦象在玉盘中推演出来，咱们看了之后才好想出办法。"我无可奈何地说："思路大概对了，但还是难于上青天。'叁天两地而倚数'之解，我是刚好曾听张赢川说过，让我自己推演震卦之象简直是要我的命。要知道这些周而复始、始而复生的机数，如果没得到高人真传点拨，又在《易经》里下过几十年的枯禅功夫，等闲之辈哪里能够看得明白？我对不起人民对不起党，我这回怕是也要对不起你们了，这卦盘虽然神妙无方，但也需有应其变而神其妙的高人才能使用，在我手里……它根本没用。早知道当初我就好好学习了，现在后悔也来不及了。"我话音刚落，一直在旁边观看的古猜走上前一步，不太自信地对众人说道："震上震下大概是先天卦数中……一阳二阴的第四卦？"

第四十八章
龙穴

《十六字阴阳风水秘术》虽然名为十六字，可更确切地说应该是十六章，每章以一个字为代表，共计一十六字，所以号称十六字。这十六字分别是天、地、人、鬼、神、佛、魔、畜、慑、镇、遁、物、化、阴、阳、空，每一个字都是一种特殊的符号，在古卦机数中象征着时间、空间、物质、生命，它们组合后就会产生特定的卦象，可以从中解读吉凶祸福和过去未来。

这部主要记载阴阳风水学的古籍可谓无所不包，不仅有风水术和阴阳术，更因为它是由摸金校尉的高手所著，所以里面还涵盖了大量各朝各代古墓形制、结构、布局的描述，其原理全部出于周文王所演的先天十六卦。水底珊瑚铁树下的玉石卦盘，正是一件以时间、空间、物质等各种机数来推演卦象的占盘。

当年在中国有件古物的出土曾经轰动一时，安徽阜阳双古堆出土的青铜秘器太乙九宫占盘，许多人猜测过它的作用，实际上它就是古时推演卦象机数的精密仪器，可是它能推演的机数远远不如我们所找到的玉盘。这件玉盘是海床中埋藏的金刚玉，颜色浅红，透明如玻璃，纯粹无瑕，不为海水盐卤酸类所蚀。金刚玉虽然以玉为名，实则既非硬玉，也非软玉。古

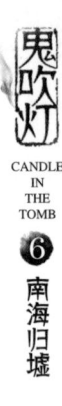

人称玉乃石之美者，多产于昆仑山麓，与沙砾同存于河底，其质温润细密，光泽如脂肪，有软硬之别，软玉为辉石类，以纯洁乳白色为贵；硬玉为角闪石类，较难熔解，色彩鲜绿。金刚玉兼有软玉之美，又超过硬玉之质，属石中异数，硬度则近似水晶，低于宝石，在中国向来非常罕见。而且这铜人手捧的金刚玉卦盘构思更是精妙绝伦，通过盘底的六柱三式，可以产生无穷无尽的机数，其中蕴含的奥秘绝非常人所能掌握。

以前的许多年中，我都想有机会一窥《十六字阴阳风水秘术》的全貌，但今时今日将卦盘拿在手中，心里才开始明白，即便是有十六卦全象，凭我这半路出家一知半解的水平，也根本无法解读其中所藏的天机。以前可能是对自己的本事高估了，现在明明知道需使卦盘显示"震上震下"的卦象，可在繁复庞驳的太乙机数面前，却完全不知从何处着手，只好对Shirley杨摇头，看来还得另想办法。

不料这时候古猜竟然站出来，说他可以试着在卦盘上推演一番，推演出一阳二阴的震卦。连同我在内，众人谁也没想到他会懂得此道，不禁又惊又疑，一时间全然不敢相信此话会从他这蛋仔口中说出。

过了片刻，众人才逐渐回过神来，明叔对古猜说："蛋仔，你怎会知道先天卦数？现在大伙的生死性命全系于此，可不是做耍寻开心的时候，你到底……"

不等明叔说完，胖子就说道："术业有专攻，扯膏药掰卦咱还得看老胡的本事，他们家祖上就是吃这碗饭的，而且真理向来掌握在少数人手里，并不是随便有个脑袋的人就能明白，你这打鱼的娃子就别跟着起哄了，不然赔上大伙的性命，谅你也担待不起。你知道胖爷这条命值多少钱一斤吗？"

古猜被明叔和胖子这么一说，更显得发蒙，本就不多的信心也都没了，支支吾吾的连话也说不清楚了。

看到他的样子，我心中猛地一动，醒悟到疍人的祖宗正是这归墟古迹的主人，恨天氏精研卦数，难道这些古时的机密，竟然在龙户和獭家身上保留了下来？必须要向古猜问个清楚，他僻处荒岛的一介孤儿，又怎会说出震乃一阳二阴之卦的话来？

想到此节，我忙对众人说："你们先别武断，真理是一向掌握在少数人手里的吗？当然不是，不过真理在某些时候确实是掌握在少数人手里的。疍户既能历经几千年把身上的透海图传下来，自然也有可能知道先天卦数的情形，不妨就让古猜试一试。"

Shirley 杨把金刚玉卦盘放在古猜手中，知道他拙嘴笨舌，便让他不要多想，尽管放手试试。多铃也不知古猜懂得什么卦象机数，连连嘱咐他不要胡来。

古猜全神贯注地盯着三式玄机柱上的各种符号，似乎有些东西在头脑中搁置了许久不用，需要绞尽脑汁地去回忆思索。归墟中的卦数并含"全天一十六卦"。相传"先天八卦"是伏羲所创，又名"伏羲先天八卦图"；"后天八卦"是周文王根据河图洛书的九宫之数所创。周文王神机通天，更将"先天八卦"与"后天八卦"在龟甲上融会推演，穷究天地之变，化出暗藏天机的"全天十六卦"。

"全天十六卦"到了西周后期即不复存在。清代的摸金校尉从西周古冢中意外发掘出全天卦象，由此编写了一部《十六字阴阳风水秘术》。由于全书被毁去一半，所以我所知所学仅限于风水秘术，变化精微的阴阳卦象几乎完全不懂，直到近半年才逐渐有所接触五行八门，可《易经》乃生生变化之道，大多内容以"通算推演"为用，若只知其一二，简直等于不知。

但我在古猜脱口说出一阳二阴的震卦之时，就已知道他言之有物。而且看来他所知内容应该属于"先天卦数"。《易经》中八卦，分为乾、坎、艮、震、坤、兑、离、巽，按卦数排列即为乾一、兑二、离三、震四、巽五、坎六、艮七、坤八，震居第四，震卦正好对应"一阳二阴"所组成的第四卦。后天八卦图中，震卦则居第三位，经中五，从坎一、坤二、震三、巽四、乾六、兑七、艮八、离九，使用机数呈现时空变化螺旋式重演的原理，来推算未来将要发生的事情，是现代流传较多的卦数，却不是用以推演先天卦象的古法。

只见古猜一一转动阴阳玄机，金刚玉卦盘上的数百个筛孔随即关合变化，产生的机数逐渐呈现出卦象。众人看古猜的举动都茫然不解，只有我能看出些许门道。

震卦为一阳二阴之卦，阳数为九，阴数为八，以其居于卦位为"四"来推演，一阳而生四九三十六数，一阴得四八三十二数，再一阴又得四八三十二数，合而生"百"数，产生了震卦卦象中的"百里"之机。

至于"震来虩虩，笑言哑哑"等卦文是如何通过机数所生，我就根本看不明白了。不过我知道在先天卦数中，相对两个方面的卦数相加之和都是九，是阳数中最大的"老阳"之数，天为阳，地为阴；后天八卦中相对之和都是"十"，描绘的是"地"。而古猜推演出的机数，大部分是老阳天数，看来卦象中所反映的各有所指全是大自然的情况，对应了震卦中"祭天行为不可中止"的隐意。

我忍不住对古猜说："蛋仔，可真有你的，连这先天卦象都能推演出来。"古猜听我这么说，就知道他的推演之法没错。这些都是他十二三岁前由他阿爹亲口传授给他的，据说是龙獭之辈自幼就要学的古咒，可没任何实际用途，而且从来不知那些古奥的咒语是什么卦象机数，如今竟能派上这么大的用场，阿爹和阿妈在天有灵，也能感到欣慰了。

金刚玉石的卦盘分为数层，每层都有无数手指粗细的窟窿，或大或小，分布不均，随着古猜将最后一式的机数推出，数层玉盘上的某些孔洞相互贯通，排列为震卦卦象的标记。卦盘连通着青铜人像的手臂，猛听铜像体内机括牵动，"嘎嘣"一声闷响，铜人身上填满聚铜海沙的窟窿中，探出数十个铜铸的鲛人头颅。铜鲛形态狰狞，比儿臂稍细，皆做张口衔珠之状，口中却俱是空空如也。

众人见古猜终于启动了先天卦盘上的机关，正要喝彩，谁知以四条手臂托着玉盘的铜像躯体中竟会探出许多鲛头，不禁全都看得呆了，一时寂然无声，直勾勾地盯住那些空空的青铜鲛口，不禁想问："这又是什么鬼东西？"

我伸手摸了摸鲛口，里面漆黑的海沙虽有聚铜集阴之性，不过以手抚去，感觉不到其中是否还有吸力，鲛人嘴里的空槽，很明显是用来固定大颗南珠的。我奇道："这……这些张口瞪目的鲛人嘴里，似乎是用来放置海中龙含的……"

Shirley 杨说："九足鼎上有海底仙山埋着一轮明月的标记，明月随波涛起浮，看来还需要在鲛龙口中放置龙含，将铜像沉入海底机关处，归墟下的坟山就会裂开，僵尸会在棺中随着水流浮上海面。当真存在这种可能吗？"

明叔见脱身有望，忙不迭地告诉众人，在海波中采蛋为生之辈，没有哪个不知海底坟山中埋有明月的古老传说。月者水之精，珠者月之精，其实明珠即为明月。金刚玉是海中古玉，珠玉相映，光华肯定比真正的月光更盛，只不过要嵌满这铜人上的鲛头，怕是要用数十颗极品龙含。多铃和古猜姐弟在旁不住点头，表示明叔所言不虚，海底仙山葬月的传说在疍民中广为流传，无人不知。

我咬了咬牙，看来是舍不得孩子套不着狼了，只有把我们从珊瑚螺旋所采的明珠都嵌入鲛口，然后将铜人沉到水底铁树下的机关处，至于能不能引得仙山裂开，海水上涌，使僵尸出海，只有到时候才能知道了，现在根本难以想象百十颗明珠怎么可能会带来如此剧变。

胖子赶紧捂住装有月光明珠的背囊："我说胡司令，这可使不得啊，这么多鱼头，得喂它们多少？我不得不再强调一次，贪污浪费可是极大的犯罪。"

我对胖子说："怎么是犯罪呢？摸金校尉的原则是舍财不舍命，咱们将来都是有所作为的人，可要是去不了美国，捞到多少青头都没任何意义。再说还有那价值连城的人鱼和佛爷的翡翠天衣，到了美国咱们省着点花，也足够折腾半辈子了。"

可话虽如此说，一看那装着南珠的背包，不禁又想："在海中豁出性命采了半日，仅得明珠三十有二，阮黑死后，我又在他口中放了一枚做驻颜珠，如今只剩三十一枚，颗颗都是南龙海气凝结的精华。要是就这么沉入水底，换了谁都会觉得心疼，而且数量也相差悬殊，三十一枚明珠远远不够。"

Shirley 杨将几枚明珠放入鲛鱼嘴中，果然无论珠身大小，都被鲛头紧密地牢牢吸住，但至少需要六十余颗光照百步的月光明珠才能把所有的鲛口填满，Shirley 杨也不得不连连摇头。恨天氏送葬之物如此之盛，恐怕唐宗宋祖的陵中，也不会有数十枚这样的南海精魄，此时此地又要到哪里去凑够六十几枚明珠？

古猜在旁看出众人忧心忡忡，似乎是觉得南珠不足，他忙指着水面，比画着水底深涧的手势："水下有龙穴！"明叔急忙让他说出详情，听后转告给我们，原来古猜是古疍人中的龙户，在海中有许多与生俱来的本领，尤其擅长"辨水色，识龙居"。

刚才，古猜随我和胖子潜入鲛鱼出没的珊瑚树下，见水底有一道深涧，古猜善识水性，一看水底的漩涌乱流有异，就知深涧中必有万年老蚌。那是一片不见天日的"珠母海"，多半会有蚌祖隐匿其中。海中螺蚌不同于淡水蚌，淡水蚌全部是一甲仅出一珠，而海底的珠母却是一甲百珠的庞然大物。

珠母可能要比砗磲大上十倍，只在海底洞穴岩隙的深处才有，一片产珠极佳的海域或者珠池，其下必然藏有被称为蚌祖的老珠母。据说珠母乃是老蚌年久化为精魅，由于自身蚌甲中裹着百枚明珠，即使天上月色如水，它仍然会藏在深涧中绝不出来。

古时若有疍人循着水下蛛丝马迹摸到蚌祖附近，往往也很难发现与礁石化为一体无迹可寻的巨蚌，更有许多人被它变幻的形态迷惑，成为蚌精的食物。蚌祖藏纳数量众多的龙含隐在深水中，会产生大量的低频脉冲，虽然对人体影响不大，但是会严重干扰各种电子信号，珊瑚螺旋海域常有舟船飞机失事，除了变幻莫测的海象天候，恐怕与这藏在海底的珠母也脱不开干系。

先前没顾得上仔细去想那龙骸会是何物，珠母的相关记载虽然很多，但很少有人能捕得这种灵物，千余年来始终无人得见。所以我们从一开始就没往这上想，直到古猜观水色识龙居，辨认出水底是片"珠母海"，才知原来古猜背后透海图中所刺龙骸正是"龙穴"的标记，疍人向来便将"珠"比喻为蛟龙之含，有珠之海，即为"龙居"。

第四十八章 龙穴

此时鲸骨附近的伏流一片沉寂宁静，空气中阴寒之意更盛，众人稍加商议，便狠下心来，既然深涧中有一甲藏百珠的"珠母"，那没说的，只好再舍命下水，刮取蚌祖壳中的龙含。可此事却又艰险异常，因为以前谁也没有过捉珠母这种万年巨蚌的经验，据说那蚌祖历经万年吐纳形炼，善幻化迷惑，且藏匿极深，隐于深涧潜涌之下，其中乱流漩涡一个接一个，使人拼上性命也难以接近。

众人正左右为难，明叔忽生一计：从归墟遗迹的螺甲坟中，得到数件引龙宰蚌的上古秘器，其中有具女子皮囊般的尸魃，正可作为珠媒从水底引出蚌祖。不过将那鬼气森森的尸魃缚在背上，口衔短刃赴水潜入乱流，除却需要胆子够大、水性精熟之外，也务必要将生死置之度外，能担当此任者，非龙户莫属。现在唯有古猜这一身过人的水下本领是众人最后的指望了。

第四十九章
珠母海

明叔提到尸毡,禁不住脸色剧变,海上疍民似乎都识得这有筋无骨的女尸皮囊的厉害,它并不是轻易可以使用的普通珠媒,但若不以它的阴魂为烛,绝难引出潜藏在海底千万年的珠母蚌祖。

明叔对我们说:"阿叔我是观千剑而识器,抚万曲而知音。在海上漂泊了半生,见过不知多少大风大浪,经验要比你们丰富得多。我早就看出古猜这蛋仔非同一般,只有他才有本事背着尸毡,去水底引得蚌祖现身,然后咱们就等着齐心协力刮蚌采蛋便是。"

我早在水下就已见到深涧处暗涌奇流,只有古猜这种精熟水性的龙户,才有可能游进去,但这话听明叔说出来颇不入耳,心想:"港农老贼只求自保性命,向来不管旁人死活,对他来讲,除了他自己之外,任谁都是可以随时随地牺牲掉的。"

于是我正色道:"我看古猜水下本领虽然了得,但他经验不足。咱们这伙人中,只有明叔才称得上德高望重,我这辈子最佩服你这样品德高尚又有真本事的老干部,不如就让明叔背了女尸潜水引蚌,凭你识风信、知水性、洞悉海底地形的手段,才配担此重任。"

胖子闻言哈哈一笑，拍了拍明叔肩膀："明叔，您老要是有个三长两短回不来了，九泉之下也可以尽管放心。我和老胡绝对会尊重你的牺牲，把咱们捞得的青头货卖个好价钱，赶上清明冬至，即使我远在美国游艇上，也肯定忘不了给你烧纸钱送寒衣。"

明叔虽然在海上阅历不凡，可他自身器量有限，是小庙里的神仙，受不起多大香火，此时心神疲惫，更是架不住胖子的三句狠话，我们这么一吓唬他，险些让他瘫在地上。Shirley 杨见明叔脸上半天都没血色，于心不忍，就劝众人现在不是开玩笑寻开心的时候，蚌祖是什么样子，谁都没亲眼见过，尸彪近千年来也从未有采蛋之人用过，这些都是传说中的逸事，可信与不可信的程度是对半开，不应该冒无谓的风险，还是应该另想办法。

我对众人说："眼下物资装备基本损失一空，随身只剩下些不当吃不当喝的青头货，再不放手一搏更待何时？我们可以做好两方面的准备，一组下水去引蚌母，另一组到珊瑚树下寻找机关，如果计划不能实现，就只有冒死穿过乱流，从错综复杂的珊瑚洞里寻找出路，那是不太靠谱的办法，是死是活听天由命罢了。"

众人皆知眼下面临的困境，必须各出死力才有可能从中脱身，当下不再多言，各自整理身上的装备器械，将剩余的水肺重新分配，最终决定由我和古猜潜入深涧去引珠母，其余的人带着铜人卦盘，埋伏到珊瑚铁树的化石附近，准备屠蚌取珠。

我提醒大伙将那三具畸形婴儿的形骸分别带在身上，水下成群的黑鲛凶残无比，但其性应月，唯独惧怕月食，有月破的残肢死胎在旁，恶鲛不敢轻犯。另外，从青螺坟中挖出的玉瓶里面装有人鱼油膏，抹在身上可以有效预防潜水病的各种症状，看其成色和气味并无异常，隔了这么多年也不知是否已经失效，但有胜于无，不妨每人都抹上一些。

此外，在珊瑚树的另一侧，与水底深涧对应的所在，还有一个漆黑的巨洞，里面似乎藏着什么凶恶的大海兽，连古猜也没看出究竟是个什么，所以千万不可轻易接近，否则必遭不测。

过了约有一顿饭的工夫，所有人都已准备妥当，多铃和明叔帮古猜把那具不成形的女尸皮囊绑在了背上，古猜摸了摸背上的潜水绳绑得牢固，便同我一前一后潜入水中。刚一入水，我就见到尸魃身上穿的珠衣被阴气所染，发出千道阴森的寒光，在一层冰冷异常的光晕中，那具有筋无骨的尸皮跟着水波摆动，模糊的五官眉目悉皆活动，犹如生人。

尸魃在水底似乎并无浮力，全凭一根龙筋丝绦挂在古猜背后，如同放风筝一般拖曳而行，在纷乱的水波光影里，恰似一个漂动着的恐怖幽灵，若不知内情，还以为龙户行于水中遭厉鬼所凭，背后紧紧贴着一个扭曲的亡灵。我实在不明白，这种处处透着邪气的诡异办法，疍民祖先是怎么琢磨出来的。

我将一具死胎捆在水肺气瓶上，入水后跟在古猜后面，看到尸魃产生了变化，就拍了拍他的肩头，二人径直潜向古珊瑚树化石下的深涧。水下无穷无尽的幽灵蛸仍在围着珊瑚树舞动不休，一圈圈淡蓝色的光波忽收忽放，将水底千奇百怪的珊瑚洞映得如同水晶龙宫。我潜至深涧旁的古石碑遗迹处，感到乱流卷集，若不抱住石碑，随时都会被潜流卷走，再向深处已经有些力不从心。

我和古猜二人抱定石碑，回头看了看Shirley杨、明叔等人，他们已将铜人拖到水底，正在珊瑚铁树下等待我们的信号。古猜打个手势，问我是否还能继续往深处潜。

我挑了挑大拇指，这里乱流虽急，但并不是那种水眼漩涡，每阵潜涌都有间隔，只要认准时机，抠着岩壁固定重心，应该可以进入这道水底大峡谷般的深涧。

我们两个抱住残碑，往那深涧中一张望，只见其中黑洞洞的一片，没有一丝一毫光亮，只有些尖头尖尾的怪鱼张鳍摆尾游进游出。尸魃虽然有层阴冷的光晕，但它并不能作为照明的光源使用，而且在这种特殊的环境中，潜水手电筒也发挥不出多大作用。

古猜天生一双金鱼般的眼睛，能在漆黑的水下洞悉地形。而我却没那种本事，只好取出事前准备的一颗月光明珠攥在手里。珊瑚螺旋所产的蚌珠，皆得海气精华，不是寻常南珠可比，硕大浑圆，在水下能穿透介质阻隔，使水底亮如白昼，光照数十步，精光一现，有如银霜匝地，视线顿时随着珠光扩展开来。

珠光如月，在水中将尸魃一逼，显得那空荡荡的死人皮囊更加狰狞诡异。我在水中看它一眼，就觉得一股寒意从心底里涌起。我借着珠光看清了地形，鼓足勇气摸着水底嶙峋的乱石，一米一米地缓缓前行。

古猜拖了一根潜水绳，从我身旁游过，当先潜入深涧。他在乱流的缝隙中，东一闪西一晃倏忽起落，迅捷不让水下游鱼，片刻就已潜进了峡谷深处。

我觉得手中潜水绳忽地紧了一紧，知道这是古猜从里面传出的信号，就拽着潜水绳和岩石，拼命穿过几道湍急的潜涌，刚一进去就觉得眼前一亮，只见深涧里的空间远比预想中要大许多，两侧巨岩壁立，阴水漫顶遮天，鲛蛸鱼龙纵横往来，缝隙处尽是根陷岩中的"海百合"。

深涧中各种色彩斑斓的海石花随着水流不停摆动，这景象实在令人惊异，恍惚间仿佛来到了陆地上百花盛开的山谷，往来穿梭的鱼群，如同花丛间飞舞的彩蝶，不过这些颜色奇异的海石花丛中，还堆积着数座大坟。

每座隆起的坟丘，都是许多巨龟鼋鳌的甲壳相叠而成，有些龟甲上缚着链条，锁着古旧的石椁、石棺。古猜拖着尸魃扶着一具石椁停下，我拽着潜水绳游到近前，见那些石椁龟甲十分像我们在海中打捞出来的石镜古棺。想来这些棺椁都是空的，要等装入南海僵人之后，再由潜流托出海面，任其在海上漂流沉没，而所谓的灵魂便借此过程，从神木中飞赴月宫了。

古猜指了指前边，我顺着他的指向看去，只见古老的石壁下堆积着无数海蚀古玉，似乎都是些故意沉入珠母海的祭品，其中有不少海鲛形态的玉人玉龟，以及占求卦象的甲盘灯烛之物，不过都已受到极大程度的腐蚀。

我对古猜点了点头，看来珠母海确是非同小可，此处地形复杂，空间宏大，不知那蚌祖会藏匿在何处。如果真有活着的蚌祖，它栖身在珠母海的老巢之中，即便是龙户獭家之辈，也难轻易取其甲中明珠，单凭龙弧短刃根本宰不了这种大型的巨蚌，如果贸然相搏，反倒容易被其夹住送了性命，只有设法引其出了深涧才可动手。

潜水绳的长度最多能到龟骸石棺这里，因为引了蚌祖后，还要借着潜水绳原路折回，我只好留下守住绳头，由古猜独自向前去搜索珠母。古猜在水下胆子很壮，背着那阴森可怖的尸魃前去引珠，没有丝毫畏惧，我却为他捏了把汗，在后边注视着他的一举一动，稍有不测，就打算过去接应。

只见古猜反握短刀，赴水逐波而行，迎面有一片石壁，中有三道鲸头般的石门，门中捣珠崩玉，飞沫翻涌，从中灌下来的海水，与珊瑚洞内上升的伏流时时相击，漫天浮游的水势极为凌厉。古猜接连冲了几次，都被激流所阻，不但难以闯入，系在身后的尸魃反倒被乱流卷动，硬生生将鲸筋制成的绳子绷断了。

古猜在水下行动奇快，回手拽住尸魃的脖子，在乱流中将它拽了回来，重新紧缚于身。他于气螺中换了口气，见这片水门不通，估计蚌祖另在他处，转身对我打了个手势，便向斜刺里游去。

随着古猜游向侧面，他身后尸魃阴光越来越盛，那幽灵般的女尸皮囊也越来越像活人。我在不远处看得分明，不知从什么时候开始，水中出现了一团七彩霞光般的虹气，随人移动，追逐着古猜背上的珠媒，一时之间，珠母海中迷漫着一种难以形容的神秘气氛。

我心中凛然生惧，感觉到水中似乎出现了一股强大的生物磁场，竟然突然冒出这种毛骨悚然的感觉，恐怕藏在珠母海里的蚌祖就要现出真身了。珠母乃是天地间的灵物，浸得水月精气，吐纳形炼不下万年，但近千百年来谁也没亲眼见过，它只存在于疍民渔民广泛流传的口头传说之中，都说它能幻化人形，吞噬舟船。

古时常有吞舟的大鱼追逐珠母的奇闻。民国初年，在佛堂口海域的众多船员，就曾亲眼见到海中巨鱼如山，半出水面追逐一轮明月，在海上过了一昼夜也只见首不见尾，后来潜入海底，亡其所在。见到这异象的海员水手，皆称那如山的巨鱼是被珠母精光所引。

另外据说有些珠池被采蛋的人采空了，蚌壳蚌肉堆积成山，可到了夜里，珠池中又有精光映月。疍民不知真相，以为水底尚有蚌珠，于是转天继续潜水采珠，便往往有去无回，都被伺机报复的蚌祖所吞，它吃了活人，连骨头都不吐。可即便把珠池倾尽，也难觅其踪。所以在海上搏命的疍民们谈起这些传说，不免会骇然失色，而且动了蚌祖会引发海啸飓风，总之是传得挺邪乎，没有渔主的秘器，是无论如何也引不出蚌祖的。

　　这时水影纷乱变幻，我已看不清古猜的行踪，心中不免担忧起来。正要过去寻他，忽地珠母海底泥沙翻涌，妖雾大作，就见阴光闪烁，其后是一片巨大的黑影，一波波的鲜血从中涌出。古猜全身是血，背着那尸髟，手足并用挣扎着游了出来，但他身后满是妖雾的水流似乎存在着强烈吸力，古猜刚刚游出三五米，又立刻被水流吸了回去，倏然间再次消失在了浓雾里。

第五十章
刮蚌采珠

珠母在水底一动，真似有倒海移山之势，只见水中变幻不定的虹气都被揭起的泥沙遮住，浓重的雾气弥漫，根本无法看清楚里面的蚌祖是个什么样子。古猜仗着龙户的一身水下本领，以尸魃引得珠母蠢蠢欲动，张壳分甲，想要将那阴气深重的尸魃吞将下去，吸卷着水流形成了漩涡。古猜稍慢了半步，竟被这阵漩涌吸住，他不及挣扎，就已陷进了珠母带起的泥沙浓雾深处。

我瞪着眼看个正着，心中一急，立即伸手摸出潜水炸药，想要过去把古猜抢出来，眼下救人要紧，也顾不得能不能把蚌祖引出深涧了。可正在这时，忽觉面前水流冲击，古猜也同时挣扎出翻涌的泥沙烟雾。

原来珠母吞了有筋无骨的尸魃之后，一时耐不住女尸体内的阴气，蚌甲分处，又将尸魃像吐纳明珠般喷了出来。古猜在蚌壳内就势割了几块蚌肉，混在血雾中顺着水流冲了出来。

我急忙伸手拽住古猜的手臂，将他在乱流中拽住，见他自是惊魂未定，因为他已被珠母吸入壳中不下三次。我们二人见引出了蚌祖，不敢再做逗留，扯着潜水绳竭力向外游去。

第五十章 刮蚌采珠

蚌祖的轮廓隐约可见，虽然看得并不真切，但凭着水中那股强烈的波动，已足能感觉出它体形庞大、移动缓慢，附在礁岩上蠕动而出，追逐着尸彪散发出的阴气而动，从珠母海中爬了出来。

蜑民在海中置珠媒引珠之事原属寻常，普通珠媒所用之材料，连鱼珠都没有，仅是选用螺蚌喜欢的食物，混合些肉糜加以调配，以此为引，使螺蚌环抱的坚甲分离，趁机刮蚌取珠。而这种以人皮制成的尸彪，只有蜑人的祖先才会使用。

我和古猜都没想到尸彪竟会如此灵验，被它的阴气撩拨，那蚌祖突然间就冒了出来，我们未免有些准备不足，仓皇中夺路而逃，也顾不得回视身后的情形，只觉身后如同弥洞，吸水之力奇大无比，若不是抓牢了坚韧的潜水绳，怕是稍一松手就会被乱流吸走。

未到山涧出口，涧口处的乱流便与珠母吸水之力形成前后夹击之势，身处其中只觉手足酸软，在一阵阵混乱的潜流中感到天旋地转，加上水压的作用，头脑有些发晕，不由自主地产生了想要松手放开潜水绳的念头。

就在意识开始模糊的一刹那，我感到身后一阵阴寒，那种鬼气森森的感觉直透五脏六腑，下意识地回头看一眼，隔着蛙镜，只见一张五官鲜艳但格外扭曲的女人面孔正好贴到我的蛙镜上。

那正是古猜背后拖曳的尸彪，被乱流带动，连同绳索缠到了我身后的死婴。虽然我知道那张女人的脸是尸彪浸水后涨大呈现出来的，而且在水中愈久，形容愈是鲜活如生，可在如此近的距离看到这人皮的五官，简直像是在挤眉弄眼地微笑，还是觉得全身恶寒透骨，原本模糊的神志，反倒变得清楚了。一惊之下，身体里猛然间生出一股力量，用尽吃奶的力气狂拽潜水绳，和古猜在乱流的缝隙中，翻滚着出了珠母海入口处的深涧。

珠母虽然贪恋水中阴气，天生惧怕"月破"一类的自然现象，但也许是它活的年头实在太久了，也许是古墓中的死胎早已质化千年，蚀天之气已所剩无几，驱赶鲛人尚可，对付成了精的蚌祖却不起什么作用，所以它对我挂在氧气瓶上的死胎视若无物，越追越近，紧紧尾随着尸彪，出了珠母海。

涧口附近大多是奇形怪状的珊瑚化石，蚌祖到了这里，已无泥沙涌起的烟雾遮挡。只觉身后精光浮动，一阵阵亮似白昼，百忙中回头看了一眼，只见一只全身生满藤壶状伪装物的巨蚌就在我们身后，那就是蜑民们传得神乎其神的蚌祖了。它形体也不是大如小山，大约有一个卡车头大小，外貌近似一种罕见的盆形珍珠贝，波浪般凹凸的蚌壳表面，附着了厚厚一层疙里疙瘩的海洋沉积物，显然已有很多年没有移动过了。

那蚌祖的蚌甲最是奇特，不是两扇合一或是螺旋一体，而是生有六瓣合页蚌甲，左右上下都可开合分启，壳中有异常发达的蚌足蚌盘，蚌甲忽张忽合，纵然是铜头铁臂之躯被其夹住，也会像被轧刀裁切般截肢断体。适才古猜被吸入里面还能完好无损，恐怕也只有在水下进退如电的龙户才能如此侥幸。

我回头只看了一眼，就觉得眼睛被晃得好一阵生花。蚌祖与普通的螺蚌大不相同，它珠囊奇大，蚌甲分合之际，珠光闪现，借着水波的折射，化出瑞彩虹气，令人目为之夺，神为之慑。四周深水幽灵蛸鬼火般淡蓝色的光波，此时也都相映失色，整个珊瑚铁树化石，都被蚌祖甲中蕴纳百珠的光芒所笼罩。只不过蚌祖藏于海底，常年不见真正的明月，其所孕蚌珠相比珊瑚螺旋海域的寻常明珠，阴冷清冽之气尤为深重，六扇巨大的蚌甲时开时合，千缕虹气也随即隐现出没。

我没想到珠母追得如此之近，回头望去，只觉白茫茫精光刺目，霎时间，阴寒之气与水流吸力大增，巨蚌坚甲暴然张开，我和古猜都被蚌甲分合之势笼住，只消珠母的六片重甲裹紧，我们即使不被当即夹死，也会被蚌祖吸入珠囊。

古猜在水下就变得非常暴躁嗜血，见状便要故技重施，想要以进为退，缩身藏进蚌甲，趁着珠壳闭合之际，在里面戳那成精的老蚌几刀。

但我看蚌祖吞吐了几次尸魃之后，那女尸人皮中一股怨气渐消，只怕再被蚌祖吞下，尸皮和珠衣上产生的阴气就会消失，珠母大概会将其直接裹入珠囊，不会再轻易吐将出来。凭古猜那柄短刀，想在蚌壳内宰杀如此巨蚌，未必能够成功，此刻绝不能舍命硬拼。这念头在心中一转，已见古

第五十章 刮蚌采珠

猜挺刀合身扑了回去，我急忙探手将他拽住，但古猜在水下滑如泥鳅、动似黑鱼，我的手抓在他胳膊上，像是抓到了一条滑溜异常的水蛇，根本难以停留，但幸好扯住了他背上捆缚尸蚼的绳索，立即使劲拉扯，把古猜在水中拖得兜了半个圈子。

就在这时候，珠母厚重的坚甲猛然合拢，仅差得半寸，就会将古猜双足夹住。那在水里拖风筝似的尸蚼却已被蚌祖吞在壳中。我和古猜被尸蚼上的绳索缠住，急切间难以抽身，而那珠母吞了珠媒后，立即坚甲环闭，不动如山，巨甲微颤，似乎是在尽情享受着尸皮中的阴怨之气。

我一手推住犬牙交错般紧紧闭住的蚌甲，一手抽出分水短剑，割断了纠缠在后背的绳索，这才和古猜抽身出来。此时 Shirley 杨等人在珊瑚树下看了个满眼，都不免心惊肉跳，想游过来相助，但事发突然，在那电光石火的一瞬间却根本来不及，所幸没有伤亡，而且成功将老蚌从珠母海中引了出来，便匆匆赶过来将那珠母围住。

珠母海又名"瀛海"，"瀛"是古时海中仙山的代称，也有仙境的意思，实际上疍民对海底珠池或洞穴也如此称呼。在风水之道中，称为"瀛海"或"瀛树"的，都是生气不灭的上善之地，更是海中海气最盛之处。珠母本身与"瀛海"是一个不可分割的整体，它藏身在珠母海中，借着海中阴精之气吐纳修炼，能存活极久。

民间常说"千年的王八万年的龟，一百年的老刺猬"，实际上海中老龟能活万年的不一定没有，但目前发现龟龄最老的才八百年。海洋生物的寿命虽比陆地上的生物要长，可千年万载之说还是不太符合实际，大多是因为难以判断，才形容为"万年"。珠母蚌祖的寿命应该在三四千年，一旦蚌祖离了珠母海，失去了海中生气凝聚的气场，就会如同垂暮老朽的风中残烛，虽然不会立即老化死掉，但失去了活力，蚌肉都会变得塌陷萎缩，在耗尽体内明珠精气之后，就会开始死亡。

我们引出的这只蚌祖，在吞了尸蚼之后，环闭甲壳，凝伏不动，正如昏昏欲睡一般，已不像在"瀛海"中那般狰狞生猛，不会再对蛙人和疍民产生什么实质性的威胁了。

我转到巨蚌身后，抚着它的蚌甲，心想：蚌祖是南海灵物，得海气精魄，现在世界上资源被过度开采，天然海水珍珠少之又少，七大洲四大洋里至今还活着的珠母加起来总共也没有三两只了。我们这伙人的岁数加起来，恐怕都没有它的零头大，虽是有心留它不杀，可在水下又没有别的办法能从这么大的活蚌中取珠，看来无毒不丈夫，这回只好心黑手狠了。于是做了下切的手势，让明叔和古猜、多铃这三个疍民动手，术业有专攻，屠蚌取珠自然是疍民龙户最为拿手的勾当。

明叔对我们摆了摆手，那意思大概是说，根本犯不上宰了蚌祖，用渔主传下来的秘器直接刮珠，然后让这老蚌自生自灭也就是了，随即接过我手中的分水古剑，和多铃、古猜三人用剑刃一层层刮去蚌壳上的海蚀沉淀物质。

在海中采珠，有时会将整个老蚌一起捞上来，取了蚌珠，蚌肉也不能浪费了，用剔刀将蚌肉活生生从壳中刮出来，称为"刮蚌"。但采珠者有疍人古法，古法中所谓刮蚌，并非普通疍民用利刃刮蚌肉的办法。古疍人刮蚌是以青铜打造的分水刀具在蚌壳上来回拖动，铜刃在波浪起伏的蚌甲上一拖，就会使甲中的蚌体感到一阵振动。

这种振动极为特殊，就像古时挖金的"金苗"，见到金脉就要念咒，否则矿脉必断。刮蚌之法似乎就是那样一种用青铜器发出的古咒，只有纹铸着鱼龙图腾的古铜刃，才能起到震慑老蚌的作用。所使用的铜刃越是古老，作用也就越是明显。珠母甲壳被利刃一刮，就像吓得失了魂，又像是被全身麻醉了，体内肌肉劲力全消，壳甲松脱，任凭疍民采去珠囊，也丝毫反抗挣扎不得。

我和胖子、Shirley 杨三人根本不解其中奥秘，这时候只有在旁边看的份儿了，在水底目不转睛地望着明叔刮蚌的举动。虽然平时觉得明叔这老贼惯于吹嘘卖弄，是个"关二爷放屁不知脸红"的老赌徒老骗子，但他也确是有些个过人之处，对海事和倒腾死人的勾当经验丰富，采蛋的诸般掌故异闻更是所知极详。因为这古铜剑是古时秘器，也无须再拜渔主，以明叔那套诡异的手法，并没花费多大力气，那蚌祖五彩斑斓的蚌甲就已暴露出来，壳甲表面鲜红倒生的骨刺密布，如同一块巨大的彩色珊瑚，它像是被催眠了一般，颤颤抖抖地将蚌壳张开了一条缝隙。

蚌甲中精气璀璨，月光如昼，引得藏在附近珊瑚洞里的鲛人不住窥探，可它们惧怕三具畸形死胎，只敢在远处探首探尾，却都不敢接近半尺。不过我们也开始担心死胎能否有持久之效克制恶鲛，因为这些受月食而损的畸形胎儿被放置在潮湿的环境中实在太久了，而且本身又没做过防腐处理，全凭女尸腹中填玉、口中镇珠的一缕寒气维持。

两次带它们下水，胎体面目已经被泡得模糊起来，形骸也不再像刚发现时那样质如软玉，似乎随时都有可能随水化去。一旦出点岔子，那些鲛人一拥而上，不出几分钟，我们就会让它们啃成一堆白骨。而且在看明叔三个疍民刮蚌的同时，我发现珊瑚洞中的鲛人已经越逼越近，鲛人聚集，形成了密密层层的黑色漩涡，裹住了当中一团清冷的月光。我和胖子等人立刻把心提了起来，将潜水匕首紧紧握住，准备应付一场暴风骤雨般的殊死搏杀。

第五十一章
鬼月亮

　　水底珊瑚洞内的恶鲛,贪婪地盯住珠母蚌甲中的月光,若非惧怕"月食",早就蜂拥而上了。但我们赖以防身的三具死胎,随时都可能被海水化去形骸,鲛人盘旋在四周等待时机,紧张的气氛有如箭在弦上,只消其中一两条恶鲛禁不住那海底精魄的引诱舍命来夺,其余的也都会不顾死活,跟着上来抢夺。

　　我见形势紧迫,赶紧让明叔加快速度,这珊瑚洞中已是不能久留了。明叔也不敢怠慢,带着古猜、多铃,撬开战栗不已的蚌祖甲壳。只见里面鬼气闪动,那具人肉皮囊制成的尸彪,正被一团灰白色的蚌内吸盘裹住,这巨甲环绕中的万年珠母已成化物,与寻常老螺巨蚌截然不同,数条蚌足缠住尸彪,将它吸入珠囊里。

　　它的珠囊上全是肉瘤般的疙瘩,一串串犹如病变后的淋巴腺,一开一合之际,即有清冷奇异的光芒闪现,果然有明珠不计其数。疍民们都认为"老蚌得月之精华,无质生有质,孕出明珠",也有观点是"蚌病而成珠",是说螺蚌等贝类活得久了,机体病变,才会使珍珠囊不断分泌出珍珠质,裹住一些细小泥沙,久而成珠。蚌珠是近似于一种"内丹"的东西,如同牛黄、马石、狗宝之类的结石，凡属此类，都有极大的药用价值。

不过眼下众人急于采出百枚明珠，开启水底伏流的机关，无暇去研究那珠囊生得如何怪异。明叔不愿亲自动手，示意古猜上前，古猜对刮蚌屠鲸这种原始血腥的行为向来都是抢着去做，他将气螺挂在腰带上，又从口中取下龙弧铜刀，一手揪住麻袋大小的珍珠囊，一手持刀去割。

蚌祖离了珠母海，灵气大减，又被铜刀刮了数遭，早已魂飞魄散，蚌肉只是哆嗦个不停，任凭古猜将珍珠囊连揪带切从身上割离，根本没有丝毫挣扎反抗的余地，但到了这时候，它仍用最后一点力气紧紧拖住尸䱐不放。

我看到这一幕，不禁暗中摇头。世人又何尝不是如此，倒斗采蛋之辈，为利所趋，不惜以身犯险，即使死到临头，怕是也看不开一个"利"字。珊瑚海中的螺蚌之属，向来于人无害，屡遭碎尸分割之苦，全是因为体内有珠，这就叫"匹夫无罪，怀璧其罪"。自古以来多少疍人，为了采取蚌中明珠，在海底送了性命？我们割去蚌祖的珍珠囊，等于取走了疍民们的诱惑，可以算得上是一种"救赎"，所以从某种意义上来讲，是做了件好事。

正在我心神恍惚之际，忽然觉得脑中一阵酸楚，真切异常，似乎感到身前的珠母正在悲哀地苦苦求饶。我记得 Shirley 杨曾说过，罕见的夜明珠中带有某种放射性物质，蚌祖体内一甲藏百珠，具有极强的生物磁场，其放出的低频脉冲会干扰电子设备，有时也会使人产生幻视幻听。那是由于脑波受到影响，出现异常放电作用。

我不知道头脑中那种异样的感觉是否与此有关，但周围的众人也都突然停下手中动作，他们显然也出现了同样的感觉。珠母甲中的蚌身抽搐得越来越慢，我们脑海中那种哭泣悲求的感应，也随即渐渐平缓消失。

众人在水下对望了一眼，都觉得珠母成精之说怕是不虚，它似乎自知寿数将尽，在劫难逃，用生命中最后一点能量苦苦求饶。蝼蚁尚且偷生，何况这活了几千年的古老生灵？

我见众人都怔在当场，就对他们摆了摆手，眼下处境九死一生，面临杀伐决断千万不能心慈手软，不过这蚌祖藏在海底，确实从来都没招过谁也没惹过谁。古猜只是用青铜刀割了珠母身上的珍珠囊，并不会将它置之死地，所以别犹豫了。"

而且我猛然醒悟，就算是只有屠蚌才能取珠，这珠母也绝不能宰杀，它早已与海眼中的海气融为一体，一旦使海气失去平衡，归墟必然会发生天翻地覆的剧变，覆巢之下，焉有完卵？

古猜点了点头，抄起刀来，继续去割珠囊。那珠囊大能容人，并非容易切割。多铃也曾跟阮黑做过多年采珠的营生，此刻也动手相帮，将硕大的珠囊切摘了拖出蚌甲之外。鲜活的珍珠囊肉壁中尽是明珠，粗略一数，少说也有一百五六十枚。

珠母壳中有数个珍珠囊，唯独当中这个最大，其余的肉壁里面都是不成形的珠米、珠泥。Shirley 杨大概是觉得如果将成形的明珠全部取走，这老蚌恐怕立刻就会丧命，既然用不了这么多明珠，就留下来一小半。明叔眼睁睁看着 Shirley 杨的举动，虽然心疼不已，但也没敢加以阻止。

我见四周潜伏的恶鲛蠢蠢欲动，它们此时虽然尚不敢越雷池半步，但那三具死胎开始在水中渐渐消散，我们的时间所剩无几了。于是赶紧和 Shirley 杨将三十余枚明珠塞回蚌壳，然后众人立刻潜到珊瑚铁树的化石底下。

先前 Shirley 杨等人已将那铜人装到了树下，只见那姿态奇特的铜人手捧玉石卦盘，在水底恰似对月飞升。我看了看苍绿色铜像身体上遍布的鲛头，心想：能否找出伏流逃生，就全在此一举了。古墓遗迹中的各种机关，最难保存的就是其中动力，机弩伏火、毒液雷石，年代一久，便会木朽铜蚀、药性挥发，都难以维持太多年头。这海底又怎么可能有动力和能量来启动机括，让那拖延了千年未曾入葬的南海僵人升天？

这个问题，我先前反复想过几次，曾经心存侥幸，认为百枚明珠中凝结的海气会带动伏流升腾，不过那种情形连我自己也不太相信。珠母中藏了千年的南海精魄，虽然精光瑞气胜于天上真正的明月，可要说其能使地底伏流出现，恐怕还远远不够。

先前还想豁出去了赌赌运气，但等到这珊瑚化石下，才觉得没有半点把握。我心中稍一犹豫，不禁愣了片刻，胖子在身后推了我一把，这才回过神来，知道这时候什么都不用想了，尽人事听天命罢了，若是此计不成，必须立刻离开这片危险异常的水底。于是将手一招，众人一拥上前，纷纷从珍珠囊里掏出明珠，一枚枚嵌入铜鲛口中。

用了近百枚明珠才将铜鲛嵌满，珠囊中已所剩无几。满身珠光将铜人映得几乎透骨，而且月光明珠的精光异彩在铜鲛口中凝结成一层光晕，投在玉盘上，赫然化为一轮满月，月明如镜，照得整个珊瑚洞一片通彻透亮。

铜人玉盘在水波中化成了一片光影，如同水中之月。"明月蟾宫"在恨天氏看来，正是人死后亡灵的归宿，仿佛就是我们观念中的冥府阴曹，加上这水中之月虽是清冷透彻，却毕竟不是真的明月，而且比真正的月光更多了几分阴森惧人的鬼气，仿佛见到了不应存在于人间的"鬼月亮"，看得人头皮发麻，从骨子里觉得不安。

除此之外，珊瑚化石的洞穴中再没什么特殊变化。我心中凉了半截，明月中的震卦清晰可见，但它根本不是什么引发伏流的机关。而且这月光太亮，窥伺在侧的恶鲛必定被它引得狂性大发，如今三具因月食而化的胎儿也都被海水浸泡得慢慢化开，比最初时的形骸足足小了两圈，面目越来越模糊，就算我们想退出去另谋出路，恐怕也已迟了。

Shirley 杨忽然打个手势，一指众人身后，我们回头看去，心中不由得大叫了一声："糟糕！"原来成群的鲛人好似一股漆黑的浊流，已将那珠母壳甲分开，顷刻间把蚌身啃成了碎块，蚌肉的残渣混合着鲜血，把海水都搅浑了，残存的数十枚蚌珠，都被饿鬼般的黑鲛争抢着吞了。可怜那活了几千年的蚌精，离了瀛海中的巢穴，就毫无反抗挣扎的余地，不仅是疍民要采它的明珠，就连水底鱼龙鳞族也无不窥视这些海中秘宝，我们稍有大意，没将蚌祖引回珠母海，以致被这些恶鲛钻了空子，将它活活啃成了空壳。

血水被水波冲散，珠母只剩六扇毫无生命的空壳，已经失去皮中阴气的尸鲍，被水浸得涨大异常，仿佛是只宰猪时放血后吹入空气膨胀的肉猪，随波逐流，漂荡在附近。大群鲛人吞噬了蚌肉蚌珠，连水中残渣肉末也不肯放过，贪婪地游动着追逐吞噬，而且数量极多，将珊瑚树四周围成铁桶一般。

　　我见此情形，只觉脑中嗡的一声，暗道："大势去矣。"倒不是替那瀛海中的蚌祖哀叹，不过它惨遭碎尸死于非命，我们怕是也要性命不保。归墟内部被恨天氏采取龙火矿石而挖得百孔千疮，按说龙气早就灭了，可海气空蒙变幻，至今不曾消散。珠母是归墟海中的精魄所化，也就是青乌风水阴阳宅中所讲的"化物"，是海气积郁凝结、精魄生气自结而成，珠母一死，海眼中的海气就会失去几千年来微妙的平衡，导致天塌海陷的灾难发生，可能要出大事了……

　　可没等我再多想，就感到水底暗涌动荡，冲得众人摇晃不定，赶紧随手抓住身边的铜人，就见身边各种大小水族纷纷乱窜，一片大难临头的景象。我心想这未免也来得太快了些，怎么珠母刚死就要天翻地覆了？

　　但是随即发现并非山摇地动，而是海底有巨兽出没，才搅得水波翻滚涌动，海水的猛烈翻涌，正是来自珊瑚礁上那个深不见底的黑洞，明月般的玉石卦盘将透彻的月光正罩在洞口，黑洞深处有两个巴掌大的眼睛一闪一闪，目光如炬，紧紧盯住那轮幽灵月亮。

　　我们用尸虨为饵，引得珠母从藏身的水底现身，取了它壳中的珠囊，而现在这百枚明珠，在水中如同一轮清冷透彻的明月，却同时又是一个饵，引出了潜伏在海底的死神。一阵阵毛骨悚然的感觉传遍身体，我已经预感到这次即将要面对的，恐怕是南海深处最恐怖的东西。这时就见鬼影般的月光下，黑洞中水波翻涌，冒出一艘饰有狰狞鬼头的大船，黑影一晃，船头便已到了眼前。

第五十二章
鲛姥

我们都没料到会从水底的黑洞中冒出一艘船来,眼前一黑,雕有海鬼的船头就已到了眼前。锈蚀斑驳的鬼头船,仅是一艘大船前端的残骸,一看那凶恶狰狞的鬼头标志,就知是艘沉没在海底的海盗船。众人紧紧抱着珊瑚树,又哪里来得及闪避?只觉身体被带动起来的水流猛烈冲击,那船头的残骸,几乎是贴着我们的头顶掠了过去,撞在后面的珊瑚化石上翻滚着坠向水下,顿时泥沙翻涌,惊得临近水族四散逃窜。

我见此情形,猜想这艘海盗船的船头残骸不知陷在海底多少年月了,它是被一股巨力从珊瑚洞内硬生生撞了出来。正主儿还没现身呢。这时已顾不上再去回想刚才那惊心动魄的一瞬,急忙把视线转向水底的巨大黑洞,那洞中两盏巨目被清冷的珠光映得犹如两盏桅灯,忽闪忽闪地从漆黑的洞中向外移动。

那洞中藏着的凶恶海兽大得令人咋舌,随着那混浊的目光摇晃,那巨物的蠕动,激得水涌动荡,好像整个珊瑚森林都在摇晃。

我抬头向上方看了看,珊瑚树筛孔般的洞窟里,进进出出的全是黑鲛,密密麻麻的不计其数,竟然已经遮住了水面。此时那三具畸形死胎早被海水化得不成模样，不知还能不能借以驱散恶鬼般的群鲛。

水底的震卦机括显然已经失效，我们又捅了娄子使珠母丧命，引得海怪舍命来夺卦盘上的蚌珠，再在这儿待下去，除了送死之外已无作为，只好趁乱突围浮上水面，从海底神木的通道里返回"鲸腹"。至于再如何从地形酷似鲸腹的归墟中脱身，就不是现在考虑的问题了，眼下这珊瑚水洞里已经炸了锅，无论如何都待不下去了。

想到这儿就想招呼众人逃命，却不想胖子自作聪明，瞅见那海怪尚未从洞中爬出，将潜水炸药装在了洞口，看准那家伙即将出洞的机会，立即引爆。不过珊瑚化石极是坚固，爆炸在水底形成的冲击波并未能将珊瑚洞炸塌，只掀翻了数尾鲛人，炸塌了一些细碎的化石。

水中潜伏着的其余恶鲛都被突如其来的爆炸惊了起来，四下里乱游乱窜，我们浮上水面的过程中，就算它们不会主动过来攻击，也不免会在混乱中撞上。鲛人没有嘴唇，交错锋锐的牙齿暴露在外，人只要蹭上，就会被撕掉一大块皮肉。

众人都被困在原地，将死胎挡在身前，以免乱窜的恶鲛接近。我把急于想逃的明叔拽住，打个手势让众人不要轻举妄动，要看准了时机再浮上去。这时珊瑚洞口的水突然沸腾起来，一个庞然巨物从洞中拥着泥沙而出，透彻惨白的珠光将水下翻滚的烟雾映得灰扑扑一片，无法分辨里面裹着的究竟是什么深海巨兽，只是隐隐约约看见有大片大片的黑色肉鳞，上面有许多白花花像是吸盘的东西。

见了这等声势，众人皆是又惊又奇，我心想，水底乱流的阻力何等之强，这家伙能把千百斤的船头残骸轻易从洞窟里撞出来，难道是只深海的大王乌贼，又或是喜欢藏在海底洞穴深涧里的巨大鳌虾？不过这里虽然深处海底，但水深不过五十余米，如果是常年伏在珊瑚洞中的东西，似乎不应该是久居深海偶尔上浮的生物。

还是明叔通晓海事，虽然水底泥沙翻滚水流汹涌，皎洁清澈的月光都被遮挡，眼前的视野一片模糊，但他一看那巨兽遍体黑鳞，身上密集着白色吸盘，似乎就已看出端倪，忙不迭地指着在珊瑚化石中游窜的黑鳞鲛鱼让我去看，又拍着自己的肚子，做了个生孩子的动作。慌乱中众人都不太明白他的意思，好像是想告诉我们，这水里的黑鲛，都是从那珊瑚洞里生出来的。

我忽然心中一凛，难道明叔是想说："藏在黑洞中的不是海怪，是鲛人的母体？"出没于南海的恶鲛，全身都有黑色肉鳞，前鳍有锋利的钩指，所以自古也被称为鲛人，但并不是古籍中提到的人鱼，人鱼在南海很少，古书中所说的人鱼，皆为东海的某种四脚鱼。

有一种古老的传说，说是鲛人拜月而孕，月圆的时候在海面聚集，吐纳明月精华，才会受孕成胎。这也仅仅是一种猜测。我们进了珊瑚螺旋之后，发现这里的海底山势环合，海气凝结，天空始终密云层层、海雾横流，根本就看不见日月星辰，只有在海气汹涌生成大海洞吸入千万吨海水的时候，天空的云层才会受到气流影响，在极短暂的一时半刻间，显现出空中如镜明月。海底珊瑚森林中的螺蚌之属都并非受月光感应而成珠，其囊中明珠完全是借海底的阴火龙灯而成，那种光芒阴森诡异，比月光更为明亮，所以这里的蚌珠精光异彩，浑圆硕大，都远远凌驾于其他南珠之上。

鲛人繁衍的传说在沿海地区非常多，纷纷繁繁，从来都没有过定论。近千百年中，鲛人几近绝迹，所以现在也没有学者去真正考证研究过。我在珊瑚洞中见到这么多鲛人，当时除了感到惊讶之外，也曾想过它们究竟是从哪里出来的。此刻明叔对那洞中黑黢黢的海怪指指点点，我们顿时想到，还有一种鲛人繁殖的传说，比较鲜为人知。但现在看来，那泥沙烟雾中时隐时现的白色吸盘，应该都是产鲛的胎盘，珊瑚洞中的巨大海怪，正是大群鲛人的千年母体——鲛姥。

以前在海上采蛋为生的蛋民，也常在水下被恶鲛活活吃掉。蛋民故老相传，南海鲛人在古代曾一度危害成灾，在海底对采蛋之人的威胁不亚于鲨鱼，丧命鲛口鲨吻的蛋人不计其数。鲛人的巢穴是处珊瑚古墓，这片珊瑚礁下压着鲛姥，这老妖全身都是胎盘，物性奇特，密密麻麻的胎盘子宫都生在体外，一般的鲛人都是从它体内所产。在一些古老的海神庙祠中，有些还保存着关于这种传说的遗迹。

在一片混乱的水底，经明叔这么一提示，众人都已清楚，这回恐怕是弄巧成拙，玉盘没能震开伏流，反而引出了海眼里的老怪。以前谁也没见过鲛姥什么样，这时突然撞见，根本不知如何应付。

　　水里乱流涌动越来越厉害，如果不抱着珊瑚树的化石，恐怕早已被激流卷走了，又哪里有机会逃离？只有那轮水中明月，冰冷的光芒在水波中闪烁变幻，一时阴森的水影交错晃动，使人头晕眼花，恍如置身在一场永无休止的海底噩梦之中。

　　我们为了缓解水流和光线带来的压力，互相拽住同伴的手臂，将脸部紧紧贴在珊瑚树上，虽然化石里传出的震动使人全身发麻，但那阵头昏脑涨的感觉却终于减弱了。我看了看气压计的读数，水肺中的氧气已经见底了，再拖延下去，我们即便不被海水淹死，也会被鲛姥活活吞了，看来里外都是难逃一死。

　　我正为目前的处境感到绝望，考虑是不是要引爆炸药给众人来个痛快，却见那鲛姥庞大的怪躯已从珊瑚洞中爬出，挟带着许多海底船体的残骸和古铜器，白花花的胎盘里冒出一股股黑水。我不禁一怔，这个深不见底的珊瑚洞藏在归墟之下，怎么可能有旧时沉船的残骸？此时珠母一死，指南针等装备都已恢复正常，以潜水表的指南针来参照辨别，可能珊瑚洞正与我们遭遇海蛇的海底废墟相通，这一通道被鲛姥堵住，它一挪地方，我们就可以绕过去潜回那片螺蚌聚集的珊瑚森林。

　　不过这一想法只在脑中闪过，很快就被打消了。就算螺坟中缓解潜水病的秘药并未失效，但是水肺中的氧气已经难以维持，这段珊瑚洞隧道又不知会有多长，恐怕游不到一半就被憋死在里面了。

　　我们一时进退维谷，乱流中紧紧抱住珊瑚古树的化石，眼睁睁看着鲛姥在水底拥沙而出。灰蒙蒙的泥沙翻涌如同烟雾，它身上的胎盘中尚有许多未曾孵化出的鲛人，有不少都被剧烈的行动挤了出来，还没成形的鲛胎挣扎着死在了水中，可鲛姥却浑然不觉，直向铜人手中月光四溢的卦盘扑去。

　　水底通天接地的珊瑚树猛然一震，鲛姥一头撞在了树底的巨鼎上，珊瑚化石被它撞得颤动不已。只见水雾中露出一张满是褶皱肉鳞的怪脸，暗灰色的两个眼睛像是一对气囊，在月光下闪着毫无生气的光芒，身上长满了数不清的倒刺和肉芽。都说水底鱼龙之大，犹如山川河岳，这潜藏在海眼中的鲛姥，虽没有大到那种地步，但我们在水流纷乱的环境中，已看不见它的头尾轮廓了。

疍民多铃惊骇至极，被鲛姥恐怖的面目骇得手足无措，手一松，那柄分水古剑就脱手落向了水底。胖子眼明手快，舍不得将这古董青头遗失在海中，连忙扶着铁树向下移动，在铜剑落进鲛姥口中之前，硬是探出手去捞了回来。

他的举动无异于虎口拔牙，鲛姥只需向上微微移动，就能将他一口吞了。这水底虽有浮力，但乱流湍急，一旦松手离开珊瑚树，未必能直接浮上水面，反而会被潜流裹住，往横向移动，很可能就将自己送入鲛姥的血盆大口之中。所以胖子虽离那鲛姥近在咫尺，可仍不敢放手松开铁树，抓了古剑，如同火烧屁股般向上攀来。

我见胖子这回太过托大，急忙俯身前去接应，可说时迟，那时快，鲛姥翻身上仰，奔着胖子吞吸海水，四周纷涌的潜流都被它向嘴中吸了进去。攀在珊瑚树上的众人，都被水流裹住，像是挂在晾衣绳上的几面破旗，飘飘忽忽地几欲被狂风急流裹去。

这时我突然发现那鲛姥趴在石鼎旁，虽距离珠气纵横的玉盘和我们近极了，可是再难接近分毫，似乎身体被锁在了海底不能移动过远，只是拼命吸水，想连人带卦盘一同卷入嘴里。它竭力往前挪动，却只推得石鼎边缘沉重地缓缓转动，始终无法触及水中鬼影般的一轮明月。

我好不容易拽住胖子，但揽住珊瑚铁树的手却是一滑，身不由己地被水流吸了过去，忽地肩上一紧，是被 Shirley 杨伸手拉住了肩头的携行袋带子。三人在潜流的带动下失去了重心，谁也不敢松手。我恍惚间看到珊瑚树底的巨鼎不停转动，不禁猛然醒悟——震卦的机关，正是躲在海眼深处的鲛姥。

第五十三章
绝境

鲛姥庞大的躯体似乎被锁在了珊瑚洞里，它蠢动着想要吞下月光四溢的蚌珠，却差了数米难以触及。它攀在转盘般的大石鼎上，在一股浊流中探首吸水，沉重的石盘被它推得缓缓转动，每转一分，它就从珊瑚洞里挣扎出一分，而那铜人手捧的明月，也就随之在铁树上升高一分。鲛姥全身胎盘都在淌出漆黑的污水，越向前挪动，越是吃力。

缺足少臂的死胎，早被纷乱的海水化为乌有，我和Shirley杨、胖子三人在水中互相拉扯着，身体被吸卷的水流带动得摇摆不定。但也就是在这种特殊的情况下，我才发现铜人玉盘的震卦机关正是为了引出水底鲛姥。鲛姥全身怪力转动石鼎，石鼎上穿绕的铜链被它绞动，使藏在珊瑚铁树旁边的几道千钧石闸轰隆隆开启了一道缝隙，里面一股强烈的潜涌搅得水流顿时顺时针旋转起来，将珊瑚洞中的水族纷纷卷了进去，有许多搁置在水底的陪葬品也纷纷像失重般浮动，被石闸后的漩涡吸走。

归墟中的地形酷似鲸鱼，头西尾东，伏于南海，气孔正是海底神木上方的幽灵岛。从方向上判断那石闸开启的方向对应着鲸口，南海僵人的尸体放在石椁内，用龟甲或是活的巨龟锁住，常年隔绝的海气突然贯通，会产生海眼般的漩涡,一旦打开数道石闸,石棺石椁就会被突然产生的海眼吸出鲸口,永远沉没在海底。可想引出藏在珊瑚隧道里的鲛姥,非有百枚明珠的精魄不可,这种离奇的"海葬"只有凑足了南珠,才能得以实施。百余枚月光明珠不是等闲就能采出来的,也许要间隔数年乃至数十年,古人视死远重于生,为了死后得永生,付出多大的代价也在所不惜。不过这送尸入海的石闸机关,主要是巧妙地利用鬼斧神工的天然造化,并未使用过多人力,但自然造物之奇诡神异,却远远不是人工所能营造而出。

先前我们以为在月圆之际会有潜流上涌,将棺椁冲上海面,可现在看来完全想错了。恨天氏认为人死后灵魂都会赴月,之后生命会以另外一种形态延续存在。榫木中的通道就是为亡灵准备的,但尸体仍然会归于浩瀚的大海,震卦仅是送尸入海的机关,而超度亡灵的办法估计活人并不适用,我们要想借这机关逃出归墟,根本就不可能。

这些念头在我脑中一转,突然感觉到手臂酸麻发胀,逐渐抓不住胖子的胳膊了。胖子见自己快被鲛姥吸进口里,再也顾不得那柄古剑了,趁着水流强劲,忽一松手,那铜剑直接被鲛姥吞了,锋利的短剑插进了它的舌头,一缕污血在水中散开,可鲛姥浑然不觉,兀自竭力对着月光吸水。

胖子抛了分水古剑,另一只手腾了出来,这回两只手拽住我的胳膊,终于攀回珊瑚树的树身。我和Shirley杨也相继附住铁树,只见乱流将水底的各种残骸遗迹卷得到处飞舞,像是刮起了一场龙卷风,而那捧月的铜像恁般结实坚固,似乎不为所动。但我们也攀在铁树上进退不得,眼看着鲛姥攀着巨鼎逐渐向上,鬼影般的月亮也越升越高,却没任何办法阻止形势的急剧恶化,只能盼着这海怪尽快吞了蚌珠,然后缩回藏身的洞穴,以便让水洞关闭,否则我们必然会被渐渐变强的乱流卷走死于非命。

我不想等死,打算冒死攀到树底,将那玉盘毁掉。其实现在距离铜人最近的是明叔,可他早已惊得体如筛糠,根本指望不上他。我把心一横,就在涌动的水流中向铁树底部攀了下去,可突然之间水下的漩涡产生了变化,通过铁树化石,可以感到海底传来异常的震动。

我借着水底的月光看去,只见石门后的漩涡骤然消失,原来珠母一死,就等于破了归墟中的风水,那吸水的海眼中,残存的海气正在逐渐消失。水下错综复杂的珊瑚洞,以及鲸腹洞窟中,本来都是被混沌一片的海气笼罩,使得海水时涨时落,变化无常,可海气一旦消失,有些脆弱的珊瑚洞就会坍塌,发生天塌海陷的灾难。

此时水里成群结队的恶鲛,不是被水洞吸走,就是没命地逃开,珊瑚洞中的化石果然开始崩塌,乱石堵塞了石门里的海眼。我只能打消攀到树底捣毁玉盘的念头,推着多铃和明叔等慌了手脚的人,让大伙千万不能离开这海底最大的一株铁树化石。地动海摇的惊人剧变中,众人自保也已吃力,纵然有心相互救应,也都无力施为了。

只见珊瑚洞内天崩地裂,鲛姥藏身的洞穴豁然裂开几道口子,压在它身上的珊瑚礁产生了松动。它趁机从中爬出,在一片混浊的水雾中,蠕动着攀上了石鼎,不料用力过猛,撞断了几道铜链,鼎中的铜人珠光晃动摇曳,被水涌冲得摇摇欲倒。

我还想再看个清楚,但忽然间鼎下裂开了一条巨大的口子,海水打着旋地被吸下去。我急忙闪身躲避,忽然又有急流上升,海底埋着的阴河倒卷,翻涌直上,那铜人卦盘再怎么结实也禁不住了,上百颗龙眼大的月光明珠,都被伏流冲了个天女散花。

我再也抓不住铁树化石,身不由己地被喷涌的阴河冲了上去,巨大的水压变化使人觉得身心分离,好像灵魂都已从躯壳中脱离开来,天旋地转中一头浮出了水面。我险些被水呛死,扯掉呼吸管和蛙镜,赶紧去找其他人,幸好众人个个都精通水性,借着汹涌的伏流出水,并没有什么损伤,但难免心惊不已,均是张着嘴大口喘气,作声不得。

归墟之地,上有天窗,下有伏流,珊瑚洞中的伏流向上涌动,不容我们在水面上喘几口气,水势便已不断上涨,翻滚着没过了储藏尸体的鲸骨礁石,转眼间水面已经过了通月神木下的铜门,眼瞅着就要接近头顶的岩层。

这时珊瑚洞内一片漆黑,水底散落的明珠,早被乱流冲得四散无踪。我抓住槠木老鳞密布的树皮,对众人叫道:"水肺没氧气了,不能留在珊瑚洞里,快进铜门……"

其他人立刻会意,上涨的伏流很快就会将洞窟灌满,若不尽快离开珊瑚洞古墓,要么会被激流卷入海底,要么就直接溺水而亡。只有从棋木的通道中原路爬回归墟古城,才可能逃过一劫。众人当下都挣扎着游拢过来,准备含一口气潜入铜门,时间拖得越久水位越高,游入铜门的机会也就越渺茫,所以众人谁也顾不上再多想什么,皆出死力游向棋木。

明叔急于逃命,当先一猛子扎了下去。我深吸一口气,也准备要潜入水底,可这口气没吸到一半,便听得珊瑚洞内轰隆隆连绵不断的巨响。海气是南龙中的一股不灭生气,它消失减弱之后,有些珊瑚礁和岩石顿时变得腐朽脆弱。只见头顶上如龙闪经空,棋木穿透的岩层迅速向两侧倒塌分裂,归墟的底部裂开了一道峡谷。此刻古城上面的水位正低,所以并没有大量的混沌之水倒灌下来,反倒将珊瑚洞和鲸腹这两大洞窟相互贯通了。

我们被这撼天动地的声势骇得面如死灰,抱着陷入海底的粗大神木怔在水中,一时竟忘了要潜进铜门的计划,抬眼间,已可隐约望到归墟穹顶上的阴火,宛如一条条倒悬的熔岩火龙,在岩层中滚滚流动。

这时明叔突然从水中冒出头来,大叫:"不好,水底的鲛姥也被伏流冲上来了!它抱着神木,堵住了通道入口!"他惊慌失措,说着话就要赴水逃命,实际上他也不知道还能逃向何方。

我一把揪住明叔的胳膊,顾不得再对他说些什么,直接将他推上了神木倾斜的树身。事到如今,只好随机应变,穿过裂开的归墟遗迹,直接攀上满是箭石的树顶,以便躲避紧逼上来的伏流和海怪。

随后我又将多铃和古猜从水中托了上去。明叔一马当先,如同身手矫健的老猿,带着他们姐弟两个,快速攀木而上。然后我又让Shirley杨跟了上去。此刻伏流涨起的幅度已到极限,我拽住胖子对他喊道:"王司令,你行不行啊!"

胖子抹一把脸上的水说:"为了珊瑚庙岛上免费的啤酒和越南婊子……去他娘的,老子这回豁出去了。"说罢一脾草包肚子,手脚并用,一步一滑地攀上了神木。此次在珊瑚螺旋中捞了许多青头,在这深陷绝境九死一生的关头，他仍显得精神百倍、格外来劲，换句话说就是让钱烧的，这时候就连始终难以克服的恐高症也给忘了。

我紧随在后，攀上神木，崩塌的岩石碎块不停地从身边落下。此刻我们不仅要注意湿滑的木鳞，还要不停地闪避落石，不过谁也顾不上害怕，爬上去这条命就算是捡回来了，万一失足落下，或被岩石砸死，那也只能认命。

好不容易穿过裂开的岩层，身边全是东倒西歪的铜奴，四周洪钟巨钵的响声依然响彻不绝。我趁机低头看了看珊瑚洞中的水面，混浊的伏流翻滚不休，水中黑鳞晃动，两盏发着灰色凶光的鲛眼正在仰天凝视。

我心中一阵惊疑，水底明月已散，那鲛姥怎的还不肯回到巢穴？它存心想吃了我们不成？但随即抬头向天空一看，便已明了缘由，不禁连连叫苦。通天神木正直指幽灵岛上的缺口，此刻海气渐渐消散，海面上常年堆积覆盖的云层也都没了，正当夜晚，海上星月生辉，清澈的月光洒入归墟，鲛姥在海底仰望明月，哪里还肯回到水下的洞穴？

只见水波一起，全身黑鳞的鲛姥分水蹿上了棬木，它全身密布的卵巢和胎盘中尽是黏液，当作吸盘一般附在树身，竟然蠕动着从水中爬了上来。我暗自骂了一声，用潜水匕首割去空水肺的氧气瓶，扔下去砸在鲛姥身上，但这又如何阻得住它分毫？

我连催上边的胖子等人尽快向上攀爬，千万别回头向下看。众人都已抛掉氧气瓶，各用短刀插住树身，全力爬上神木顶端，一到这里，便是被逼到了绝路的尽头。胖子越攀越是腿软，低头向下看了一眼，顿时头晕眼花，从湿漉漉的箭石上滑了下去。我忙伸手一抓，却被他下坠的力道一并带了出去，两人翻滚着落下数十米高的通天神木。

第五十四章
过龙兵

神木顶端地势宽阔,横生倒长地嵌着许多的箭石,从远处一看,形同树冠。那是一种上古海洋生物的化石,呈扁平钝角的形状,上面有近似贝壳的奇妙纹路,看样子并非人力所嵌。早在远古时期,这里曾是海底,有许多箭石如同老螺附海树一般,团团簇簇攀附在神木顶端,形成了今天这罕见的树冠奇观。

我被胖子拖得坠下神木,在众人的惊呼声中,就觉得背上猛地一撞,正好落在了一块突出的箭石上。箭石如同老树伞盖,将我们托了一下,但这种化石可比真正的树冠坚硬百倍,这一下直撞得筋骨欲折,疼得我眼前发黑,险些晕了过去。

不过更倒霉的事还在后边。通天巨木上的箭石亭亭如盖,在榗木顶端形成了上百处天然的倾斜平台,就好像是一团团彩云化作了古老松柏的树冠。涨潮时幽灵岛被淹没在海面之下,海水透过洞口直灌下来,经年累月地冲刷着树冠,嵌入木身的箭石虽然长死在其中,可仍不免在水压下生出许多波痕裂纹,甚至有些箭石早已断裂掉落。

我和胖子落在一片箭石上,尚未从倾斜的石面上爬起来,身下箭石的裂痕就突然扩大延伸，顿了一顿，便"咔"的一声从中折断开来。我们连人带石又继续落向下面，直撞断了三五层箭石，方才止住势头。

胖子最怕之事便是从高处往下掉，平日里充出来那股"万夫难敌的威风，千丈凌云的豪情"早都不知去向了，紧紧抱住我的大腿，在倾斜湿滑的箭石表面上闭着眼大叫："胡司令，快拉兄弟一把！"

我不及胖子皮厚肉多，这几下已是摔得全身骨节疼痛难忍，又被胖子抱住了大腿，不由自主地逐渐向下滑落，赶紧咬牙用力，用潜水匕首一刀插入神木的树干，好歹算是将身体暂时固定了下来，但腿上大筋都快被胖子拽断了。低头向下一看，海底的鲛姥借着一股浊流，攀住树干，没头没脑地向上爬来。刚才被我们砸塌的几块箭石，都像半空掉落的铁板钢片，一块块插到了它的身上，鲜血汩汩地往外冒着，把附近的海水都染红了。

这时如果失足掉下去，就算侥幸不被鲛姥吞了，也得落在被水淹没一半的铜奴上，撞个脑浆迸裂。我骨子里的狠劲发作，不顾身上彻骨的奇痛，一手用匕首扎着树干，一手抠住箭石边缘，使出吃奶的力气，将胖子慢慢拽了上来。只要从这湿滑的石面上站起来，就可以攀回神木。

我用腿将胖子强行拽上来，还不到半米，潜水匕首的韧性却已超过了极限，刀刃硬生生被折断了。这样一来，我只有够着箭石的那一只手使得上力，全身的力道吃在此处，那几个手指不觉已经变得麻木了，眼看就要脱手滑落，万难再有回天之术，只好闭目待死。

正在这时，我的手臂忽地被人抓住，腿上下坠的力道也忽然减轻，睁眼一看，原来是 Shirley 杨见我们吃紧，急忙和古猜攀下来相助，将我和胖子从箭石上拽了起来。身下的箭石承受不住四人的重量，随即被压得断裂倒塌。我们在此之前已经攀回树身，才侥幸没跟它一并坠落。

那块箭石奇大，其重怕是能有几百公斤，猛地从高处落下，势道之沉重少说也不下千钧。只见扁平如箭头的大块箭石，自空中旋转翻滚着掉落下去，正砸在鲛姥头上，箭石停也没停，唰地落进水里，那巨鲛的鱼头，顿时被斜斜地切去了半个，血水喷出来几米高。

此时那鲛姥的头探出水来，我们才看清水中鲛姥的面目。只见它体大超过老鼋大鲵数倍，只有早已灭绝千万年的远古滑齿沧龙，才有可能与其相提并论。遍布胎盘的鲛身鳞甲包裹，头似鄾鱼，鳃上几百根形似长髯的触须长达十余米，体下生有数十对鱼鳍，横生倒长的牙齿末端，犹如藤钩荆棘，开合之际有腥气冲天。

它跟着翻涌升腾的水流攀在巨木上，正被落下的箭石削去半个脑袋，却没当即死掉，反倒瞪着其大若球、质若灰色水晶的鱼眼，直勾勾望着穹庐上漏下来的星月之辉，神态哀狂之极。重伤之下，兀自不肯潜回水底。

有条被乱流困住的大青鲨，仓皇中不择方向，竟撞到了神木附近，被鲛姥的探触须攫个正着，连头带尾活生生吞进嘴里，一时搅得波涛中血腥滚滚。那鲛姥也不顾身上血如泉涌，蠕动着血肉模糊的躯体，以须鳍助力，继续攀上神木。我们看到这血淋淋的海怪就在身下，它吞噬恶鲨不费吹灰之力，心中惊惧之意大增，哪里还敢再去细看，无奈之下，只好拼命向着没有退路的神木顶端逃去。

就在此时，鲸腹般的洞窟岩层中，凝结的海气逐渐消失，阴火骤然失去了惨白的光亮，黑暗中只听得混沌之水汹涌如沸，轰隆隆的山体开裂，仿佛是天空崩塌了一般。四周的大水没过了古城的遗迹，旋而在城中的神木下方激成了急流的漩涡，我们攀在神木顶端的箭石上被震得周身筋骨如酥，一动也不敢动。

榵木底部绞动无数青铜锁链的铜奴，都被海水冲得互相撞击摇摇欲倒，有几条锁链承受不住如此强烈的急流，断成了数节，碎片崩得横飞出去。通天入海的神木高大异常，倾斜着陷在海中，不断遭受海涌冲击。这些锁链在平时可以起到一种牵扯捆绑、防止巨木断裂的作用，此刻失去了绳捆索绑，这株亿万年的古木，似乎随时都有可能在惊涛骇浪中轰然倒塌。

多铃身单力薄，心理素质远不及其余几人，在山呼海啸席卷天地的猛烈震颤下，早已惊得口不能言，手不能动。这时天空中好似炸个霹雳，巨响声中箭石一阵晃动，她手脚虚软，从石台上滑了下去。

我和 Shirley 杨看她从树顶翻落，立即伸出手去，想将她在半空中拉住，可神木摇晃不休，手中抓了一空，眨眼间多铃就落入了翻滚的海水。黑茫茫的水中只有鲛姥怪躯浮动，却哪里还有她的身影，恐怕在入水的一瞬间就被鲛姥吞了。

古猜见多铃遇难，瞪着布满血丝的眼睛，就想跳进水里寻她。我赶紧揪住他的腰带，将他硬生生拖住，掉下去的人哪里还有命在，再下去救人不是白白送死吗？不过这时候洪波翻卷、山崩海陷，将所有的声音都覆盖了，冲得人耳骨生疼，说出话来相互间都无法听到，我没办法对古猜说话，只好用力将他按住，以免他入水丧命。

陡然间凉风扑面，我抬头向上一看，只见归墟中那片海气凝结的几十处海眼里，纷纷落下水龙般的巨流，岩层中的龙火海气消散殆尽，又形成了吸水的大海洞。不过这次也许是珊瑚螺旋海域最后出现海洞了，龙火岩层的开裂，使数个海洞连成一条蜿蜒的水龙，落下的千万吨海水如同在归墟中竖起了一道水墙。

海底岩层开裂的张力，使归墟中的最高点——露出海面的那座幽灵岛——从山顶天门洞处分裂开来，海中出现了一道巨大的峡谷，两侧落差百余米的海水，如雷鸣般灌落倾下来。震卦的机括，虽然是古人送葬的玄机，可万没料到在千年后竟然将归墟震开。这南龙的一震之力，波及珊瑚螺旋辽阔的海面，又何止百里。易卦中卦象繁多，偏以"震上震下"的卦象作为送死赴冥之途，难道卦象中竟已预示了这射日奔月之国的毁灭与地陷，以及几千年后归墟里发生的剧变？

海面上出现的裂缝，似乎是大海身上的伤痕，其深有一二百米，其宽有七八十米，线条轮廓和凹凸之处完全对称，就像是把海面生生撕开了一道大裂缝。我们攀上的楎木顶端正处于大海沟的中间，四周和脚下全是倾泻翻腾的海水，水势撼天动地，只有头顶露出的天空静得出奇。明月当头，闪亮的星辰，如同细碎的流沙铺满了青色的天宇，看着大海中汹涌的獠牙和海面上梦幻般宁静的星空，一时间使人恍惚不已，以为上面的夜空是并不真切的梦境。

鲛姥也被海水冲得难以动弹，不过它见到天上星月生辉，更是死命攀住神木不放。海水和地下伏流混合，没用多久，就将快裂开的归墟填满了。

不过海底的伏流一落，仍是生成了一个直径数里的海洞，这处海洞正在神木陷入海底之处，旋流暗涌无休无止地灌入其中，似乎永远也灌不满珠母海里的无底洞，那个在古籍中反复被提到的归墟，终于露出了它真实的面目。除了精绝古国的鬼洞之外，世界上确实还存在着一些难以探明的无底深渊，而归墟正是其中之一。

如今这榤木下的归墟被伏流冲开，形成了强大的力场，不停地吸卷着海水。倾斜着陷在海底的巨木，内部早被凿空千年，开出了一条超度灵魂的通道，在如此汹涌的水流中，木身层层断裂，周围千百尊固定木身的铜奴，也都七零八落地被卷入了深海。海水的异动，带起了如山的巨大浪涌，眼看着分开的大海就要合拢，我们在树冠的箭石上却只能望洋兴叹。榤木是海中远古遗存的巨树，并非真能够通天奔月，神木顶端比海面矮了一截，这段落差却远非人力能及，此时唯有插上翅膀才能逃得出去。

随着海面的裂缝逐渐消失，归墟中天塌海陷的声响都被淹没在了水下，只有半截榤木下的海眼水势惊人。我们心灰意冷，心神体力都已穷尽，海中空空荡荡，攀在箭石上闭目待死。正在这时，木端猛地一晃，忽地向海中倒去，原来海底的鲛姥被箭石所伤，那伤势足能致命，但它蛮健悍恶，并没有当即殒命，仍不死心地攀着神木想要吞噬月光。海洞旋流湍急，加上它摇动木身，十多米长的一段榤木，硬是被它推得折断开来。

榤木上生满了如同树冠的箭石，在海波乱流中浮力极大，而且木身斜着陷入海底，所以并未被漩涡卷入深处，反而借着暴涨的海水浮出了海面。几乎就在同时，海水彻底合拢，把归墟中的乱流遮在了下面，那鲛姥抱着神木断开的尾端，跟着一同浮了上来，但终因流血过多，圆睁着一双灰扑扑的巨眼，死不瞑目地失去了生命，拖着身后一线污血，漂在海上。

我们死中得活，竟被鲛姥托出海面来，都有些目瞪口呆，眼看天上清冷的星月之光照在平静的海面上，实在是不敢相信竟能活着从归墟中出来。可不等我们庆幸生还，就发现那体大如巨鲸的鲛姥尸体依然死死缠住这段榤木，十几米长的一段残木，根本承受不起沉重的海怪尸体，在海面上只是浮了一浮，就被它拖得向海中沉了下去。

此时巨木还未漂出被海水淹没的幽灵岛，水底归墟的吸水之力便在这片海面上形成了一个模糊的顺时针漩涡，棋木浮得快，沉得更快，眨眼的工夫不到，已沉下水面三分之二。我脑中一闪："没有船只怎能离开珊瑚螺旋？这截被折断的粗大棋木，岂不正是渡海浮槎？有了它便还有一线希望漂流出这片魔鬼海域。"

想到这儿，我不敢再有迟疑，便招呼一声胖子帮忙，探手从古猜那里抢过龙弧铜刀，拼命去斩缠住断木的鲛姥尸体。古猜好像痴了一般，双眼直勾勾的毫无神采，只是不断口齿不清地念叨着："师姐也死了……"

我们虽然对他很同情，可生死关头，谁也顾不得去劝他什么，我和胖子、Shirley 杨争分夺秒地将鲛姥的尸体剁碎，明叔也疯了似的爬过来，用牙去咬卡住箭石的鲛鳞。在一片海里独有的腥臭气息中，点点鲜血飞溅在海面上，可那鲛姥的尸体实在太大，加之全身的老肉怪鳞粗厚无比，我们手中也只有在水下使用的短刀短剑，只好眼睁睁看着断木在海面漩涡中打着转不停下沉。

我急得青筋暴起，一看实在没办法了，再不跳水逃命，就得被棋木和鲛尸拖进海底了，但跳进群鲨出没的珊瑚螺旋得需要多大的勇气？横竖要死在海中，与其遭遇鲨吻，还不如被拖进海眼里淹死。

正有些犹豫，不知该不该跳海的时候，海面的漩涡中忽然水波翻涌，陡然冒出许多巨大的礁石，将粗大的棋木和死鲛尸体托了起来，一阵起伏晃动中，缓缓向西移去。海面上星月辉映，但清冷的月光下，却看不出这片黑漆漆的礁石为何会动。众人不知发生了什么，都不由得停下手中的动作，我知道明叔在海上经历过许多事情，这老贼是海事方面的"反动学术权威"，忙问他海上出现的一片片礁石是怎么回事，是凶是吉。

明叔生怕自己失足掉进海里，紧抱住一块箭石，叫道："胡仔啊，还是你阿叔我平时善事做太多积了大德，才使得吉人自有天相，你个烂仔这次跟住我，算是捡了条命回来！这是渔主先师和妈祖娘娘保佑，海上'过龙兵'了！"

我以前在福建，也曾听说有南海"过龙兵"之事，与海市、海滋等现象都是海上难得一见的奇观，那是指鲸鱼或海龟集结成群，鲸脊龟甲浮水而出，在海面遥望，蔚为壮观。渔民们认为"过龙兵"的现象征兆不同，过鲸群龟群都是吉兆，而大量海鱼浮水过海，则是海产歉收、海难将至的灾难预兆。

其实"过龙兵"的现象，都是海底产生剧变，引起的海中水族成群迁徙，可能正是珊瑚螺旋中海气龙火消失，归墟里的龟群才浮水远遁，恰好将我们赖以漂浮的神木托了上来。以前我和胖子在草原和大漠之间的百眼窟，曾见过地底龟甲遍布，那片"龟葬"中海气变幻如同鬼市，产生了一片灰色的古迹。现在想来，百眼窟鬼市中，一幕幕变幻陆离的诡异情形，正是归墟中的古墓。珊瑚螺旋海域早在千百年前一定也发生过若干次"过龙兵"的龟群迁徙奇观，不过当年从归墟中逃走的海龟，早都埋骨在百眼黄泉的龟眠地中了。

明叔让众人抓紧时机，抄刀再次去剁鲛姥的尸体。我见事情有了转机，想到阮黑和多铃师徒的性命都留在了这南龙余脉的尽头，心中好一阵失落，突然感到全身乏力，觉得脚下站都站不稳了，便顺势坐在了木头上。手刚碰到榗木，木块箭石就纷纷掉进水里。我低头一看，木身上裂纹正加深扩张，不禁立时打了个冷战："糟了，这截古木在幽灵岛下饱受海水冲击，最是脆弱不堪，看样子很快就要支离破碎，大祸临头了。"还来不及提醒其他人，漂浮在海中的榗木就已经开始解体了。

第五十五章
在天空中飞翔的荷兰人

　　漂浮在珊瑚螺旋海面上的槺木，在海眼中千万年不枯不朽，全仗海中生气维持，如今离了归墟，又接连遭受几次重创，满是鳞纹的树皮，以及嵌入其中的箭石开始纷纷脱落剥离。鲛姥的尸体被海波冲动，也自缓缓从槺木上脱离开来，残破的半截神木随波逐流在海上漂荡。

　　我们眼见这艘粗大的天然"独木船"在海上撑不了多久便会被洋流击碎，但在繁星似锦的夜空下，四顾皆是茫茫无尽的海水，众人全都无可奈何，事到如今，也只好顺其自然听天由命了。

　　我望着身边起伏的龟群正在苦思对策，忽见不远处的龟背上好似负了个人。那人身穿带有黄色标识的潜水衣，在海面上颇为醒目，一头长发披散开来，正是落入归墟的多铃。她趴在龟背上一动不动，也不知是死是活，巨龟随着洋流浮动，忽又沉入海中，多铃的身体立刻被海水冲在一旁。

　　可能是她从神木上摔下去之后竟得不死，凭着疍民精熟的水性，在乱流中拽住了从归墟中逃窜出来的巨龟，这才得以回到海面。看到多铃从龟背落入海里，正从槺木旁边漂过，我来不及细想，赶紧招呼古猜一声，就一步蹿到木头尾端，拽住一片箭石跳进水里，将多铃的头发扯住，这时古猜等人也已赶到，众人七手八脚地把多铃托上了木头。

我扒住箭石爬上榫木，只见 Shirley 杨正在全力施救，多铃面如白纸，神志不醒，但经过抢救，总算吐出几口海水，有了一丝活气。

我心中一块石头落了地，看了看古猜，他正对着东面磕头，好像是在感谢阮黑在天有灵，保得多铃死里逃生，又像是在膜拜疍民的祖师爷。胖子将他拽了起来："别拿脑袋撞木头，你小子还嫌它沉得不够快是怎么着？谢天谢地全是瞎扯，死亡不属于无产阶级，当年我在山里倒斗……"

在海上最忌提及"翻、倒、沉"之类的字眼，胖子话音未落，就被明叔按住了嘴："肥仔，大伙都要被你害死了，欺山莫欺水，这种有忌讳的话也敢乱讲！"

胖子火冒三丈，正待痛斥明叔这个老"反动学术权威"的荒谬观点，可这时，众人都觉得脚下猛然松动，一时间全都东倒西歪，站立不定，脚下的木身不断开裂散落。我叫声不好，刚才还以为这截烂木桩子至少能在海上漂个把时辰，但现在看来它马上就要分家了。

这时群龟已潜入海底不知了去向，海面上空空荡荡的渺无一物，一个浪头打来，榫木浮出海面的这一部分顿时被击得粉碎。众人纷纷落水，只好随手去抓散落的木头，南海鲨鱼极多，就算侥幸没遇到恶鲨，这般浸在冰冷的海水中，又能维持多久？

我身上背着沉重的铜镜，连抓了几块木板，却都是朽烂松散，难以承人，只好拉开了肩头的救生栓，一个小型救生气囊旋即充满了气体，忽高忽低地浮在海面上。正在叫苦不迭之际，忽听 Shirley 杨招呼我道："老胡，你们快看，有船！"

我以为听错了，珊瑚螺旋海域哪儿会有船？但这时胖子等人也纷纷在海面上大叫大嚷，好像众人真的发现了船只。我定睛一看，却并非外来的船只，原来榫木最顶端虽然没有通道，但内部也被挖空了，里面都是些稀奇古怪的陪葬品，榫木碎裂之后，便散落开来漂在海水中，其中竟然藏了一艘完整的古船。这船底浅桅短，船身椭圆，似乎是给海底亡灵准备的殉葬品，拿我们的话讲，这艘船是件明器。

321

海波涌动之中，我们一时看不清楚这船是怎么回事，但这时候好不容易有根救命稻草，别说船是明器，就算是艘鬼船，也只有先爬上去再说了。唯恐稍有迟疑，一旦海面上浪涌幅度增大，众人顷刻就会被波浪冲散。

我连忙抖擞精神，游向船边，到了近处才看明白，原来这艘船的船底是用一只巨龟的骨甲制成，大小差不多能比普通的救生艇大上一号，容纳五六个人没什么问题。船中只有一个进不去人的浅舱，里面装了些珊瑚一类的陪葬品，因为是给死人用的，所以没有任何实用的东西。舟中以鲸皮为帆，鲛筋做缆，比起普通的木船，这近乎化石的龟甲鲸骨之舟能历久弥新，至今还能使用。但这艘古船就如同是个虚有其表的模型，若遇狂风巨浪，必定葬身海底。

可我们也顾不上这么多了，相助着陆续上了"冥船"，躺在龟甲上连吁带喘，谁也没力气再动了。现在不是海上的风季，海眼中南龙凝结的海气一消，十有八九不会再像来时那般提心吊胆了，只要妈祖保佑没有飓风狂澜，我们栖身在这一叶孤舟之上，至少暂时不用担心落在海里喂鲨鱼了。

船中的多铃依然昏迷不醒，其余的人都有些累脱了力，疲惫不堪地闭目沉睡，此刻就算天塌下来也不想睁眼。我两只眼皮打架，也跟着迷糊了一两个小时，脑中还依稀在想"搬山填海术"的细节，苦苦思索如何利用搬山道人的方术，在没水没粮的情况下，把这艘骨甲船驶回珊瑚庙岛。

后半夜腹中饥饿难耐，醒过来看到Shirley杨不知什么时候也已醒了，斜倚在鲸骨桅杆上凝视着星空。我也望着天上密密麻麻的星星出了会儿神，这次出海的经历在脑中一一闪过，心怀有感，忍不住对Shirley杨说道："当初也知道珊瑚螺旋海域凶险莫测，可竟然还是头脑一热就来了，现在落到这般光景，空有满船价值连城的青头，却换不来一壶清水半块干粮，回头想想，咱们那时大概是疯了……"

Shirley杨道："就你一个疯子，我最多是个傻子，被你骗来跟着你一起发疯。"

我赶紧辩解说："我疯了那也是让陈教授撺掇的。我可真佩服古时候终生以摸金搬山为业的前辈，这种今日不知明日事、四海无家处处家的日

第五十五章 在天空中飞翔的荷兰人

子,真不是什么人都能承受的。这种日子每天得死多少脑细胞?也该过几天安分守己的生活了。"

Shirley杨轻声叹道:"你要是真有那种觉悟就好了,可江山易改,本性难移,在你眼中,风景永远在远处,近处无风景,你根本在家老实不了几天。不过咱们这次漂流在海上,大海风浪无情,却真比不得往日了,但愿上帝保佑,别让咱们做了在天空中飞翔的荷兰人。"

"在天空中飞翔的荷兰人"是幽灵船的代名词,这个传说是指受了诅咒,永远漂流在海上不能靠岸的意思,我以前曾听Shirley杨提起过,此刻想到不免有些脊背发凉,急忙想办法转移自己的注意力,去检视从南海捞出来的青头。

以前做搜山剔泽的摸金校尉,十次也不及这回当一次疍民的收获丰厚,南海海眼里的这点东西,几乎都让我们给捞出来了,其中最主要的当然要属秦王八镜之首的秦王照骨镜,若能交到陈教授手里,也算是了却了一桩心愿。

不过这面古铜镜阴气沉重,我从沉船中找到它之后,就始终封在袋子里再没看过,这时随手取出来,再次和Shirley杨一同细看了一遍。海上明月高悬,但在月光下,古镜却没什么光泽,镜面磨损得十分严重,看镜身镂刻雕割的细篆,异常细密。夏器素而无纹,殷器古朴雄奇,纹缕如虫行鱼游,但秦王照骨镜的雕篆若蝌蚪结阵之势,似涵古之卦象,估计是件西周时期铸造的秘器。

我正自称奇,眼光落到铜镜边角的四脚人鱼上,却像被吸住了一般愣在当场。镜身装饰的四脚鱼,造型简约传神,但鱼眼空空无目,就像我十几年前在百眼窟发现的青铜龙符一般。那瞎眼龙符也不知是哪朝哪代流传下来的古物,被装在了黄大仙的铜棺里做了明器,如今仔细回想起来,龙符与铜镜上的鱼饰,年代风骨、款型大小,都极其相似。

在北京算命为生的陈瞎子,似乎知道这其中的奥秘所在,可上次太过匆忙,我提到那瞎眼龙符之后,他只做了个"四"的手势,随后便行踪不明。我曾反复想过,但猜不出"四"是什么名堂,如今看到铜镜上有无目的四

323

脚鱼为饰，心下更是一团雾水，难道"四"是指四种青铜古器？龙和鱼各是其中之一，其余的两个又是什么？这些没有眼睛的铜兽，究竟是用来做什么的？其中隐藏着什么秘密？秦王照骨镜上的蝌蚪图案中似乎藏有卦数，也许这些没有眼睛的神秘铜龙、铜鱼之物和西周时期的全天卦象相关。

十六字全天卦数，其中含有无穷机数，能推演成为种种卦象。卦象则需用卦文来解读，这些对我这半吊子水平来说，实在是难于登天，可古猜祖上疍人一代代传下了最原始的西周全天卦数口诀，口诀虽然并不复杂，但内容比《十六字阴阳风水秘术》作者的后人张赢川所研习的还要深奥。不过疍人历来是将这些卦辞当作在海底护身的咒语，似乎并不知道它的来历渊源。

想到此处，我转头看了看沉睡的古猜，心想不如等他醒了之后，问问他秦王照骨镜的事，也许他会知道瞎眼铜兽中的玄机。

我正在船上胡思乱想，这时胖子和明叔也先后饿醒了，海面上风静潮息，也不知这破船现在漂到什么地方了。众人把水壶里最后几滴水分了润润喉咙，商量着一会儿要是有飞鱼经过船边，怎样捕它几尾生吃了充饥。

我也觉得饥火中烧，便先将秦王照骨镜重新装好，对众人说道："革命就是请客吃饭，不填饱肚子做什么都没力气，对待吃吃喝喝就要有秋风扫落叶般的态度和胃口，不能有半点马虎，所以咱得赶紧想点辙……"

我和胖子、明叔三人说着话便设法捕鱼。明叔说南海中有飞鱼，往往成群结队地在海面上穿波逐浪，天色一亮，只要以明珠为引，便可引得长有翅膀的飞鱼从船侧掠过。可现在还是半夜，我们在船头苦候了良久都不见有鱼出水。

我们无奈之余，也只好等到天亮再做计较，回转身来的时候，见Shirley杨正在查看昏迷不醒的多铃。在茫茫大海上无医无药，如果她一直昏迷下去，恐怕会有生命危险，情况不容乐观。

Shirley杨发现她情况恶化，忙让我帮忙探探多铃的脉搏。可我刚一碰多铃的手腕，就觉得她衣袖下藏有东西，似乎戴着块手表，我以为是潜水表，就想给她摘下来，可出乎意料，多铃手腕上戴的，却是胖子从沉船死人胳膊上撸下来的那块镶钻金表。胖子见状,就想把手表取回来,但那金表已深深嵌进多铃腕上的皮肉里了,也许用刀剜才能剜得出来。

我望着那金表奇道:"这块金表……怎么跑她身上来了?"正在狐疑之际,忽闻海风中有股腥臭无比的异味扑鼻。我们多次和死尸打交道,都觉得像是尸臭,可船上并没有腐烂的尸体,不由得好生奇怪。

明叔更是倒腾了十几年的古尸,一闻就知道绝对是尸臭。众人互相在对方身上嗅了半天,才确定尸臭是从多铃身上传出来的。仔细检查之下,发现她身上确实有不太明显的尸斑,口鼻中还有几滴腥臭的尸油流出。我早就觉得玛丽仙奴号沉船中不太平,那船长的金表可能大有问题,这时哪儿还顾得上会不会伤及多铃的皮肉,用潜水匕首硬将那块金表挑断,扔进了海里。

明叔惊道:"糟了,金表是从沉船里捞出来的,其中怕是被下了南洋的降头邪术,光把金表扔了有什么用?如今降头已经下到她身上了,她身上尸臭比传染病还厉害,你不把阿铃扔进海里喂鱼,咱们这船人谁也别想活。"

第五十六章
救命

明叔久在南洋闯荡,见那金表尸臭扑鼻,便认定是被人下了降头。降、蛊、痋三术,并称南洋三大邪术。痋术是用各种匪夷所思的法门制成的奇毒;蛊术的原理离不开一个"惑"字,是通过养毒虫放蛊,来使人迷失心智的邪法;而降头术,则是以符咒、尸体、鬼魂作为媒介害人的妖术,其中衍生出来的尸降、鬼降,能像传染病一样迅速导致大量人畜死亡,比瘟疫更甚,最是难以捉摸。

行舟跑船的商人和水手,常年风里来浪里去地在海上挣饭吃,若不幸遇得海难,身子掉到海里,死后被鱼啃吃了也就罢了,但有些尸体会封闭在船体残骸中,或是随着波浪被冲到岸边。南洋的渔民疍民,好多是以捞青头为致富手段,他们会将尸体上值钱的东西扒下来卖钱,所以为防不测,有些跑船的海员会在自己随身的金银饰物中下蛊设降,专为报复那些杀人越货的海匪海盗,或是谋求不义之财在死人身上扒青头的渔民疍民。一旦有人取了海难死者身上之物,往往就会中其邪术,惨遭横死。

这些事我和胖子也略有耳闻,不过当时潜水进入玛丽仙奴号沉船,在水底见了这块金光耀眼的手表,胖子贪小便宜的本性难以按捺,这贪念一起，便是十万金刚罗汉也降伏不住，于是顺手牵羊捞了回来。

不过在归墟中生气太盛，金表中的尸降并未显露，后来众人疲于奔命，胖子就将这块金表遗失了，丢在哪儿也想不起来了。按说若就此丢失也就罢了，那应该算是走运，可谁也不会想到金表怎么又会落在了多铃手里。

我们所乘的这艘龟甲船，充其量不过是个筏子，六个人在船中挤得满满当当，既无水，也无粮，渡海穿波尚且没有把握，何况船上又有个全身开始出现尸斑的多铃。她中了尸降，虽然人还活着，但身体逐渐会变得像一具高度腐烂的死尸，若不尽快把她扔到海里，船上其余的幸存者，都会染上尸瘟送命。

明叔声色俱厉："胡仔、胖仔……还有杨小姐，你们仔细想想其中的利害关系，可别为这一个无足轻重的蛋民，赔上全船人的性命！将来回了珊瑚庙岛，阿叔我一定出钱送五圣出海，替她超脱一段因果。她中了降头，里外也是个死，没必要让咱们给她陪葬！"

古猜见多铃像死尸一样开始生出尸斑，又见明叔显得情绪反常，想要说服众人将还活着的多铃扔进海里，他立刻红了眼睛，像只发疯的野兽一样拔出刀来，要同明叔拼命。

明叔老奸巨猾，如何会怕古猜这十几岁的少年，眼中凶光一闪，显然已动了杀机，不动声色地将手按在潜水匕首的刀柄上。我看他的意思再明显不过，眼前之事，事关生死存亡，说不得也只好将古猜一并宰了，弃尸入海，免得留下后患。

龟甲鲸骨绑缚的一叶孤舟，在星空下的海面上起浮漂动，海风呜呜咽咽地掠过皮帆，大海出奇地平静，然而船上紧绷的气氛几乎接近凝固。我见情况棘手至极，明叔虽然只顾保命，想把多铃抛进海里，但他也是人急上房、狗急跳墙的无奈之举。多铃身上尸气愈来愈重，一旦变作腐尸，其他人也都会受到传染，到时候可就全军覆没了。可是我也绝不能眼睁睁看着把活人扔进海里喂鱼。

我只好拦在古猜和明叔之间，让他们无从向对方下手。明叔冲我嘟囔道："胡仔，不是咱们无情无义，要怪就怪阿铃她自己捡了那块金表吧。

你阿叔我一把年纪了，该享受的也都享受过了，现在死也够本了，可你跟胖仔还年轻，你们将来的路还长，可别在这儿就活腻了……"

古猜在身后对我叫道："胡老大，别把我阿姐扔下海，她还喘着气……还能活啊！"这时 Shirley 杨也急道："老胡，你可别听明叔的，这是谋杀！主不会宽恕的。"

我左右为难，一个人和五个人的生命，孰轻孰重是显而易见的，但这并非菜市场上买菜买肉的分量可以轻易衡量。我又看了胖子一眼，胖子感慨地对我说道："胡司令，眼下面临的抉择，不禁让我想起曾经看过的一部阿尔巴尼亚电影《战斗的早晨》。英雄的、人民的阿尔巴尼亚是欧洲的一盏明灯，在电影里的六个英勇的游击队员中，有一名美丽的女游击队员受了伤，她为了掩护同志们安全转移，毅然选择留下来阻击德国鬼子，结果被德国鬼子打死在了高高的山冈上。咱们采蛋捞青头的事业，虽然不能同世界人民反法西斯斗争的伟大程度画等号，但是……"

我听胖子信口开河，什么事到他嘴里说出来都得变味了，问他还不如不问，赶紧打断他的话说："多铃又不是游击队员，跟阿尔巴尼亚电影哪里扯得上关系？"但这一耽搁，我脑中转了几圈，终于拿定了主意，转头对明叔说，"阮黑临死的时候，托咱们把多铃和古猜送到法国，当时大伙可是亲口答应的，可现在阮黑尸骨未寒，就要把他徒弟多铃扔到海里，甚至还想杀了古猜灭口，别看我打过仗开过枪、炸过碉堡滚过地雷，这些年生生死死见得多了，可你要让我下手杀了同舟共济的伙伴，我无论如何也下不了手。"

明叔见我不松口，急忙劝道："没让你亲自动手，咱们把她扔到海里，让她自生自灭也就是了。非是咱们心狠，可眼下咱们孤舟一叶漂在海上，除了南海观音下凡，谁还救得了中了尸降之人？就别心慈手软了……"

我一拍明叔肩膀："还真就让您给说着了，观音菩萨咱是请不来，可佛爷菩萨的青头却刚好有那么一件。"说完我从胖子身上的密封袋里，拽出了那件在沉船里捞到的翡翠佛衣。这件宝衣八成是泰国哪座大庙里供奉佛祖的，不知怎么被人走私偷运了出来，随着玛丽仙奴号葬身在珊瑚螺旋的海底。这件金光碧翠的衣服，穿到凡人身上冬天暖夏天凉，这历代高僧开过佛光的圣物，除了延年益寿消除沉疾之外，还可驱魔辟邪。

虽然开了光的佛器能够驱邪，但这只是南洋地区的传说，未知是真是假，而我却知道玉者石之精。常言道"一翠二玉三玛瑙"，古玉可防止尸体变腐，翠性更阴，只要把全是翡翠的佛衣裹在多铃身上，也许能阻止尸降发作。不管怎么说这都是个办法，总好过大伙一起染上尸瘟，或是把多铃活生生扔进海里。

众人听我说完，皆是喜出望外，刚才都急糊涂了，谁也没想起这件救命的佛衣，连忙给她穿在身上。玉性震住了尸气，海风中的尸臭味道渐渐就闻不到了，但多铃仍是发着高烧，嘴里不住胡言乱语，她的命能不能保住还很难说。

这时 Shirley 杨为了让多铃呼吸畅通，将她的衣领割了个口子，发现多铃颈上戴着个挂坠，是个小小的盒子，可以开启，随手打开来一看，里面装了一对夫妇的合影。古猜告诉 Shirley 杨，那是多铃亲生父母留下的照片。

我好奇心起，凑过去看了一眼，不料一看之下，顿时吃了一惊。那小小照片上的法国人，看着好生眼熟，就像我在沉船中见到的鬼影，难道玛丽仙奴号的船主就是多铃失散的法国军官父亲？他随法军撤离越南后，就留在南洋做起了走私生意，专门倒腾古物秘器。要真是如此，这位走私贩运古物的船主下了降头害人未成，竟把自己亲生女儿给害了，看来冥冥之中自有因果，多铃恐怕永远不可能在法国找到她的亲人了。

这些念头只是在我脑中一转，并没有对其他人说出来，免得让多铃和古猜知道了忧虑担心。把多铃安顿好后，海上已是旭日东升，众人在船上饥渴交加，只好利用搬山道人传下的古方，在船上捞"海井"解渴，捕飞鱼充饥，以古老原始的办法来解决困境。

明叔和 Shirley 杨利用船中的鲛筋做了一副不大的渔网，幸亏从海眼中带出三十来枚明珠，以明珠做引，引得海中飞鱼在船边纷纷跃起，有的竟自行跳到了船里。南海中还有一种透明水母，在蛋民口中俗称"海井"，在白昼里被珠光吸引，浮上海面。用渔网捞出来后，用小刀剖开海井，其中有一形似胆囊的透明软瘤，内含一泓清水，甘甜清冽，虽然每只海井里几乎只有不到一口清水，但也足能解得燃眉之急。

不过珊瑚螺旋所产的蚌珠精光太盛，不能在夜晚使用，否则会引出海底大鱼鼓浪翻船。我们就凭着搬山道人填海之术的古老办法，捕鱼捞井。明叔航海经验丰富，又识得洋流走向，仰望日月星辰而行，好在距离珊瑚庙岛不远，一连在海上漂流了数日，出了珊瑚螺旋就能遇到过往的船只。

众人死里逃生，回到珊瑚庙岛的时候，陈教授和大金牙已经快急疯了，奈何珊瑚螺旋中通信断绝，也没船只敢冒险进入，只好日复一日地苦等，在望眼欲穿的情况下，终于把打捞队盼了回来。

我上岸后，顾不上同陈教授仔细叙述经过，马上和胖子、古猜三人抬着奄奄一息的多铃，径直去找珊瑚庙岛黑市的青头商人跰武，让他快找医生。

跰武见我们一伙人个个晒得黝黑，身上爆了皮，衣衫不整地突然出现，也吃了一惊，更想不到有人能从珊瑚螺旋里活着回来，一问究竟，才知多铃中了尸降。珊瑚庙岛弹丸之地，哪儿有什么医生可找，再说西医中医都没用，这是中了南洋的邪术了，若没这几百片上好的翡翠裹着，多铃早已全身肿胀腐烂变腐尸了。

跰武说："不过你们也别着急，渔村里有个降头师傅，快去让他看看。"说罢引着我们匆匆到了降头师傅家中。降头师傅见是尸降，也自不敢怠慢，用白蜡烛点燃了在多铃身上一燎，她皮肤里立刻渗出几滴白花花的尸油。

那师傅连连摇头，这姑娘眼看是没救了，尸降和鬼降太过歹毒，多铃身上虽没腐烂散发尸臭，但活气已经散了，即使将身子裹在翡翠佛衣里能得不死，但也只和植物人差不多，永远醒不过来了。看她这情形，再过几天恐怕喂水喂粥也灌不进去了，除非能找来千年尸丹，说不定她这条小命还能捡回来。

我知道南洋地区也认同内丹、外丹之说。尸丹属于内丹，是生物体内结石成瘤，死后依然生长的异物。可尸体死后，体内化石仍旧不腐不朽的情况太少见了，内丹都是借天地灵气和日月精华形炼而生，像是生物体内的结石，我这辈子只在百眼窟见过一只老黄鼠狼有尸丹，其余古尸中最多是口中塞了珠子，体内又哪儿有什么内丹？

东北黄大仙的尸体和内丹早就一并毁了，那种罕见罕逢之物，若是没有特殊机缘，一生见到一次都难。我叹了口气，虽然有负阮黑所托，但我确实已经竭尽所能了。

此时陈教授已从Shirley杨口中得知了来龙去脉，觉得多铃的生死，他也大有责任，忧急之情见于颜色，想帮忙却没任何办法。但他好像忽然想到了什么，将我拉在一边，压低声音对我说道："古尸体中活生生的内丹实在太罕见了，老朽这辈子也没见过。但我记得好多年以前……那时候还是军阀混战的民国时期，湖南和贵州交界的地区闹过一阵古尸作祟的事情，那时候人们迷信思想比较严重，湘西尸王的消息捕风捉影，闹得全国人心惶惶。据说湘西瓶山古墓中的元代僵尸，在盗墓贼面前诈尸的时候，口中就曾吐出了一颗千年不化的红丸……"

图书在版编目（CIP）数据

鬼吹灯.6，南海归墟/天下霸唱著.—长沙：湖南文艺出版社，2019.7（2025.5重印）
ISBN 978-7-5404-9269-4

Ⅰ.①鬼…Ⅱ.①天…Ⅲ.①长篇小说—中国—当代Ⅳ.①I247.5

中国版本图书馆CIP数据核字（2019）第096093号

上架建议：神秘·探险小说

GUI CHUI DENG. 6, NANHAI GUIXU
鬼吹灯.6，南海归墟

作　　者：	天下霸唱
出 版 人：	陈新文
责任编辑：	薛　健　刘诗哲
监　　制：	毛闽峰　李　娜
特约策划：	代　敏　张园园　杨　祎
特约编辑：	王　静
特约营销：	吴　思　刘　珣　李　帅
装帧设计：	80零·小贾
出版发行：	湖南文艺出版社
	（长沙市雨花区东二环一段508号　邮编：410014）
网　　址：	www.hnwy.net
印　　刷：	天津盛辉印刷有限公司
经　　销：	新华书店
代理发行：	中南博集天卷文化传媒有限公司
开　　本：	710mm×1000mm　1/16
字　　数：	301千字
印　　张：	21
版　　次：	2019年7月第1版
印　　次：	2025年5月第12次印刷
书　　号：	ISBN 978-7-5404-9269-4
定　　价：	39.50元

若有质量问题，请致电质量监督电话：021-62503032
销售电话：17800291165